추천의 글

엘리 위젤은 우리 시대의 위대한 도덕적 목소리 중 하나였으며, 동시에 여러 면에서 세계의 양심이었습니다. 엘리는 세계에서 가장 잘 알려진 홀로코스트 생존자였을 뿐만 아니라 살아 있는 기념비였습니다. 그가 10대 시절에 갇혀 있었고, 그의 아버지가 살해당한 곳이기도 한 부헨발트 수용소의 철조망과 감시탑 사이를 함께 걷고 난 뒤 엘리는 내가 절대로 잊지 못할 한마디를 한 적이 있습니다. "기억은 선한 의지를 가진 모든 사람들의 신성한 의무가 되었습니다." 바로 그 신성한 의무가 엘리의 삶의 목적이었습니다.

버락 오바마 미국 전 대통령
2016년 7월 2일 엘리 위젤의 사망을 애도하는 백악관 성명 중에서

엘리 위젤이 말했을 때 세계는 귀를 기울였다. 그의 목소리와 말은 테러와 박해와 대량 학살에 대항하는 전 세계적 싸움에 결정적인 영향을 미쳤다. 이 책을 통해서 아리엘 버거는 우리에게 엘리 위젤의 개인적인 목소리를 들을 수 있는 소중한 기회를 준다. 배려심 가득하고 사랑이 넘치는 스승의 목소리를 말이다. 버거는 우리를 무대 뒤로 데려가고, 그래서 우리는 더욱 만족스럽다.

데보라 립스타트 Deborah Lipstadt
미국의 역사가, 《반유대주의: 지금 여기에서》의 저자

아름답고 찬연한 책이다. 이 책으로 우리는 엘리 위젤이 남긴 가르침의 정수를 항상 곁에 두고 볼 수 있게 되었다. 위대한 영적·지적 고결함을 갖춘 작가인 아리엘 버거의 노고 덕분에 엘리 위젤이 수많은 학생들에게 가르쳐온 내용들을 찾아볼 수 있게 된 것이다. 그것도 단지 그가 남긴 말과 글 등을 통해서뿐만 아니라 그의 삶과 인간관계를 통해서 말이다. 엘리 위젤은 이루 말로 표현할 수 없는 고통 앞에서도 진정한 인류애가 무엇인지 보여준 우리 인류의 보물이었다. 이 책 역시 우리에게 죽음을 생명으로 어떻게 변화시켜야 하는지, 그리고 우리가 오늘날 겪고 있는 고통을 어떻게 변화시키고 또 초월해야 하는지를 끊임없이 알려주는 보물이라 할 수 있다.

파커 J. 파머 Parker J. Palmer
《비통한 자들을 위한 정치학》, 《모든 것의 가장자리에서》의 저자

엘리 위젤이 믿음과 의심, 저항과 광기, 행동주의의 실천 등과 같이 어렵지만 중요한 주제를 가지고 학생들과 대화하고 토론하는 방식에 반하지 않을 교육자가 있을까? 지성과 감성을 겸비한 엘리 위젤에 대한 아리엘 버거의 사랑이 빛을 발하는 책이다. 독자들은 이 책을 통해 뛰어난 학자이자, 작가, 생존자, 그리고 스승이었던 엘리 위젤에게 다시 한번 감탄하며 강의실을 걸어 나올 것이다.

퍼블리셔스 위클리 Publishers Weekly

깊은 생각에 빠져들게 하는 이 책에서 아리엘 버거는 엘리 위젤의 수업 한가운데로 독자들을 초대한다. 이를 통해서 우리는 기억을 보존하고 전달하기 위해 어떻게 듣고 어떻게 말해야 하는지를 배운다. 버거는 홀로코스트 생존자이자 노벨 평화상 수상자인 엘리 위젤이 비범한 인간이었을 뿐만 아니라 위대한 스승이었음을 보여준다.

네이퍼빌 매거진 Naperville Magazine

아리엘 버거는 엘리 위젤의 지혜로운 가르침을 바탕으로 그 자신의 자전적 내용을 함께 녹여내 이 책을 썼다. 그러면서도 지나치게 개인적인 감상이나 사연들을 배제한 그는 누구나 신뢰할 수 있는 안내자이자, 같은 스승을 따르는 동료 학생이 되어 엘리 위젤이라는 시대의 현자가 일구어 낸 지식의 세계로 독자들을 안내한다. 엘리 위젤을 처음 알게 된 사람이라면 이 통찰력 있고 애정 넘치는 일종의 헌사를 통해 좀 더 쉽게 엘리 위젤에 대해 알아갈 수 있을 것이다.

커커스 리뷰 Kirkus Reviews

엘리 위젤의 학생이었던 아리엘 버거는 어떻게 해서 엘리 위젤이 자신의 마음에 불을 지폈는지 회고한다. 그는 나중에 위젤의 조교가 되었고, 더 나아가 각별한 동료가 되었다. 이 책은 열정적인 학생들과 함께했던 엘리 위젤의 강의실 문을 열고 들어가도록 도와준다. 독자들 또한 엘리 위젤의 수업에 참여했던 학생들처럼 자기 자신의 선입견을 돌아보는 계기를 갖게 될 것이다.

북리스트 Booklist

아리엘 버거는 찰스강변에 있는 학문의 살롱으로 독자들을 실어 나른다. 그곳에서 우리는 나치 친위대 장교의 손녀부터 유학 중인 한국의 목사까지 위젤과 함께했던 학생들을 만난다. 미치 앨봄의《모리와 함께한 화요일》이 모리 슈워츠 교수와 학생들의 관계를 부각시켰다면 이 책은 "위젤과 함께한 수요일"을 보여주는 셈이다. 아리엘 버거는 엘리 위젤이 살았던 삶의 방식과 정확히 일치하도록 이 책을 솜씨 좋게 써냈다.

USA 투데이 USA Today

아름답고 깊은 울림을 주는 회고록이자 복합적이고 다층적인 책. 엘리 위젤이 그랬던 것처럼 우리가 의심하는 것들에 대한 아리엘 버거의 진심 어린 표현이야말로 이 회고록이 지닌 강력한 힘이다. 엘리 위젤은 증오에 직면한 상황에서 한 명의 개인이 내뱉는 '말'에 늘 우려를 나타내곤 했다. 그러나 이 질문과 기억의 책은 가르침의 힘을, 그리고 "어떻게 살아야 하는가"라는 질문에 답하고자 했던 위대한 스승의 말이 지닌 힘을 우리에게 여실히 증명한다.

시카고 트리뷴 Chicago Tribune

나의 기억을 보라

아리엘 버거 지음 ┃ 우진하 옮김

비통한 시대에 살아남은 자,
엘리 위젤과 함께한 수업

쌤앤파커스

네스, 야코프, 요벨, 메나헴,
그리고 일라이저와 쉬라를 위해

독자들에게

이 책은 25년간의 기록과 5년 동안의 강의 필기, 그리고 엘리 위젤 교수의 가르침을 받은 전 세계 학생들과의 대담을 바탕으로 만들어졌다. 강의 필기의 경우, 나의 알아보기 힘든 악필 때문에 다시 살펴보고 정리하는 데 어려움을 겪기도 했다.

또한 2007년 처음 스마트폰을 장만한 이후 나는 위젤 교수를 만날 때마다 스마트폰을 챙겨 갔고, 헤어지자마자 음성으로 그날 있었던 일들을 녹음했다. 이 녹음 내용들 역시 훗날 어떤 대화가 오갔는지를 알려주었으며, 또 그가 세상을 떠난 후 내가 어떤 기분이었는지를 다시 일깨워주었다. 지금 와서 다시 그 내용들을 찬찬히 들어보면, 보스턴의 베이 스테이트 로드나 뉴욕의 매디슨 애비뉴를 혼자 걸어가며 잔뜩 흥분해 있는 내 목소리를 들을 수 있다. 나는 그날 있었던 일들을 하나도 잊지 않기 위해 대단히 빠른 목소리로 녹음을 하곤 했다.

얼마 전 나는 위젤 교수가 쓴 쪽지 몇 장을 발견했다. 파란색 잉크로 쓰인 그 쪽지는 내가 갖고 있던 괴테의《파우스트》와 이스마일 카다레의《코소보 애가 Elegy for Kosovo》, 그리고 베르톨트 브레히트의《억척어멈과 그 자식들》사이에 끼워져 있었다. 모두 강의 시간에 교재로 쓴 책들이었다. 위젤 교수의 손 글씨는 알아보기가 힘들었지만, 나는 그 쪽지들에 쓰인 내용 일부도 이 책에 실을 수 있었다.

또한 나는 위젤 교수와 가까웠던 예전 학생들을 만날 수 있는 특권과 기쁨을 누렸는데, 그 학생들은 모두 기꺼이 시간을 내어 자신들의 이야기를 들려주었다. 이렇게 예전 위젤 교수의 강의 시간에 있었던 일화들은 물론, 오랜 세월이 흐른 지금 그들이 어떤 생각을 하며 살아가고 있는지 또한 이 책을 통해 확인할 수 있을 것이다. 독자들은 위젤 교수의 학생들은 과연 어떤 사람들이었는지 함께 알 수 있게 되리라. 자신의 지난 추억들을 들려준 사람들에게 진심으로 감사의 말을 전하고 싶다.

머리말

엘리 위젤은 홀로코스트(2차 세계 대전 당시 나치 독일이 저지른 유대인 대학살.-옮긴이)에 대한 증언과 고백으로 잘 알려져 있으며, 그때 겪은 참극에 대한 특별한 경험을 바탕으로 누구나 공감할 수 있는 가르침을 전파했다. 위젤의 첫 번째 작품이자 자전적 장편소설인 《밤Night》은 현대의 고전이 되었고, 전 세계 여러 지역의 고등학교에서 교재로 채택되기도 했다. 노벨 평화상 수상자이기도 한 위젤은 전 세계의 고통받는 사람들을 위해 쉬지 않고 노력해온 사회 활동가였다. 지난 수십 년 동안 그는 캄보디아와 보스니아, 모스크바, 남아프리카, 그리고 수많은 다른 지역들을 찾아다니며 압제에 저항하고, 또 희생자들을 위한 목격자가 되기를 마다하지 않았다. 그러면서 그들에게 혼자가 아니라는 사실 또한 일깨워주려고 애썼다. 위젤은 작가이자 목격자였고 인권 운동가였다. 또한 미국의 언론인 크리스타 티펫의 말처럼 '도덕적으로 위대한 인물'이었다.

그렇다면 엘리 위젤 본인의 생각은 어떨까. 그는 지난 오랜 세월 동안 여러 언론과 수많은 대담을 진행했는데, 자신이 생각하는 평생의 사명의 중심에 무엇이 있느냐는 질문에 대해 언제나 똑같은 대답을 했다. 바로 교사로서의 사명이었다. 그는 종종 이렇게 말했다. "무엇보다 나는 가르치는 사람이며, 죽을 때까지 가르치는 일을 계속할 것이다." 위젤은 자신의 저술 활동 역시 이런 교사로서의 역할의 연장으로 보았다. 그리고 공인으로서의 활동 역시 마찬가지였다. 어느 회고록에서 그는 이렇게 썼다. "보스턴 대학교에서 나의 학생들은 내게 즐거움을 주었고, 나 또한 그렇게 하려고 노력했다. 나는 학생들과 함께 배워 나갔다. 중간에 그만둘 수도 있었지만 그러지 않았다. (…) 가르치는 것은 가지고 있는 모든 역량과 의지, 호기심과 흥미를 다 쏟아부어야 하는 일이다. 나는 가르치는 것 말고 특별히 잘하는 일도 없고, 그렇다고 새삼 다른 기술을 배우고 싶은 생각도 없다."

나는 엘리 위젤 교수의 학생이었으며, 2016년 7월 그가 세상을 떠난 후에도 여전히 그의 학생임을 자처하고 있다. 나는 보스턴 대학교에서 박사 과정을 밟는 5년 동안 위젤 교수의 정식 조교였다. 아주 가까운 곳에서 함께 작업하며 강의 주제와 교재를 고르고 시간표를 짰으며, 토론 강의가 있을 때는 일종의 사회자 역할을 맡기도 했다. 나는 다른 학생들과 함께 위젤 교수의 강의를 들으며 교육에 대한 그의 탁월한 접근 방식을 목격할 수 있었다. 강의 그 자체는 아주 엄격히 진행되었지만, 학생들의 개인적인 의미 추구를 가로막는 일은 전혀 없었다. 위젤 교수의 강의는 고전주의의 지적이고 문학적인 전통에 뿌리를 두고 있었으나, 언제나 당대의 가장 중요한 관심사를 직접 겨냥했다. 강의는 속세의 대학교 교정에서 진행되었지만, 종교적 혹은 신학적 내용이 언제든 자유롭게 오고 갔다. 다시 말해 그의 강의는 상당히 보기 드문 종류의 것이었다. 도덕적으로 책임감 있고 의식이 있으며 정의란 무엇인지 알고 싶어 하는 인문주의자나 인본주의자를 길러내는 그런 인문 교육이었다.

나는 조교로서 그의 일을 돕기 전에 학생으로서도 나름대로 최선을 다했다. 나는 열다섯 살 때 처음 엘리 위젤을 만났으며, 그 순간부터 나는 그의 학생이 되었다. 그는 나의 조언자이자 안내자였고, 결국 우리는 친구가 되었다. 그는 내가 정체성과 종교, 그리고 소명 의식에 대한 복잡한 의문들을 통해 전에는 몰랐던 인생의 의미를 제대로 찾아갈 수 있도록 도와주었다.

25년이 넘는 세월 동안 우리 두 사람은 개인적인 일들에서 시작해 정치, 어린 시절, 구약 성경과 그 주석, 미술, 음악, 그리고 믿음에 대한 이야기를 나누며 아주 오랜 시간을 함께 보냈다. 나는 그에게 장래 진로와 결혼 및 양육 등에 대한 조언을 구했고, 그는 종종 대답 대신 다른 질문들을 통해 내가 특정한 정답이 아니라 다른 방향으로 좀 더 깊이 생각할 수 있도록 해주었다. 그의 질문들은 결국 어떤 식으로든 내가 해답을 찾는 데 도움이 되었고, 덕분에 나는 나 자신에 대해 상상하던 것보다 훨씬 더 큰 무언가가 될 수 있었다. 나도 누군가를 가르치는 교사가 된 것이다.

엘리 위젤은 교육의 힘으로 역사를 바꿀 수 있다고 믿었다. 그는 세상이 이렇게 혼란하고 복잡한 때일수록 교사가 학생을 가르치는 단순한 행위가 희망의 근원이라고 보았다. 우리는 평화와 정의를 갈구하며, 우리 자신은 물론 우리가 살아가는 이 세상을 치유할 필요가 있다는 사실을 잘 알고 있다. 그렇지만 모든 상황은 점점 더 악화되고 있는 것처럼 보인다. 우리는 위압감을 느끼고 있을 뿐더러 설령 어떤 능력이 있어도 어떻게 활용해야 할지 잘 모르고 있는 실정이다. 우리는 이처럼 혼란한 시기에 각자 내면의 삶을 가꾸어 나가기 위해 애쓰고 있을 뿐이며, 믿음이나 신념 등은 어디에서도 찾아보기 힘든 것처럼 생각된다. 지금 우리에게 필요한 것은 신뢰할 수 있는 도덕적 정신의 목소리와 진실성에 대한 모범인데, 모두 쉽게 찾기 어려운 것들이다.

엘리 위젤은 그런 목소리들 중 하나다. 그는 자신의 인생 경험을 통해 지식과 이해, 그리고 공감에 대한 탐구에 천착했다. 그는 아직 학생 시절이던 1944년 5월에 가족들과 함께 아우슈비츠 수용소로 끌려갔다. 그의 어머니와 여동생은 그곳에서 살해당했다. 엘리와 그의 아버지는 강제 노역에 동원되었다가 다시 부헨발트 수용소로 끌려갔고, 아버지는 그곳에서 사망했다. 1945년 4월 29일 마침내 미군이 진주해 수용소를 점령했을 때, 엘리의 나이는 열여섯 살이었다.

2차 세계 대전이 끝난 후 그는 공부를 계속해 기자가 되었다. 1956년 그는 홀로코스트의 경험을 다룬 첫 번째 책 《밤》을 출간했다. 이후로 고전 및 현대 철학과 종교, 그리고 문학을 주제로 저술 활동을 이어갔고, 1972년 뉴욕의 시티 칼리지에 교수로 초빙되었다. 그는 1976년 보스턴 대학교로 자리를 옮긴 뒤로 그곳을 자신의 지적 고향으로 삼고, 그 후 34년 동안 교수직을 이어갔다.

보스턴 대학교에서 위젤 교수는 매년 가을 학기에 두 과목을 강의했다. 월요일 강의에서는 주로 철학이나 문학과 관련된 주제들을 광범위하게 다루었다. 신앙이나 이단의 문제, 혹은 압제에 대한 문학적 대응 등이 포함되었다. 화요일 강의에서는 〈창세기〉와 〈욥기〉, 혹은 18세기에 시작된 유대교의 종교 혁신 운동인 경건과 Hasidism 사상과 관련된 고전 작품 등 중요한 종교적 문헌들을 다루었다. 위젤 교수는 그 밖에도 오랜 세월에 걸쳐 '비유와 역설', '갈등과 대립', '신에 대한 대응', '문학 작품 속에서 찾아볼 수 있는 자살', '고대 및 근대 문학에 등장하는 스승과 제자의 관계', '프란츠 카프카의 추방과 기억', '글쓰기와 저술가들', '감옥에서 탄생한 문학', 그리고 '숨겨진 문학 작품과 금서들' 같은 주제로 강의를 했다. 각각의 강의에는 조교가 사회자 역할을 하는 토의 시간이 포함되었다. 학생들은 매주 과제로 받은 책을 읽고 와서 토의에 참여했으며, 강의 시간에 다루었던 주제들을 탐구했다.

위젤 교수는 종종 일반 대중을 상대로 하는 공개 강연에서 학생들에 대한 자신의 존경심을 내비치곤 했다. 그의 공개 강연은 대단히 큰 규모로 진행되었으며 3000명이 넘는 사람들이 참여했다. 공개 강연에서 그는 눈을 반짝이며 이렇게 말했다. "매년 새로운 학생들을 만날 때마다 나는 올해야말로 내 생애 최고의 해라고 말합니다. 그리고 매년 그 말이 옳았다는 사실을 깨닫게 되지요. 그렇지만 특히 올해는 그중에서도 단연 최고입니다!" 이 같은 그의 다정다감한 모습은 대학의 일반 강의 시간에도 볼 수 있었다. 그는 이미 오래전부터 자신이 아닌 학생들이 먼저 시작하는 방식으로 강의를 진행해왔다. 두 학생이 그 주에 읽은 독서 과제물에 대해 약 10분가량 이야기를 하는 것이다. 대부분의 경우는 흔히 볼 수 있는 과제물 발표의 형식이었지만, 가끔 전혀 다른 예술 형태를 빌릴 때도 있었다. 예컨대 한 학생은 자신이 책을 읽으며 느낀 점을 춤으로 표현하기도 했다. 위젤 교수의 강의는 보통 학생들이 묻는 질문에 그가 대답하는 식으로 진행되었다.

이제부터 나는 엘리 위젤 교수가 서 있는 강의실의 익숙한 문을 열어젖히려 한다. 우리는 그가 평생을 통해 천착하고 또 천착하며 가르쳐왔던 중요한 주제들을 살펴보게 될 텐데, 언뜻 보기에 위젤 교수와 바로 연결되지 않는 주제들도 포함되어 있다. 그는 단지 나치 독일의 유대인 대학살이나 인권 문제에만 몰두했던 것이 아니라 기억과 믿음, 의심, 광기, 그리고 반항의 문제에도 깊은 관심이 있었다.

자, 이제 엘리 위젤 교수가 이번 학기 첫 번째 강의를 시작하려고 하는 강의실로 들어가보자. 책을 뒤적이며 조용조용 이야기를 나누던 학생들이 일순간 조용해진다. 강의실의 높다란 창문에서 비쳐 들어오는 아침 햇살처럼 고요함이 강의실을 가득 채워 나간다. 위젤 교수가 오래된 나무 의자 뒤에 서서 "안녕하세요" 하고 짧게 인사말을 건네고, 학생들도 화답을 한다.

그가 웃으며 말한다. "그럼 여러분의 질문을 먼저 들어볼까요."

차례

1

기억

목격자의 이야기를 경청함으로써

우리 모두 목격자가 될 수 있다.

무엇이 우리를
구원하는가

매서운 추위가 몰아닥친 2005년 12월의 어느 날 아침, 엘리 위젤 교수는 보스턴의 한 강의실을 가득 메운 학생들 앞에 섰다. 국내외 출신의 학부생과 대학원생, 그리고 퇴직 공무원과 새로운 경력을 쌓으려고 모여든 전문직 종사자들까지, 강의실에 모여 있는 사람들은 그 면면도 다양했다. 이날은 위젤 교수의 주간 강의 마지막 시간으로, 이 시간만큼은 학생들이 강의 주제와 직접적으로 상관이 없는 궁금한 문제들을 마음껏 질문할 수 있었다. 중동 지역의 긴장 상태가 다시 뜨거운 화두가 되던 시점이었고, 학생들은 평화에 대한 위젤 교수의 견해와 전망을 꼭 듣고 싶어 했다. 그는 작금의 정치적 현실을 특히 문학과 시사 문제 같은 이전 강의 내용과 관련시켜가며 설명했다. 약 한 시간 반에 걸쳐 한 가지 주제로 다른 주제를 설명하는 방식으로 이야기를 풀어 나갔다.

마침내 위젤 교수의 이야기가 끝났을 때, 홀로코스트 생존자의 손녀이자 박사 과정을 밟고 있는 레이첼이 손을 들더니 질문했다. "교수님, 홀로코스트 이후에 교수님을 지탱해준 건 무엇인가요? 어떻게 포기하지 않고 버티실 수 있었나요?"

위젤 교수는 질문이 끝나기가 무섭게 대답했다. "배움입니다. 전쟁이 일어나기 전에 나는 탈무드의 한 페이지를 공부하고 있었는데 거기서 그만 공부가 중단되었지요. 전쟁이 끝난 후 나는 프랑스에 있는 어느 고아원으로 보내졌고, 그곳에서 제일 먼저 사람들에게 부탁한 일이 바로 내가 공부하던 것과 똑같은 탈무드 책을 구해달라는 것이었습니다. 그렇게 해서 나는 중단되었던 바로 그 페이지, 그 줄, 그 지점부터 다시 공부를 시작할 수 있었습니다. 배움이 나를 구원한 것입니다."

그의 이야기는 계속되었다. "어쩌면 그런 이유로 내가 교육의 힘을 그토록 깊이 신뢰하고 있는지도 모르겠습니다. 만일 현재 인류가 직면한 문제들에 대한 해결책이 있다면, 그 중심에는 분명 교육이 자리해야만 합니다. 배움이 나를 구했다는 사실을 아는 것처럼, 나는 그 배움이 우리 모두를 구원할 수 있다는 사실을 믿고 있거든요."

레이첼과 다른 학생들은 위젤 교수의 이런 대답에 만족한 듯 보였다. 그렇지만 나는 쉽게 납득이 가지 않았다. 나는 위젤 교수처럼 희망적이지 못했다. 나도 물론 교육의 힘을 믿었지만, 그렇더라도 교육이 세상 모든 문제에 대한 일종의 만능 해결책이 될 수 있다는 의견에는 동의하기 힘들었다.

위젤 교수의 주장처럼 배움이, 교육이 정말로 우리를 구원해줄 수 있을까? 작금의 우리 인류는 도저히 극복할 수 없을 것 같은 수많은 어려움에 직면해 있다. 지구 온난화와 극우파 및 선동적 정치 활동의 부활, 기아와 주택 문제, 그리고 종교와 관련된 증오며 광신 등등. 그런데 과연 교육이 이 모든 문제에 대한 해답이 될 수 있을까?

나는 내 인생의 대부분 동안 겉으로 내세우는 가치와 실질적 행동, 그리고 고상한 열망과 실생활 사이의 불편한 괴리감을 이해하기 위해 애써왔다. 어렸을 때는 배움이야말로 모든 기쁨과 위로의 근원이었다. 맨 처음 학교에 들어갔을 때의 일들을 나는 여전히 또렷하게 기억한다. 나는 인간미가 넘쳐나는 전통적인 유대교 초등학교에 다녔다. 대부분의 선생님들은 이른바 '경건파' 유대인이었고, 이들에게 배움이란 일종의 즐거운 활동이었다. 다섯 살이 되었을 때 나는 반 친구들과 함께 시더siddur(유대교의 기도서.-옮긴이)를 선물받았다. 이 기도서는 부모님과 선생님들이 모두 참석하는 특별한 축하 의식과 함께 아이들에게 주어졌다. 나는 기도용 어깨걸이를 걸치고 머리에 금빛 마분지로 만든 왕관을 쓴 채 의자 앞에 서서 아침 예배를 위한 기도서 몇 줄을 읽었다. 기도서 읽기를 마치자 교장 선생님, 그러니까 검은 수염을 기른 친절한 눈매의 랍비가 나에게 각설탕을 건네주었다. 유대교 전통에서 각설탕은 배움의 즐거움을 상징하며, 거기에 숨어 있는 뜻은 분명하면서도 노골적이었다. 즉 배움이란 달콤한 것이라는 사실이었다. 나는 지금도 그때의 그 각설탕 맛을 기억할 뿐만 아니라 그 순간 느꼈던 자부심과 기쁨까지 또렷이 기억난다.

방과 후에는 틈날 때마다 신화와 민화, 그리고 동화 등을 읽고 연필과 매직펜으로 상상 속의 생명체들을 그리며 시간을 보냈다. 나는 그림 그리기를 무척이나 좋아했고, 어릴 때부터 내가 화가가 되고 싶어 한다는 것을 잘 알고 있었다. 내 마음속에서는 그런 환상의 세계와 학교에서 공부하는 고대 문헌들 사이의 경계선이 무너지기 시작했다. 그리고 나는 양쪽 모두에서 선량하고 고귀한 사람이 되는 방법, 어려움을 이겨내는 방법, 그리고 주어진 사명을 완수하는 방법 등에 대한 교훈을 배울 수 있었다. 선생님들은 학생들에게 다정히 대해주었고, 넘어져 다쳐 우는 학생들을 달래곤 했다. 또 뭐든 필요한 것이 없는지 조용히 이야기를 들어주었다. 세련되고 점잖으며 또 친절한 모습은 그야말로 기사도 정신이 살아 돌아온 듯했다.

나는 유대교 중에서도 초정통파에 속하는 학교에 다녔지만, 나 자신은 그리 대단한 정통파 유대교도가 되지 못했다. 게다가 가정환경도 조금 복잡했다. 부모님은 내가 다섯 살 때 이혼했다. 부모님이 나와 내 여동생에게 앞으로 어떻게 지내고 싶은지 물었을 때 우리 남매는 매일, 그리고 매주 부모님 집을 번갈아가며 찾아가기로 결정했다. 월요일은 아빠 집, 화요일은 엄마 집, 뭐 이런 식이었다. 덕분에 원하던 대로 부모님 모두와 정기적으로 왕래할 수는 있었지만, 그 대가로 늘 불안하고 혼란스러운 마음으로 지낼 수밖에 없었다.

내 부모님은 겉모습은 물론 성향이나 신앙도 서로 많이 달랐다. 어머니는 배움을 중요하게 여기는 지식인으로서, 나를 초정통파 계열의 초등학교에 보내 전통적인 유대교 생활의 중요한 기초를 배우게 하자고 우겼다. 반면에 작곡가였던 아버지는 자유로운 영혼이었고, 나를 일반 공립학교에 보내 현대의 창의적 시류에 되도록 많이 노출시키자는 입장이었다. 결국 어머니의 고집이 아버지를 이겼고, 나는 탈무드를 배우며 학창 시절을 보냈다. 탈무드를 배우는 것은 대단히 복잡하고 난해한 일이었고, 거기에 담긴 율법과 전설에 대해서는 격한 논쟁이 오가곤 했다. 그렇지만 나는 공부를 하다가 샛길로 빠지곤 했다. 탈무드의 좁다란 행간은 외계인과 괴물이 싸우는 그림으로 채워졌고, 중세 주석서의 여백에는 우주의 심연을 가로지르는 우주선과 레이저 광선 그림이 이어졌다. 어머니와 함께 지낼 때는 전통적인 유대교의 생활 방식을 따랐다. 할머니의 조리법에 따라 차려진 닭고기 죽과 감자를 곁들인 고기찜을 먹으며 고요하게 안식일이 시작되면, 어머니는 이번 주에 학교에서 뭘 배웠는지 물었다. 저녁을 먹고 나서 어머니와 여동생이 유대교 찬송가를 부르면, 나는 옆에서 기도서를 읽었다. 그런 다음 다시 다 함께 기도서를 읽다가 잠이 드는 것이었다. 이튿날인 토요일, 그러니까 유대교 안식일 아침에 나는 어머니가 시키는 대로 혼자서 시너고그synagogue(유대교에서 집회와 예배의 장소로 쓰는 회당.-옮긴이)에 출석했다. 시너고그에는 온통 70대쯤 되는 노인들뿐이었다. 오후가 되면 꽤 멀리 떨어진 곳에 살고 있는 친구들을 찾아가 군것질을 하며 보드게임을 하거나 만화책 이야기를 했고, 곧 있을 탈무드 시험을 준비하며 공부할 때도 있었다.

아버지 집으로 가면 모든 것이 좀 더 자유로웠다. 우선 먹을거리부터 핫도그와 에그롤에 다른 포장 음식까지 규율에 얽매이지 않았다. 안식일에 아버지는 늦잠을 잤고, 오후 2시나 되어서야 일어나 나와 여동생이 점심을 먹고 있을 때 겨우 아침을 먹었다. 우리는 이처럼 규율에 얽매이지 않는 먹을거리를 마음껏 즐겼으며, 특히 아버지의 친구들이 찾아올 때는 더욱 그랬다. 아버지의 친구들은 일종의 문화 사교 모임 같은 것을 열어, 시간의 본질이며 개인 선택의 한계("만일 어떤 친구가 자살하려고 할 때 우리에게는 그 친구를 막을 권리나 의무가 있을까") 등에 대해 아주 흥미로운 논쟁을 펼치곤 했다. 아버지의 새 아내, 그러니까 내 새어머니는 가장 좋아하는 텔레비전 프로그램인 〈달라스〉를 놓치지 않으려고 안식일 전에 미리 예약 녹화를 설정해두었는데, 식사를 하고 있으면 비디오 레코더가 자동으로 움직이는 소리가 들려오곤 했다. 안식일 오후가 되면 가족끼리 리버사이드 파크로 산책을 갔다. 그곳에서 나는 빙하 퇴적물의 결과로 150만 년쯤 전에 만들어진 거대한 바위 위에 올라가서 놀았다. 150만 년 전이라면 뉴욕이 아직 수백 미터 두께의 얼음에 파묻혀 있던 시절이다.

때때로 어머니와 아버지의 이런 생활 방식 차이는 난감한 상황을 만들어내기도 했다. 한번은 어느 금요일 오후에 친구 집에서 놀고 있는데, 해가 거의 저물어서야 아버지가 나를 데리러 왔다(금요일 해가 지면 안식일이 시작되기 때문에 유대인은 운전까지 포함해 모든 하던 일을 중단해야 한다). 대부분 학교 친구들의 부모님처럼 정통파 유대인이었던 친구의 아버지가 내 아버지에게 물었다. "안식일이 시작되려는데 집에는 어떻게 가시려고 그럽니까?"

그러자 아버지는 당황한 듯 질문에 대답하지 않았다. 하지만 친구의 아버지인 캘러먼 씨는 한술 더 떠 이렇게 말했다. "이제는 시간에 맞춰 집에 돌아가실 수 없어요. 그러니 오늘은 그냥 여기 계셔야겠습니다."

그때의 일이 어떻게 마무리되었는지는 정확하게 기억나지 않는다. 그저 친구 가족에 비해 우리 가족이 규율을 신경 쓰지 않고 '일탈'을 하는 모습이 불편하게 느껴졌던 것만 기억난다. 그때의 그 감정은 풀리지 않은 채로 남아서, 나는 줄곧 이중생활을 하는 듯한 기분을 느껴야 했다. 유대교의 규율과 우리 가족의 실제 생활 모습은 편안하게 공존할 수 없었던 것이다.

그리고 여동생 문제도 있었다. 내 여동생은 날 때부터 눈이 보이지 않았지만 다른 여러 감각이 발달했으며, 특히 음악적 부분이 탁월했다. 우리 남매는 같은 방을 썼는데, 어린 시절 방에 불이 꺼지면 나는 아무것도 못 읽는데 동생은 점자책을 읽을 수 있었기 때문에 그걸 가지고 화를 내기도 했다. 우리는 어렸을 때 함께 어

울려 놓았다. 하지만 점점 나이가 들면서 나는 친구들과 함께 군것
질을 하러 가거나 만화방에 가는 시간이 더 많아졌다. 동생은 부모
님의 이혼을 나보다 더 힘겹게 받아들였고, 아무렇지 않은 척하는
나에 비해 최소한 자신이 느끼는 감정을 표현할 줄 알았다.

가족끼리 외식이라도 하러 나가면 다른 또래 아이들이 여동생
을 보고 속닥거리는 모습이 보이곤 했다. 나는 여동생을 지켜주고
싶고, 또 보호해주고 싶었다. 특별한 도움을 필요로 하는 가족이
있었기 때문에 나는 일찌감치 사회동학社會動學(프랑스의 철학자 오
귀스트 콩트가 처음으로 제창한 개념. 사회 진보의 원리를 분석하는 것을 핵
심 과제로 삼는다.-옮긴이)에 관심을 갖게 되었다. 나는 어디를 가든,
그리고 무슨 모임에서든 함께 어울리지 못하고 겉도는 사람들이
있다는 사실을 알게 되었고 그런 사람들을 돕고 싶었다. 그렇지만
나 자신부터 자주 그렇게 겉돌고 있다는 느낌이 들 때는 도대체
어떻게 해야 하는 것일까?

내가 초등학교를 졸업하자 부모님은 다시 나를 두 가지 갈림길
앞에 세웠다. 어머니는 내가 초등학교 교육 과정과 이어지는 또 다
른 정통파 학교로 진학하기를 바랐고, 아버지는 초등학교 입학 때
와 마찬가지로 일반 공립학교에 보내 좀 더 자유로운 생활을 맛보
게 하자는 의견을 다시 꺼냈다. 나는 어머니와 아버지의 의견을 절
반씩 받아들이기로 결심하고 현대 정통파 계열의 학교에 입학했
다. (현대 정통파란 19세기 중엽에서 말까지 주로 독일에 거주하던 유대인
사이에서 일어난 교파로, 유대교의 전통과 현대 생활양식을 조화롭게 접목

시키는 것을 목표로 했다. 그러면서 새로운 과학적, 그리고 역사적 발견이나 성과도 받아들이려 했다. 현대 정통파 계통의 교육 기관들은 오전에 유대교의 전통 과목들을 공부하고, 오후에는 세속적 과목들을 공부했다.) 수업은 저녁 6시 20분에 끝날 정도로 꽤 길게 이어졌다. 겨울이면 수업을 끝마치고 밖으로 나올 때마다 이미 사방이 깜깜해진 것을 보고 놀라곤 했다.

깜깜한 것은 비단 학교 밖 풍경만이 아니었다. 처음 학교에 입학하고 몇 주 동안 나는 조회 시간에 학생들을 맞이하는 선생님, 그러니까 랍비가 갑자기 복도에서 어린 학생 하나를 붙잡아 목덜미를 움켜쥔 채 벽을 향하게 한 후 무슨 규칙 위반을 지적하며 소리 지르는 것을 자주 보았다. 또 쉬는 시간마다 운동장은 온통 난장판이 되었고, 선생님들이나 와야 뜯어말릴 수 있는 큰 싸움이 벌어지는 일도 다반사였다. 나는 마치 엄마의 자궁에서 차가운 바깥 세상으로 갑자기 튀어나온 아기처럼 도무지 정신을 차릴 수가 없었다.

수업 교재인 유대교의 전통 문헌은 초등학교 때 공부했던 것과 다를 바 없었지만, 그런 문헌을 배우는 것과 실제 생활을 연결 짓는 것은 완전히 다른 문제 같았다. 학교에서 동급생들이 서로에게 하는 행동을 보고 있노라면 대부분이 배워온 가르침을 제대로 자기 것으로 만들지 못한 것이 분명했고, 그런 행동을 나서서 고쳐주는 사람은 하나도 없었다. 우리는 복잡하고 난해한 유대교의 율법에 대해 반복해서 시험을 보고 또 보곤 했는데, 그런 율법의 세부 내용을 율법이 만들어진 목적보다 더 중요하게 여기는 것 같았다. 전통 문헌이 담고 있는 진짜 윤리적인 교훈은 어디론가 사라져버렸다. 문화적으로 중요하게 여기는 가치는 순응과 복종의 정신이었고, 나처럼 예술 방면에 관심이 있거나 뭔가 남들과 다른 모습을 보이는 아이들은 따돌림과 괴롭힘을 당했다. 나는 나이 든 상급생 몇 명이 특히 몸집이 작은 신입생을 골라 사물함 속에 억지로 처박고는 문 앞에 기대고 선 채로 잡담을 하는 것도 본 적이 있다. 아이들은 좋은 성적을 올리기 위해 서로 경쟁했고, 시험 때는 부정행위도 심심찮게 일어났다.

우리가 공부한 성스러운 경전에는 모든 사람의 개성이 서로 어우러져 인정을 받는 공동체의 모습이 담겨 있었다. 그렇지만 그런 공동체는 존재하지 않았다. 내가 용기를 내어 우리의 전통 유산과 실제 가치관 사이에 존재하는 분명한 간극에 대해 질문하자, 랍비들은 그런 질문을 하기 전에 공부를 훨씬 더 할 필요가 있다고 대답해주었다. 그러다 보니 나는 내가 믿는 종교가 도덕적으로 완전히 파탄 났으며 그저 겉치레에 지나지 않는다는 생각에 빠져들고 말았다. 하지만 다른 많은 친구나 동급생이 결국 유대교를 떠났음에도 불구하고 나를 끝까지 남게 한 무언가가 있었다. 나를 붙잡은 것은 어쩌면 가족과 함께한 따뜻하고 풍성한 안식일 만찬이었는지도, 또 어쩌면 초등학교 시절 선생님들이었는지도 모른다. 어쨌든 나는 종교의 세계가 주는 선물을 경험했고, 그 때문에라도 종교를 완전히 포기하기가 망설여졌던 것이다.

나는 끊임없는 의문에 빠져들었다. 나는 그저 단순한 궁금증이 있었다. 그토록 좋은 가르침이 있는데도 왜 사람들을 선하게 바꾸지 못하는가? 영적 공동체에서 집단적 순응보다 개성을 더 중요하게 가르치는 일이 가능할까? 인간은 어떻게 해야 자신과 다른 존재들, 예를 들어 내 여동생 같은 사람들을 곁눈질하며 수군거리는 일을 그만둘 수 있을까?

10대 시절로 접어들어 나는 예컨대 부모님과 선생님 같은 내 주변의 어른들을 돌아보게 되었다. 그리고 내가 보기에는 그들 모두가 전통이든 새로운 혁신이든, 또 과거에 대한 헌신이든 자신만의 특별한 꿈에 대한 전념이든 그저 자신에게 유리한 쪽을 선택한 것 같았다. 어느 누구도 내가 생각하는 공동체와 자아실현, 그리고 종교와 예술 사이를 이어주는 다리 역할을 충실히 해내려고 하지 않았다.

그해 11월, 훗날 내 어머니와 재혼하게 되는 마티가 내게 엘리 위젤이 하는 공개 강연에 한번 같이 가보자고 권했다. 마티는 어느 합창단에서 지휘자로 일하면서 위젤에 대해 알게 되었다고 말했고, 나는 기꺼이 그를 따라나섰다. 강의가 끝나고 마티는 다시 나를 위젤에게 소개하겠다고 했고, 나는 크게 흥분했다. 당시 나는 위젤의 책을 이미 여러 권 읽었고, 그가 학교로 찾아와 홀로코스트에 대해 강연하는 것도 들은 적이 있었다. 나는 위젤을 유대인 중에서도 일종의 특별한 사람으로 여기고 있었고 그만큼 경외심도 컸다.

지금 돌이켜보면 인사하고 악수를 나누며 그가 했던 말은 정확히 잘 기억나지 않는다. 다만 공개 강연 후 작은 응접실 같은 곳에서 있었던 환영 모임은 지금도 기억하고 있다.

응접실 안은 사람들로 꽉 차 있었다. 엘리 위젤이 모습을 드러내자 사람들은 모두 흥분한 듯 웅성거리기 시작했다. 위젤은 좁은 어깨의 왜소한 모습으로 짙은 회색 정장을 입고 있었다. 상의 왼쪽 옷깃에는 프랑스의 레지옹 도뇌르 훈장 수상자임을 알려주는, 붉은색과 금색으로 된 작은 장식이 달려 있었다. 위젤이 걸어 들어오는 모습은 우아함과 고상함 그 자체였다. 그는 자유분방한 10대 소년처럼 이따금 이마 위로 흘러내리는 성긴 머리카락을 아무렇게나 쓸어 넘겼다. 얼굴에는 깊은 주름이 새겨져 있고 피부는 거칠었다. 그 모습은 마치 세계 지도를 보는 것 같았는데, 많은 고초를 겪었지만 여전히 웃음을 잃지 않는 그런 세계의 모습처럼 보였다.

사람들이 모여드는 가운데 마티가 나를 보고 앞으로 가보라는 듯 손짓을 했다. 그리고 마침내 나는 위젤과 마주할 수 있었다. 그는 내게 손을 내밀면서 가볍지만 또렷하게 목소리를 약간 높이며 말했다. "엘리 위젤입니다."

나는 그 자리에서 얼어붙고 말았다. 지금 눈앞에는 공포와 두려움 속에서 결국 살아남아, 말하자면 전 세계 왕후장상의 친우親友가 된 남자가 서 있었다. 그는 또한 수많은 분쟁 지역을 돌아다니며 고통받는 사람들과 함께했고, 그 공로로 노벨 평화상을 받은 남자였다.

　나는 그 후로도 몇 년이 지나서야, 내 나이 열다섯 살에 나는 누구와 함께 어디에 있었는지, 같은 나이에 엘리 위젤은 누구와 함께 어디에 있었는지 생각해보았다. 미국에서 보낸 편안한 어린 시절과 그가 종종 '암흑의 왕국'이라고 불렀던 시절 사이의 간극, 신대륙 미국과 전쟁 전 구대륙 유대교도 사이의 간극, 나의 모국어인 영어와 그의 모국어라고 할 수 있는 이디시어 사이의 간극, 내 상상력을 자극했던 1980년대 만화들과 젊은 엘리를 매료시켰던 고행과 수도 생활 사이의 간극…. 그 거리와 간극은 도저히 좁혀질 것 같지 않았다. 그런데 어떻게 된 일인지 그 짧았던 만남에서 나는 처음으로 내 눈이 확 밝아지는 기분을 느꼈던 것이다.

지식의
배반

시간이 흐르면서 나는 엘리 위젤의 책들을 더 읽어보기 시작했다. 그리고 학교에서 배우는 지식과 실제 생활 사이의 괴리감에 대한 나의 의문들은, 위젤이 이야기하는 규범적 교육에 대한 비판과 통하는 면이 있다는 사실을 깨달았다. 그는 배움에 대한 열정이 있었고, 결국 그 열정 덕분에 구원을 받았다. 전쟁이 끝난 후에 고립감을 견뎌내고 삶에 의미를 부여할 수 있도록 해준 것도, 아니 그보다 더 중요한 문제인 의미를 찾아 떠날 수 있게 해준 것도 다름 아닌 배움에 대한 열정이었다. 그렇지만 그런 위젤 역시 인간이라면 마땅히 갖추었으리라고 생각했던 지혜와, 자신이 실제 경험했던 세상 사이의 괴리감에 대해 고민을 하지 않을 수 없었다. 미국 땅에서 안전하게 살고 있는 유대인 꼬마가 그저 그런 갈등을 겪어가며 고민을 키워갔다면, 그는 아예 삶의 의미 같은 것조차 감히 생각해볼 수 없는 홀로코스트 경험을 돌이켜보며 여러 가지 의문을 갖기 시작한 것이다.

그에게는 여러 가지 고통스러운 의문이 있었지만, 그런 그를 훗날 가르치는 사람으로 이끈 한 가지 의문이 있다면 바로 "왜 배움과 지식으로도 독일 사람들은 증오심에 저항할 수 없었는가" 하는 것이었다. 2차 세계 대전이 벌어지기 전 독일은 지구상에서 가장 '발전된' 국가들 중 하나였고, 문화와 교양이 넘쳐흘렀으며, 인도주의적 가치를 부르짖었다. 하지만 그 결과는 위젤의 동포들에 대한 박해와 멸절 시도였다. 훗날 그는 강의에서 우리에게 말했다. "전쟁이 끝난 후 내 인생에서 가장 어두웠던 시기는, 나치 독일의 고위 장교들을 비롯한 학살의 주동자와 실행자 상당수가 대학에서 공부를 했다는 사실을 알고 난 후 찾아왔습니다." 그런 사람들 중 괴테와 칸트를 공부해보지 않은 사람이 드물었는데, 이 두 위대한 사상가가 천착했던 것은 다름 아닌 윤리와 도덕 개념에 대한 탐구였다. 우리는 악명 높은 나치 친위대 장교들이 교회에 빠지지 않고 나가고 자녀들과 함께 기도하며, 반려동물과도 다정하게 잘 지냈다는 사실을 알고 있었다. 그런 그들이 서슴지 않고 끔찍한 일들을 자행했던 것이다. 의사들 역시 끔찍한 실험에 참가했으며, '해롭지 않다'는 그들의 약속은 모두 거짓으로 드러났다. 이토록 윤리와 지식이 극명히 분리되는 사례가 어떻게 20세기에 들어서서까지 끊이지 않고 이어질 수 있었을까? 사람들에게 해를 입히는 일에 습득한 지식을 활용하는 것이 가능하다는 사실을 두고 우리는 어떻게 반응해야 할까? 위젤은 말했다. "나는 언제나 교육이 일종의 보호 장치가 될 수 있다고 믿었고, 교육을 받은 사람이라면 도저히 할 수 없는 일들이 있을 거라고 생각했습니다. 그런데 그런 믿음과 생각이 빗나가고 만 겁니다."

이런 의문들에 대해 위젤은 새로운 종류의 학습과 교육을 만들어내는 것으로 해결책을 찾으려 했다. 만일 위대한 문학적 개념이나 거창한 철학적 전통이 광신주의로부터 사람들을 보호할 수 없다면, 그리고 종교조차 (수많은 역사가 보여주듯 광적인 설교에 휘둘려 신앙의 이름으로 온갖 잔혹한 짓을 저지를 만큼) 쉽게 타락할 수 있다면, 도덕적 명확성을 지키는 방법은 과연 무엇일까? 엘리 위젤은 배움에 대한 열망으로 구원을 받았지만, 이 세상을 광기로부터 구해내기에는 역부족이었다. 그렇다면 교육이 도덕적, 그리고 윤리적 타락을 이겨내도록 해주는 뭔가 숨겨진 주요 요소가 어딘가에 있지 않을까. 가르치는 교사로서 위젤 교수는 이제 이 숨겨진 요소를 찾아내는 연구에 평생 천착한다. 이 요소만 찾아낸다면 지식은 다시 저주가 아닌 축복이 되고, 그 지식이 쌓여 증오가 아닌 공감과 동정의 행위로 이어질 수 있을 것이다. 그는 과학자처럼 자신의 글쓰기와 사색을 통해, 특히 강의를 통해 실험에 실험을 거듭했고 마침내 그 숨겨진 주요 요소를 찾아내 이름을 붙였다. 바로 기억이었다.

위젤의 공개 강연에서 처음 그를 만난 이후 나는 계속해서 다른 공개 강연도 찾아다녔다. 처음에는 조금 쑥스러워 감히 개인적으로 다가갈 수 없었기에 대신 그가 쓴 글들을 열심히 찾아 읽으며 그의 글과 말 사이에서 서로 이어지는 부분을 찾아내려고 애썼다. 나는 보편적인 윤리 개념을 강조하기 위해 그가 유대교의 가르침을 인용하는 것을 보고 놀라지 않을 수 없었다. 학교에서 만난 선생님들은 아예 시도조차 하지 않은 일이었다. 위젤은 사회의 약자들과 위험에 빠진 사람들, 그리고 공동체의 일원이 되지 못하고 겉도는 사람들을 자신의 말과 글과 행동을 통해 늘 관심을 두고 염려했다. 인권, 언론과 종교의 자유, 또 학대받고 억압받는 사람들의 처지 등은 언제나 그의 가장 중요한 관심사였다. 내가 학교에서 읽고 공부했던 구약 성경이나 탈무드의 이야기들도 위젤이 바라보는 세상에서는 앞으로 나아갈 길을 비춰주는 존재가 될 수 있었다. 내가 매일같이 몇 시간씩 공부해온 기록이나 문헌이 갑자기 내가 사는 세상과 무관하지 않은 것으로 보이기 시작했다. 예언자들의 외침과 유대교 율법의 모든 윤리적 가르침도 중요하고 가치 있는 것으로 바뀌었다. 나는 이전보다 좀 더 진지한 자세로 수업에 임했고, 따로 시간을 내어 그런 기록이나 문헌을 다시 찾아 읽고 또 읽었다. 그렇게 하다 보니 새로운 길에 대한 가능성이 어렴풋이 보이는 것 같았다.

위젤을 통해 새롭게 깨달은 것은 비단 그런 윤리적 가르침뿐만이 아니었다. 유대교의 중심에 있는 전설이나 우화, 그리고 일화 같은 이야기도 모두 다시 새롭게 다가왔다. 유대교 학자이자 비를 부른 일화로 유명한 호니Honi, 로마 제국에 맞섰던 바르 코크바Bar Kochba, 경건파 운동을 처음 시작했던 바알 셈 토브Baal Shem Tov, 여자 랍비로 경건파 운동을 이끌었던 한나Hannah 등이 간달프(영화 〈반지의 제왕〉에 등장하는 마법사.−옮긴이)나 요다(〈스타워즈〉에 등장하는 제다이 스승.−옮긴이)를 대신해 내 상상력을 채워가기 시작했다. 나는 예전부터 이런 이야기들에 목말라 있었는데, 어린 시절 흥미를 느꼈던 전승 설화와 우화 속 신비스럽고 이국적인 요소들이 내가 속한 유대교 전통에도 자리하고 있다는 사실을 서서히 깨닫기 시작한 것이다. 그리고 나로서는 이런 유대교 유산의 정수를 깨닫게 해준 사람이 다름 아닌 엘리 위젤이었다. 나는 어린 시절 그리스 신화며 만화책을 보고 따라 그리는 데 쓰던 매직펜을 다시 꺼내 들고, 유대교 전설에 등장하는 장면들을 그려보기 시작했다. 내가 그린 그림 속에는 긴 칼을 휘두르거나 눈에서 레이저 광선을 쏘는 유대교 학자들이 등장하곤 했다.

그 후 몇 년 동안 나는 학교 도서관은 물론 할아버지와 할머니가 모아둔 장서들을 뒤져 영어든 히브리어든 내가 찾을 수 있는 모든 유대교 이야기를 찾아서 읽었다. 그런 이야기 중 일부는 문체도 너무 오래되었거니와 지나치게 도덕적인 의무감을 강조하는 등 고루한 면이 없지 않았다. 나는 좀 더 신비롭고 기발하며, 심지어 초현실적이기까지 한 이야기를 더 좋아했다. 예를 들어 지금 우리가 살고 있는 세상 전에 있었던, 하느님이 제대로 된 창조에 한 번 실패했던 세상에 대한 이야기를 보면 당시 인간은 머리가 두 개에 팔이 네 개였는데 두 개의 머리가 항상 의견이 달라 문제였다고 한다. 또한 네피림Nephilim에 대한 전설도 있었는데, 네피림이란 타락한 천사들이 인간 여자와 결혼해 낳은 후손들로 나중에 마법사나 거인으로 자라났다. 그리고 바알 셈 토브의 자손인 랍비 나흐만Nachman과 그의 추종자들이며, 암흑의 숲과 마법의 성에 대한 이야기도 있었다. 이런 이야기에서는 웃음소리 한 번에 모든 난관이 풀리고, 짐승들이 달에게 바치는 노래를 부르며, 보석들 속에서 아이들이 태어난다. 책을 읽으면 읽을수록 나는 더 많은 읽을거리가 있다는 사실을 알게 되었다. 한 편의 이야기 뒤에는 다시 수많은 해석과 주석이 이어지고, 또 수천 년의 세월 동안 수많은 지역에서 만들어진 격렬하고 요란한 논쟁들이 있었던 것이다.

대부분의 정통파 유대인 가정의 아이들처럼 나 역시 홀로코스트에 대해 잘 알고 있었다. 보통 초등학교 3학년 무렵부터 학교에서 그와 관련된 내용들을 가르치기 시작하는데, 사람들이 생각하는 것만큼 그렇게 항상 진지하거나 심각한 분위기는 아니다. 5학년이나 6학년이 되면 동영상 자료를 보는데, 나치 독일이 항복한 후 연합군이 찾아낸 집단 매장지와 시체 등이 등장하는 영상들은 마치 공상과학영화의 한 장면이나, 아이들은 시청이 제한된 성인용 심야 방송의 한 장면 같기도 했다. 나는 왜 학교에서 이런 영상을 아이들에게 보여줘도 괜찮다고 생각하는지, 그 이유를 이해할 수 없었다. 영상을 보고 나서도 친구들과 관련 이야기를 나눈 기억이 전혀 없는데, 지금 생각해보면 아마도 그런 영상 내용이 우리 자신과는 전혀 관계가 없다고 여겼던 것 같다.

열다섯 살이 되었을 때 나는 엘리 위젤이 유대인 강제수용소의 생존자라는 사실을 알게 되었다. 그리고 그의 책 《밤》을 읽고 나니 그가 왜 생존자들을 대표하는 중요 인물로 알려지게 되었는지 어렴풋이 짐작이 가는 듯했다. 다른 생존자들도 홀로코스트 추모일에 학교나 지역 시너고그를 찾아 가족을 잃은 경험담 등을 들려주곤 했다. 때로 그들은 울음을 터뜨렸다.

나는 그런 이야기들에 관심이 있었지만, 동시에 다른 친구들처럼 거부감 같은 것도 느끼고 있었다. 무엇보다 이야기가 너무나 무서웠고, 우리가 들은 이야기를 어떻게 받아들여야 할지 도무지 알 수 없었다. 우리는 또한 나치가 저지른 대학살이 어떻게 우리 유대인의 삶에 영향을 미쳤는지에 대해 선생님들이 전해주고자 하는 그 암묵적인 뜻도 제대로 받아들이지 못했다. 물론 아주 끔찍한 일이 벌어졌다는 사실은 이해했지만, 우리가 믿고 있는 종교는 더 긍정적이고 독립적인 의미를 지녀야 한다고 생각했다. 적이 누구인지, 또 그들이 어떤 일을 했는지에 따라서 우리의 정체성이 정해진다고 생각할 수는 없었던 것이다.

위젤 교수를 처음 만나고 몇 개월이 지난 어느 날 저녁, 나는 그날 있었던 일들에 대해 곰곰이 생각하고 있었다. 그날은 마침 어느 홀로코스트 생존자와 이야기를 나누기도 했고, 그래서 나는 위젤 교수를 다시 떠올렸다. 나는 지금 내가 느끼고 있는 혼란, 특히 홀로코스트를 더 알아가는 것에 대해 주저하는 마음 등을 붙잡는 데 그가 도움을 줄 수 있을까 생각하기 시작했다. 나는 그가 쓴 책의 내용 대부분이 유대교의 전설을 바탕으로 하고 있으며, 강의 역시 유대교의 역사와 영웅을 칭송하는 형식으로 진행되는 경우가 많다는 사실을 알게 되었다. 그는 분명 우리가 함께 공유하고 있는 유대교 전통과 자신의 관계를 그대로 유지하면서 자신이 겪은 일을 소중히 보존해 전달할 수 있는 방법을 찾아낸 것 같았다. 그는 전쟁과 나치의 광기를 견디며 살아남았지만, 그렇다고 거기에만 평생 천착하지는 않았다. 그는 다른 수많은 주제로도 글을 써 나갔다. 문학에 대한 숙고와 인권 및 존엄성을 두고 벌어지는 작금의 갈등들, 또 유대교의 전설과 특성 등이 포함되어 있었다. 홀로코스트는 단지 그의 인생 주제가 아니라 하나의 돋보기가 되었고, 그는 그 돋보기를 통해 다른 모든 주제를 자세히 살펴볼 수 있었다. 그리고 나중에 알게 된 것처럼 그는 학생들에게도 그 돋보기를 소개했다. 학생들은 문학과 역사, 그리고 위대한 책들과 우리 개인사 사이의 관계를 살펴보는 데 큰 도움을 받았다. 그는 우리에게 지금 읽고 있는 책이나 기록, 혹은 문헌에서 항상 도덕적 의미를 찾아낼 수 있도록 이끌어주었다.

시간을 조금 빨리 돌려보자. 첫 만남 이후 14년이 지난 2004년 가을, 나는 보스턴 대학교에서 위젤 교수의 조교로 일하고 있었다. '신앙과 이단'이라는 과목의 첫 번째 강의가 있는 날이었다. 나는 매년 새로운 학기가 시작될 때마다 항상 크게 긴장을 했는데 마치 도시락은 잊지 않고 잘 가지고 왔는지, 또 교실은 제대로 찾아갈 수 있을지 염려가 끊이지 않는 개학 첫날의 초등학생 같은 기분이었다. 유명한 교수를 처음 만나는 학생들 역시 긴장하기는 마찬가지였고, 강의실에 모인 60여 명의 학생들은 대부분 그날 처음 보는 사이였다. 학생들은 각자 서로를 경계하는 듯했으며, 모두 자기 자신만의 생각에 사로잡혀 있는 것 같았다. 나는 학생들이 그들 앞에 펼쳐진 모험을 경험하게 되기를 간절히 바랐다.

늘 그렇듯 위젤 교수는 나에게 강의 주제와 관련하여 토론을 시작할 수 있도록 한 쪽 분량의 이야기를 준비해달라고 부탁했다. 신앙과 이단이라는 주제에 대해 나는 경건파의 스승 랍비 나흐만이 했다는 짧은 이야기 한 편을 골랐다. 〈저주받은 곡식〉이었다. 몇몇 학생이 나서서 이 이야기를 큰 소리로 읽기 시작했다.

점성술을 좋아하는 어떤 왕이 별자리를 살펴보다가, 앞으로 추수할 곡식을 먹는 자는 누구든 미치게 되리라는 사실을 알게 되었다. 왕은 친구이기도 한 총리대신을 불러 어떻게 해야 할지 의논했다.
"폐하." 총리대신이 대답했다. "그러면 폐하와 저는 이제 작년에 추수한 곡식만 먹으면 됩니다. 그 곡식들은 아무 문제가 없을 테니 먹어도 괜찮을 겁니다."

그렇지만 왕은 이렇게 대답했다. "그럴 수는 없네. 그럼 다른 백성들은 어떻게 한단 말인가? 사방이 온통 미친 사람들로 가득 차 있는데, 그 와중에 우리만 멀쩡하게 남는다 해도 백성들은 우리를 똑같이 미친 사람으로 생각하지 않겠는가. 그러니 차라리 저주받은 곡식을 함께 먹고 백성들과 똑같이 미치는 게 낫겠어."

또 왕은 잠시 생각에 잠기더니 말했다. "하지만 그 전에 최소한 뭔가 상황을 이해할 수 있는 조치는 취해야겠지. 그러니 각자의 이마에 표시를 해두기로 하지. 그러면 서로를 볼 때마다 우리가 미쳐 있다는 사실을 기억하게 되지 않겠나."

위젤 교수는 학생들을 돌아보며 말했다. "여러분이 부럽습니다. 여러분은 이제부터 시작이니까요. 물론 처음은 아니고 다시 시작하는 사람들도 있을 겁니다. 자, 그러면 우리는 이 이야기를 통해 어떤 사실을 깨달을 수 있을까요?" 그러자 갑자기 긴 침묵이 이어졌다. 강의 첫날이면 흔히 볼 수 있는 광경이었고, 이윽고 그 침묵은 강의실 전체로 퍼져 나갔다. 그렇지만 위젤 교수는 그런 침묵 속에서도 별다른 동요가 없었다. 그는 계속 기다렸고, 마침내 얼마간 시간이 흐르자 두 학생이 손을 들었다. 위젤 교수는 먼저 손을 든 학생에게 고개를 끄덕여 보였다.

크고 근사한 빨간색 안경을 쓴 젊은 여성이 말했다. "만일 이 세상이 미쳐 돌아간다면…."

"미안하지만 이름을 좀 말해주겠어요?" 위젤 교수가 그녀의 말을 가로막았다.

"아, 시카고에서 온 카렌이라고 합니다." 카렌은 약간 당황한 듯했지만 말을 이어갔다. "만일 세상이 온통 미쳤다면, 그게 비정상적인 행동이나 아니면 사물을 바라보는 왜곡된 시선 등 어떤 종류의 광기라도 상관없이 지도자는 국민과 함께해야 한다고 생각합니다. 그래야 어떻게든 도울 방법을 찾을 수 있을 테니까요."

"좋습니다. 그러면 조금만 더 들어볼까요." 위젤 교수는 이렇게 말하고, 함께 손을 들었던 다른 학생 쪽을 바라보았다.

"그러니까 제 생각은… 저는 보스턴 옆 올스턴에서 온 스티븐이라고 하고 의대생인데요. 왕은 정상인 상태로 있어야 하지 않을까 생각합니다. 그래야 백성을 도울 수 있지 않을까요? 병자가 다른 병자들이 낫도록 도울 수는 없을 것 같습니다. 전염병이 돌고 있을 때 의사나 간호사의 상황을 생각해보면 알 수 있지 않을까요. 만일 의사나 간호사까지 감염되었다면 상황은 다 끝난 거지요. 아무도 도울 수 없게 되니까요."

"궁금한 건요," 자신을 마저리라고 소개한 대학원생이 말했다. "추수하는 곡식에 대해 이야기할 때 그 이야기를 만든 사람은 무슨 생각을 했을까요? 그리고 그는 주변에서 어떤 종류의 광기를 보아왔을까요?"

"자," 위젤 교수가 말했다. "잘 알고 있겠지만 랍비 나흐만은 경건파의 지도자이자 스승이었고, 새롭고 깬 생각이 퍼져 나가기를 바랐던 사람입니다. 그러면서도 한편으로는 그런 생각 때문에 세상이 어떻게 바뀔지 염려도 했고요. 랍비 나흐만은 다른 랍비들과는 달리 유대 공동체 안에서도 주로 새로운 생각을 가진 사람들과 많은 시간을 보냈고 서로 잘 아는 처지였습니다. 함께 철학에 대해 논했을 뿐만 아니라 장기도 함께 두었지요!

따라서 랍비 나흐만은 장차 무슨 일이 벌어질지 어느 정도는 예상을 했던 것 같습니다. 산업혁명이 일어나고 사람들이 서로 뭉쳐서 움직이는…. 혹시 더 많은 것을 이미 알고 있지 않았을까요? 내가 살면서 겪었던 그런 사건들이 일어나리라고 예상을 하지 않았을지…. 물론 지금의 우리는 알 수 없습니다. 그렇지만 랍비 나흐만이 세상에 만연한 광기를 목도했다는 건 분명합니다. 그리고 두려워했지요. 20세기에 접어들면서 세상은 괴이하게 돌아가기 시작했습니다. 이야기에 등장하는 이마에 하는 표시는, 그런 광기가 최종적으로 승리하는 것을 막을 수 있는 방법이 아니었을까요? 기억의 힘으로 말입니다."

아프리카에서 온 어느 신학생이 자신을 솔르라고 소개한 뒤 말했다. "비슷한 이야기를 전에 들은 적이 있어요. 진짜 무시무시한 광기가 나라를 휩쓸고 있는데 지도자라는 사람들은 요새 같은 곳에 틀어박혀 숨어 있었다는 이야기요. 그들은 문밖으로 나오려고도 하지 않았고, 상황에 대한 어떠한 책임도 지려 하지 않았어요.

사람들은 크게 실망했지요. 그러나 마침내 지도자들이 사람들과 함께하자 뭔가가 조금씩 바뀌어갔다고 합니다."

나는 위젤 교수의 시선이 날카로워지는 것을 보았다.

"아프리카 어디 출신인가요?" 그가 물었다.

솔르가 대답했다. "짐바브웨에서 왔습니다."

"그렇다면 이 이야기를 잘 이해할 수 있겠군요." 그가 말했다. "당신 이야기를 꼭 다 같이 한번 들어보고 싶습니다."

나중에 솔르는 강의가 끝나고 나를 찾아왔다. 그리고 주저하는 듯한 표정으로, 자신의 오빠가 무가베 정권에 항거하다 살해당했다고 설명했다. 그리고 일가친척과 어린 시절 친구들 중 상당수가 에이즈에 걸렸으며, 치료를 위해 안간힘을 쓰거나 속수무책으로 방치하고 있다고 이야기했다. 실제로 2000년대 초반 짐바브웨는 실업 문제와 (콜레라와 에이즈 같은) 질병, 그리고 식량 부족 사태가 만연한 상황이었다. 또한 그 때문에 독재자 무가베 정권에 항거하는 운동이 전국으로 번져 나가고 있었던 것이다. 무가베는 몇십 년째 정권을 장악하고 있었으며, 그의 지지자들은 반대파를 때로는 아주 무자비하게 억눌렀다. 그 희생자들 중 한 사람이 바로 솔르의 오빠였다.

"참 안타까운 일입니다. 나로서는 도저히 상상도 가지 않는 일이군요." 나는 이렇게 말했다. 그리고 잠시 뒤에 덧붙였다. "알고 있겠지만 위젤 교수님은 강의를 듣는 학생들을 한 명씩 다 만나고 있습니다. 그런데 특히 당신과 이야기를 나누고 싶어 하시는군요. 그러니 괜찮다면 다음 주쯤 교수님과 약속을 잡아보는 게 어떨까요."

솔르는 고개를 끄덕였다. 나는 처음으로 그녀가 웃는 모습을 보았다.

나중에 솔르는 내게 위젤 교수와 거의 한 시간 이상 대화를 나누었다고 전해주었다. 자신이 겪은 일들에 대해 함께 이야기했고, 때로 위젤 교수가 질문을 하기도 했으며, 또 몇 분 동안은 말없이 그냥 앉아 있기만 했다고도 했다. 그리고 이제 시간이 다 되었는가 싶어 자리에서 일어나 나가려고 하니, 위젤 교수가 그녀의 손을 부드럽게 잡고 이렇게 말했다고 한다. "강의 시간에 당신 이야기를 꼭 다 같이 한번 들어보고 싶다고 했었지요. 그건 당신의 이야기를 통해 누군가가 더 인간답게 사는 법을 배울 수 있을 거라고 생각했기 때문입니다. 또 만일 그렇게 된다면 당신이 간직하고 있는 기억은 일종의 축복이 되는 셈입니다. 우리는 우리가 겪은 고통을 다리로 바꾸어 다른 사람들이 그 다리를 밟고 지나가며 고통을 덜 느끼게 해주어야만 합니다."

"모든 것을 기록하라": 기억이라는 보호막

위젤 교수가 학생들의 과거사에 깊은 관심을 기울이는 것은 흔히 있는 일이었다. 그는 언제나 정신적 상처의 존재에 대해 크게 신경 썼으며, 추상적 관념보다 개인이 가진 문제를 더 중요하게 여겼다.

스스로도 과거의 악령에 시달려온 위젤은 자신이 잊지 않고 있는 기억들을 통해 어떻게 구원받을 수 있을지 고민했다. 언젠가 현대 문학을 강의하다가 기억이라는 주제가 나오자, 위젤 교수는 갑자기 개인적인 이야기를 꺼냈다. "생존자들의 고민은 잊지 않고 있는 그 기억들을 어떻게 처리하느냐 하는 것입니다. 그냥 그 기억들과 함께 절망 속에 빠져 살아가야 할까요? 아니면 다른 사람들의 고통에 응답할 수 있는 힘을 얻도록 어떤 식으로든 이용을 해야 할까요?"

앞서 왕이 친구에게 서로의 이마에 표시를 하자고 한 것을 두고, 기억을 의미한다고 한 그의 해석은 맞는 말일지도 모른다. 그렇다면 기억 말고 우리 자신의 광기를 알아차리는 데 도움이 될 만한 것이 또 있을까? 현실을 잘 알지 못하는 주변 사람들의 생각을 일깨워주는 데 필요한 것이 있다면? 우리를 구할 수 있는 교육과, 도덕적 타협과 타락 및 사악함과 함께 아무렇지 않게 공존할 수 있는 교육 사이의 차이점이 있다면 그것은 결국 기억이다.

그런데 엘리 위젤이 말하는 기억이란 과연 어떤 의미일까?

나치 총통 아돌프 히틀러는 1939년 폴란드를 침공하기 전 독일군 수뇌부 앞에서 연설을 하며 말했다. "지금 누가 아르메니아인을 기억하는가?" 히틀러는 1915년에서 1916년 사이 자행된 아르메니아인 학살을 이야기하고 있었다. 많은 역사학자들은 이 사건을 근대 들어 처음 일어난 민족 대학살로 보고 있다. 다시 말해 어느 소수 민족을 한 국가가 계획적으로 말살하려 든 사건이었다.

히틀러의 이런 냉소적 반응은 결국 나치 동조자들에게 자신들의 끔찍스러운 행위가 아무렇지도 않게 넘어갈 수 있다는 사실을 다시 한번 확인시켜주는 것이나 마찬가지였고, 이 세상은 또 다른 대량학살을 그대로 방치할 터였다. 그런 도덕적 불감증이야말로 살인을 부추기는 행위였다.

위젤 교수는 유대교 경건파 사이에서 전해 내려오는 말을 인용하곤 했다. "망각은 우리를 노예의 길로 이끌지만 기억은 우리를 구원합니다." 그는 강의를 할 때마다 몇 번이고 되풀이해서 기억은 우리의 유일한 보호막이라는 사실을 일깨워주었다. "나의 목표는 언제나 한결같습니다. 과거를 일깨워 미래를 위한 보호막으로 삼는 것입니다." 그는 종종 저명한 유대인 역사학자 사이먼 두브노프Shimon Dubnov의 일화를 소개했다. 러시아 출신인 두브노프는 라트비아의 유대인 거주 지역에서 세상을 떠나기 전 이런 말을 남겼다고 한다. "동포 유대인들이여, 뭐든지 글로 써서 남겨라!" 위젤은 나치를 피해 숨어 있던 유대인 희생자들에 대한 일화를 자주 언급했다. 희생자들은 벽에 자신들의 이름을 새기거나, 오줌을 이용해 보이지 않게 쓴 글을 깡통에 담아 땅에 파묻었다. 그렇게 해서라도 자신들의 이름과 자신들의 말과 자신들의 삶이 계속해서 기억되기를 바랐던 것이다. 그는 그렇게 우리보다 앞서 살았던 사람들이 자신들을 기억해달라고 호소했고, 그 덕분에 우리는 과거를 확인하고 새로운 미래를 만들어갈 수 있다고 믿었다. 위젤은 노벨 평화상을 수상하며 이렇게 언급했다. "무엇이 인간을 구원할 수 있을까요? 그것은 다름 아닌 기억입니다."

　홀로코스트 생존자의 딸이자 작가이기도 한 론다 핑크 위트먼 Rhonda Fink-Whitman이 2013년 아이비리그 대학교들을 방문해, 학생들에게 홀로코스트에 대한 기본적 질문들을 했다. 학생들의 대답은 다소 충격적이었다. 학생들이 역사적 사실에 무지한 것도 문제였지만, 그런 갑작스러운 질문을 받았을 때 아무렇게나 대답한다는 것이 더 큰 문제였다. 홀로코스트가 언제 일어났는지 묻는 질문에 1800년이라고 대답한 학생도 있었다. 또한 유대인 희생자들의 숫자에 대해 처음에는 대충 300만 명이라고 했다가, 잠시 눈치를 보더니 3억 명이라고 대답하는 식이었다. 그렇지만 이런 사례는 비단 나치의 유대인 학살뿐만 아니라 다른 많은 역사적 사실에 대해서도 얼마든지 찾아볼 수 있다. 특히 인간의 도덕성이 한없이 추락한 특별한 사건들, 예컨대 1970년대 캄보디아 학살, 1992년 유고슬라비아 분열과 인종 청소, 1994년 르완다 대학살 등 다른 수많은 학살과 인종 청소, 그리고 분쟁이 홀로코스트와 마찬가지로 잊혀가고 있다.

　"우리는 그런 망각을 어떻게 막을 수 있을까요?" 어느 날 오후 위젤 교수의 연구실에서 내가 이렇게 물었다. 그러면서 나는 특히 미국에서 일어나고 있는 백인 우월주의자들의 운동과 홀로코스트 부정 운동에 대해 최근 발표된 미국 연방수사국FBI의 보고서를 언급했다.

위젤 교수는 마치 자신도 마땅한 해결책을 알지 못한다는 듯 한숨을 내쉬었다. 그렇지만 이내 말했다. "역사란 좁다란 다리이며, 우리가 기억 속에 남아 있는 충격적인 사실들을 계속 기억하는 데 두려움을 느끼는 건 당연한 일일지도 모릅니다. 우리는 사실 잊으려고 노력하고 있고, 또 실제로 어느 정도 잊어야 하는 일들도 있지요. 그저 기능적 측면에서 보더라도요. 그런데 만일 우리가 정말로 그냥 잊어버리려 한다면 역사는 결국 되풀이되고 말 겁니다."

잠시 뒤 그는 덧붙였다. "내가 가르치는 일을 계속하는 게 그런 이유 때문이라는 걸 잘 알고 있을 겁니다. 그리고 당신도 그 일을 해야 하고요."

거울이 필요한 이유

역사에 대한 무지 때문에 똑같은 역사가 반복된다는 것은 어쩌면 너무 뻔한 이야기일지도 모른다. 그렇다 하더라도 우리는 정보를 순전히 기술적으로만 전달하는 일 역시 또 다른 비극을 막는 데 결코 도움이 될 수 없다는 사실 또한 잘 알고 있다. 만일 기억을 통해 어떤 도덕적 변화나 차이를 만들어낼 수 있다면, 우리는 먼저 그 기억 안에서 우리 자신의 모습을 찾을 필요가 있다.

강의 시간에 위젤 교수는 학생들에게 또 다른 이야기를 들려주었다. 경건파에서 전해 내려오는, 그가 좋아하는 이야기였다. 처음에는 웃으며 시작했지만, 이야기가 계속되면서 웃음은 점점 사라져갔다.

옛날에 뭐든 잘 잊어버리는 한 남자가 살았다. 그 남자는 아침에 눈 뜨면 자기 방에 있는 낯선 물건들을 보고 어쩔 줄 몰라 하곤 했다. 예컨대 그는 매일 아침 자기로서는 처음 보는 낯선 옷가지를 두고 책까지 뒤적여가며 열심히 애쓴 끝에 어떻게 입어야 하는지를 겨우 알아냈다. 이 일을 하는 데 시간이 꽤 오래 걸렸기 때문에 남자는 매일 일터에 늦을 수밖에 없었다.

그러던 어느 날 남자는 집 안에 있는 모든 물건에 용도를 표시해두기로 결심했다. 그는 그렇게 했고, 다음 날 아침 눈을 뜨자 사방을 둘러보고는 자신이 한 표시대로 '빨리' 옷을 챙겨 입을 수 있었다. 의자에 '빨리' 앉을 수 있었으며, 양말도 '빨리' 신을 수 있었다.

그리고 집을 나서다가 문득 문가에 걸려 있는 거울을 보게 되었다. 남자는 거울을 보고 그만 얼어붙고 말았다. 깜짝 놀란 남자는 이렇게 중얼거렸다. "그런데 도대체 나는 누구지?"

"단지 사실을 알고 있다는 것만으로는 충분하지 않습니다." 위젤 교수가 학생들에게 일깨워주었다. "역사든 현재 일어나고 있는 사건이든 개인적으로 깊이 생각하며 받아들이는 일이 중요하지요. 우리는 거울을 들여다봐야 합니다. 그리고 위대한 문학 작품은 거울 같은 역할을 할 수 있습니다."

위대한 문학 작품들은 마치 거울들같이 자기 자신을 깨닫고 돌아보는 데 도움이 될 수 있다. 문학을 통해 우리는 자신에 대해, 그리고 자신의 심리적·윤리적 본성에 대해 배우게 된다. 어느 강의에서 위젤 교수는 대부분 학생이 중학교에서 읽었을 《안네의 일기》를 언급했다. 그는 강의를 시작하며 말했다. "보통 우리는 책에게 질문한다고 생각합니다. 그렇지만 오늘은 그 반대로, 책이 우리에게 질문을 던진다고 생각해봅시다." 다시 말해 독자들은 문학 작품을 읽었을 때 각자가 보이는 반응이나 대응에 대해 스스로 진지하게 생각해봐야 한다는 것이었다. 자신의 마음을 사로잡은 주인공들에 대해, 그리고 책이 던지는 질문들에 대해 어떤 반응을 보이고 있는지 스스로 돌아보는 것. 그렇게 하면 그야말로 '책이 독자를 읽는' 셈이고, 독자들은 배움과 사고에 있어 더 많은 것을 깨닫고 스스로에 대한 의식도 더 높일 수 있게 된다. 학기가 진행되는 동안 학생들은 책과 도덕성 사이의 부조화를, 그리고 어떤 상황에서 저자나 주인공들의 행동을 그대로 받아들일 수 없는지 확인하는 법을 배워 나갔다. 학생들은 도스토옙스키의 〈대심문관〉, 소비에트의 타락한 반동 재판을 그린 아서 쾨슬러의 《한낮의 어둠》, 그리고 카프카의 《심판》에 나오는 얼굴 없는 재판관에 대해 이해하려고 애썼다. 또한 1975~1979년 캄보디아, 1994년 르완다, 그리고 2000년대 초반 수단의 다르푸르에서 일어난 사건을 공부하며 자신들은 그 일들에 어떤 책임감을 느껴야 하는지 고민하기도 했다.

글과 도덕성
사이에서

위젤 교수는 강의 시간마다 도덕성이라는 돋보기를 통해 문학 작품을 반복적으로, 때로는 도전적 방식으로 읽으면서 이런 고민의 과정을 또 다른 강의의 방식으로 만들어갔다. 그가 문학 작품을 읽어가는 방식은 학생들이 다른 강의에서 볼 수 있는 방식과 사뭇 달랐다. 그는 작가의 의도에 따라 극심한 고통을 받는 주인공들에게 연민을 드러냈고, 이러한 연민은 그의 작품 해석에도 영향을 주었다. 그는 종종 우리에게 어느 특별한 주인공에게 더 마음이 간다고 이야기했고, 웃으면서 그 이유를 설명해주곤 했다. 나는 처음에 위젤 교수의 이런 모습을 보고 조금 놀랐다. 왜냐하면 그는 평소 작가의 의도와 주제, 작품이 탄생하게 된 역사적 배경, 그 안에서 이루어지는 논쟁에 관련한 입장과 주장을 중요하게 강조해왔기 때문이다. 물론 나도 주인공에게 연민을 느끼고 감정이입을 할 수 있었다. 그렇지만 그것이 무슨 의미가 있으며, 왜 중요하단 말인가? 대학 시절 다른 강의를 들을 때 담당 교수가 무엇을 좋아하고 싫어하는지, 그리고 학생들이 거기에 공감하는지 못 하는지는 사실상 그렇게 중요한 문제가 아니었다.

그때 지나라는 학생이 내가 위젤 교수의 방식을 이해하는 데 도움을 주었다. "저도 조금 당황스러운 기분이 들어요." 어느 날 강의가 끝나고 지나가 내게 말했다. "그렇지만 위젤 교수님이 문학 작품 속 주인공들을 대하는 모습이, 내가 진짜 사람을 대하는 모습보다 더 친절하고 진실해 보인다는 생각이 들어요. 그래서 요즘은 가족이나 친구들에게 조금쯤 더 다정하게 대하려고 노력하고 있지요." 지나는 문학 작품을 읽고 인생을 읽는 일이 서로 깊이 연결된 행위라는 사실을 깨닫고 있었다. 나도 마찬가지였다.

구약 성경에 등장하는 폭력적 장면들에 대해 이야기를 나눌 때, 위젤 교수는 〈여호수아서〉에 어떤 노래나 시도 포함되어 있지 않다는 사실을 지적했다. 〈여호수아서〉에는 이스라엘 민족이 가나안 땅을 점령하면서 성을 파괴하고 수많은 사람들을 죽이는 장면이 특히 많이 등장한다. 그는 이렇게 설명했다. "폭력이 있는 곳에는 시가 있을 수 없습니다." 아무리 성스러운 경전이라 해도 도덕적 비판의 잣대에서 자유로워서는 안 된다.

바로 그런 점에서 위젤 교수는 글과, 다른 사람들과, 심지어 하느님과 논쟁하고 고민하는 일을 중요하게 여기는 유대교 전통을 충실히 따르고 있는 셈이었다(원래 '이스라엘'이라는 말 자체가 '하느님과 겨루다'라는 의미다). 그의 강의 계획서를 보면, 도덕적 상황의 원형에 대해 강조하는 부분이 많다. 코소보를 배경으로 한 어느 소설에 대해 강의할 때 위젤 교수는 학생들에게 이런 법칙 아닌 법칙을 제시했다. "무엇을 배우든 한 가지는 꼭 기억해야 합니다. 배움은 여러분을 더 나은 사람으로 만들지 더 못한 사람으로 만들지 않습니다."

어느 날 '신앙과 이단'이라는 강의에서, 나는 나디아라는 학생이 몇 번이고 손을 들었다 내리는 모습을 보았다. 나디아는 독일에서 태어나고 자랐으며, 그녀의 할아버지는 2차 세계 대전 당시 나치 친위대 장교로 복무했다. 나디아는 위젤 교수의 강의를 신청하며 이런 가족사와 관련해 상당한 부담을 느끼고 있었다. 그녀는 강의실에서 극도로 위축된 모습을 보였고 거의 아무런 말도 하지 않았다. 그렇지만 속으로는 많은 질문거리를 갖고 있는 것이 분명했다. '주저하지 말아요.' 나는 속으로 생각했다. 나디아가 마침내 손을 번쩍 들고는 다시 내리지 않았다. 위젤 교수가 웃으며 그녀를 지목했다.

"악에서 좋은 결과가 나오고 선에서 나쁜 결과가 나오는 경우가 있을 수 있을까요?" 그날 강의가 시작되었을 때 우리는 전쟁 당시 수용소에서 자행된 강제 의학 실험에 대해 이야기를 나눴다. 그런 실험들 중 일부는 의학적으로 대단히 획기적인 성과로 이어지기도 했다. 학생들은 그런 실험의 결과를 이용하는 것이 과연 도덕적으로 올바른 일인지 논쟁을 벌였다. 나는 나디아가 할아버지를 생각하고 있다는 것을 알 수 있었다.

위젤 교수는 사악한 행위가 의도치 않게 좋은 결과로 이어진 과거와 현대의 사례들을 모두 언급하며 그녀의 질문에 답하기 시작했다. 그러다가 갑자기 냉정하다 싶을 만큼 단호한 목소리로 말했다. "그렇지만 어떤 상황이든 문제의 핵심은 바로 이것입니다. 여러분 앞에서 어느 누구라도 인간적인 대접을 받도록 해줘야 합니다. 그리고 과거에 무슨 일이 있었든 우리는 지금 우리 앞에 있는 사람들만 생각해야 합니다."

그로부터 몇 개월 후, 나디아는 나에게 인간성에 대한 이런 간결한 설명을 바탕으로 할아버지의 과거 때문에 자신에게 드리워진 그림자에 대응하기 시작하게 되었다고 말했다.

만일 위젤 교수가 도덕성이라는 돋보기를 통해 문학 작품을 읽는다면, 역사를 읽을 때는 문학 작품이라는 돋보기를 들이댄다고 볼 수 있다. 경건파의 가르침에 따르는 그의 입장에서 이 세상과 글은 서로에 대한 설명이나 주석과 다름없었다.

1900년대 초반 이디시어로 발표된 《악령The Dybbuk》이라는 희곡이 있다. 악령에 씐 어느 젊은 여성의 이야기를 다룬 이 희곡에 대해 강의할 때 위젤 교수는 근대 광신주의와의 관계를 언급했다.

"악마나 악령이 단지 한 개인뿐만 아니라 민족이나 국가를 휘두르는 일이 가능할까요?" 그가 학생들에게 물었다. "내가 지금까지 살면서 개인적으로 경험한, 독일이나 그 밖의 다른 나라 사람들에게 일어난 일들이 이와 비슷하다고 할 수 있겠습니까?"

글재주가 뛰어난 에리카라는 학생이 두꺼운 안경 너머로 다른 질문을 던지며 이야기를 이어갔다. "새로운 형태의 반유대주의가 성행하는데 1945년 이후 독일에서 악령이 완전히 물러갔다고 볼 수 있을까요?"

"대부분 그렇게 되었다고 볼 수 있습니다." 위젤 교수가 대답했다. "전후의 젊은 세대들이 그런 일을 해냈지요. 물론 독일에 광신적인 극우파 세력이 다시 등장하고 있는 건 사실입니다. 그렇지만 그런 세력에 대항해 싸우는 수많은 젊은이들이 있는 것도 분명한 사실입니다. 궁극적으로 나는 젊은 세대를 믿습니다. 내게 희망을 주고 있는 건 바로 그들입니다."

강의가 끝난 후 나디아가 내 연구실로 찾아왔다. 그녀는 몹시 흥분해 있었다.

"왜 위젤 교수님은 독일 사람들이, 우리 국민이 악령에 사로잡혔다는 말을 하신 걸까요?" 그녀가 말했다. 순간 나는 '교수님이 그녀의 조국에 대해 비판적으로 말해서 저렇게 흥분하고 화가 난 것'이라고 생각했다. 그렇지만 그녀의 이야기는 계속 이어졌다.

"왜 교수님은 악마나 악령이 뭘 휘두른다는 표현을 쓰셨을까요? 그럼 독일 국민에게 아무런 책임이 없다는 말처럼 들릴 수 있잖아요. 그들에게는 분명 책임이 있어요. 선택을 할 수 있었는데, 아주 끔찍한 쪽을 자발적으로 선택했으니까요. 그들은 초현실적 위력에 의해 강제로 그렇게 된 게 아니에요!"

"아주 좋은 질문입니다." 나는 신중하게 말을 골라 대답했다. "교수님이 무슨 뜻으로 그런 말씀을 하셨는지 나도 궁금한데, 그럼 우선 아까 살펴본 《악령》이라는 희곡에 대해 다시 생각을 해 보도록 하지요." 나는 여기서 생각을 하기 위해 잠시 말을 멈췄다. "내 기억이 정확하다면, 악령은 사람이 마음의 문을 열어줄 때만 들어갈 수 있을 겁니다. 교수님이 독일 국민의 책임에 대해 면죄부를 주고 있는 건 아니라고 생각해요. 결국 그 악령을 불러들인 건 그 사람들이니까요. 그렇지만 일단 악령이 들어가 자리를 잡게 되면 모든 상황이 애초 의도와는 상관없이 완전히 달라집니다."

우리는 함께 《악령》을 뒤져가며 악령이 처음 등장하는 장면을 찾아보았다. 주인공인 젊은 여자는 죽은 연인을 그리워하다가 악령을 불러들인 것이었다. 나디아는 내 대답에 만족한 듯 보였고, 나는 더 궁금한 내용은 위젤 교수에게 직접 물어볼 수 있을 것이라고 격려했다. 나는 나디아가 조국의 과거에 대해 진지하고 열정적으로 고민하고 씨름하는 모습에 감명을 받았다. 그녀는 그저 학생의 입장에서 비판적 시각으로만 주어진 글을 읽는 것이 아니라 도덕적인 면을 염두에 두고 있었다.

"나는 내가 목격한 일들 때문에 잠을 이룰 수 없다" : 실시간으로 역사를 바라본다면

강의실을 넘어 다방면으로 활약하는 스승이 있다면, 그 가르침은 더욱 살아 숨 쉬는 것이 될 수 있다. 학생들은 위젤 교수에게 작금의 세계정세에 대해 자주 질문을 던지곤 했는데, 특히 학기말이 다가오면 더욱 그랬다. "이란의 반정부 세력은 앞으로 어떻게 될까요?" "중동 지역의 새로운 평화회담 가능성에 대해 이런저런 소식들이 들려오는데, 과연 믿을 수 있을까요?" "왜 미국 정부는 다르푸르 사태에 더 적극적으로 개입하지 않는 걸까요?" 이에 대한 위젤 교수의 반응은 국가 원수나 외무부 장관, 정치계 인사들과의 대화를 통해 알려지곤 했다.

르완다 학살에 대해 공부할 때, 그는 국제사회와 미국 정부의 무대응에 좌절했던 자신의 경험을 학생들에게 들려주었다. 그는 대중 연설이나 개인적인 대화 등을 통해 투치족 학살을 막아달라고 미국 정부를 설득하려 했다. 하지만 그런 그의 노력은 결실을 거두지 못했다. 클린턴 대통령은 나중에 미국 정부가 개입하지 않은 데 대해 사과했고, 그런 사과 자체가 국제사회에서는 전례가 없는 상징적 행동이기는 했지만, 80만 명 이상의 인명 피해가 난 이 사건을 통해 말로 하는 노력의 한계가 여실히 드러났다. 위젤 교수가 세계 지도자들과 접촉하려 했던 일화들을 하나씩 열거하는 동안 그의 비통한 마음이 점점 더 뚜렷하게 드러나는 것 같았다. 우리는 지난 몇 주 동안 압제와 대량학살, 그리고 제삼자의 개입이나 또 다른 비극을 막기 위한 생존자와 목격자의 책임이라는 주제를 놓고 함께 고민했다. 지속 가능한 도덕적 변화를 불러일으키기 위해 시도했던 위젤 교수의 노력에 대한 이야기를 듣고 있는 동안 역사는 추상적 관념에서 벗어나 구체적인 것이 되어갔다.

애런이라는 학생이 질문했다 "미국 대통령을 설득해 외교 정책에 영향을 주는 데 성공하신 적이 있나요?"

위젤 교수는 잠시 생각한 후 "그런 일이 한 번 있었습니다"라고 대답했다. 그는 1993년 4월 워싱턴 D. C.에서 미국 홀로코스트 추모 기념관 개관식이 열렸을 때 초청 연사로 나서서 필요한 행동을 촉구했던 일을 언급했다. 개관식이 시작되자 비가 내렸고, 연설 원고는 빗물에 젖어 읽을 수 없는 지경이 되었다. 그래서 그는 원고 없이 즉흥적으로 이야기해 나갔고, 다음과 같은 말로 마무리를 지었다.

> 그리고 대통령 각하, 각하에게 이런 말씀을 드리지 않을 수 없습니다. 지난 가을 저는 과거 유고슬라비아 연방이라고 불리던 곳에 있었습니다. 그리고 그날 이후 그곳에서 목격한 일들 때문에 잠을 이룰 수 없습니다! 유대인으로서 감히 말씀드리지만, 그곳에서 일어나고 있는 잔혹한 유혈극을 막기 위해 우리는 무언가를 해야 합니다! 사람들은 서로 싸우고 아이들은 죽어가고 있습니다. 왜 이런 일이 벌어져야 합니까? 반드시 무슨 조치를 취해야만 합니다.

훗날 클린턴 대통령은 위젤의 이런 호소가 자신이 유고슬라비아 지역의 평화를 유지하기 위한 노력을 지원하기로 결심하는 데 중요한 계기가 되었다고 술회했다. "담담하고 예의 바른 요청이었지만, 과연 무슨 일이라도 당장 착수할 필요가 있다는 생각이 들게 했습니다."

위젤 교수는 학생들에게 사실 자신은 그날 유고슬라비아 사태에 대해 이야기할 계획이 없었다고 말했다. 비 때문에 준비한 원고를 읽을 수 없게 되었고, 머리에 떠오르는 말을 하다 보니 그런 비판적인 언급이 나오게 되었다는 것이다. 강의를 들은 학생들은 아주 중요한 교훈 한 가지를 배웠다. 정해진 대본을 벗어나 미지의 세계로 한 걸음 들어가면 역사와 인간애가 교차하는 지점이 있고, 바로 그 지점에서 강력한 변화가 일어날 수 있다는 것이다.

얼마만큼 해야
충분한가

어느 날 언론학과 3학년 아니카라는 학생이 물었다. "상대적으로 편안한 삶을 누리고 있는 우리 학생들이 정말로 교수님의 경험을 이해할 수 있을까요? 이해도 못 하면서 교수님의 가르침을 다른 사람들에게 전달하는 일이 과연 가능할지 모르겠습니다."

기억이란 배움에서 이어지는 도덕적 변화를 만들어내는 중요 요소이기 때문에, 아니카의 이런 질문 역시 중요한 의미가 있었다. 어떻게 하면 다른 사람의 기억을 이해하도록 가르칠 수 있을까? 학생들은 자신의 것이 아닌 기억을 받아들일 수 있을까?

위젤 교수는 옅은 웃음을 머금고 말했다. "맞는 말입니다. 정말 좋은 질문을 해주었어요. 모두가 알고 있듯 그건 단순한 정보의 문제가 아닙니다. 우리 사명은 다른 사람들의 고통을 이해할 만한 공감 능력을 일깨우는 것인데, 그것 역시 간단한 문제가 아닙니다."
이어서 그는 이야기 한 편을 들려주었다.

경건파를 창시한 랍비 이스라엘 바알 셈 토브는 유대 민족이 큰 어려움을 당할 때마다 홀로 숲속의 어느 특별한 장소로 가서 불을 일으키고 특별한 기도문을 읊조렸다. 그러면 기적이 일어났고, 유대 민족은 어려움을 이겨낼 수 있었다.
훗날 바알 셈 토브의 제자인 랍비 도브 바에르도 같은 어려움을 겪게 되었다. 그는 스승과 마찬가지로 숲속으로 들어갔다. 그곳에서 그는 하느님에게 자신은 불을 일으키는 방법을 알지 못하지만 아직 기도문을 읊을 수 있다면서 기도를 올렸고, 결국 기적이 또 일어났다.
세월이 흘러 랍비 도브 바에르의 제자 랍비 모세 레이브의 시대가 되었다. 모세 레이브도 유대 민족을 구하기 위해 숲속으로 들어갔다. "저는 불을 일으키는 방법을 알지 못합니다." 그는 하느님에게 말했다. "기도문을 어떻게 외우는지도 모릅니다. 그렇지만 이렇게 당신을 찾아왔고, 그것으로 충분하다고 생각합니다." 그리고 또 기적이 일어났다.
또다시 세월이 흘러 랍비 도브 바에르의 증손자인 랍비 이스라엘 리신이 유대 민족을 구하는 사명을 이어받았다. 이스라엘 리신은 안락의자에 앉아 머리를 양손으로 감싸고 하느님에게 말했다. "저는 불을 일으킬 수 없을뿐더러 기도도 할 줄 모르고, 심지어 숲속 어디로 당신을 찾아가야 하는지도 모르겠습니다. 제가 할 수 있는 일이라곤 이야기를 전하는 것뿐입니다. 그리고 그것으로 충분하다고 생각합니다." 정말 그것만으로도 충분했다.

위젤 교수는 강의실을 둘러보며 말했다. "랍비 이스라엘 리신처럼 우리는 특별한 신통력으로 불을 일으키는 방법도, 또 기도를 올리는 방법도 모를 수 있습니다. 그리고 숲속 어디에 특별한 장소가 있는지도 모르지요. 과거와 우리를 이어주는 끈은 대단히 약할뿐더러 그 거리가 아주 멀 수도 있습니다. 우리가 할 수 있는 일이라곤 이야기를 전하는 것뿐이고, 또 반드시 그렇게 해야만 합니다. 그렇지만 어떤 이야기를 누군가에게 들려주려면 먼저 다른 사람의 이야기에 귀 기울여야 합니다."

가르치는 사람으로서 엘리 위젤에게 주어진 사명의 중심에는 학생들로 하여금 자신의 이야기를 반복해서 듣고 또 듣도록 하는 일이 있었다. "목격자의 이야기를 경청함으로써 우리 모두 목격자가 될 수 있습니다." 사람들을 세뇌하는 선동과 비슷한 맥락으로, 도덕성을 기르는 교육 역시 전염성이 있다. 또한 효과적인 교육이 되려면 반드시 어느 정도 전염성이 있어야 한다. 그렇지만 도덕성을 기르는 교육은 앞서 언급한 선동이 사람들에게 듣고 싶은 말만 들려주거나 원래 있던 공포심을 다시 끄집어내는 것과 달리, 사람들이 들어야 하는 이야기를 비록 듣기 고통스럽더라도 들려주는 것이다. "거짓 선지자와 참된 선지자를 구분하는 방법이 있습니다." 그는 학생들에게 여러 번 같은 설명을 되풀이했다. "거짓 선지자의 말은 듣기에 달고 참된 선지자의 말은 듣기에 씁니다."

도덕성을 기르는 교육이 제대로 이루어지기만 한다면, 학생들은 새로운 사고방식을 이해하고 받아들여 새롭게 의문을 제기하는 습관을 들이고 궁극적으로는 공통된 인간성에 대해 더 깊게 이해할 수 있게 된다. 이런 과정을 경험한 학생들은 다른 사람들의 고통에 공감할 수 있으며, 세상의 소식들을 다른 관점으로 바라보게 된다. 학생들은 이제 거리의 노숙자를 봤을 때 최소한 따뜻한 웃음이라도 보여주는 사람이 될 수 있는 것이다. 그리고 불의를 보거나 불의한 말을 들었을 때 그 자리에서 가로막고 나설 수 있게 된다. 아무런 조치나 행동을 취하지 않는 것은 더 이상 선택의 자유에 포함되지 않는다.

이러한 변화를 이끌어내기 위해 도덕성을 기르는 교육은 단순히 정보를 교환하는 것 이상의 의미를 가져야 한다. 그리고 그런 교육의 효과는 (역사나 자료 같은) 내용뿐만 아니라 관계에 따라 좌우된다. 학생과 교사, 그리고 교육 내용 사이에 서로 감정적 관계가 맺어져야 한다는 뜻이다. 또 그렇기 때문에 모든 배움의 중심에는 '왜?'라는 의문이 항상 자리하고 있어야 한다. 사람들은 정보를 배우는 인지적 과정보다 내면의 경험에 의해, 그리고 지적 능력보다 감각에 의해 도덕적으로 더 자극을 받는다. 바로 등줄기가 서늘해지고 몸에 소름이 돋으며 눈물이 넘쳐흐르는 순간을 통해서. 이런 이유로 도덕성을 기르는 교육은 일반 대학의 교육 과정은 물론 수많은 종교 공동체에서조차 자리를 잡기가 쉽지 않다. 그렇다 하더라도 학생이 목격자가 되기 위해서는 도덕성을 기르는 교육을 받는 것이 유일한 방법이다.

2007년의 마지막 강의 시간, 늘 그렇듯 학생들은 무엇이든 마음대로 질문할 수 있는 시간을 가졌다. 그동안 배웠던 문학과 관련된 주제나 최근의 지정학적 역학 관계 같은 일련의 사건, 심지어 위젤 교수의 사생활에 관련된 질문도 가능했다. 학생들은 대개 처음에는 머뭇거리지만 이내 다양한 종류의 질문을 던지기 시작하는데, 학기 내내 깊이 생각하던 내용을 물어볼 때가 많다.

그날도 학생들은 이란의 핵 문제며 다양한 정치 이슈, 그리고 지역과 국가 단위 운동이나 활동에서의 학생 역할 등에 대한 질문을 이어갔다. 잠시 질문이 중단되어 침묵이 흐르자, 이윽고 앞줄에 앉아 있던 한 학생이 조용히 예상치 못한 질문을 던졌다. "수용소 시절 몸에 찍힌 수인 번호를 보여주실 수 있나요?"

나는 그 순간 위젤 교수가 어떻게 반응할지 짐작도 할 수 없었다. 홀로코스트를 인정하지 않는다는 인터넷 웹사이트 등이 머릿속에 떠오르며 뱃속이 뒤틀리는 기분이었다. 그런 사이트에서는 엘리 위젤 교수에게 수인 번호 따위는 찍혀 있지 않으며, 그가 하는 모든 이야기는 다 지어낸 거짓말이라고 떠들어댔다. 나는 질문을 던진 학생의 무신경함과 뻔뻔함에 정말 놀라지 않을 수 없었다. 학생의 얼굴이 벌겋게 변하는 모습을 보니, 아마 자신도 그런 뻔뻔한 질문을 던진 것을 후회하고 있는지도 몰랐다.

위젤 교수는 아무 말 없이 재킷을 벗고 셔츠 소매 단추를 풀고는 소매를 걷어 올렸다. 그리고 선뜻 팔을 들어 올려 강의실에 있는 학생들 모두에게 문신으로 새겨진 수인 번호를 보여주었다.

모두가 약속이나 한 듯 한꺼번에 숨을 몰아쉬는 소리가 들렸다. 그리고 길고 긴 침묵이 이어졌다.

절망이 전염될 수 있다면 기억도 마찬가지다. 과거의 기억, 우리가 품고 있는 진정한 뜻과 관련된 기억, 심지어 경건파의 가르침에서 말하는 것처럼 우리가 갈망하는 미래에 대한 기억조차 전염될 수 있다. 그리고 목격자의 이야기를 경청함으로써 우리 모두 목격자가 될 수 있기 때문에, 이 이야기를 읽고 있는 독자 여러분도 역시 목격자가 될 수 있는 것이다.

2

다름

다른 사람들의 다름이

나를 매혹한다.

—

—

—

—

1996년, 보스턴 대학교 2학년이던 나는 처음으로 위젤 교수의 강의를 정식 수강하게 되었다. 그날은 '유대 여성들의 목소리'라는 과목의 학기 첫 강의가 있었다. 위젤 교수는 구약 성경에 등장하는 아담과 이브의 이야기로 강의를 시작했다.

"우리는 〈창세기〉를 통해 태초에 인간이 어떻게 서로 함께하게 되었는지 알 수 있습니다. 인간 남녀에 대한 이 이야기에서 우리가 제일 먼저 눈여겨봐야 할 부분은 이브가 창조된 이유입니다. 히브리어 원문에는 이브에게 주어진 사명이 '에제르 네그도ezer k'negdo'라고 되어 있습니다. 해석해보면 '돕는 배필'이라는 뜻이 됩니다. '에제르'는 '돕는 자', '네그도'는 '그에게 맞서다'라는 의미지요. 그런데 왜 '맞서다'라는 말이 들어갔을까요? 랍비들의 주석에 따르면, 여기에서 우호적 적대감의 전형을 배울 수 있다고 합니다. 누군가 상대방을 도우려면 우선 그 사람에게 맞서는 일이 필요하다는 말입니다. 개인적으로 생각을 해보면, 우정이 제대로 성립되려면 서로 나누는 대화의 테두리에서 각자의 생각과 개념이 더 분명하고 확실하게 다듬어져야 할 것 같습니다. 최초의 남녀는 부부인 동시에 친구였습니다. 동시에 서로 처음 만난, 낯선 또 다른 사람이었겠지요. 상대방을 제압하거나 상대방의 입을 다물게 하기 위해서가 아니라, '그 상대방을 위해서' 다른 의견을 제시하고 맞선다는 건 과연 어떤 의미일까요?"

그는 우리가 스스로 하는 이야기로 스스로를 한정 짓게 되고, 그런 자신의 이야기에만 갇혀 있다 보면 결국 갈등이 일어난다고 했다. 역사를 살펴보면 인간이 우주에 대한 정의를 놓고 갈등하다가 서로를 불태워 죽이던 때가 있었다. 인간은 또한 글에 대한 해석을 놓고 논쟁하다가 전쟁을 일으키기도 했다. 피부색과 언어, 억양, 그리고 복장에 따른 차이 때문에 인간은 여전히 서로를 죽이고 있다.

우리 인간은 원래 다툼과 갈등을 좋아하는 것일까? 전쟁이란 인간의 역사와 사회에서 떼려야 뗄 수 없는 존재일까? 그것 말고는 다른 사람들과 어울릴 방법이 없는 것일까? 서로를 존중하며 서로의 이야기에 귀 기울이는 것은 어떨까? 인류가 평화롭게 공존하는 것은 과연 가능한 일일까? 위젤 교수는 앞으로 강의 시간에 이런 주제를 가지고 함께 고민해보자고 말했다.

고향을
찾아서

그보다 1년 전인 1995년에 나는 어느 대학에 진학할지 고민하고 있었다. 보스턴에 있는 두 대학 중 한 곳을 선택해야 했을 때, 나는 엘리 위젤이 교수로 있는 대학으로 결정했다.

나는 열여덟 살의 순진한 대학 신입생으로서, 인간이 삶의 의미를 찾아온 역사나 과정을 공부해보고 싶었다. 하지만 대학에 '삶의 의미'라는 전공과목은 없었고, 그래서 내가 원하는 방향과 가장 가까운 전공을 선택했다. 바로 종교학이다. 신앙에 대한 관점을 둘러싼 내 어머니와 아버지의 갈등은 오래도록 우리 집안 불화의 불씨였지만, 동시에 나 자신의 뜻이 어디에 있는지 제대로 이해하고 싶은 욕심을 자극하기도 했다. 내가 제일 먼저 수강 신청을 한 과목은, 어쩌면 내 예전 랍비 선생님들이 알면 불쾌하게 생각할지도 모를 과목이었다. '구약학 입문'은 학문적 관점에서 구약 성경을 다시 살펴보는 과목이었던 것이다. 나는 그때까지 줄곧 오직 종교적 관점에서만 구약 성경을 공부해왔고, 이제 새로운 각도에서 다시 살펴보며 다른 사람들의 신념에 대해 배우는 과정을 통해 나 자신의 뿌리 깊은 신념을 한번 파헤쳐보고 싶었다.

대학 생활은 낯선 새 땅에 가서 정착하는 것과 비슷했다. 어느 모로 보나 나는 전형적인 미국 청년이었다. 하지만 또 한편으로는 구세계의 유대인 신앙과 전통, 그리고 학문을 이어받은 사람이었다. 연극을 전공하는 같은 방 친구나, 주로 활동적이고 외향적인 성향의 옆방 친구들은 모두 나에게 낯설기 그지없었다. 떠들썩한 파티며 남녀 공용 욕실도 당혹스럽기는 마찬가지였다. 나는 낯설고 혼란스러웠으며, 대학 생활에 대한 매력과 경계심을 동시에 느끼고 있었다.

앞에서도 언급했듯 나는 대학 입학 전 (오전에는 유대교의 전통 과목을 공부하고 오후에는 세속적인 과목들을 공부하며 저녁 6시 20분은 되어야 일과가 마무리되는) 현대 정통파 계열 학교에 다녔다. 대학에 들어와 보니 대학 시간표는 참으로 한가롭기 그지없었다. 공부를 하고 과제물을 쓰는 시간을 빼고도 남는 시간은 충분했다. 나는 곧 친구들을 몇 명 사귀었다. 우리는 저녁마다 책이며 사회적 정의와 관련된 문제들, 그리고 우리의 장래 희망에 대해 진지하게 이야기를 나누었다. 그렇지만 학생들이 모여 있는 어떤 모임이나 장소를 찾아가도 그런 주제에 대한 해답을 주지는 못했다. 나는 내가 구약학 입문을 듣는 강의실과 같은 건물에 위젤 교수의 연구실이 있다는 사실을 알았지만, 그를 직접 찾아가기에는 아직 어색하고 위축되는 부분이 있었다. 그러다가 대학에 입학한 지 두 달쯤 되었을 때 마티에게 연락을 받았다. 위젤 교수가 내가 인사라도 한번 하러 오기를 기다리고 있다는 것이었다.

그래서 나는 위젤 교수의 조교 겸 비서라고 할 수 있는 마사를 통해 약속을 잡았다. 마사는 친절했지만 일종의 아주 엄격한 수문장으로서, 위젤 교수를 만나고 싶어 하는 수많은 학생 및 교직원과 보스턴의 일반 주민이 위젤 교수를 너무 불편하게 하지 않도록 늘 신경을 쓰고 있었다.

그로부터 몇 주 뒤 나는 위젤 교수를 찾아갔다. 우리는 책이 꽉 들어찬 그의 연구실에서 마주 앉았고, 나는 가죽으로 장정된 수많은 크고 묵직한 책들을 보고 잠시 정신을 빼앗겼다. "그래, 그동안 잘 지냈나요?" 위젤 교수가 따뜻하게 웃으며 내게 인사를 건넸다.

나는 그에게 그럭저럭 잘 지내고 있지만 내가 있어야 할 자리를 아직 찾지 못한 기분이 든다고 말했다. 심지어 대학 내 유대인 공동체 모임에 가서도 나는 다른 사람들에 비해 더 신앙심이 깊어지거나 혹은 그 반대가 되는 기분을 동시에 느끼고 있었다. 나는 사색과 관조의 세계에 깊이 잠겨 사라지고도 싶었고, 나 자신의 존재를 잊어버릴 때까지 기도하고도 싶었으며, 그러다가 종국에는 자의식마저 내던져버리고 싶었다. 그러면서도 나는 모리스 센닥의 동화책을, 벨벳 언더그라운드의 로큰롤 음악을, 그리고 앨런 긴즈버그의 시를 사랑했다. 나는 아무것도 남겨둘 필요가 없는 곳, 그리고 나의 마음과 정신을 모두 반겨줄 공동체를 갈망하고 있었다. 나는 위젤 교수에게 대학에 있을 때보다 경건파 소속의 작은 예배당 같은 곳에 있을 때 정말 집에 있는 듯한 편안함이 느껴진다고 말했다. 그 소박한 분위기며 구세계의 느낌이 좋았던 것이다. 뉴욕에 있는 이런 예배당 중 한 곳을 찾아갔을 때, 나는 나이 든 한 남자 옆에 앉았다. 나는 남자가 몸을 앞뒤로 흔들며 동유럽 억양으로 히브리어 기도문을 읊조리는 모습을 보고 생각했다. '유대인 영감님, 당신의 이야기는 무엇인가요?' 그리고 나는 그의 이야기가 요즘에 흔히 보기에 그럴듯하고 남의 시선을 의식하는 이야기와 비교하면 어떤 차이가 있을지 궁금해졌다.

"무슨 말인지 알겠습니다." 위젤 교수가 말했다. 그는 자신이 어퍼 이스트 사이드에 있는 현대적이고 멀끔한 분위기의 시너고그에 정기적으로 출석하지만, 그래도 여전히 할 수만 있으면 더 작은 경건파 예배당에 가서 기도하곤 한다고 말했다. 우리는 탈무드를 읽을 때 느껴지는 운율이며 이디시어로 전해지는 우스갯소리를 우리가 얼마나 좋아하는지 이야기했다. 뿐만 아니라 오래된 경전에 대한 방대한 주석과 중세 주석가들의 기록, 또 말없이 가락이나 곡조로만 이어지는 대화에 대한 애착도 이야기했다. 그와 나는 서로 다른 곳에서 태어나고 자랐지만 마음 깊은 곳에서 흘러나오는 똑같은 울림을 느끼고 있었다. 나는 그를 구세계나 신세계 모두와 깊이 연결된 사람으로 보았으며, 그가 "결국 우리는 두 세계 사이의 다리가 되기 위해 여기 있는 겁니다"라고 말했을 때 구원을 받는 듯한 느낌이 들었다.

그가 내게 어떤 과목을 수강하는지 물었을 때 나는 '구약학 개론'과 '비교종교학 입문', 그리고 졸업 때까지 필수과목으로 들어야 하는 여러 저작과 관련된 과목들을 수강하고 있다고 대답했다. 그는 다시 요즘은 어떤 작품을 공부하고 있는지 물었고, 나는《도덕경》이라고 대답했다.

"아, 노자 말이군요. 그러면 노자가 말한 대로 인간은 완벽하게 도덕적인 존재로 태어났다고 생각하나요? 그렇지 않으면 공자가 말하듯, 우리는 불완전한 존재로 태어났기 때문에 제대로 된 인간이 되려면 도덕성을 기르는 교육이 필요하다고 생각하나요?"

나는 첫 만남에서 이런 질문을 받은 것에 놀라며 잠시 주저했다. 나는 노자의 주장을 지지한다고 대답했다. 그것은 아마도 아버지가 듣던 1960년대 음악과 그 음악에 담긴 ("우리는 에덴동산으로 되돌아가야 해" 같은 가사처럼) 순수한 상태로 돌아가고픈 열망에 영향을 받아서였는지도 모른다. 위젤 교수는 아주 진지한 표정으로 내 이야기를 들어주었고, 나는 조금 바보 같은 소리를 한 듯한 기분이 들었다.

잠시 침묵이 흐른 뒤, 나는 그의 강의를 하나쯤 듣고 싶다고 말했다. "보통은 1학년의 수강 신청을 받아주지 않아요. 내년까지 기다리는 게 어떻습니까?" 어쩌면 그의 질문에 대한 내 대답이 너무 얄팍했기 때문이 아닐까. 아마도 그랬을 것이다.

그래서 나는 기다렸다. 나는 1년 동안 경건파 운동 초기에 나온 여러 기록과 이야기를 읽으며 시간을 보냈다. 나는 그런 이야기들이 지닌 깊이에 감명을 받았으며, 특별히 마음에 드는 인물도 찾아냈다. 폴란드 출신의 랍비 심카 부님은 대대로 랍비를 배출한 가문에서 태어났지만 처음에는 학문의 길을 마다하고 노동을 했으며, 나중에는 약사로도 일했다고 한다. 그런 심카 부님의 이야기는 내게 깊은 울림을 주었다. 그는 "아무리 힘들고 어렵더라도 진짜가 되어라"라고 가르쳤다. 그리고 나는 동양 사상에서 이야기하는 깨달음이 유대 전통에도 존대한다는 사실을 알아가기 시작했고, 그에 대해 알고 싶어졌다.

경건파에서 유대교의 스승이나 교사를 일컫는 '레비rebbe'는 좀 더 복잡한 의미를 지닌다. 우선 레비는 '교사', '성자', '정신적 지도자guru'처럼 다양하게 해석될 수 있다. 레비는 전통을 고수하지만 독창적인 모습도 지니고 있다. 유대교의 경전과 예식을 따르는 동시에 그런 전통이나 인습을 타파하려는 성향도 지닌 것이다. 우리가 보통 유대교 학교에서 만나는 랍비는 주로 지식을 전달하며, 학생들이 유대교의 전통적인 생활과 의식에 익숙해져 잘 따르도록 돕는 일을 한다. 그렇지만 레비는 랍비와 약간 다르게 좀 더 권위를 가지면서 각 학생의 영적 여정을 안내하는 친구이자 후원자 역할을 맡는다. 랍비가 공동체를 건설하고 그 안에서 규범을 강조한다면, 레비는 겉으로 드러나는 조직보다 정신적 측면에 집중하고 각자의 개성을 더 존중한다. 나는 내 마음속에서 아주 작지만 새로운 기운이 움트는 것을 알아차렸다. 그리고 몇 주가 지난 후 나는 그것이 무엇인지 깨달았다. 바로 레비에 대한 동경이었다.

경건파에 전해 내려오는 한 전설에는 다른 사람들의 과거를 볼 수 있는 레비가 등장하는데, 그 레비는 '영혼의 근원'을 알아보고 길을 잃기 전의 진짜 모습을 찾아줌으로써 본래 가고자 했던 참된 자신의 길로 나아가도록 사람들을 도왔다고 한다. 엘리 위젤은 스스로가 그런 레비라고 주장한 적이 한 번도 없을뿐더러 나도 그런 신비한 경험 같은 것을 기대하지 않았다. 나는 그저 지적이고 영적인 본질을 찾아 그의 강의실을 찾아간 것뿐이었다.

"우리도
이야기꾼이다"

나는 2학년이 되어 위젤 교수의 강의 하나를 수강하게 되었다. 개강 첫날 강의실에 들어서자 지금까지 들어온 다른 강의들과는 다른 무엇인가가 느껴졌다. 대규모의 회의장에 들어선 것 같으면서도 느낌은 꼭 소규모의 토론회 같았던 것이다. 강의실은 아주 좁아 보였는데, 나중에 알고 보니 다른 많은 학생들도 그런 생각을 했다고 한다. 그렇지만 실제 위젤 교수 강의에 배정된 강의실은 아주 컸다. 다만 학생들이 정해진 좌석은 물론 통로며 심지어 창틀 위에까지 자리를 잡고 앉았을 정도로 꽉 들어차 있었을 뿐이다. 이 정도로 학생들이 모여든 강의라면 뭔가 딴짓을 하거나 표 안 나게 졸고 있는 학생들이 있게 마련이다. 그런데 여기서는 모든 학생이 두 눈을 크게 뜨고 있었고, 지난해에 위젤 교수의 강의를 들었던 학생들끼리 다시 만나 오래된 친구처럼 서로 인사를 나누는 모습도 볼 수 있었다. 게다가 내가 들었던 다른 강의들과는 또 다르게 학생들의 연령층이 아주 다양했다. 퇴직자로 보이는 학생들까지 모여 있다 보니, 흡사 대가족 모임이라도 있는 것처럼 보일 정도였다.

강의가 시작되자 위젤 교수가 말했다. "지난 20년 동안 나는 여러분이 이 강의실에서 누군가를 만나고, 또 서로에게 예컨대 '우리 전에 카프카를 함께 배우지 않았나요?'라든가 '키르케고르에 대해 같이 토론한 적이 있었지요?'라고 말하는 모습을 그려보았습니다. 여러분이 새로운 우정을 쌓고 누리기를 바란 것이지요." 나중에 그는 말했다. "우정이란 나에게 종교나 마찬가지입니다. 그것도 아주 좋은 종교지요. 누군가 우정에 열광한다고 해서 무슨 문제가 있을까요? 우정 극단주의자가 되는 경우도 없을 테니 그저 서로에게 아주 좋은 친구가 되어주기만 하면 됩니다!"

그는 또 말했다. "여러분이 나에게서 많은 것을 배우는 만큼 나역시도 여러분에게 많은 것을 배워 나갑니다." 이 이야기를 들었을 때 기꺼운 마음 한편으로 부담감도 느꼈던 기억이 난다. 그리고 나중에야 이 간단한 이야기가 학생들을 그저 수동적으로 배우기만 하는 위치에서 능동적 기여자로 바꿔주는 역할을 했다는 사실을 깨달았다. 위젤 교수의 그 말은 모두가 능동적으로 참여하는 배움의 장을 만들어내는 핵심 원칙인 셈이었다. 탈무드에도 "송아지가 젖을 먹고 싶어 하는 만큼이나 어미 소도 젖을 먹이고 싶어 한다"라는 말이 있는데, 바로 그런 가르침을 따르는 것이기도 했다. 학생들이 질문이나 호기심이 없고 아예 뭘 알고 싶은 생각마저 없다면, 교사가 과연 무엇을 할 수 있겠는가? 교사와 학생은 서로에게 필요한 존재이며, 일종의 교육 생태계를 함께 만들어 나간다.

위젤 교수는 모든 학생, 그리고 모든 사람은 그들이 바로 인간이기 때문에 진실을 구분해 낼 수 있는 능력을 가졌다고 믿었다. 경건파의 부흥과 전성기에 대한 강의에서 위젤 교수는 전해 내려오는 이야기 하나를 들려주었다.

옛날에 어느 젊은 여인이 현자賢者를 찾아가 아이가 생기도록 축복을 빌어달라고 부탁했다.

"남편과 저는 결혼한 지 몇 년이나 지났지만 아직 아이가 없습니다." 여인이 말했다.

현자가 대답했다. "당신도 잘 알겠거니와 내 어머니도 당신과 사정이 비슷했습니다. 어머니는 바알 셈 토브를 찾아가 축복을 빌어달라고 부탁하기로 했지요. 그녀는 몇 달에 걸쳐 손수 만든 겉옷을 들고 찾아가 바알 셈 토브에게 바치며 축복을 구했고, 그로부터 1년 뒤 내가 태어났습니다."

"감사합니다, 지혜로운 분이시여." 여인은 소리를 질렀다. "당장 집으로 돌아가 당신을 위해 겉옷을 짓겠습니다. 최고로 아름답고 훌륭한 옷감을 구해 근사한 옷을 지어 바로 다시 돌아오겠습니다!"

"여인이여," 현자가 말했다. "뭔가 잘못 생각한 것 같군요. 내 어머니가 새 옷을 지어 가져간 건 누구에게 그런 이야기를 들어서가 아닙니다."

"과거의 이야기를 반복하는 것만으로는 충분하지 않습니다. 우리는 우리 자신의 새로운 이야기를 써가야 합니다." 위젤 교수는 이야기를 들려준 후 이렇게 설명했다. "우리는 아직 알려지지 않은, 그래서 아무도 알 수 없는 우리 자신의 상황 속으로 들어가야 하는 겁니다."

그의 이야기는 계속되었다. "그런데 이야기 속 현자에게 이렇게 물어볼 수 있지 않을까요. 만일 젊은 여인이 자신에게 필요한 해답을 스스로 찾기를 바랐다면 왜 군이 그런 이야기를 들려주었는지. 얄궂은 일이지만 현자는 과거의 이야기를 통해 자신에게 필요한 해답을, 자기 자신의 길을, 자기 자신의 진리를 스스로 찾아내라고 가르쳤습니다. 과거의 오래된 이야기들이 없다면, 우리는 지금 현재 마주하고 있는 어려움에 대한 올바른 대처법을 찾을 수 있는 능력이 있음에도 불구하고 스스로를 잘 믿지 못하게 됩니다. 과거는 우리에게 이렇게 일깨워줍니다. 우리도 역시 또 다른 이야기꾼이라고 말이지요."

그렇지만 우리가 같은 이야기를 하지는 않았다. 강의실에서 벌어지는 토론에서 각기 다른 위치의 다양한 학생들은 다양한 긴장감을 뿜어냈다. 홀로코스트 생존자 자녀와 나치 친위대 장교 손녀딸의 만남은 두 사람의 관점이 서로 크게 다르다는 사실만으로도 아주 가치 있는 경험이 되었다. 다른 사람의 이야기를 경청하고 예의를 지키며 개인적인 인신공격을 하지 않는다는 토론의 기본 규칙이 지켜지는 한, 학생들은 서로에게 '맞서며 돕는' 존재가 될 수 있었다.

나는 알렉스라는 학생을 통해 강의 시간에 이런 일이 실제로 일어날 수 있음을 다시 한번 확인했다. 러시아 태생의 알렉스는 홀로코스트에 대해 질문했다. "단지 유대인뿐만 아니라 러시아 국민도 나치 독일의 희생자라고 볼 수 있지 않겠습니까?" 이 말은 사실

구소비에트연방 시절의 홀로코스트에 대한 공식적 입장이나 마찬가지였다. (실제로 홀로코스트라고 하면 나치 독일이 유대인뿐만 아니라 슬라브족을 포함해 집시, 동성애자, 장애인, 정치범 등 약 1100만 명의 민간인과 전쟁 포로를 계획적으로 학살한 사건을 통칭한다.—옮긴이) 최근까지도 러시아의 홀로코스트 공식 추모 행사나 시설 등에서는 유대인을 거의 언급하지 않은 것도 사실이었다. 이러한 러시아 측의 태도가 바뀐 것은 위젤을 비롯한 여러 사람들의 노력 덕분이었는데, 홀로코스트 역사를 배우는 학생들은 이런 마뜩찮은 질문들과 종종 부딪치게 된다.

나는 난감한 기분이 들었다.

그렇지만 위젤 교수는 아무런 동요도 보이지 않았다. 그는 알렉스가 하지 않은 말에 귀 기울이고 있었다. 아니, 그가 하지 않은 말까지 알아차린 것 같았다.

그가 알렉스에게 물었다. "그런 생각을 혼자 한 건 아닐 테고, 어디선가 배웠겠지요?"

"네, 그렇습니다. 러시아에서 자랄 때, 그러니까 학교에서 그런 이야기를 들었습니다."

"그러면 그게 구소비에트연방의 공식 입장이었다는 사실을 혹시 알고 있습니까? 희생자들 자체가 아니라 특정 민족이나 종교를 일부러 무시하기 위한 정책의 일환이었다는 사실을요?"

"아니요, 그런 건 몰랐습니다. 그렇지만 다른 희생자들이 있는데 굳이 유대인만 강조되는 것도 분명한 사실 아닙니까?"

"물론 유대인 말고도 많은 희생자가 있었습니다. 하지만 국적이나 정치적 입장, 혹은 사회적 지위 같은 것과 전혀 상관없이 오로지 유대인이라는 이유만으로 학살의 표적이 된 건 유대인뿐입니다."

그러자 알렉스는 처음 던진 질문에 감춰져 있던 완전히 다른 관점의 진짜 핵심을 드러냈다. "알겠습니다. 그러면 만일 어느 희생자가 여러 가지 정체성을 갖고 있었다면 어떨까요? 그러니까 예컨대 유대인이면서 소비에트 국민이었다면, 사람들은 그의 어떤 면을 더 기억하게 될까요?"

상황이 이쯤 되자 나는 더 이상 난감한 기분이 들지 않았고, 대신 알렉스에 대해 호기심이 생기는 동시에 깊은 인상까지 받게 되었다. 알렉스의 질문 뒤에는 우리가 생각해볼 만한 가치 있는 무언가가 있음을 깨달았기 때문이다.

위젤 교수는 이 세상에 어리석은 학생이나 바보 같은 질문 따위는 없다고 믿었다. 그는 모든 것의 겉모습 뒤에는 항상 찾아볼 만한 가치 있는 무엇인가가 존재한다고 믿었다. 알렉스와의 대화가 오간 시간은 4분 남짓이었지만 훨씬 더 길게 느껴졌다. 얼마나 많은 교사들이 이런 질문을 받으면 그 난감한 순간을 피하기 위해 그냥 얼버무리고 황급히 다른 이야기를 늘어놓는가. 혹은 알렉스 같은 학생을 바보로 취급하며 무시하고 있지는 않는가.

"영혼은 언제나 속삭인다"

"윌리엄 포크너는 노벨 문학상 수락 연설에서, 정말 글로 쓸 만한 가치가 있는 유일한 주제는 인간의 마음속에서 일어나는 갈등이라고 말했습니다. 마음으로부터 누군가를 받아들일 수 있다면 그런 모습이 겉으로도 드러날 수 있습니다. 우리 자신이 가진 수많은 모습을 설령 모순투성이라도 더 많이 받아들일 수 있다면, 다른 사람들도 그렇게 받아들이게 되지 않을까요? 그들이 가진 모든 모순과 갈등에도 불구하고 말입니다."

위젤 교수가 월트 휘트먼의 시 〈나 자신의 노래〉("나는 모순에 빠져 있나? / 아니, 나는 모순덩어리인가? / 나는 모순에 빠질수록 더 커지는 존재인가? 나는 다중인격인가?")를 언급했을 때, 나는 나 자신의 이야기를 생각하고 있었다. 나는 고요함과 완전함을 원하지만 요란스러운 내면의 삶을 가진 한 사람으로서, 내 안의 모순과 갈등을 완전히 받아들이는 데 어려움을 겪고 있었다. 그렇지만 그런 내적 갈등이 서로를 판단하는 근본 원인일 수 있다고는 한 번도 생각해본 적이 없었다. 그러다 문득 뭔가 이해되는 것 같았다. 우리가 스스로를 얼마나 받아들일 수 있는가가 결국 다른 사람들을 얼마나 진정으로 받아들일 수 있는가의 척도가 되는 것이다.

"여러분 역시 각자 아주 다양하고 다중적인 모습을 지니고 있습니다. 우리 강의실에 들어오는 순간부터는 아무것도 감추려 하지 마세요." 위젤 교수가 학생들에게 말했다. "여러분의 이야기들이 이 강의를 살아 숨 쉬게 만들어줍니다. 나는 여러분 각자가 자신의 진짜 모습을 내보이기를 바랍니다. 그렇게 되면 우리 모두가 다 함께 다른 곳에서는 감히 배우려고 하지 않는 것을 배울 수 있습니다." 그렇게 말하고 나서 그는 경건파에서 전해 내려오는 어느 스승과 제자의 대화를 들려주었다.

"영혼은 언제나 우리에게 속삭인다." 랍비 핀차스가 가르쳤다.
"그런데 왜 우리는 변하지 않습니까?" 제자인 랍비 라파엘이 물었다.
"왜냐하면," 랍비 핀차스가 대답했다. "영혼은 결코 같은 말을 반복하지 않기 때문이다."

"우리 각자는 말로는 설명할 수 없는 복잡한 자아를 가졌습니다." 위젤 교수가 이렇게 덧붙였다. "이런 본질을 잠식해 들어가는 것이 바로 도덕적 범죄입니다."

2학년 1학기가 절반쯤 지난 무렵, 위젤 교수의 강의 시간에서 나도 10분가량 발표할 차례가 돌아왔다. 처음 이 강의를 신청했을 때는 이렇게 긴장하는 순간이 오리라고는 전혀 예상하지 못했다. 나는 초기 경건파 스승들에 대해 발표하기로 되어 있었는데, 철학자 마르틴 부버*의 저술과 그 밖에 내가 읽은 작품들을 바탕으로 몇 가지 사례를 소개할 수 있었으면 했다. 나는 내가 깊이 빠져 있는 주제를 소개할 생각에 대단히 흥분해 있었지만 그만큼 걱정도 많았다. 발표 전날 밤에는 잠을 제대로 이루지 못했고, 준비한 자료를 다시 읽고 또 읽으면서 떨지 않고 발표할 수 있기를 바랐다. 다음 날 강의실에 도착하니 위젤 교수는 보이지 않았다. 조교 마사가 나와서 알리기를, 교수님은 파리 학술회의에 참석해야 해서 어쩔 수 없이 수업을 하지 못하게 되었고 대신 조교들이 진행하겠다고 했다. 나는 안도감과 실망감이 뒤섞인 채로 준비한 내용을 발표했다.

강의실에서 나는 거의 눈에 뜨이지 않는 존재였다. 주로 뒷자리에 앉아 말없이 열심히 듣기만 했으며, 위젤 교수의 목소리와 이야기 속에서 명상에 잠기는 듯한 평온 상태를 맛보았다. 학기 내내 나는 딱 한 번 입을 열어 말했는데, 위젤 교수가 나를 지목해 질문을 했을 때다. 질문은 잊었지만 내가 했던 대답은 결코 잊지 못할 것이다. 나는 그가 내 대답을 기다리고 있다는 사실을 알아차리고는, 내가 생각하는 단어를 큰 소리로 말했다. 바로 '진정성'이었다.

그는 나를 향해 고개를 끄덕이며 말했다. "바로 그것입니다."

• 마르틴 부버Martin Buber(1878~1965). 오스트리아 출신의 유대계 종교철학자. 전쟁과 폭력, 침묵의 세계에서 대화의 필연성과 가능성을 굳게 믿으며 아랍인과 유대인이 팔레스타인에서 공존할 수 있음을 주장했다. 《나와 너》, 《인간의 길》 등에서 '나와 너의 관계I-Thou relationship'를 사유의 중심으로 삼은 종교적 실존주의를 전개해 세계적으로 주목을 받았다.

때로는 한마디 말이 새로운 우주를 여는 열쇠가 될 수 있다. 학기를 마칠 무렵 마사가 나를 찾아왔고, 위젤 교수가 다음 해부터 내게 학생 조교를 맡기고 싶다며 생각을 해보았으면 한다는 말을 전해주었다.

나는 지금도 그가 왜 내게 조교를 맡기려고 했는지 그 이유를 정확히 알지 못한다. 돌이켜보면 당시의 나는 물론 진지하고 솔직한 면이 있었기에, 장차 나의 정신적 스승이 될 사람의 눈에 들었는지도 모르겠다. 그렇지만 어찌할 바를 모르는 미숙한 학생이었던 것도 사실이다. 어쩌면 그는 그런 나의 소극적 태도라든가 유대식 전통 교육을 받은 내 배경을 다 알고 있었는지도 모른다. 오랫동안 나는 그가 혹시 나에 대해 잘못 알고 있었던 것이 아닌가 궁금했다. 그렇지만 내가 그 제의를 거절한 것은 순전히 학업과 관련된 문제 때문이었다.

당시 나는 1년 동안 이스라엘에 가서 공부를 하기로 이미 결정해둔 상태였다. 대학 입학 전부터 선생님들은 학생들에게 이스라엘행을 강력히 권하곤 했다. 정통파 계열 학교의 학생들은 보통 대학에 들어가기 전 1년 정도 예시바yeshiva라고 부르는 일종의 학원에서 유대교 전통에 대한 고급 과정을 마치는 것이 관례였다. 나는 시야를 넓히기 위해 대학에 먼저 진학했다. 내가 자라온 공동체의 좁은 울타리를 벗어나 넓은 바깥세상에서 새롭게 다시 시작해보고 싶었다. 하지만 그렇게 대학에서 2년쯤 보내고 나니, 이제는 오래된 유대교 문헌의 세계로 다시 돌아갈 때가 되었다는 느낌이 들었다. 이제 현대 학문에 대해서는 최소한 어느 정도 배웠고 경험도 했다는 생각이었다.

그래서 위젤 교수가 학생 조교 자리를 제안했을 때 어느 정도 갈등도 느꼈다. 결국 나는 그에게 찾아가 상황을 설명하고, 정말 고마운 제안이지만 이스라엘에 가서 유대교 전통에 대해 공부하고 싶은 마음이 더 크다고 말했다.

그렇게 말해놓고 나서 문득 기발한 생각이 한 가지 떠올랐다. 나는 그야말로 아주 순진하게도 위젤 교수에게, 그 자신이 내가 랍비가 되는 것을 도와줄 수 있다면 이스라엘에 가지 않고 그의 밑에서 몇 년간 함께 공부하며 랍비가 될 수도 있을 것이라고 말했다. 그렇게 되면 나는 조교로서 위젤 교수를 돕는 동시에 내가 원하는 대로 대학 공부보다 종교적 부분에도 더 집중할 수 있을 것 같았다. 아니, 이스라엘에 가서도 혹시 전화를 이용해 원격으로 위젤 교수의 지도를 받을 수 있지 않을까?

"그렇게는 할 수 없겠군요." 그가 말했다. "나는 랍비가 아니기 때문에 학생이 랍비가 되도록 도울 수 없습니다!" 그는 자신의 스승인 사울 리버만이 자신에게 랍비가 되라고 권했지만 거절을 했다고 말했다. 자신은 저술가가 되고 싶었지 성직자의 길을 걷고 싶지는 않았다고 했다. (그는 오래된 유대식 농담을 하나 들려주었다. 히브리어로 된 일종의 말장난이었다. 유대교의 대속죄일이 되면 우리는 보통 "브살라츠타 라보네누 키 라브 후V'salachta l'avonenu ki rav hu"라고 외친다. "우리의 죄를 용서해주소서. 지은 죄가 너무 많습니다"라는 뜻이다. 여기서

'많다'에 해당하는 히브리어는 '라브rav'인데, 이 말은 '랍비'와 같은 뜻으로 사용되기도 한다. 따라서 앞서 외쳤던 말은 "우리의 죄를 용서해주소서. 바로 랍비들이 문제입니다!"로도 들릴 수 있는 것이다.)

결국 나는 망설이다 그의 학생 조교 제안을 거절하면서 긴 편지를 한 통 써 보냈다. "저는 아직 야심이 있고 두 세계를 다 경험해보고 싶습니다. 대학도 다니고 싶고 예시바도 마치고 싶습니다. 이스라엘에 가면 전통을 이해하는 폭도 넓어지고 저 자신의 깊이도 더 깊어질 수 있을 것 같습니다." 편지를 보낸 다음 날 나는 그에게 전화를 걸었다.

그는 편지를 잘 받아 보았으며, 나의 결정도 이해한다고 말해주었다.

나는 물었다. "이스라엘에 가서도 혹시 교수님과 계속해서 공부할 수 있는 방법이 있을까요?"

그가 대답했다. "이스라엘과 미국은 멀지요. 그렇지만 혹시 이스라엘에 가게 되면 꼭 알리겠습니다. 다시 만날 수 있을 겁니다."

그러고는 다시 말했다. "어쨌든 기다리겠습니다. 마음의 준비가 되면 다시 돌아와 함께 공부하도록 합시다."

그저 어색함을 떨치기 위한 겉치레의 말이었을까, 아니면 어느 정도 진심이었을까? 어느 쪽인지 알게 되는 데는 불과 몇 년밖에 걸리지 않았다.

다른 사람들의
다름

세월이 흘러 2003년이 되었다. 나는 마침내 위젤 교수의 정식 조교가 되었고, 그의 강의 계획서 초안을 만드는 일을 맡았다. 초안이 완성되면 위젤 교수에게 가져갔고, 그러면 그는 뉴욕에 있는 집으로 가져가서 다시 손을 보았다. 필요한 책 목록을 더하거나 빼고, 내게 추가할 참고 자료가 있는지 묻기도 했다. 그는 매년 반복되는 내용을 피해 각기 다른 과목을 강의했지만, 특정하게 반복되는 주제들이 있었다. 그중 하나가 차이, 다양성, 다름과 관련된 주제였다.

우리 문화에 존재하는 차이점과 다양성에 대한 토론 방식을 생각해보면, 어떤 숨겨진 편향성이나 편견 등을 찾아볼 수 있다. 내가 지금 거주하는 뉴잉글랜드 지역에서는 종종 유대 관계를 통해 서로의 차이를 극복할 수 있다고 말하며 새롭게 인연을 맺는 것을 반갑게 여기는 경향이 있다. 거기까지는 문제가 없다. 하지만 이런 경향은 어쩌면 동일성을 강요하는, 쉽게 알아차리기 힘든 종류의 폭력으로 이어질 수도 있다. 마치 같은 소리만 반복해서 들려오는 방에 모여 있는 것처럼, 비슷한 생각과 비슷한 말만 하는 사람들끼리 서로 둘러싸고 있는 것이다. 이른바 인터넷을 기반으로 하는 소셜 미디어도 이런 문제를 더욱 부추기고 있다.

이런 경향을 타파하기 위해 위젤 교수는 차이의 중요성을 강조했다. "다른 사람들의 다름은 나를 매료시킨다. 다른 사람에게서 나는 무엇을 배울 수 있을까? 그 사람은 내가 무엇을 하지 않고 또 할 수 없는지 알 수 있는가?" 그는 자신의 강의와 저술을 통해 광인, 반역자, 외부자, 낙오자를 찬양했다. 문학과 인생에서 주인공이 아닌 다른 사람들을 주목한 것이다.

등잔 밑이 어둡다는 말처럼 우리는 모두 어떤 맹점이나 약점을 갖고 있다. 하나의 등잔 옆에 또 다른 등잔을 두고 빛을 비춰줄 때에야 비로소 그 어둠이 사라진다. 대화를 시작함으로써 우리는 서로에게 해줄 수 있는 것에 대한 지식을 얻을 수 있다.

위젤 교수는 소외된 사람들의 삶을 그려내는 데 천재적이었던 카프카에 대해 이야기했다. "카프카는 '나는 새를 찾는 새장이다'라는 말을 남겼습니다. 무슨 뜻일까요? 그는 자기 자신에게도 있는, 다른 사람들을 판단하고 이용하려는 인간의 원초적 본성을 깨달았던 겁니다. 또한 우리는 키르케고르가 했던 말도 기억합니다. '누군가 나를 자기 잣대로 평가한다면, 그 사람은 이미 나라는 존재를 부정하는 것이다.' 카프카는《심판》을 비롯한 여러 작품을 통해, 다른 사람들을 새장 속에 가두고 싶은 충동에 결코 굴복해서는 안 된다고 일깨워주고 있습니다. 그 대신 다른 사람들의 다름을 지켜줘야 한다고요."

미국 남부 출신으로 그 지역에서 유명한 인종차별에 대해 한 차례 이야기했던 태미라는 학생이 질문을 했다. "그렇지만 기본적으로 나와는 다른 생각이나 신념을 가진 사람을 어떻게 참고 견딜 수 있을까요?"

위젤 교수가 대답했다. "나는 사실 '참고 견디다'라는 말을 그리 좋아하지 않습니다. 내가 누구를 참고 견뎌낸단 말인가요? 그보다는 차라리 '존중'이라는 말이 더 좋을 것 같습니다. 당신과 나의 의견이 달라도 나는 당신을 존중한다, 이렇게 말이지요. 사실 내가 의견을 달리한다는 건 상대방에 대한 존중의 표현일 수도 있습니다. 내가 상대방을 진정으로 존중한다면 당연히 정직한 모습으로 대할 테니까요."

"그런데 정말로 사악한 품성을 가진 사람들도 있잖아요?" 태미가 다시 물었다.

"적어도 개인적으로 볼 때 나는 여전히 그런 사람들도 같은 인간이라는 사실을 인정해야 한다고 생각합니다. 악을 행하는 사람을 인간으로 인정하지 않는다면, 그건 그 사람을 너무 쉽게 용서해주는 것과 같습니다. 짐승은 대량학살 같은 짓은 저지르지 않을뿐더러 약속 같은 것도 하지 않습니다. 적이 약속을 하면 믿어야 한다는 사실을 꼭 기억하십시오. 무슨 말을 했든지 결국에는 자기가 한 말을 실천에 옮길 테니까요. 그런데 상대방이 짐승이거나 미친 사람이라면 무슨 말을 하든 그냥 무시해버리기가 훨씬 쉽겠지요. 살인자는 우리와 똑같은 인간입니다. 다만 그는 인간이기를 포기하는 쪽을 선택했을 뿐입니다. 따라서 나는 그 사람을 막아설 수밖에 없습니다. 내가 할 수 있는 한 그를 멈추게 하고, 그렇게 할 수 없다면 그에 대해 최소한 거부나 저항은 해야 하는 겁니다."

태미의 표정은 그다지 만족스러워 보이지 않았다. 인종차별을 공공연히 주장하는 그녀의 친척들은 '다른 사람들'일까? 아니면 그들은 그저 잘못된 교육으로 그렇게 되었을 뿐이고 여전히 소중한 그녀의 일가친척일 수 있을까?

위젤 교수가 다시 입을 열었다. "다들 알고 있겠지만, 나는 꽤 오랜 세월 동안 신문사 기자로 일했습니다. 예루살렘에서 있었던 아돌프 아이히만(나치 친위대 고위 장교로, 유대인 학살을 총지휘한 인물.-옮긴이)의 전범 재판을 취재하기도 했지요. 아이히만은 아르헨티나에 숨어 살다가 이스라엘 첩보부에 체포되어 1961년에 재판을 받았습니다. 나는 1944년 5월에 유대인 마을에서 그를 한 번 본 적이 있습니다. 물론 당시에는 그가 누구인지 잘 몰랐지요. 아이히만은 헝가리 군인 50명을 데리고 와서 마을 주민 1만 5000명을 끌고 갔습니다. 그런 사실도 나중에야 자세히 알게 되었습니다. 나는 아이히만이 과연 인간인지 확인하기 위해 재판에 참석했습니다. 그도 나처럼 두 눈과 두 귀가 있을까? 그도 웃거나 말을 할 수 있을까? 그렇게 엄청난 대학살을 저지를 수 있는 사람이라면 분명 보통 사람과는 다른 무엇인가가 있지 않을까? 그리고 재판정에서 나는 몇 날 며칠을 지켜보았습니다. 나와는 다른, 인간이 아니라는 무슨 표시나 증거를 찾기를 희망하면서요. 그러니까 구약 성경에 나오는 카인의 표식* 같은 것 말이지요. 만일 그런 표식이나 증거를 찾는다면 내게 큰 위안이 될 것 같았습니다. 그렇지만 내 눈에는 아무것도 들어오지 않았습니다. 그냥 한 남자가 눈앞에 서 있었습니다. 회사에서 사무원으로 일해온 평범한 남자였지요. 다시 말해 같은 요소로 이루어진 두 명의 인간이 같은 시간에 같은 장소에 서 있었던 겁니다. 다만 두 사람이 살고 있는 도덕적 세계만이 달랐을 뿐입니다."

위젤 교수의 이야기가 계속 이어졌다. "사실 아이히만에게는 아들이 여럿 있었는데, 한 아들은 자신의 아버지에게 그런 끔찍한 과거가 있는 줄 몰랐다고 합니다. 그리고 그런 사실들을 알게 된 후에도 아버지에 대한 애정과 존경심은 여전했다고 하더군요. 그런가 하면 가톨릭 사제가 된 또 다른 아들은 아버지의 씻을 수 없는 죄악을 대신 속죄하며 살고 있다고 합니다. 이게 다 무엇을 의미할까요? 즉 대부분의 인간 같지 않은 인간들도 여전히 인간다움을 간직하고 있으며, 보는 사람에 따라 각기 다르게 평가받는다는 사실입니다. 우리에게 있어 정말로 나와는 다른 사람이 있다면 자신의 인간성을 저버린 사람이겠지요. 그러면 우리는 반드시 그 사람을 법의 심판대에 세워야 합니다. 그렇지만 그런 건 아주 극단적이고 찾아보기 힘든 경우입니다. 우리가 살아가는 동안, 그 대부분의 경우 우리는 그저 나와는 다른 다양한 신념이나 생각을 가진 사람들을 만나게 될 뿐입니다. 그러면 우리는 그 사람을 이해하고

• "오늘 이 땅에서 저를 아주 쫓아내시니, 저는 이제 하느님을 뵈지 못하고 세상을 떠돌아다니게 되었습니다. 저를 만나는 사람마다 저를 죽이려고 할 것입니다." "그렇게 못하도록 하여주마. 카인을 죽이는 사람에게는 내가 일곱 갑절로 벌을 내리리라." 이렇게 말씀하시고 야훼께서는 누가 카인을 만나더라도 그를 죽이지 못하도록 그에게 표를 찍어주셨다. 〈창세기〉 4장 14~15절.

그 사람에게서 무엇인가를 배우기 위해 애써야 합니다. 사람들 사이에 거리감이 느껴지는 건 어쩔 수 없는 일입니다. 다만 그렇다고 해서 서로 등을 돌리라는 뜻은 결코 아닙니다."

조프라는 학생이 물었다. "그러면 평범한 일상생활에서 볼 수 있는 그런 사례를 들어주실 수 있는지요?"

위젤 교수가 말했다. "바로 여기, 이 강의실에서 그런 사례를 볼 수 있다면 좋겠군요. 이곳에는 각기 다른 신념과 가치, 그리고 세계관을 가진 사람들이 모여 있으니까요. 여기서 나오는 다른 사람들을 만났을 때 우리는 선택의 기로에 서게 됩니다. 귀를 기울일 것인가 말 것인가 하는 선택이지요. 나는 여러분이 부디 귀 기울이는 사람이 되기를 바랍니다. 그래서 다른 사람들의 약점이 아니라 자신의 장점을 찾을 수 있다면 좋겠어요. 다른 사람들과 의견이 다르고 갈등을 겪는다고 해서 귀 기울이는 일을 거부해서는 안 됩니다. 또한 의견이 비슷하다고 해서 무조건 다른 사람을 따르기만 해서도 안 되고요. 우리는 서로 다 다른 존재입니다. 각자의 과거가 있고, 또 각자의 미래가 다 따로 있습니다."

태미가 다시 말했다. "그렇지만 내게 정말 확신이 있어서 반대하는 거라면 상대방이 잘못되었다는 걸 알려주기 위해 노력할 의무가 있지 않을까요?"

"물론 맞는 말입니다. 그렇지만 문제는 어떤 방식으로 그렇게 하느냐는 것이지요. 헤겔은 진정한 비극은 옳고 그름 사이의 갈등에 있지 않으며, 두 가지 옳음 사이에서 일어나는 갈등이 진짜 비극이라고 말했습니다. 그리고 이 문제에 대해서는 경건파에서 전해 내려오는 좋은 가르침이 하나 있습니다. 두 사람의 의견이 다를 때, 그리고 서로 자신의 의견이나 뜻이 옳다고 고집을 피울 때 둘 사이에는 공간이 생깁니다. 그럼 의견이 다른 두 사람이 너무 많은 말들로 그 공간을 채우려고 하지 않는 한 각자의 세계가 만들어질 수 있지요. 두 사람이 서로 의견이 달랐기 때문에 그런 공간이 만들어지는 겁니다. 반면에 두 사람이 같은 입장에만 서게 된다면 혁신이 이루어질 여지가 전혀 없습니다. 다시 말해 갈등은 올바른 방향으로만 간다면 긍정적 효과를 낼 수 있는 겁니다."

"그렇지만 차라리 모든 사람의 공통분모를 찾은 다음 거기에서 하나가 될 수 있는 길을 찾는 게 더 낫지 않을까요?"

"물론 갈등을 해결하고 하나가 될 수 있는 길도 찾아야겠지요." 위젤 교수가 대답했다. "하지만 결코 사람들 사이의 차이점을 완전히 없애거나 무너트리는 쪽으로 가서는 안 됩니다. 중세 시대의 역사를 보면 잘 알 수 있지 않습니까. 중세 시대 가톨릭교회의 이단 심문관들은 사람들의 영혼을 올바른 길로 인도한다면서 고문하고 불태워 죽였습니다. 기록들을 보면, 그들은 진심으로 그렇게 믿고 생각했다는 사실을 알 수 있습니다. 따라서 우리는 단순히 누군가를 위하고 동정하는 마음만으로는 충분하지 않다는 사실을 알게 됩니다. 그런 마음에 다른 사람의 다름을 인정하지 않으려는 마음이 합쳐지면 큰 위험으로 바뀌지요. 다른 사람도 나와 비슷하겠거니, 혹은 같은 마음이겠거니 하고 믿으면 그 사람에게 나 자신이 생각하는 고통과 구원의 공식을 적용하거나 강요할 가능성이 있습니다. 그렇지만 상대방의 가치와 우선순위가 나하고 다를 수 있다는 사실을 먼저 인정하고 그 차이점을 존중한다면 이런 강요의 유혹을 피할 수 있습니다.

기독교 계통의 종교를 믿는 사람들에게는 종교와 관련된 요소들도 이와 마찬가지라고 볼 수 있습니다. 나는 여러분의 다름을 존중해야 합니다. 왜냐하면 그 다름은 또 다른 궁극적 존재인 하느님으로부터 비롯되었기 때문입니다. 하느님이 홀로 존재하는 분인 것처럼 우리 각자도 결국 따로 존재합니다. 그런데 어떻게 내가 다른 사람을 판단할 수 있겠습니까? 나는 그저 목격자일 뿐 재판관이 아닙니다. 단테의 《신곡》에서 〈지옥〉 편을 보면, 하느님이라는 이름은 어디에도 등장하지 않습니다. 그 대신 '또 다른 어떤 분'이라는 표현을 쓰지요. 마찬가지로 구약 성경의 〈에스더서〉 어디에서도 하느님이라는 이름은 언급되지 않습니다. 그렇지만 그렇게 이름이 생략된 이유는 각기 아주 다릅니다. 〈지옥〉에서는 말 그대로 모든 등장인물이 지옥에 있습니다. 그리고 지옥에서는 하느님의 이름을 언급하는 것이 금지되어 있지요. 그런데 〈에스더서〉의 경우, 이 책은 하느님이 역사 속에서 드러나지 않게 활약한 부분을 이야기합니다. 하느님이 어떻게 자연 변화나 정치적 과정 등을 통해 자신의 뜻이 이루어지도록 하는지를 보여주는 겁니다. 그렇지만 〈지옥〉에서든 〈에스더서〉에서든 하느님은 일종의 또 다른 존재입니다. 일단 우리가 서로에게 낯선 존재라는 사실을 정말로 깨달으면, 그때부터는 서로를 진정으로 존중할 수 있게 됩니다. 그리고 이런 존중으로부터 우정이 발전하는 거고요."

그는 사람과 사람 사이의 거리, 그리고 서로 다른 세계관이나 의견을 허물려 하기보다 그 간극을 그대로 유지할 필요가 있다고 말한다. 그렇게 된다면 우리는 앞에서도 언급했듯 '맞서며 돕게' 될 뿐만 아니라 일종의 '우호적 적대자'가 되어 각자의 생각을 다 들어가는 데 서로 도움을 줄 수 있다. 우리 대부분은 사람들과 관계를 만들어가는 데 도덕적으로 너무 많은 힘을 쏟고 있다. 그러면 때로 서로의 차이를 진심으로 인정하는 일을 잊어버리기도 하고, 모든 인간이 서로를 거부하지 않고 친밀해져야 한다고 주장하게 되기도 한다. 다시 말해 서로 다른 사람들과 종교, 인종, 언어, 피부색, 그리고 생김새에서도 거부감 없이 편한 기분을 느껴야 한다는 것인데, 그러면 더 이상 서로의 진짜 모습을 볼 수 없게 되어버린다. 그런 그럴듯한 관용의 뒤에는 지겨움과 피곤함 같은 감정이 뒤따르는 법이다. 딱히 새롭거나 놀랄 일도 없고, 자신이 모르는 것에 대해서 존중하는 마음을 갖기도 어려워진다.

엘리 위젤은 신비주의자들의 오랜 전통을 따르고 있는 것처럼 보였지만, 동시에 완전히 반대 방향으로 접근하는 법도 가르쳤다. 다른 사람들을 자신과 비슷하게 보지 말고, 마치 이전에 한 번도 보지 못한 것처럼 비슷하거나 친숙한 느낌 자체를 낯선 것으로 여기라고 했다. 그는 언젠가 내게 우정의 최고 단계는 서로를 끝까지 다 알지 못하는 것이라고 말한 적이 있다. 그 대신 언제나 새로운 사람을 만나듯 놀라워하며 그 사람의 존재를 당연한 것으로 여겨서는 안 된다는 것이었다.

"우리는 함께 배우기 위해 여기 모였다": 종교 간 대화

위젤 교수는 우리가 서로를 새로운 시각으로 바라보도록 도와주었을 뿐만 아니라 친숙한 문학 작품도 새롭게 볼 수 있게 해주었다. 교회나 시너고그에서 〈창세기〉를 읽으며 어린 시절을 보낸 학생들의 경우에는 그동안 배우고 익혀온 사실들을 잊도록 돕는 일이 그가 맞닥뜨린 숙제라고 할 수 있었다. 예컨대 몇몇 학생들은 구약 성경에 나오는 이삭이 아직 어린 소년 시절에 아버지 아브라함에 의해 산 제물로 바쳐질 뻔했다고 믿고 있다. 이런 오해가 생긴 것은 네덜란드의 화가 렘브란트가 자신의 그림에서 이삭을 어린 소년으로 묘사한 탓도 있다. 그렇지만 이삭의 나이는 정확히 기록되어 있지 않으며, 이 운명적 사건이 일어났을 무렵에는 30대 정도였을 것으로 추정된다. 이처럼 사소한 일화 등을 통해 나는 익숙하며 잘 안다고 생각하는 일이 실제로는 큰 오해로 이어질 수 있다는 사실을 확실히 깨달았다. 교육자로서의 사명 중 하나가 바로 학생들로 하여금 이미 안다고 생각하는 사실들을 잊고 늘 자신이 배우는 내용의 자잘한 부분까지 신경 쓰도록 돕는 것이 아닐까 싶다.

위젤 교수는 여러 시대 다양한 문화의 문학 작품들 사이에서 대화를 이끌어내려고 시도했다. 앞서 언급했듯 하나의 등잔 옆에 또 다른 등잔을 두고 빛을 비춰줌으로써 어둠을 걷어내는 방법을 통해서였다. 희생 제물로 드려지는 이삭의 이야기를 살펴볼 때 그가 들고 온 또 다른 '등잔'은, 고대 그리스의 시인 에우리피데스의 희곡에 등장하는 이피게네이아(그리스 신화에서 미케네의 왕 아가멤논과 왕비 클리타임네스트라 사이에 난 딸.-옮긴이)의 이야기였다. 또한 구약 성경의 또 다른 주인공 요셉을 정확히 이해시키려고 같은 뿌리의 이슬람교 경전 코란에서 유사한 부분을 공부하게 했다. 욥과 그의 앞에 갑자기 모습을 드러낸 하느님 이야기를 공부할 때는 인도의 고대 서사시 《바가바드기타Bhagavad Gita》를 읽게 했다. 문학 작품에 등장하는 신의 현현顯現을 더 잘 이해하게 하기 위해서였다. 고대 그리스의 시인 소포클레스를 공부할 때 함께 읽은 텍스트는 브레히트와 카프카, 카뮈 등의 작품이었다. 학생들은 이렇게 비교를 통해 접근하는 방식을 강의실 밖으로까지 확장시켰다.

어느 강의 시간에 우리는 혁명과 급진적 운동이 하나의 체제로 변모해가는 과정에 대해 토론했다. 위젤 교수는 18세기 경건파 운동의 기원과 그 뿌리가 되는 동유럽 유대교 신비주의, 그리고 경건파 운동 창시자들의 삶을 설명했다. 나는 이런 내용들이 뜨거운 토론의 주제가 되리라고는 기대하지 않았다.

그는 나지막한 목소리로 말했고 어딘가 다른 곳을 응시하는 듯 보였다. "경건파는 변화의 기운을 알아차렸을까요? 그렇다고도 볼 수 있고, 또 아니라고도 볼 수 있습니다. 경건파 운동은 그 자체로 변화의 상징이었으며, 처음에는 혁명에 가까웠습니다. 그러다가 근대화 조류와 마주하면서 갑자기 굉장히 보수적인 모습으로 바뀌었습니다. 근대화에 대한 일종의 반동이라고나 할까요. 신비주의를 따르던 유대 공동체들은 바깥세상을 두려워하며 문을 닫아걸었습니다. 오래된 문헌이나 경전에 나오지 않는 것이라면 뭐든 다 의심했지요. 경건파의 처음 시작과 나중에 경건파를 이끈 스승들을 비교해보면, 경건파는 완전히 다른 모습이 되었습니다. 왜냐고요? 바로 세상이 달라졌기 때문이지요. 그리고 이제 신비주의를 믿는 건 그리 쉬운 일이 아니게 되었습니다."

그는 잠시 말을 멈추고 다시 시선을 학생들 쪽으로 돌렸다. "우리는 지금 유대교의 종교 운동에 대해 이야기하고 있습니다. 기독교인 학생들은 이런 역사를 배우고 이야기를 읽는 것에 대해 어떤 기분이 듭니까?"

폴란드 출신의 대학원생으로 이미 신비주의의 모든 것에 흠뻑 빠져 있는 올리비아가 한숨을 내쉬더니 말했다. "지금까지 찾고 있던 진리를 발견한 느낌입니다."

신학을 전공하는 매트가 말했다. "너무 많은 부분에서 경건파 랍비와 그들의 가르침이 예수 그리스도를 연상시키는군요. 좌중을 압도하는 지도자였지만 동족을 위해 고통을 감내해야 했던…."

유대교 정통파인 차야는 공격적이었다. "사람들이 그런 비교를 할 때마다 마음이 불편해요. 저는 유대교 집안에서 자랐는데, 예수 그리스도의 사상이 어디서 시작된 것 같나요? 바로 유대교 아닌가요?"

각기 다른 종교를 통해 하나의 진리를 설명하려 드는 것이 과연 적절한 일인가에 대한 뜨거운 논쟁이 이어졌다. 예컨대 전근대적 고통의 경험을 설명하기 위해 근대 심리학의 개념을 사용하거나, 혹은 여러 방면의 학문을 무리하게 짜 맞추려고 하는 것은 억지스러운 일이 아닐까? 하지만 또 그렇다 하더라도 이런 근대의 과학이나 학문은 과거의 경험을 조명하고 우리가 좀 더 잘 이해하는 데 도움이 되지 않을까? 우리는 이른바 '혼합주의'에 대해 논의했다. 혼합주의란 각기 다른 종교적 전통과 의식의 요소를 하나로 합치려는 노력을 의미한다. 예를 들어 불교 의식을 따르는 유대인이 있다면 그것이 바로 혼합주의다. 위젤 교수는 말로 적당히 얼버무리는 것에 대해 주의를 주고, 우리의 생각을 명확하고 예리하게 다듬을 것을 촉구했다.

"꼭 기억하십시오." 그가 말했다. "유대교는 온 세상이 유대교를 믿어야 한다고 주장하지 않았습니다. 단지 세상은 더 선해져야 하고 각 사람에게는 자신의 길이 있다고 주장했지요. 랍비 바알 셈 토브의 말을 상기해봅시다." 바알 셈 토브는 앞에서도 언급했듯이 18세기 유대교 경건파 운동의 창시자다. "그는 한 제자에게 이렇게 말했습니다. '자네 마부를 조심하게. 나는 그 친구가 성호도 긋지 않고 교회 앞을 지나는 걸 봤다네!' 그는 선한 기독교인이란 결국 선량하고 신뢰할 만한 인간이어야 한다고 믿었습니다."

"정말 그럴까요?" 한국에서 온 수습 목회자 박이 되물었다. "하지만 유대인은 이른바 선민의식이라는 걸 내세우지 않습니까? 늘 같은 유대인을 우선시하는 걸로 알고 있는데요."

잠시 침묵이 흐른 뒤 차야가 자리에서 일어나 말했다. "어떻게 그런 말을 할 수 있나요. 그거야말로 고정관념 아닌가요?"

"잠깐만요." 위젤 교수가 중재에 나섰다. "우리는 지금 이곳에 함께 배우기 위해 모인 것이며, 귀 기울여 들어야 합니다. 다른 사람의 마음이나 자신의 마음을 강제로 바꾸려는 것이 아닙니다." 그러고 나서 그는 박을 돌아보았다.

"선민의식은," 그가 설명했다. "그러니까 선택받은 민족이라는 개념은 분명 일부 유대인을 승리주의라는 함정에 빠트린 원흉입니다. 그렇지만 오래가지 못한 예외적 경우를 제외하고 유대인은 결코 다른 민족을 강제로 개종시키지 않았습니다. 오히려 그 반대지요. 유대인은 다른 사람들이 유대교를 믿으려는 걸 막았습니다. 누군가 찾아와 유대인이 되고 싶다고 말하면, 우리 유대인은 이렇게 대답합니다. '어째서 그런 생각을 했습니까? 당신은 유대 민족이 세상에서 가장 박해를 받고 단 한 세대도 외부 침략으로부터 자유로운 적이 없는 민족이라는 사실을 잊었습니까?' 유대인에게 인간이 된다는 건 결국 완전한 유대인이 되는 겁니다. 나라는 인간은 나의 이야기와 나의 뿌리, 그리고 나의 전통을 통해 표현이 됩니다. 다른 종교를 믿는 사람들도 마찬가지지요. 기독교인에게 인간이 된다는 건 기독교인이 된다는 것이고, 무슬림에게 인간이 된다는 건 무슬림이 된다는 뜻입니다. 불교도에게 진정한 인간이 되는 길은 불교도가 되는 것이지요. 어떤 길이 다른 길보다 더 낫다고 주장하며 다른 사람들을 무시한다면, 그 결과는 불 보듯 뻔한 일 아니겠습니까. 바로 인간성의 말살이지요.”

“그러면 선택받은 민족이란 도대체 무슨 뜻입니까?” 박이 다시 물었다.

“히브리어로는 ‘세굴라segulah’라고 하며, 실제로 ‘선택받은’이라는 뜻이 아닙니다. 세굴라는 ‘특별하지만 특권을 누리는 존재는 아니다’라는 뜻이지요. 다시 말해 남을 이용하기보다는 섬기도록, 이득을 얻기보다는 고통을 당하도록, 그리고 다른 사람들이 자신의 숙명을 깨닫게 돕도록 선택받았다는 뜻으로 해석할 수 있습니다. 수많은 유대교의 가르침에도 이런 내용이 나옵니다. 결국 역사상 최초의 유대인이라고 할 수 있는 아브라함에게 하느님은 〈창세기〉 12장 3절을 통해 ‘땅의 모든 족속이 너로 말미암아 복을 얻을 것’이라고 말씀하시지 않았나요. 유대교의 이상은 처음부터 이렇게 사람들 전체를 향해 있었습니다. 그리고 유대교만의 특별함은 모든 사람의 이상을 위해 헌신할 때 의미가 있지요. 또한 경건파의 세계에서 바알 셈 토브는 ‘모든 어머니의 아이’를 위해 기도했습니다. 단지 동족만을 위해서가 아니라요. 그리고 무엇보다 먼저 기억해야 할 것은….” 그렇게 말하면서 위젤 교수는 구소비에트연방의 유대인을 언급했다. 그들은 이른바 ‘철의 장막’에 갇혀 다른 나라로 떠날 수 없었고, 차별을 당하며 종교 때문에 감옥에 끌려가는 일도 많았다고 한다. "구소비에트연방에 살았던 유대인처럼 스스로를 위해 싸웠던 유대인은 캄보디아와 유고슬라비아, 그리고 르완다의 희생자들을 위해서도 싸웠습니다. 진정한 유대인이 될수록 나는 진정한 인간에 더 가까워집니다. 유대인으로서의 자기 정체성을 더 깊이 이해하게 되면 그렇게 다른 사람들을 위해 나설 수 있게 됩니다."

코네티컷에서 온 감리교 목사 루이스는 우리가 처음에 이야기하던 주제를 다시 꺼냈다. "그런데 유대인은 보통 축복이나 충고가 필요할 때 자신들의 랍비만 찾아가지 않습니까? 그리고 경건파는 여전히 자기들만의 좁은 세계 안에 갇혀 있는 것 같고요."

위젤 교수는 부드러운 목소리로 대답했다. "오히려 그 반대입니다. 유대교의 많은 스승들은 유대교 바깥의 세상에도 가르침을 전하려 했다고 알려져 있습니다. 일단은 위대한 설교자로도 유명한 바알 셈 토브를 비롯해 수많은 랍비며 스승들도 다른 곳에서 온 방문자를 기꺼이 받아들였지요. 소작농과 여관 주인, 그리고 지주 같은 다양하고 평범한 사람들이 가르침을 받고자 몰려들었습니다. 모두 축복이나 기도를 바랐지요. 물론 나중에는 경건파도 조금 고립주의 같은 태도를 취하게 됩니다만, 그건 그리 놀랄 일이 아닙니다. 당시 폴란드 유대인의 절반가량이 학살당했다는 사실을 생각해보세요. 그리고 폴란드 유대인 열에 아홉은 경건파를 따르고 있었습니다. 그렇지만 앞에서도 말했듯 처음에는 경건파도 아주 보편적인 가르침을 펼쳤습니다. 인간과 공동체를 중요하게 생각했지요. 그런 이유들 때문에 나는 경건파를 아주 좋게 생각합니다." 그는 마지막 말을 덧붙일 때 얼굴에 웃음을 머금었다. 그리고 나는 박의 얼굴에도 웃음이 번지는 모습을 놓치지 않았다.

이윽고 위젤 교수는 또 다른 질문을 던졌다. "그런데 이 강의가 반대로 이루어지고 있다면 어떤 분위기가 될까요? 그러니까 유대인 학생들이 신약 성경에 관한 강의를 들으려고 모여 있다면요?"

차야가 말했다. "저는 한 번도 개신교의 신약 성경을 공부해본 적이 없어요. 그리고 솔직히 별로 하고 싶지도 않고요. 굉장히 불편하게 느껴지는 것이, 그 신약 성경 때문에 아주 오랜 세월 동안 유대인에 대한 엄청난 증오가 생겨나고 이어진 것이니까요. 심지어 그 이름조차 불쾌해요. '신약'이란 새로운 약속이라는 뜻이고 결국 유대교 토라(구약 성경)와의 단절을 의미하는 것처럼 보입니다."

나는 몇몇 기독교도 학생들이 동요하는 것을 보았다. 그리고 그들은 곧 위젤 교수가 어떤 대답을 할지 대단히 궁금한 표정을 지었다.

"음, 나도 어린 시절에 그런 생각을 했습니다. 내가 태어나고 자란 작은 마을에서는 유대인이 기독교인을 두려워했지요. 학교에서도 기독교인 학생들과는 거의 어울리지 않았어요. 뭔가 벽 같은 것이 가로막고 있는 것 같았습니다. 부활절 주간은 특히 유대인을 배척하는 폭력 행위가 분출하는 때였고, 유대인은 집에서 나오지 않았습니다. 밖으로 나가기가 두려웠지요! 그리고 우리 대부분은 교회라는 곳에서 뭘 하든 다 우리에게 무시무시한 위협이 된다고 생각했습니다. 그러니 여러분이 어떤 기분인지 나도 이해할 것 같습니다. 하지만 그럼에도 불구하고 나중에 내가 공부를 계속하고 기독교회 지도자들이며 선량한 기독교인을 많이 만나면서, 나는 모두가 서로 오해하고 있었다는 사실을 배웠습니다. 치유되어야 하는 것을 치유하겠다는 희망을 갖고 싶다면 서로에 대해 이야기하고 배워야 한다고 나는 믿습니다."

그때 대학원에서 종교학을 공부하고 있으며 나이가 지긋한 캐시라는 여성이 손을 들었다. "교수님, 저는 오랫동안 가톨릭교회의 반유대주의 성향 문제로 고민해왔습니다. 반유대주의가 어떻게 예수 그리스도의 가르침을 반영한다는 건지 이해가 안 갈뿐더러, 우선 예수는 우리가 살아가는 삶의 모범이라고 배워왔는데 말이지요. 현대 사회를 살아가는 신실한 기독교인이면서 신앙의 전통을 따라야 한다고 믿는 저 같은 사람들에게 해주실 말씀이 있으신지요."

"음, 내가 누군가를 진정으로 존중한다면, 그건 내가 그 사람에게서 뭔가 배울 수 있고 그 사람이 내게는 부족한 지혜나 감성을 갖고 있다는 뜻일 겁니다. 그런데 지금 예수 그리스도에 대해 언급했는데, 사실 그동안 이런 질문을 많이 받아왔습니다. '예수 그리스도가 오늘날 살고 있다면, 사람들을 보고 뭐라고 말할 것인가?' 예수가 나의 시대와 장소에 살았다면 십중팔구 강제수용소로 끌려가 죽었겠지요. 그가 핍박받는 유대인과 함께 살았던 유대인이라는 사실을 잊지 마시기 바랍니다. 그의 이야기가 유대인의 이야기이며, 그의 가족이 유대인 가족이었습니다. 유대인과 기독교인의 거리는 생각하는 것만큼 그렇게 멀지 않습니다."

캐시가 다시 질문했다. "그렇지만 그 거리가 여전히 멀게 느껴지시지는 않나요? 제2차 바티칸 공의회 이후 종교 간 화해를 청하는 대화는 제자리걸음을 하고 있고, 여전히 적어도 어느 정도 수준의 '문명의 충돌'이 존재하는 것 같은데요."

질문에 답하기 전 위젤 교수는 학생들에게, 제2차 바티칸 공의회는 1960년대 종교 사이의 화해와 통합을 위해 소집된 가톨릭교회의 회의라고 설명했다.

"나는 다양한 측면에서 대화가 많이 진전되고 있다고 생각합니다." 그가 말했다. "물론 그럼에도 불구하고 기독교의 여러 측면, 특히 유대교와의 관계를 재검토하려 했던 바티칸 공의회 자체는 몇 가지 부족한 점이 있었습니다. 무엇보다 이 대화를 유대인과 기독교인으로 제한하지 말고 무슬림까지 포함시켜야 했습니다. 우리는 그런 종류의 대화가 필요하다는 사실을 잘 알고 있지요. 무슬림 대표들을 포함시켰다면 어떤 새로운 종류의 우정과 이해가 생겼을지 누가 알겠습니까? 불교나 힌두교 등 다른 종교들까지 포함된다면 더 말할 것도 없고요. 그렇지만 물론 바티칸 공의회는 변화를 만들었으며, 계속해서 새로운 노력을 위한 토대가 되어주고 있습니다. 바로 우리에게 필요한 노력입니다."

그는 자신의 이야기가 학생들 사이에 스며들도록 잠시 기다렸다가 말을 이어갔다. "문명의 충돌에 대해서는 그 말이 뜻하는 개념을 받아들이기 어렵군요. 유사 이래로 광신주의는 늘 인간과 함께했으며, 어떤 신앙이나 믿음에서든 언제 어디서나 나타나는 독약이나 마찬가지입니다. 광신주의자들은 혼란을 두려워합니다. 하지만 다른 사람들은 그 혼란을 다양성이라고 부르지요. 모든 종교적 전통에는 신성한 경전을 광신주의자들의 입맛에 맞도록 해석하지 못하게 하는 장치 같은 것이 있습니다. 그리고 종교 공동체의 운명을 결정짓는 것이 바로 그런 장치들입니다."

그러자 캐시가 좀 더 알아듣기 쉽게 설명해달라고 요청했다.

"모든 종교의 경전에 실린 구절과 사상과 이야기는 위험하거나 두려운 내용일 수도 있습니다. 구약 성경에는 '눈에는 눈'이라는 말이 있고, 신약 성경에는 '평화가 아니라 칼을 주러 왔다'는 말도 있습니다. 코란에는 반유대주의를 연상시키는 시도 실려 있고요. 유대교에서는 랍비들이 서기 1, 2세기경부터 필요에 따라 위험한 내용의 구절을 그대로 두거나 생략할 수 있는, 해석의 여지를 두기 시작합니다. 그래서 예컨대 '눈에는 눈, 이에는 이' 같은 구절은 오로지 금전적 보상의 의미로만 해석되었지요. 문자 그대로의 의미로 받아들이지 않는다는 말입니다. 랍비들은 위험하게 받아들여질 만한 구절을 달리 해석하는 데 전혀 거리낌이 없었습니다. 유대교에서는 이런 구전에 의한 해석을 글로 기록된 내용 못지않게 중요하게 취급해 균형을 잡습니다. 다른 종교들에서도 비슷한 문제로 갈등이 있었고, 어느 정도 성공을 거두었지요. 경전을 해석하는 방식은 결국 종교 공동체의 미래를 결정짓습니다. 광신과 분쟁으로 연결되는 미래인지, 아니면 존중과 평화로 이어지는 미래인지 말입니다."

종교 간 평화운동을 펼치고 있는 안드레아가 손을 들었다. "교수님, 저는 이곳 보스턴에서 12개 종교협회 대표들의 모임을 주관하고 있습니다. 우리는 많은 대화를 나누고 있습니다만 실질적으로 뭔가 달라지고 있다는 느낌이 들지 않네요. 어쩌면 서로 지나치게 예의를 차리며 눈치를 보고 있지 않나, 그런 생각도 들고요. 어떻게 하면 그런 대화가 실질적 행동이나 결과로 이어지도록 발전시켜 나갈 수 있을까요? 그리고 어떻게 해야 지금의 무미건조한 대화 단계에서 벗어날 수 있을까요?"

"그렇군요. 뭐 좋은 방법이 없을까요?" 위젤 교수가 웃으며 되물었다.

안드레아는 당황한 표정으로 말했다. "정말로 잘 모르겠습니다. 좀 더 깊은 논의로 이어질 수 있는 그런 대화 주제를 찾아야 하는 것인지…."

위젤 교수가 말했다. "그것도 좋은 생각 같군요. 그리고 실제로 그런 종류의 대화는 아주 중요하며, 그리 쉽게 할 수 있는 것도 아닙니다. 그럼에도 불구하고 자리에서 일어나 실제로 어떤 일들이 벌어지고 있는지 밖으로 나가보는 것도 좋은 방법입니다. 가능하다면 다른 종교 예식에 참석해볼 수도 있고요. 다른 사람들의 삶을 들여다볼 수 있다면 더 좋겠지요. 노숙자들을 찾아가본다든가, 아니면 양로원이나 호스피스 시설 같은 곳은 어떻습니까. 그런 곳에 가면 그저 친절함과 다정한 말 한마디, 혹은 밥 한 끼를 필요로 하는 사람들을 만나볼 수 있을 텐데, 이런 행동들을 통해 점잔을 빼는 모습들은 다 사라지고 좀 더 현실적인, 좀 더 인간다운 모습을 찾을 수 있지 않을까요."

이야기가 마무리되면서 나는 희망을 느꼈다. 중요한 질문들에 대해 분명하고 강력하게 반대 의사를 밝히며 다양한 의견을 보여주던 학생들은 진심 어린 존중과 따뜻한 마음을 가지고 서로 인사를 나눴다. 강의실에서 이런 모습을 볼 수 있다면, 다른 곳에서 왜 안 되겠는가.

공감과 갈등

어느 숲속을 걷고 있다고 상상해보자. 길을 잃었고 날은 점점 어두워지고 있다. 이상한 소리가 들리고 당혹스러워지기 시작한다. 그러다 갑자기 풀숲에서 부스럭거리며 발자국 소리가 들린다. 누군가가 내 앞으로 다가오고 있다.

"이봐요!" 그 사람을 향해 외친다. "혹시 나가는 길을 알고 있나요?"

그 사람이 내 쪽을 보며 숨을 거칠게 몰아쉬고는 말한다. "나도 이 숲속에서 빠져나가는 길을 잘 모르겠어요. 그렇지만 한 가지는 말해줄 수 있군요. 내가 지금 지나온 길은 아닙니다!"

위젤 교수는 이 이야기를 들려주며 소리 내어 웃고는 다시 말했다. "지금 들려준 이야기는 인간 본성에 대한 것입니다. 우리는 자녀들에게 이렇게 말해야겠지요. 그쪽으로는 가지 마라…. 우리가 겪어봤으니까요. 베케트는 이렇게 말했습니다. '내가 저지른 실수들이 곧 나의 인생이다.' 진리를 구하는 과정에서 우리는 그 해답을 찾을지 확신할 수 없습니다. 그렇지만 잘못된 길로 가는 것을 피하기 위해 서로를 도울 수는 있지요. 서로가 서로에게 필요한 건 바로 그 때문입니다."

우리는 서로 다르기 때문에, 그리고 각자 다양한 길을 알고 있기 때문에 서로가 서로를 필요로 한다는 것이 그의 설명이었다. 그런 차이점 때문에 갈등이 일어날 수 있고, 그런 갈등은 건설적 방향으로도, 또 파괴적 방향으로도 뻗어 나갈 수 있다.

제이콥이라는 학부생이 물었다. "어떻게 하면 갈등을 통해 건설적 해결책을 얻을 수 있을까요?"

위젤 교수가 대답했다. "먼저 용기가 필요합니다. 우리는 보통 다툼을 피하려고 들지요. 그러면 서로 그럴싸하게 예의를 차리게 되는데, 그런 모습은 뭔가 배우는 데 오히려 걸림돌이 되는 겁니다. 여러분에게 계속해서 나한테 질문을 하라고 격려하는 것도 바로 그 때문입니다. 자신의 생각에 대해 질문하고 또 질문을 하라고요." 실제로 나는 학생들이 서로 존중하는 가운데 한 치도 물러서지 않고 자신들의 생각을 펼쳐놓을 때 그가 더 만족스러워한다는 사실을 알았다.

위젤 교수가 생각하는 질문과 논쟁의 장에서 우리는 갑옷으로 자신을 보호할 생각을 하지 말고, 갑옷을 과감히 벗어던져야 했다. 다윗왕 이야기를 하면서 그는 가장 중요한 부분을 지적했다.

"다윗은 골리앗과 싸우러 나가기 전에 사울왕에게 갑옷을 하사받습니다. 누가 봐도 불공평한, 그리고 삶과 죽음이 엇갈리는 상황에서 갑옷은 어쩌면 꼭 필요한 장비였겠지요. 그렇지만 다윗은 갑옷이 자신에게 어울리지 않는다는 사실을 깨닫고 입지 않습니다. 그 모습은 나에게 아주 중요한 개념의 상징으로 남았습니다. 나 자신의 약점은 내게 그 약점을 사용할 만큼의 용기만 있다면 가장 무서운 무기가 될 수도 있다는 개념이었지요."

2차 세계 대전 동안 유대인 대학살을 경험했지만 엘리 위젤은 매일 자신의 갑옷을 훌훌 벗어던지고 학생들에게 자신을 모두 열어 보였다. 그리고 학생들은 그도 미처 알아차리지 못하는 사이에 서로의 꿈과 희망에 귀 기울이고 신앙과 우정에 대해 이야기를 나누었다. 그는 말했다. "사랑도 가능하고, 희망도 가능합니다. 나는 항상 열린 마음으로 강의를 합니다. 도덕적 이유가 있어서가 아니라 꼭 필요하기 때문입니다. 교사가 먼저 마음을 열면 학생들이 마음을 여는 일이 가능해지거든요."

강의실에서 학생들에게 마음을 열어놓겠다는 그의 변함없는 의지는 학생들로 하여금 똑같이 마음을 열게 했다. 브레히트의 희곡《억척어멈과 그 자식들》에 대해 학생들이 발표할 순서가 되었을 때, 대니얼이라는 배우 출신 학생이 러시아의 연출가 스타니슬랍스키의 이른바 메소드 연기를 선보였다.

"자기 과거의 고통스러웠던 순간을 떠올리면서 대사를 반복하는 겁니다." 대니얼이 설명했다. "그러면 그 대사에 어울리는 연기를 뽑아낼 수 있을 만큼 감정이 고조되지요. 지금부터 아주 개인적인 기억들을 떠올리며 대사를 읽어보겠습니다."

그는《억척어멈과 그 자식들》에서 아마도 가장 극적인 장면의 대사를 읽기 시작했다. 거의 마지막에 해당하는 부분으로, 억척어멈이 딸의 시체를 발견하는 장면이었다. 현실에 대한 부정과 지긋지긋한 세상에 대한 냉소, 그리고 절망 속에서 그녀는 현실을 깨달을 때까지 자신의 환상을 노래한다.

아마도 잠이 든 것 같아요.
내 아이야,
짚더미 속에 있는 건 뭐지?
옆집 아이놈들은 투덜거리는데
우리 집 아이들은 키득거리는구나.
옆집 아이놈들은 누더기를 둘렀지만
우리 집 아이들은 그럴싸하게 빼입었구나.
천사가 입고 있던 옷을
얻어다 고쳐 입기라도 한 거니
옆집 아이놈들은 굶주리는데

우리 집 아이들은 빵과자를 먹고 있네.

너무 어이없다

말할지도 모르겠소.

내 아이야,

짚더미 속에 있는 건 뭐지?

한 놈은 폴란드에 누워 있고

다른 한 놈은… 누가 알겠니?

대니얼은 정말로 눈물이 흐를 때까지 마지막 구절을 읽고 또 읽었다. 나중에 해준 설명에 따르면, 이 부분을 읽을 때 자기 삼촌의 죽음을 생각하며 슬픈 감정을 이끌어냈다고 한다. 대니얼은 대사를 읽으면서 흐르는 눈물을 닦지 않았고, 눈물은 결국 그의 뺨을 타고 흘러내렸다. 묘하게 보기 불편했지만 동시에 아주 용감하게 느껴졌는데, 나는 개인적으로 우리 모두가 이처럼 나약한 면을 가지고 살 수 있었으면 하고 생각했다. 강의실은 침묵에 휩싸였다. 이윽고 강의실 한쪽 구석에서 말없이 듣고 있던 위젤 교수가 대니얼에게 다가가 그의 어깨에 손을 얹고는 그저 조용히 말했다. "고맙습니다."

적의 눈앞에서 나약함을 드러내는 것은 훨씬 더 어려운 일이다. 그렇지만 그렇게 하면 평화와 불안 사이에서 분명히 변화를 만들어낼 수 있다. 조프는 학생들에게 또 다른 이야기를 들려주었다.

젊은 엄마가 아기를 안고 어두운 밤거리를 걸어가고 있었다.

그때 발자국 소리가 들려왔고, 그녀는 누군가 자신을 뒤따라오고 있다는 사실을 눈치챘다. 그녀는 빨리 걷기 시작했지만 뒤따라오는 발걸음 역시 빨라졌다. 곁눈질로 보니 한 남자가 빠르고 위협적으로 다가오는 것이 보였다. 남자가 코앞까지 다가오자 젊은 엄마는 생각할 겨를도 없이 아기를 남자에게 건네주었다. 남자는 본능적으로 아기를 조심스럽게 받아 들었다. 조금 전까지의 거칠었던 모습은 사라지고 남자는 바보처럼 어색하게 웃으며 아기를 어르기 시작했다.

위젤 교수는 이 이야기를 듣고 말했다. "악마가 약한 사람을 위협할 때 우리는 맞서 싸워야 합니다. 그렇지만 때로는 약한 모습을 보여주는 것이 위협을 물리치는 유일한 방법일 수도 있습니다. 우리가 공통적으로 지닌 인간적 감정을 보여줌으로써 나를 위협하는 상대방에게서 똑같은 인간적 감정을 이끌어내는 것이지요."

제이콥은 갈등이 그 이상의 폭력이나 무례함으로 발전하는 것을 막기 위해 우리가 할 수 있는 또 다른 방법이 있는지 물었다. "세상에는 폭력이 심각할 정도로 만연해 있습니다. 단체나 국가, 그리고 종교 사이에 말이지요. 그렇다면 평화를 위해 우리는 무엇을 해야 하고, 무엇을 할 수 있을까요? 아니, 평화라는 것이 과연 가능하긴 할까요?"

위젤 교수가 한숨을 내쉬었다. "애석한 일이지만 많은 사람들이 오래전부터 같은 의문을 품어왔습니다. 그리고 여러분도 알다시피 나 역시 평화를 이룩하기 위한 많은 시도에 참여했습니다. 우리는 회의를 개최했고, 세계의 지도자들을 한자리에 불러 모으려고 했었지요. 세간의 관심은 별반 도움이 되지 못했습니다. 지도자들은 좀 더 극단적 성향을 띠는 자국 지지층의 기대에 부응해야 했고, 그런 그들에게 평화를 위한 걸음을 내딛는 일은 여간 어려운 것이 아니었습니다. 극단주의자들에게는 전쟁이 훨씬 더 인기 있는 해결책이었지요. 그렇지만 공인이 아닌 개인으로서는 인간적 유대감을 이루거나 만남을 가질 수 있습니다. 1990년대에 나는 남아프리카공화국 데 클레르크 정부의 한 장관과 넬슨 만델라가 참석하는 회담을 기획했습니다. 회담이 시작되자 장관은 만델라에게 다가가 말했습니다. "넬슨, 나는 인종차별 정책이 자행되던 때에 어린 시절을 보냈습니다. 이제 내 간절한 소망은 그 차별 정책이 끝장나는 걸 보는 겁니다." 이처럼 작은 인간적 감정의 변화로 대화가 시작되었고, 남아프리카공화국의 인종차별 정책은 막을 내리고 새로운 미래가 펼쳐지게 되었습니다. 세계의 또 다른 문제 지역에 어떻게 하면 평화가 뿌리내릴 수 있을까요? 바로 이런 작고 대수롭지 않은 인간 감정의 교류를 통해서 그렇게 될 수 있습니다."

"그런 거창한 국제 관계 말고 우리의 일상적인 삶은 어떨까요?" 또 다른 학생이 물었다. "어떤 사람이 잘못된 결정을 내리려고 하고 그게 염려스러워 반대 의견을 내려고 할 때, 어떤 식으로 하면 좋을까요?"

이런 질문은 대학 강의실에서 듣기 힘든 개인적 문제였기 때문에 나는 조금 놀라지 않을 수 없었다. 질문을 한 사람은 이혼한 후 신학을 공부하기 위해 다시 대학으로 돌아온 중년 여성 로라였다. 로라는 다른 시간에 자기소개를 할 때, 대학 졸업 후 안정된 직업을 가져본 적 없고 약물 중독과 씨름하고 있는 장성한 아들이 하나 있다고 했다.

위젤 교수는 로라를 한참 동안 바라보고 나서 말했다. "우리가 사랑하는 사람, 우리가 걱정하는 사람을 다른 눈으로 보기란 정말 어려운 일입니다. 우리 자신과 다른 길을 가고 있다고 믿는 것도 여간 어려운 일이 아니고요. 랍비 메나헴은 중요한 말을 남겼습니다. '만일 당신으로 인해 내가 있고 나로 인해 당신이 있다면, 나는 내가 아니고 당신도 당신이 아닌 것이다. 그렇지만 나로 인해 내가 있고 당신으로 인해 당신이 있다면, 그때는 그저 나는 나이고 당신은 당신일 뿐이다.' 우리가 사랑하는 사람을 있는 그대로 자유롭게 놔주기란 굉장히 어려운 일이지요. 자신의 길을 개척하고 실수도 저지르게 만든다는 것은…. 그렇지만 우리는 어쩔 수 없이…."

"하지만 상대방이 잘못하고 있다는 걸 분명히 아는 경우도 있잖아요?" 로라가 재차 물었다.

"우리가 몇 주 전에 읽었던 내용을 기억하는지요. 이슬람교의 성자 알할라즈는 제자들에게 마지막으로 이런 말을 남겼습니다. '너희의 길은 너희가 알아서 가라. 나의 길을 따를 것 없다. 앞으로는 각자의 길을 알아서 찾아라.' 어떤 교사나 부모도 이렇게 말하기는 쉽지 않을 겁니다. 그렇지만 교사가 학생에게, 부모가 자녀에게 줄 수 있는 가장 귀한 선물이 있다면 바로 이런 말이겠지요."

또 다른 강의에서 우리는 《알할라즈의 죽음The Death of al-Hallaj》이라는 책을 다룬 적이 있다. 이 책에는 이슬람 수피파의 성자이자 순교자인 알할라즈의 일생이 자세히 나오는데, 그는 오직 신만 섬긴다는 신념으로 당대의 보수적인 이슬람 종교 체계를 뒤흔들었던 인물이다. 위젤 교수는 말했다. "나는 알할라즈를 아주 좋아합니다. 왜냐하면 그는 다른 사람들을 마음속 깊이 사랑했기 때문입니다." 위젤 교수는 학생들에게, 알할라즈가 감옥에 갇혀 있을 때 그를 찾아온 가장 가까운 제자와 그가 나눈 대화를 읽어 달라고 부탁했다. 두 학생이 손을 들어 스승과 제자의 대화 부분을 차례로 읽어 내려갔다.

제자 이븐 아타 :
어떻게 이런 일이 있을 수 있습니까?
신께서 이런 터무니없는 일이 일어나도록 내버려두시다니요.
이 세상과 천국이 신의 것이고
그분이 내려주신 말씀을 우리가 다 알고 있는데,
질투에 빠져버린 약아빠진 재판관과
부패한 총독, 무기력한 칼리프가 함께 작당해
스승님의 가르침과 인생을 이렇게 망쳐버렸습니다.
그런 자들이 승리하는 꼴을 스승님은 어찌 설명하시렵니까?

스승 알할라즈 :

네 말에 따르면, 악한 자들이 눈앞의 작은 이익을 위해

자신들의 목숨을 더 큰 위험 속에 몰아넣은 셈이구나.

나의 죽음은 나로서는 그리 대단한 일이 아니니라.

그렇지만 그자들은 계속해서 권력을 탐하고

거기에 매달리게 될 것이다.

그들이 지금 거둔 승리는 그리 오래가지 못할지니

내가 세상을 떠나고 나면 하잘것없는 일이 되고 말리라.

그렇지만 악한 자들은 한 치 앞도 내다보지 못하니

그저 눈앞의 일에만 급급해 하는데 오래 산들 무슨 소용일까.

그리고 언제나 진짜 주동자는 따로 있는 법이니

저 악한 자들도 사실은 겉과 속이 따로 있느니라.

그러니 아무도 그 안의 다른 모습까지 악하다고 생각하지

못할지니

성자도 이와 같아 두 모습이 있느니라.

신께서 사랑을 통해 그 두 모습을 하나로 합쳐주실 뿐,

성자라 할지라도 하나의 모습만 가질 수 없으니

모두 다 똑같으니라.

위젤 교수는 "성자도 이와 같아 두 모습이 있느니라. 신께서 사랑을 통해 그 두 모습을 하나로 합쳐주실 뿐"이라는 구절을 반복해 읽고는 말했다. "우리는 우리 자신의 성스러움, 우리 자신의 성

취를 추구하는 과정에서 종종 우리 앞에 있는 다른 사람들의 모습을 보지 않으려 합니다. 알베르 카뮈는 자기 소설에서 이런 질문을 던집니다. '신 없이 성자가 될 수 있는 사람이 있을까?' 그런 카뮈의 말을 빌려 나도 이렇게 묻고 싶군요. '다른 사람 없이 성자가 될 수 있는 사람이 있을까?' 절대 그럴 수 없을 겁니다. 생각해보세요. 출근길에 노숙자를 눈여겨보지 않는다면, 버스에서 앉을 자리를 찾지 못해 서서 가는 노파를 모른 척한다면 어떻게 성자가 될 수 있겠습니까?" 그는 각 지역에서 다양한 과거를 지니고 모여든 각양각색의 학생들을 둘러보았다. 그가 말했다. "좋은 일을 행하고 싶다면 혼자서는 할 수 없습니다."

3

믿음과 불신

내게 신앙이 없었다면
내 인생은 훨씬 더 쉽게 풀려 나갔을지도 모릅니다.

—

—

—

—

1997년 예루살렘에 있는 어느 호텔 로비에서 나는 위젤 교수에게 물었다. "마음속에 어떤 의심을 품은 채 신앙생활을 이어가는 것이 가능할까요?"

그로부터 몇 개월 전, 나는 대학을 1년 휴학하고 이스라엘에 있는 예시바에서 공부하기로 결심했다. 이스라엘에 가면 영적 스승들의 지도하에 자신만의 특별한 잠재력을 개발하려고 고민하는 사람들과 함께 살 수 있으리라고 상상했다. 또한 그런 과정에서 (게으름과 수줍음, 그리고 욕망처럼) 내가 떨쳐버리고 싶은 성격은 모두 사라지고, 허물을 벗듯 다시 새롭고 완전하게 태어나 세상을 위해 봉사할 준비를 갖추게 되리라고 생각했다.

그렇게 이스라엘로 떠날 준비를 하고 있을 때, 아버지가 평소와는 다른 모습으로 나를 당신 방으로 불러들였다.

아버지가 말했다. "음, 너는 이제부터 잠시 이곳을 떠나 있을 테고 아주 많은 일을 겪게 될지도 모른다." 그러고는 내게 콘돔 한 갑을 내밀었다. "굳이 성인군자가 되려고 애쓸 필요는 없다."

뭔가 울컥했다. "그럼 거기까지 가서 뭘 할까요?" 나는 이렇게 대꾸하고, 다시 내 방으로 돌아와 짐을 꾸리기 시작했다.

아버지와의 대화를 통해 나는 복잡한 심경 가운데 한 줄기 빛을 본 것 같았다. 어머니는 율법을 따랐고, 아버지는 영감을 따랐다. 어머니는 내게 배우라고 말했고, 아버지는 느끼라고 말했다. 어머니는 내가 학자가 되기를 바랐지만, 아버지는 뭐든 내가 원하는 일을 하라고 했다. 나로서는 내가 느끼는 열망을 무시할 수 없었다. 바로 가르침을 줄 수 있는 레비를 찾아내고, 느리지만 확실하게 성스러움에 대한 동경을 채워 나간다는 소망과 이어지는 열망이었다. 내가 태어나서 처음 만났던 스승들은 내게 신앙생활과 배움을 향한 깊은 사랑을 일깨워주었고, 그 덕분에 다른 종교나 전통에 대해 더 많은 관심을 갖고 더 많은 책을 읽을 수 있었다. 성인군자 혹은 성자와는 또 다른 삶을 살려면 또 어떤 노력이 필요할까? 성자란 성스러운 존재로 자신을 변화시킴으로써 일종의 투명한 돋보기가 되어 우리가 살아가는 세상에 새로운 빛을 모아 던져주는 일을 하는 사람이 아닌가? 나는 공부도, 그에 따른 실천도 열심히 하면 지금의 나보다 더 나은 사람이 될 수 있으리라고 믿었다.

일기를 쓰고 좋아하는 피터 가브리엘의 음악도 들으면서 열한 시간을 비행한 끝에 나는 이스라엘에 도착했다. 그리고 미리 예약

해둔 승합차를 타고 예시바로 향했다. 상쾌한 재스민 향기와 뜨겁게 달아오른 아스팔트 냄새가 동시에 느껴졌고, 중동 지방의 환한 햇살이 들판이며 과수원 위로 내리쬐고 있었다.

내가 공부하기로 되어 있는 예시바는 예루살렘 남쪽 언덕 위에 자리했는데, 그 주변으로는 이따금 보이는 올리브 나무와 함께 덤불숲이 가득했다. 바람은 쉬지 않고 불어왔고, 밤이 되면 난생처음 보는 것 같은 환한 별빛을 볼 수 있었다. 예시바 건물들은 모두 일종의 금속 상자였는데, 이곳에서 쓰는 히브리어 표현을 굳이 해석해보자면 '트레일러'쯤 될 것이다. 이 트레일러들은 모두 한곳에 줄지어 모여 있어서 다른 공간을 넓게 활용할 수 있었다. 나를 처음 맞아준 사람은 나보다 나이가 많고 빨강 머리에 턱수염이 듬성듬성 난 도브라는 학생이었다. 도브는 내게, 자신이 이곳에서 7년째 공부하고 있으며 죽을 때까지 머무를 생각이라고 말해주었다.

예시바는 유대교 관련 장소들 중에서도 수도원 같은 생활에 가장 가까운 곳이었다. 대부분의 학생들은 나처럼 열아홉에서 스무 살 남짓의 미국 출신이었고, 물론 도브처럼 랍비가 되기 위해 공부하고 있는 더 나이 든 학생들도 있었다. 언덕 위에 있는 자습실에 올라갈 때면, 나는 종종 근처 동네에서 머릿수건을 쓴 채 유모차를 끄는 젊은 엄마들이나 아랍 출신 노동자들과 마주쳤다. 그리고 때로는 허옇게 센 수염을 길게 기르고 나귀에 올라탄 채 대형 카세트에서 울려 퍼지는 테크노 음악에 대고 호통을 치는 늙은 유대인도 만났다. 9월이 되자 날씨가 갑자기 변했는데, 바닷가 쪽에서 먹구름이 몰려들고 공기가 서늘해지면서 중동 지역의 겨울이 다가오고 있음을 알렸다. 내게는 낯선 계절의 변화였다.

예시바에서 지낸 처음 몇 개월은 새로운 것을 배우고 새로운 친구를 사귀며, 또 긴 시간 동안 공부에 전념하느라 정신이 없었다. 탈무드를 공부하는 전통적 방식에 따라, 우리는 둘씩 짝 지어 본문은 물론 오랜 세월 세계 각지의 수많은 랍비들이 써놓은 주석들을 한 구절씩 읽고 또 읽었다. 아람어(성경의 히브리어와 가장 밀접한 고대 셈족 계통의 언어.-옮긴이) 사전을 찾아가며 천천히, 그리고 끈질기게 한 번에 몇 단어씩 독해해 나갔다. 우리가 잘못 읽어 내려갈 때면 선생님들이 고쳐주곤 했다. 점심시간 전 오전에는 이렇게 한 시간 반가량 이어지는 수업에서 글자 하나, 단어 하나도 놓치지 않도록 훈련을 받았다. 이로써 의미 전체를 달라지게 만들 수도 있는 아주 세세한 부분까지 살펴보는 것이었다. 예시바에 오기 전에는 유대교에 대해 그저 겉으로 드러나는 부분만 건드리는 수준이었다면, 이제는 그 밑으로 파고들수록 더 심오한 내용들이 숨어 있다는 사실을 알게 되었다.

새로 사귄 친구들 역시 많은 것을 배우고 싶어 했다. 전통적인 내용들을 다시 배우러 온 학생들은 대단히 진지한 대신 지식이 많이 부족했지만, 지식 문제는 얼마 지나지 않아 그럭저럭 해결될 수 있었다. 학생들은 대부분 다른 곳에서 대학을 마친 상태였고, 대학과 무관하게 예술이나 사회 활동 분야에서 활약하다 온 사람들도 있었다. 그리고 본래 유대교도였지만 미국 문화에 동화되어 자라면서 놓쳐버린 부분을 되찾기 위해 예시바에 온 사람들도 있었다. 학생들의 열정은 서로에게 자극이 되었고, 나도 진지하고 열심히 공부하는 공동체의 일원이 된 것이 무척이나 기뻤다.

동시에 나는 예시바 생활의 실체는 내가 상상했던 것보다 더 복잡하다는 사실을 깨달아갔다. 교사들은 학생들에게 탈무드며 주석을 이해하는 데 필요한 지식과 기술 들을 가르쳐주었지만, 철학이나 신학적 문제에 대해서는 별반 신뢰가 가지 않고 재미도 없는 판에 박힌 듯한 대답만 해줄 뿐이었다. 한번은 내가 특별히 까다로운 문제를 질문한 적이 있는데, 한 교사가 다른 교사에게 "지나치게 엉뚱한 소리를 하지 못하도록 주의를 좀 주어야겠군"이라고 말하는 소리를 들었을 정도다.

나는 점점 애가 타기 시작했다. 계속해서 변화하고 성장하려고 애쓸수록 나 자신과 나의 모든 약점에 발목이 잡혀 같은 자리에서 벗어나지 못하고 있는 것 같은 기분이 들었다. 처음 몇 주 동안은 한 교사의 충고에 따라 개선하고 바꾸고 싶은 나 자신의 특성들을 정리하는 한편 공부 시간을 최대한 늘려 잡은 일과표도 만들었다. 내 생활은 이런 목표들에 의해 움직였으며, 따로 쉬거나 즉흥적으로 뭔가 할 수 있는 시간은 거의 없었다. 나는 대단한 지식인이었던 외할아버지가 해준 말을 떠올렸다. "행복은 유대인이 지향하는 가치가 아니다." 그날이나 그 주에 하기로 한 목표를 달성하지 못하면 자책감을 느꼈다. 친구들의 편지에 답장하는 것도 그만두고 집에 연락하는 일도 점점 더 줄여갔다.

나는 교사들이 정해놓은 길을 그저 계속 따라가기만 했다. 어렸을 때는 외할아버지가 그렇게 내가 해야 할 일들을 미리 정해놓곤 했다. 그렇지만 뭔가 속에서 반발하는 듯한 기분이 느껴지는 경우도 종종 있었다. 갑작스러운 감기나 몸살로 올 때도 있었고, 또 당혹스러울 정도로 화가 치밀어 오를 때도 있었다. 나는 지금 나 자신을 속이고 있는 것일까? 뭔가 막연하고 초월적인 존재에 그냥 휘둘리고 있는 것은 아닐까?

이스라엘에 온 지 몇 개월쯤 지났을 때, 위젤 교수의 뉴욕 연구실에서 그가 예루살렘에 들른다는 소식을 내게 알려왔다. 나는 약속 날짜를 잡았다.

그다음 주에 나는 버스를 타고 킹 데이비드 호텔로 가서 위젤 교수를 만났다. 우리는 햇살이 잘 드는 곳에 자리를 잡고 앉았다. 사방이 알록달록한 셔츠를 입은 관광객들로 가득했다. 위젤 교수는 반팔 셔츠를 입고 있었는데, 늘 티끌 하나 없이 잘 손질된 짙은 회색 정장 차림에만 익숙해 있던 나로서는 처음 보는 모습이었다.

나는 이렇게 함께 있을 때 그를 뭐라고 불러야 할지 알 수 없었다. 대학에 있을 때야 교수님이라고 부르는 것이 당연했지만, 이스라엘에서는 상황이 애매했다. 일단 그는 랍비가 아니었으니 랍비님이라고 부를 수는 없었다. 그 대신 히브리에서 높임말로 쓰는 '모리mori'라고 불러볼까도 생각했다. 모리는 '나의 선생님'이라는 뜻이었다. 하지만 또 지나치게 딱딱하고 격식을 차리는 것 같았다. 그래서 나는 이처럼 애매한 상황일 때 많은 사람들이 그렇게 하듯 조금 어색해지더라도 특별히 무슨 명칭을 사용하지 않기로 했다. 그렇게 해도 마음을 터놓고 대화를 하는 데는 아무런 문제가 없는 것 같았다.

나는 며칠 동안 그를 만나면 무슨 질문을 해야 할지 계속 생각했다. 그리고 또 어떻게 그 질문을 말로 잘 표현할 수 있을지도 고민했다. "고민하고 있는 문제가 있습니다." 마침내 내가 이렇게 말했다.

"물론 그렇겠지요. 바로 그것 때문에 여기 이스라엘에 와 있는 것이니까요. 그렇지 않나요?"

그 말을 듣자 갑자기 정신이 번쩍 드는 것 같았다. "저도 그렇게 생각합니다."

나는 물었다. "마음속에 어떤 의심을 품은 채 신앙생활을 이어가는 것이 가능할까요?" 만일 내가 신앙생활을 하는 가운데 어느 정도의 의심이나 불신을 인정할 수 있다면, 아마도 어머니의 지식에 대한 추구와 아버지의 자유에 대한 추구를 하나로 합칠 수도 있다고 생각했다. 내가 생각할 때 의심은 일종의 보호 기능으로, 의심을 통해 갈 길을 잃어버리는 것을 피할 수 있을 것 같았다. 의심이 생기면 우선 한 걸음 뒤로 물러서서 랍비들에게 배운 해답이나 지식을 다시 한번 살펴볼 수 있으며, 나 자신이 가진 일종의 도덕률과도 비교해볼 수 있었다. 그렇지만 이제껏 어떤 교사에게도 그런 말을 들어본 적이 없었다.

위젤 교수는 잠시 생각에 잠겼다가 말했다. "먼저 신앙이 있고 그에 따라서 의심이 있는 것이라면 나쁘지 않습니다. 그로 인해 신앙이 더 구체적으로 깊어질 수도 있으니까요. 우리가 실제로 가질 수 있는 것보다 더 깊은 신앙을 가질 수 있다고 생각하다 보면 스스로를 기만하게 되기 쉽습니다. 의심은 그런 기만에 대한 일종의 예방 조치라고 볼 수 있지요."

"묻고 싶은 것이 너무나 많습니다." 내가 말했다. "그리고 예시바의 랍비들은 수많은 대답거리를 갖고 있지요. 하지만 막상 그 대답을 듣고 나면 머리만 더 복잡해집니다."

그는 말없이 한동안 나를 바라보았다. 이윽고 그가 말했다. "정말 진지한 자세군요. 그냥 봐도 알겠습니다. 그리고 그 의문들은 다 진지하고 순수한 마음에서 우러나오는 것들이고요. 우리 모두는 궁금한 점이 많고, 또 실제로도 그런 의문을 갖고 살아야 합니다. 오히려 그렇게 하지 않는 것이 더 위험하지요. 그렇지만 아마도 당신은 대답을 찾고 있는 것이 아닐지도 모릅니다. 당신이 찾는 건 자신의 질문과 인생에 대한 대응 방법 같은 것이 아닐까요. 그러니까 따라야 할 사상보다는 살아가는 길이나 방법 말입니다. 대답을 들으면 그저 그때뿐이지만 뭔가 방법을 알면 계속 적용할 수 있겠지요."

이후로 며칠 동안 나는 내 오랜 믿음들이 뜨거운 햇살에 피부 허물이 벗겨지듯 떨어져 나가는 것이 느껴졌다. 어쩌면 신앙과 의심은 서로 반대되는 개념이 아닐지도 몰랐다. 그리고 내가 품었던 의문들은 사실 나의 신앙이나 믿음에서 비롯되었으며, 내가 장차 의미를 찾아 채워가야 할 잠재의식 속 방대한 공간의 실체를 알려주는 역할을 하고 있는지도 몰랐다. 하루하루를 살아가면서 나는 내 의문들이 마치 혜성 꼬리처럼 길게 이어져 내 뒤를 따르고 있으며, 내 앞에 펼쳐진 길을 가리기보다는 더 밝게 비춰주고 있는 듯한 기분이 들었다.

1년쯤 지나 예루살렘의 같은 호텔 같은 자리에 앉아 다시 대화를 나누게 되었을 때, 나는 위젤 교수에게 랍비가 되는 것에 대해 물어보았다. 외할아버지는 줄곧 내게 랍비 자격을 얻은 후 그냥 잊어버리라고 말했지만, 나는 랍비가 될 생각이 전혀 없으면서도 공부를 계속하고 있었다. 외할아버지의 말은, 굳이 랍비로서 살아가지 않아도 되지만 그래도 랍비가 되는 것이 좋겠다는 뜻이었다. 그리고 예시바에서는 내가 마음을 고쳐먹도록 설득했다. 우선은 좋은 랍비가 부족하며, 결국 랍비가 되지 않을 것이라면 미국에서 대학도 마치지 않고 이곳에서 공부를 계속하고 있는 이유를 부모님에게 뭐라고 설명하겠느냐는 것이었다.

그렇다면 자기 자신부터 랍비가 되는 길을 포기했던 위젤 교수는 이 문제에 대해 어떻게 생각할까?

그가 입을 열었다. "먼저 자신이 진정으로 하고 싶은 일과 그렇지 않은 일부터 확인해야겠지요. 물론 장래 진로를 결정하는 건 언제나 부담스러운 일이고, 원하는 목표로 가는 길도 여러 가지가 있을 수 있습니다. 한 가지 알아두어야 할 건, 무엇이 자신을 위해 옳은 길인가 하는 것이지요. 그렇다면 듣는 일, 그것도 아주 주의 깊게 귀담아듣는 일이 중요합니다. 아직 시간이 있으니까 우선 귀를 기울이세요. 그런 다음에 결정을 하는 겁니다."

"랍비와 예술가가 동시에 되는 일이 가능하다고 생각하십니까?"

"물론입니다. 당신은 이미 예술가 소질이 있고, 무언가를 만들어내는 일을 포기하지는 못할 겁니다. 랍비가 되더라도 역시 무언가를 만들어내는 일을 할 수 있지요. 그러니 두 가지를 동시에 할 수 있지 않을까요. 다만 자신이 속한 공동체에서 그 일을 허락해줄지가 문제입니다만…. 그건 내가 뭐라고 할 수 있는 문제가 아니군요."

"혹시 그래서 랍비가 되는 걸 포기하셨나요?"

"내가 랍비가 되라는 권유를 거절한 건, 히브리어로 말하면 나의 '슐리첫shlichut', 그러니까 나의 '사명'은 글쓰기라고 생각했기 때문입니다. 그리고 내가 무슨 일을 할 수 있다면 그건 나의 말과 글을 통해서이지 어떤 학위나 직위를 통해서가 아니라는 걸 깨달았기 때문이기도 하고요."

내가 말했다. "미국으로 돌아가서든 여기서든 정해진 과정을 이수하고 학위부터 받아야 하나 고민이 많은데, 사실은 이곳에 남아 하던 공부를 자유롭게 계속하고 싶거든요."

"여유를 갖는 걸 잊지 마세요. 앞으로 뭘 해야 할지 생각하는 걸 막을 사람은 아무도 없습니다. 문제는 중요한 것과 그렇지 않은 걸

구분하는 겁니다. 항상 이 문제를 염두에 두고 뭐가 정말로 중요한지 구분할 수 있다면… 그런 다음에는 중요하지 않은 것들로 관심을 돌려 혹시 내가 잊은 게 있나 살펴보는 겁니다. 그렇게 하지 않으면 나도 모르는 사이에 별반 중요하지 않은 것들에 먼저 신경을 쓰게 되지요."

그렇게 말하고 그는 한숨을 내쉬었다. "자, 처음 시작부터 제대로 하면 나중에도 역시 바른길로 갈 겁니다. 다만 항상 진심을 가지고 열정적으로, 그리고 신중하게 행동하세요. 지금 우리는 손쉬운 대답이 넘쳐나는 세상에 살고 있어요. 누구나 마음만 먹으면 학위 정도는 딸 수 있고, 장래 진로는 주로 돈하고만 연결 짓지요." 그는 웃음을 머금고 덧붙였다. "겉모습만 보고 달려드는 건 영원히 피해야 하는 일입니다."

《밤》과
신앙

2006년 가을, 보스턴의 위젤 교수 강의실에서 있었던 일이다. "어떤 일을 겪은 후에도 믿음, 특히 종교적 신앙을 유지하려면 어떻게 해야 할까요?" 목회학을 공부하는 필립이라는 학생이 엘리 위젤의 첫 번째 책 《밤》을 두고 이렇게 질문했다. 이 책은 1944년 엘리 위젤이 고향에서 가족과 함께 수용소로 끌려가고 이후 가족의 죽음을 목격해야 했던 일을 이야기하고 있으며, 홀로코스트를 배경으로 한 문학 작품의 고전으로 일컬어진다.《밤》은 전 세계 수많은 학교에서 필독서로 지정되었는데, (열일곱 군데 출판사에서 거절을 당한 뒤) 1958년 프랑스어로 처음 출간되었고 1960년에는 영어로도 출간되었다. 출간 직후 이 책은 나치의 유대인 대학살은 물론 신학과 인간이 겪는 고통에 대한 담론 자체를 바꿔놓았다. 하지만 위젤 교수가 자신의 강의에서 이 책을 언급하거나 가르치는 일은 드물었다. 그는 소포클레스와 셰익스피어, 카뮈, 그리고 카프카를 비롯해 구약 성경과 경건파에 대해 이야기하기를 더 좋아했기 때문이다. 다만 직접적으로 언급하지 않았을 뿐 언제나 홀로코스트 이야기는 배경으로 빠지지 않았다. 그런데 학생들이 몇 주에 걸쳐 끈질기게 부탁을 하자, 그도 어쩔 수 없이《밤》을 주제로 강의를 하게 된 것이다.

필립은 땅딸막한 체구의 젊은 남자로 열정이 넘쳤으며 성직자로, 또 학자로 헌신하고 싶어 하는 예수회 신자였다. 필립은 최근 자신의 어머니가 가족에게 오랫동안 감춰온 사실, 곧 그녀가 홀로코스트에서 살아남은 유대인이라는 사실을 알게 되었다. 필립은 어머니와 자신의 종교적 정체성 모두에 대한 믿음이 크게 흔들렸고, 이 문제로 몇 번이고 나를 찾아와 이야기를 나누기도 했다. 강의실에서 던진 그의 질문은 사실 홀로코스트라는 엄청난 실체를 마주하게 된 많은 학생들의 마음을 대변하고 있는지도 몰랐다. "믿음 없이 어떻게 살아갈 수 있을까요? 또 어떻게 하면 믿음을 잃지 않고 살아갈 수 있을까요?" 강의실 밖에는 눈이 내리고 있었고,

강의실 안에서는 남아 있는 빛이 밀려오는 어둠과 필사적으로 싸우고 있었다. 전체적으로 뭔가 황량한 기분이 느껴지는 날이었다. 학생들은 자신의 신앙을 확인하거나, 아니면 반대로 자신의 무신론을 뒷받침할 근거를 찾겠다는 희망을 품고 강의실에 모여들었다. 혹은 신학적 의문에 대한 해답을 기대하는 학생들도 있었다. 그렇지만 위젤 교수의 강의실에서 만나는 것은 자신의 신앙이며 무신론을 더욱 고민하게 만드는 끝없는 질문들뿐이었다.

"우리는 하느님이 함께하든 함께하지 않든 그 시절을 이해할 수 없을 겁니다." 위젤 교수는 강의실을 둘러보며 이야기를 시작했다. 그의 시선이 필립에게 고정되었다. "솔직히 내게 신앙이 없었다면 내 인생은 훨씬 더 쉽게 풀려 나갔을지도 모릅니다. 내가 고민하는 문제들은 내 신앙과 관련된 것들이고, 하느님과의 마찰도 결국 내 믿음 때문에 일어나는 것이니까요. 정말 때로는 그냥 그런 건 다 포기하고 싶을 때도 있었지만, 결국 그렇게 하지는 못했습니다."

엘리 위젤의 이 말은 그의 역설적이고 수수께끼 같은 신앙을 요약해 설명해주었다. 그는 늘 신앙과 의심이라는 주제를 마음속에 품고 있었다. 지난 몇 년 동안 그가 강의한 과목들의 제목만 보아도 그가 이런 주제들에 천착했음이 분명하게 드러난다. 신앙과 이단, 신앙과 권력, 신앙과 비극, 그리고 신앙과 파괴 등등 몇몇 가지만 소개해도 이 정도다. 그는 신앙심이 깊었지만 동시에 사람들을 향한 신뢰도 깊었다. 하느님에 대해서든 인간에 대해서든 의심을 품을 수밖에 없는 성장 배경을 가졌음에도 불구하고 그랬던 것이다. 인간이 겪는 고통에 대해 하느님이 어떤 역할을 하는가 하는 의문은 그를 여기까지 이끌었다. 어떻게 하느님이 있는데 이런 일들이 일어날 수 있을까? 홀로코스트 같은 일을 겪고도 신앙이나 믿음을 계속 유지할 수 있을까? 우리는 너무 신앙에만 의지하는 것이 아닐까? 그렇다면 신앙과 희망, 신앙과 절망, 그리고 신앙과 권력 사이의 관계는 무엇이란 말인가?

위젤 교수의 이야기는 계속되었다. "나는 상처 입은 신앙의 가치를 믿습니다. 그런 수많은 고난 뒤에도 살아남을 수 있는 건 상처 입은 신앙뿐입니다. 그렇게 한 번쯤 상처를 입은 신앙만이 하느님의 침묵 앞에서도 그 빛을 발할 수 있는 겁니다." 상처 입은 신앙이란 무엇일까? 엘리 위젤의 상처 입은 신앙은 헝가리에 있는 어느 작은 마을에서 시작되었다. 그가 어린 시절을 보낸 시게트라는 마을이었다.

어느 어린아이의 신앙

엘리 위젤은 어릴 때부터 신앙심이 아주 깊었다. 어린아이다운 단순한 믿음과 열정으로 그는 유대교 경전을 공부했고, 하느님을 멀리 있지만 가장 좋은 친구로 여겼으며, 구세주의 재림을 고대하며 기도했다. 다른 아이들처럼 엘리도 자면서 많은 꿈을 꾸었지만, 그의 꿈속에는 주로 예루살렘과 유대 전설 속 주인공들이 등장했다. "나는 내가 살고 있는 마을 이름보다 예루살렘이라는 지명을 먼저 배웠습니다. 어머니가 처음 불러준 자장가가 바로 예루살렘에 대한 노래였거든요. 그리고 내가 처음 외운 기도문도 예루살렘에 대한 내용이었습니다."

위젤이 어린 시절을 회상하며 이디시어로 쓴 《밤》의 초고는 다음 구절로 시작된다. "태초에 신앙이 있었다. 그 신앙은 유치했으며, 그에 대한 기대는 공허했고, 환상은 위험했다."

엘리 위젤의 간절한 소망은 위대한 유대인 학자가 되어, 토라를 연구하는 소리가 밤낮으로 높이 울려 퍼지는 어느 작은 학교의 교장 선생이라도 되는 것이었다. 그의 부모는 아들을 격려했고, 외할아버지는 그의 훗날 회상처럼 손자에게 경건파의 이야기를 처음 들려주었으며, 그는 이후 평생 동안 경건파 사상에 천착하게 된다.

그가 속한 공동체의 영성 생활은 유대교의 달력과 시너고그, 자습실, 그리고 근처에 사는 경건파 랍비들을 중심으로 진행되었다. 엘리는 매일 아침 일찍 일어나 머리에 테필린tefillin을 두르고 자습실로 걸어갔다. (테필린이란 가죽으로 만든 일종의 성구함聖句函으로, 경전 글귀를 적은 종이 두루마리를 담아 이마나 팔에 묶어 두른다.) 자습실에 도착한 후에는 우선 기도를 올리고 공부에 열중했다. 구약성경과 그 주석, 탈무드, 그리고 유대의 전통적인 종교 교육 자료인 《미드라시Midrash》등을 공부했다. 위젤 교수는 강의시간에 이렇게 말한 적이 있다. "그런 경전들은 성스럽고 고귀한 존재입니다. 자습실에서 기도를 하기 전에 나는 우선 손부터 씻었습니다. 책이 바닥에 떨어지면 주워 들어 입을 맞추었지요."

엘리의 외할아버지는 경건파 랍비 비즈흐니츠의 제자였다. 비즈흐니츠는 불쌍한 사람들을 도와주는 것으로 유명했으며, 어린 엘리는 어머니나 외할아버지와 함께 간간이 이 위대한 랍비를 만나러 가곤 했다.

어느 날 경건파에 대한 강의를 하던 위젤 교수는 랍비 비즈흐니츠를 만났던 이야기를 해주었다.

"내가 아주 어렸을 때 어머니가 나를 데리고 랍비 비즈흐니츠를 만나러 간 적이 있습니다. 보통은 외할아버지가 나를 데려갔지만 그때는 어머니와 함께 간 겁니다. 랍비는 나를 보고 웃으며 공부는 잘 하고 있느냐고 물었고, 내가 배우고 있는 탈무드며 주석에 대해서도 물었습니다. 잠시 그렇게 이야기를 나누다 랍비는 나보고 밖에 나가서 기다리라고 하더니, 어머니와 이야기를 나누었습니다.

그렇게 30분쯤 기다렸을까요, 어머니가 울면서 밖으로 나왔습니다. '엄마, 왜 우세요?' 나는 물었지만 어머니는 아무런 대답도 해주지 않더군요. 혹시 내가 무슨 잘못이라도 했는지, 내 대답이 랍비를 실망시켰는지 걱정하며 다시 어머니에게 이유를 물었지만 여전히 어머니는 아무 설명도 해주지 않았습니다. 그때 무슨 일이 있었는지는 몇 년이 지난 후에야 알게 되었습니다만, 지금 여러분에게 말해줄 수는 없군요. 아직은 그렇게 할 수 없습니다."

몇몇 학생들이 불만스러워하며 이유를 알려달라고 했다.

"안 됩니다. 내가 기다렸듯 여러분도 기다려야 합니다. 이번 학기 마지막 강의 시간에 말해주겠습니다."

위젤 교수는 언젠가 내게, 어렸을 때는 공부와 기도를 통해 구세주를 이 땅에 다시 불러와 영원하고 완전한 구속을 가져올 수 있음을 믿었다고 말해주었다. 매일 공부하던 유대교의 경전과 문헌, 그리고 완벽한 평화가 있는 미래 세상에 대한 예언을 통해 이런 믿음이 싹텄다는 것이었다. 다시 말해 그는 아주 순수하고 진지한 소년이었고, 그 진지하고 열정적인 마음에서 그런 믿음이 생겨난 것이나 다름없었다. 또한 그 믿음을 더욱 굳건히 해준 것은 그가 살던 작은 마을의 신앙 분위기와 교사들이었다. 이 교사들은 중세 시대의 위대한 유대인 학자 마이모니데스의 가르침을 전하고 "온 세상의 운명이 자신에게 달린 것처럼 행동하라"고 격려했다. 어린 엘리는 구세주의 재림에 대한 준비는 물론, 시게트 마을 사람들을 영광 가득한 새 예루살렘으로 이끌 만반의 준비가 되어 있었다. 기도와 공부로 지새우는 하루하루는 새로운 놀라움과 또 다른 놀라움에 대한 기대로 채워져 나갔다.

위젤 교수는 강의실에서 이야기를 계속했다. "어렸을 때 나는 '케이더cheder'에 다니며 공부를 했습니다. 전통적인 유대교 초등학교를 케이더라고 부르지요. 어느 날 학교를 마치고 집으로 돌아온 나는, 나로서는 깜짝 놀랄 만한 소식을 어머니께 알렸습니다.

'엄마, 그 이야기 들으셨어요? 사라가 아이를 가졌대요!'

'사라라니? 어느 사라 말이니?' 어머니가 물었습니다.

'사라요! 아브라함의 아내요! 나이가 100살이나 되었는데 아이를 가졌대요!'"

위젤 교수는 잠시 부드러운 표정으로 웃더니 이야기를 계속했다. "그때 내가 얼마나 놀랐는지, 그리고 또 얼마나 기뻤는지 지금도 기억이 생생합니다. 나로서는 이런 구약 성경 속 인물들이 살아서 내 가까이 있는 듯 느껴졌습니다. 지금 나와 같은 시대를 살고 있다고 생각한 겁니다. 좀 더 시간이 지나 요셉과 그 형들에 대한 이야기를 배우는데, 야곱이 세겜Shechem(오늘날 요르단 서부의 나블루스Nablus)에 있는 형들에게 요셉을 심부름 보내는 대목에 이르게 되었지요. 요셉은 알지 못했지만 그의 형들은 요셉을 붙잡아서 노예로 팔아버리려고 했습니다. 여러분도 아시겠지만, 처음에는 아예 죽이려 했었지요. 그래서 나는 소리쳤습니다. '요셉, 세겜에 가면 안 돼!' 그야말로 요셉의 운명은 물론 유대 역사의 향방을 가를 만한 절박한 외침이었던 셈입니다. 어린 시절의 나는 구약 성경을 이런 식으로 공부했습니다. 거기에 나오는 이야기들이 모두 실제로 일어나는 일이며 지금 내 눈앞에서 벌어지고 있는 것처럼 말입니다."

10대 시절로 접어들어 그는 두 친구와 함께 유대교의 신비주의 경전을 공부하기 시작했다. "아버지는 그런 종류의 경전이나 문헌이 위험하다고 생각해서 못 보게 하셨지만, 우리는 그런 비밀스러운 지식에 목말라 있었습니다." 무엇보다 그들의 관심을 끌었던 것은 천사들의 이름이었다. 각 천사들의 이름은 각기 다른 권능을 지니고 있다고 여겨졌다. 누군가 적절한 의도를 가지고 그 이름을 소리 내 부르면 천사를 소환해 도움을 얻을 수 있다는 것이었다. 적절한 말을 하면 정해진 운명도 바꿀 수 있을까. (2006년 엘리 위젤은 나에게 자신의 조카가 찾아냈다는 공책 하나를 보여주었다. 조카의 어머니, 즉 그의 여동생의 물건을 정리하다 발견한 그 공책에는 그의 아버지가 운영하던 잡화점의 영수증 등이 잔뜩 붙어 있었고 뒷면에는 천사들의 이름이 적혀 있었다. "여기 적혀 있는 천사들의 이름 중 하나를 부르면 투명인간이 될 수 있다고 믿었지요. 아우슈비츠에 있을 때 여러 번 그 이름을 불렀지만 결국 투명인간은 되지 못했습니다.")

사실 신비주의 관련 공부는 전통적으로 40세 이하의 유대인에게 금지되어 있었다. 그리고 어린 엘리에게 뜻밖의 결과가 찾아왔다. "공부를 시작한 지 몇 주가 지났을까, 같이 공부하던 한 친구가 그만 미쳐버렸습니다. 지금으로 말하면 정신 분열로 몸도 못 움직이고 말도 못 하게 되었지요. 친구는 정신 병원으로 보내졌고 나와 남은 친구는 공부를 계속했습니다. 다시 몇 개월이 지났을 때 남은 친구도 비슷한 증세를 보이더니 역시 제대로 말을 할 수 없게 되었습니다. 그렇지만 나는 공부를 계속했고, 기묘하게 들릴지도 모르지만 만일 그때 독일군이 내가 살고 있는 작은 마을로 쳐들어오지 않았다면 나 역시 친구들과 똑같은 신세가 되었을 거라 생각하고 있습니다."

하느님은
어디 계시는가?

어린 소년의 순수한 신앙이 하루에도 수천수만 명이 불태워지는 인간 화덕의 벽돌담과 마주하게 되었을 때, 그 신앙은 과연 어떻게 변했을까.

사람들은 《밤》에서 엘리 위젤의 산산이 무너져버린 신앙에 대해 처음 알게 되는데, 대부분 어느 어린아이가 목이 매달리는 장면을 통해서다. 위젤은 그때 어떤 남자가 이렇게 외치는 소리를 들었다고 했다. "하느님은 어디 계시는가? 오, 이런 하느님은 도대체 어디 계시는 거냐고?" 위젤이 직접 겪은 일을 소설 형식으로 엮은 《밤》에는 이 부분이 다음과 같이 기록되어 있다.

> 그때 나는 내 안에서 들려오는 어떤 목소리를 들었다.
> "하느님이 어디 계시냐고? 바로 저 교수대에 함께 매달려 계시지 않는가."

그리고 아마도 《밤》에서 가장 널리 알려진 부분은 다음과 같은 구절이 아닐까.

> 나는 그날 밤을 결코 잊지 못할 것이다. 수용소에서의 그 첫 번째 밤은 내 인생을 일곱 겹으로 봉인된 길고 긴 밤으로 바꿔놓았다.

나는 그 연기를 결코 잊지 못할 것이다.

고요한 하늘 아래 몸뚱이가 연기로 변해 사라져버린 아이들의 작은 얼굴을 나는 결코 잊지 못할 것이다.

나의 신앙을 영원히 불살라버린 그 불꽃을 나는 결코 잊지 못할 것이다.

영원히 살고 싶다는 나의 욕망을 모두 앗아가버린 밤의 침묵을 나는 결코 잊지 못할 것이다.

나의 하느님과 나의 영혼을 살해하고 내 꿈을 잿더미로 만들어버린 그때 그 순간들을 나는 결코 잊지 못할 것이다.

설사 하느님만큼 오래 사는 저주를 받게 된다 하더라도 그 일들을 나는 결코 잊지 못할 것이다.

절대로 잊지 못할 것이다.

그렇지만 11월의 어느 흐린 날, 위젤 교수는 강의실에 모인 학생들에게 말했다. "심지어 그곳에서조차 나는 기도를 했습니다. 아직도 기억납니다. 하루는 누군가가 카포kapo(같은 유대인이지만 독일군을 돕는 부역자.-옮긴이)에게 빵과 마가린을 뇌물로 주고 테필린을 몰래 수용소 안으로 들여왔습니다. 아버지와 나는 아침 일찍 일어나 다른 많은 사람들과 함께 줄을 선 채로 테필린을 몸에 두를 차례를 기다렸습니다. 수용소 안에서는 어떤 경우라도 테필린을 몸에 두르는 일이 금지되었습니다. 그러니까 그들 유대인은 목숨을 걸고 율법을 지키려고 한 거지요. 그리고 나는 기도했습니다.

그런 수용소 안에서 할 수 있다면 어떤 상황이 닥치더라도 기도를 할 수 있겠지요. 그렇다고 해서 내 기도가 무슨 응답을 받았을까요? 당연히 그런 일은 일어나지 않았습니다. 아버지는 죽었고 다른 많은 유대인도 죽었습니다. 하지만 그럼에도 불구하고 기도는 기도이지요. 설사 응답받지 못한 기도라도 기도는 기도인 것입니다."

필립이 물었다. "어떻게 그럴 수가 있습니까? 어떻게 그런 상황에서 기도를 계속할 수 있었나요?"

위젤 교수가 대답했다. "아주 좋은 질문입니다. 매일 아침 기도를 할 때 우리는 말합니다. '우리를 영원히 사랑해주시는 하느님.' 그곳에서도 역시 그렇게 말했지요. 어쨌거나 그 말도 기도의 일부분이었으니까요. 그렇지만 갑자기 이런 생각이 들었습니다. '지금 장난하나? 영원한 사랑? 여기 아우슈비츠에서? 그게 지금 말이 된다고 생각하는 거야?' 내가 앞서 이야기한 것처럼 우리는 하느님이 함께하든 함께하지 않든 그 시절과 그 장소를 이해할 수는 없을 겁니다. 물론 기도하는 것도 불가능하겠지요. 그렇지만 나는 기도를 멈추지 않았습니다. 왜냐하면 아버지가 기도를 했고, 할아버지가 기도를 했고, 할아버지의 아버지도 기도를 했으니까요. 그런데 어떻게 내가 그 기도의 맥을 끊을 수 있겠습니까?"

오랫동안 지켜온 전통은 600만 명의 무고한 희생 앞에 산산이 무너져 내렸다. 그렇다면 기도도 당연히 중단됐어야 하지 않을까? 그렇지만 위젤은 기도를 했고, 그의 기도 속에서 우리는 그의 신앙

중심에 자리한 부조리함에 대한 고뇌를 느낄 수 있었다. 인간은 결국 필요에 의해서만 신앙을 찾게 되는 것인가?

고뇌하는 신앙

그렇지만 기도를 이어가려던 그의 의지는 거기까지였다. 전쟁이 끝나고 부모와 조국을 한꺼번에 잃은 엘리 위젤은 프랑스에 있는 어느 고아원으로 보내졌고, 겉으로 보기에는 전쟁 전 어린 시절의 종교 생활로 다시 돌아간 것 같았다. "나는 어찌 된 영문인지 새로운 기도는 하지 못하고 어린 시절 했던 기도만 반복해서 읊조렸습니다." 그리고 곧 그의 기도는 변화를 맞이하게 된다.

어린 시절의 신앙을 그대로 유지할 수 없으면서 동시에 신앙 자체를 완전히 포기할 수 없는 상황에서 위젤은 새로운 종류의 신앙을 갈구하게 되었다. 시간이 흐르면서 그의 신앙은 점차 다른 모습으로 변해갔다. 분노의 신앙, 활동의 신앙, 그리고 고뇌의 신앙이었다.

위젤 교수는 학생들에게 자기가 가장 좋아하는 이야기 중 하나를 들려주었다.

"스페인에서 유대인 추방령이 내려지자, 어느 유대인 가족이 아프리카 모로코 지역으로 쫓겨나게 되었습니다. 사막으로 내몰린 가족은 작열하는 태양과 굶주림, 그리고 열병에 시달렸습니다.

맨 먼저 어머니가 세상을 떠나고, 아버지는 무덤을 파고 카디시 kaddish(가족의 죽음 앞에서도 하느님의 위대함을 찬양하는 기도)를 올렸습니다. 이윽고 두 아이 중 큰아이가 세상을 떠났지요. 아버지는 다시 무덤을 파고 카디시를 올렸습니다. 그런데 둘째 아이마저 세상을 떠나자, 아버지는 무덤을 판 뒤 하느님을 향해 말했습니다. '하느님, 저를 시험하고 계시다는 걸 잘 압니다. 제가 절망해서 신앙을 포기하는지 확인하고 싶으신 거겠지요. 그렇지만 결코 그런 일은 없을 겁니다! 하느님께서 이렇게 하심에도 불구하고, 아니 하느님 때문에라도 그렇게 하지 않을 겁니다!' 그리고 아버지는 다시 카디시를 올렸습니다."

위젤 교수는 잠시 학생들이 이야기 속 아버지도 느꼈을 법한 침묵을 느끼게 한 뒤 다시 말했다. "하느님의 침묵이 어제오늘의 문제는 아닙니다. 그렇지만 이 아버지는 뭔가 다른 모습으로 반응했습니다. 바로 저항의 신앙입니다. 반항을 하는 것 같지만 여전히 충성을 버리지 않는 신앙이지요. 나는 이런 신앙을 상처 입은 신앙이라고 부릅니다."

그의 이야기는 계속되었다. "키르케고르는 신앙이란 잃었다가 다시 찾아야 하는 존재라고 말했습니다. 나는 여기서 '잃다'라는 말을 '상처'로 바꾸고 싶습니다. 살면서 한 번쯤은 진실을 추구하기 위해 상처를 받을 수밖에 없을 때가 있습니다. 경건파의 한 스승은 이런 말을 남겼다고 합니다. '상처 입은 마음만큼 온전한 마음은 없다.' 나는 상처 입은 신앙만큼 온전한 신앙은 없다고 믿습니다."

상처 입은 신앙과 저항은 〈욥기〉의 핵심 주제이며, 위젤 교수는 구약 성경에서 〈욥기〉를 가장 좋아했다. 〈욥기〉는 욥이라는 의인의 인생을 놓고 하느님과 사탄이 내기를 거는 장면으로 시작된다. 사탄은 욥이 전 재산을 잃으면 하느님을 저주하게 될 것이라고 말했지만, 하느님은 그 의로운 품성이 변치 않을 것이라 믿었다. 결국 욥은 모든 것을 잃게 된다. 욥은 재산을, 건강을, 심지어 자녀들까지 다 잃었지만 하느님을 저주하기를 거부했다. 그리고 욥의 친구들이 그를 위로하기 위해 모여들면서 위기가 고조된다. 친구들이 하는 '위로'란 결국 신학적 개념의 정죄定罪 형태를 빌려 그의 고통을 인정하는 것인데, 의로운 사람들은 상을 받고 악한 사람들은 벌을 받는다는 (특히 〈신명기〉를 중심으로 하는) 구약 성경의 가르침을 바탕으로 한다. 친구들은 "그런 일을 겪고 있는 걸 보니 분명 그럴 만한 일을 했겠지"라고 말한다. 그러나 욥은 자신의 결백을 주장하며, 하느님에게 모습을 드러내 자신에게 왜 이런 일들이 일어났는지 설명을 해달라고 요구한다.

〈욥기〉의 마지막 장면에서 마침내 하느님은 폭풍우 가운데 나타나지만 아무것도 설명해주지 않는다. 하느님은 우주의 신비와 인간의 하찮음에 대해 이야기하면서, 욥이 우주와 자기 자신의 삶이 어떻게 흘러가는지 이해할 능력이 없음을 지적한다. 마지막으로 하느님은 욥에게 다음과 같이 이야기한다. "너의 친구들이 나를 가리켜 말한 것에 대해 기도하라." 여기서 분명히 드러나듯, 하느님은 다른 사람의 고통에 대해 신학적 개념을 빌려 정죄하는 것조차 허락하지 않았다.

위젤 교수와 나는 아주 오랜 시간에 걸쳐 이 마지막 문제에 대해 이야기를 나누었다. 내가 이 부분을 '하느님 자신의 모순이자 모독' 같은 것이라고 이야기하자, 그는 웃음을 머금으며 동의한다고 말했다. "결국 〈욥기〉는 구약 성경의 일부분이며, 마치 우리에게 초기 신학의 상벌 개념을 남용해 무기처럼 사용해서는 안 된다는 걸 보여주기 위해 있는 것 같습니다. 우리 자신이 겪는 고통을 이해하려고 노력하는 데 사용할 수는 있지만, 다른 사람의 고통을 정죄하고 정당화하는 데 사용하지 말라는 것이지요."

위젤 교수는 구약 성경 중에서도 〈욥기〉를 가장 좋아한다고 했는데, 그 자신의 경험과 깊은 연관성이 있기 때문이었다. 욥이 겪은 납득할 수 없는 고통은 위젤 세대의 유대인이 겪게 될 고통을 미리 알려주는 듯하며, 정의를 요구하는 욥의 외침 역시 위젤 자신이 하느님과 갈등을 빚을 때 일종의 본보기가 되어주었다. 욥은 하느님의 공의로움을 고분고분 인정하기를 거부했으며, 그 자신의 오해에 따른 죄 때문에 하느님은 그의 앞에 직접 모습을 드러낼 수밖에 없었다. 위젤은 프랑스로 보내진 후 같은 처지의 다른 고아들에게 〈욥기〉를 가르치기 시작했다. 그는 훗날 나에게, 전쟁이 끝나고 얼마 지나지 않아 또래 청소년들과 더불어 〈욥기〉처럼 난해한 내용과 씨름했는데 그때의 경험이 교사로서 성장하는 데 큰 밑거름이 되었다고 말했다.

하느님과의
논쟁

만일 위젤의 그 유명한 주장처럼 사랑의 반대는 증오가 아니라 무 관심이라면, 그렇다면 우리는 비극을 피해 갈 수 없어도 최소한 저 항이라도 해야 한다. 만일 고통의 근원이 독재 혹은 정부라면, 우 리는 정치적 저항 운동에라도 참여해야 한다. 그리고 고통의 근원 이 하느님이라면, 상대가 하느님이라 할지라도 저항해야 한다. 그 런데 저항이나 반항이 어떻게 신앙의 표현이 될 수 있을까?

이러한 저항의 형태는 그 뿌리를 구약 성경 자체에서도 찾아볼 수 있다. 우리는 강의 시간을 이용해 아브라함과 소돔의 이야기를 확인해보았다. 하느님은 아브라함에게 죄로 물든 사악한 도시 소 돔을 직접 벌하겠다고 말씀하셨는데, 랍비들의 주석에 따르면 소 돔에서는 죄가 일상이요 친절한 행위는 오히려 범죄 취급을 받았 다고 한다. 아브라함은 소돔 땅의 백성을 구하기 위해 하느님의 앞 을 가로막고 하느님과 논쟁을 벌이게 된다.

당신께서는 소돔의 의인들도 악인들과 함께 죽이실 작정입 니까? 소돔에 의인 50명이 살고 있다면 어쩌시렵니까? 그 래도 당신께서는 그곳을 멸하시고 그 의인 50명을 위하여 용서하지 아니하시렵니까? 당신께서 그처럼 의인을 악인과 함께 죽이시는 것은 부당한 일입니다. 또한 의인과 악인을 같이 대하시는 것도 부당한 일입니다. 세상을 심판할 분이

시라면 마땅히 정의를 행하셔야 하지 않겠습니까?

아브라함은 계속해서 의인 45명이 있어도 소돔은 그대로 두어야 한다고 주장했고, 그 숫자는 40명에서 30명, 20명, 급기야 10명까지 점점 내려갔다. 이에 대해 위젤 교수가 설명했다. "고대 메소포타미아 문명의 창조 서사시인《길가메시》나《에누마 엘리시Enuma Elish》를 보면, 고대의 신들은 인간에게 어떠한 자비나 배려 같은 걸 보여주지 않습니다. 신들은 마음에 드는 인간만 편애하며, 영웅들만 살아남아 다른 인간들 위에 군림했지요. 심지어 구약성경만 봐도, 온 세상이 홍수로 멸망하는 동안 노아와 그 가족만 살아남습니다. 노아는 아브라함과 달리 인간의 입장을 대변하는 역할을 하지 않았습니다. 그런데 아브라함은 피와 살을 가진 피조물인 인간에, 고향을 떠나 떠도는 한낱 방랑자의 신분으로 하느님에게 불의한 일은 저지르지 말라고 그의 길을 가로막고 나선 겁니다.

그렇지만 우리는 하느님이 아브라함으로 하여금 그런 역할을 하도록 먼저 허락하셨다는 사실을 잊으면 안 됩니다. 마치 하느님께서 나중에 이때의 일을 읽게 될 독자 혹은 우리에게 이렇게 말씀하시는 것 같습니다. '내가 먼저 아브라함에게, 내가 소돔으로 가 무슨 일을 할지 말해줄 것이다. 그러면 아브라함이 달려와 내 앞을 가로막겠지. 내가 진정으로 원하는 일은 아브라함과의 논쟁에서 지는 것이니까.' 하느님께서는 인간과의 논쟁을 기꺼이 허락하셨을뿐더러 그 논쟁에서 지기를 바라셨습니다. 우리는 논쟁에 초대를 받았습니다. 게다가 공개적으로 하느님의 의견을 반대하고 열과 성의를 다해 그분의 길을 가로막아도 된다는 허락을 받았지요. 우리는 여기에서, 우리가 하느님과 인간 사이 선택의 갈림길에 섰을 때 반드시 인간 쪽을 택해야 한다는 사실을 배웁니다. 왜냐하면 하느님께서는 누군가 다른 존재의 도움 없이도 아무런 문제가 없으시니까 말이지요."

위젤 교수의 이야기는 계속되었다. "아브라함의 이야기는 그리스 신화의 프로메테우스를 떠올리게 합니다. 프로메테우스는 거인족의 일원으로 아이스킬로스(소포클레스, 에우리피데스와 함께 고대 그리스의 3대 극작가로 불린다.-옮긴이)의 비극에도 등장하지요. 프로메테우스는 신들의 우두머리인 제우스를 거역하고 인간에게 불을 가져다주었습니다. 이 이야기에서 프로메테우스는 영원히 고통을 겪는 형벌을 받는데, 그 부분만은 아브라함의 이야기와 굉장히 다른 분위기를 전해줍니다. 어떤 신들은 그렇게 무조건적인 복종을 요구하지요. 그런데 구약 성경의 하느님도 그와 비슷하지만 아무도 모르게 슬쩍 복종 이상의 것을 요구합니다. 그는 인간이 자유의지를 가지고 일종의 동반자로서 자신과 새로운 관계를 맺게 되기를 바라는 겁니다."

하다못해 저녁 식사 모임에서 남들이 듣기 싫어하는 이야기를 꺼내는 일조차 힘겨워하는 것이 우리 대부분의 모습인데, 무려 하느님에게 반대하며 나서라는 말이었다. 경건과 랍비들은 이런 모습이나 성격을 두고 '성스러운 뻔뻔함'이라고 불렀고, 아브라함은 그 뻔뻔함을 가진 인물이었다. 모세는 또 어떤가. 유대의 전설에 따르면, 모세는 하느님이 이스라엘 민족을 멸절시키겠다고 위협하자 "그렇게 하신다면 우선 당신의 책에서 나부터 지우소서"라고 대항했다. 오랜 세월이 지난 후 유대 지도자들은 이러한 반항과 저항의 가치를 계속 전파해 나갔다. 특히 경건파 스승인 랍비 레비 이츠하크는 모세보다 2000년 후의 인물이지만 하느님을 공개적으로 심판대에 올렸다. 위젤 교수는 그에 대한 이야기를 학생들에게 들려주었다.

"욤 키푸르Yom Kippur, 즉 유대교에서 가장 성스럽게 여기는 절기인 속죄일에 랍비 레비 이츠하크가 예배를 집전하고 있었습니다. 그는 잠시 기도를 멈추고는 고개를 들어 하늘 쪽을 바라보며 소리쳤습니다. '하느님! 오늘 당신께서는 당신의 모든 피조물을 심판대에 세우셨습니다. 그렇지만 나, 사라 사샤의 아들 레비 이츠하크는 오늘 당신을 심판대에 세울 것을 선언합니다! 당신의 자녀들이 이렇게 고통을 받고 있는데 당신께서는 그냥 바라보고만 계십니다! 당신의 자녀들은 지금 굶주리고 질병으로 고통받으며 박해를 받고 죽임까지 당하고 있습니다. 그런데 당신은 말없이 바라보고만 계시다니요!' 랍비 레비 이츠하크는 이렇게 소리친 후 다시 원래 하던 기도로 돌아갔습니다. 누군가는 자신의 인간 동족을 위해 이렇게 하느님께 대항을 할 수도 있는 겁니다."

아우슈비츠 강제 수용소에서는 세 명의 랍비가 하느님을 심판대에 세웠다. 세 랍비는 이 가상의 재판에서 서로 하느님을 공격하고 변호하기도 하면서 결국 유죄 판결을 내렸다. 그리고 한 랍비가 말했다. "오늘의 재판은 이것으로 마무리되었소. 자, 이제는 저녁 기도를 올릴 시간입니다." 그리고 모두 기도를 올렸다. 위젤은 이 모습을 현장에서 직접 목격했고, 훗날 희곡《샴고로드의 재판》에 각색해 삽입했다.

"하느님을 보고 논쟁하고 대항하며 소리치는 일은 가능합니다. 그리고 그건 다 하느님을 위해서입니다." 위젤 교수는 학생들에게 말했다. "분노는 사실 신앙의 가장 정직한 표현일 겁니다. 우리가 무엇을 보았든 하느님은 정의롭다는 우리 믿음에 대한 증언이지요. 그리고 혹시나 하느님이 공의롭지 않다 해도 우리는 계속해서 정의를 요구해야 합니다."

이렇게 하느님에게 맞서 논쟁하는 일이 비록 고대 유대 전통의 일부라고는 해도, 나는 위젤 교수의 강의를 듣는 많은 기독교 목회 관련 학생들의 눈을 통해서 그 진가를 새롭게 인정하기 시작했다. 이 학생들은 강의가 끝난 뒤에도 자리를 뜨지 않고 남아서, 이런 개념은 대단히 급진적이고 강렬해서 종교 그리고 장차 자신들이 해 나갈 목회에 대한 관점을 영원히 바꿔놓았다고 고백했다.

검은 불 위에 하얀 불로 쓰다: 경외심과 비판

이 학생들이 경험하고 있는 가장 중요한 변화 중 하나는 바로 경전과의 관계였다. 위젤 교수가 어렸을 때 구약 성경에 나오는 이야기들을 읽으며 실제 일어나는 일로 생각했다는 일화는 단지 즐거운 상상의 순간일 뿐만 아니라 실제로 중요한 의미를 지니고 있다. 그런 경험들을 통해 그는 자신의 삶과 경전을 연결해 나갔던 것이다. 그의 신앙이 어떤 식으로든 경외심과 비판 사이에서 불안한 균형을 유지하며 하느님과 맞서지 않을 수 없도록 만들었던 것처럼, 그는 경전을 엄청나게 진지한 자세로 대했고 이로써 그 경전으로부터 정의를 기대하고 요구하게 되었다.

수많은 신자들이 있는 그대로 믿고 떠받드는, 위젤 교수가 '신학적 원자력'이라고 표현하는 성스러운 경전이나 문헌은 대단히 위험하고 민감한 존재로서, 신자들이 그 해석에 따라 폭력적으로 돌변할 때 무시무시한 혼란이 뒤따를 수 있다. 미합중국의 건국자들이나 인권 운동가인 마틴 루터 킹 목사가 이런 경전, 즉 성경의 영향을 받았듯, 인종차별주의자와 대량학살을 일삼는 독재자들도 경전에 대한 자신의 해석을 바탕으로 그런 일들을 저지른다.

위젤 교수는 〈창세기〉 9장에 대한 이야기를 꺼냈다. 대홍수 직후 살아남은 노아가 포도나무를 심어 포도주를 만들어 마시고 취한 이야기였다. 위젤 교수는 보통 머리에 아무것도 쓰지 않은 채 강의를 했지만, 이렇게 구약 성경 등의 구절을 언급할 때는 야물커 yarmulke(유대인 남자들이 쓰는 작고 테두리 없는 모자.-옮긴이)를 주머니에서 꺼내 쓰곤 했다. 그리고 인용이나 언급이 끝나면 다시 벗었다. 따라서 강의가 경전과 일반 문헌 사이를 오갈 때면 모자를 썼다 벗었다 하는 진풍경이 연출되기도 했다. (그냥 야물커를 계속 쓰고 있거나 아예 안 쓰면 안 되느냐는 어느 학생의 물음에, 나는 엘리 위젤의 완전한 품성을 반영하려면 그렇게 할 수밖에 없다고 대답했다.)

노아의 막내아들 함은 아버지의 천막 안으로 들어갔다가 포도주에 취해 벌거벗고 있는 노아의 모습을 보게 된다. 함은 형들에게 자신이 본 것을 이야기했고, 노아의 다른 아들들인 셈과 야벳은 뒷걸음질 쳐서 천막 안으로 들어가 아버지의 몸을 덮어준다. 이윽고 잠에서 깨어난 노아는 함(정확하게는 함의 아들 가나안)에게 '종들의 종'이 되라고 저주한다. 어떤 주석에서 함과 가나안이 아프리카 에티오피아인의 선조라고도 하면서, 이 부분은 노예 제도를 옹호하는 데 이용되기도 했다. 노예 제도가 절정에 달했던 1860년대 미국 남부 지방에서라면 한 번쯤 일요일 예배 시간에 이 구절에 대해 들어보았을지도 모른다.

나로서는 이 부분이 불편하게 느껴졌는데, 그로부터 몇 주 뒤에 더 깜짝 놀랄 만한 사실을 알게 되었다. '압제에 대항하는 문학'이라는 위젤 교수의 또 다른 강의에서 함과 관련된 좀 더 현대적인 이야기를 배우게 된 것이다. 우리는 작가 겸 기자인 필립 고레비치가 1994년 르완다 학살 사건을 다룬 《내일 우리 가족이 죽게 될 거라는 걸, 제발 전해주세요!》라는 책에 대해 이야기하고 있었다. 고레비치는 대학살이 일어날 수 있는 현장에서 기독교 선교사들이 인종차별적 분위기를 조성하는 데 어떤 역할을 하고 있는지 자세하게 설명했다. 그는 특히 함의 자손들에 대한 노아의 저주와 관련된 부분을 지적했다. 즉 르완다에 처음 들어왔던 벨기에 선교사들이 인종 관련 이론의 근거로 〈창세기〉의 이 부분을 제시했고, 그래서 투치족과 후투족이 충돌하게 되었다는 것이다. 뿐만 아니라 1994년 르완다 내전, 그리고 이후 벌어진 대학살(100일 동안 후투족이 투치족 80만 명을 살해했다)에도 간접적으로 영향을 주었다고 이야기했다.

말하자면 우리는 월요일 아침에 위젤 교수의 강의에서 〈창세기〉를 읽으며 그 주제를 분석하고 주석들도 함께 찾아보았는데, 화요일에 똑같은 〈창세기〉가 형언할 수 없는 공포를 불러올 만한 위력을 가지고 있다는 사실을 배운 셈이었다. 그렇다면 살 만한 세상을 만드는 데 이런 경전을 잘 이용하려면 우리는 어떤 일을 할 수 있을까?

일주일에 한 번 하는 회의에서 나는 위젤 교수에게 〈창세기〉와 르완다, 그리고 경전 해석에 관한 윤리적 방법을 찾는 문제에 대해 질문했다. "그 문제라면 아주 오래전에 살았던 랍비들도 이미 생각하고 있었습니다." 그가 말했다. "랍비들은 토라 그 자체가 어떻게 사용되느냐에 따라 사람을 살리는 영약도, 또 사람을 죽이는 독약도 될 수 있다고 가르쳤습니다. 토라를 무기로 사용한다면 아마 가장 치명적인 무기가 될 수도 있겠지요."

"그렇지만 만약 우리가 도덕적 이유에서라도 따로 해석을 한다면 그 해석이 꼭 올바르다고 확신할 수 있을까요? 또한 주어진 구절을 있는 그대로 읽는 것과 해석이 서로 대립한다면요? 그리고 주어진 경전 구절은 틀린 곳이 없지만 도덕적이거나 윤리적이지 못할 때 우리는 어떻게 해야 할까요?"

"가장 권위 있는 가르침에 따라 가장 신성한 경전을 읽게 되더라도 인간성을 말살하고 누군가를 괴롭히고 모욕을 주는 방향으로 이어진다면, 우리는 그런 경전 읽기를 거부해야 합니다. 꼭 기억하세요. 구약 성경만 봐도 그 자체로 우리가 어떻게 해야 하는지를 보여줍니다. 아브라함은 소돔을 위해 하느님을 가로막고 나섰습니다. 모세는 율법이 적힌 돌판을 던져 깨버렸습니다. 아무리 율법이라고 해도 인간에게 해가 된다면 깨버려야 합니다. 욥은 거짓으로 자신의 죄를 인정하고 하느님을 그저 벌이나 주는 신으로 만들어버리는 손쉬운 해석을 받아들이기를 거부했습니다. 우리가 경전을 읽을 때는 이런 용기와 공감 능력이 필요합니다. 또 한 가지 기억해야 할 것은, 앞서 언급한 랍비들도 수많은 전설을 가르치며 해석할 때 그런 방식으로 해왔다는 사실입니다. 랍비들은 자신들의 도덕적인 기준에 맞춰 경전을 읽고 해석했으며 그런 과정에서 우리에게도 자신들과 똑같이 하라는 허락을, 아니 명령을 내린 것입니다."

나는 오래전 예루살렘에서 그와 나눈 대화를 떠올렸다. "우리는 할 수 있는 모든 질문을 해야 합니다. 그렇게 하지 않는 것이 더 위험한 일입니다." 이제야 나는 그때 그가 나로 하여금 예시바의 세계로, 신앙과 학업과 실천의 세계로 뛰어들 수 있도록 격려하며 준비시키려 했다는 사실을 깨달았다. 동시에 옳고 그름에 대한 내

내면의 감각을 포기하지 말라는 가르침도 있었다. 나는 마치 물장구치는 법조차 모르고 수영을 배우려는 사람처럼, 그 끝이 보이지 않는 깊고 거대한 수영장으로 뛰어들면서 예시바에서의 학업을 시작했다. 그리고 예루살렘에서 위젤 교수를 만나 믿음과 의심에 대한 이야기를 나누기 전까지는 그저 허우적대고만 있었다. 그때는 미처 깨닫지 못했지만, 그는 내게 제대로 헤엄치는 법을 가르치고 있었던 것이다.

다시 〈창세기〉와 르완다 문제로 돌아가면, 나는 그의 접근 방식이 이해 가기 시작했다. 경전이나 문헌을 읽을 때 난감한 대목을 접하고 종이에 적혀 있는 글과 우리 내면 깊숙이 숨어 있는 도덕적 직관 사이의 간극을 느낄 때, 우리는 당연히 의문을 가져야 하며 어쩌면 우리의 직관에 대해서도 다시 한번 생각해봐야 할지 모른다. 동시에 우리는 경전이나 문헌 자체에 대해서도 의문을 제기하고, 우리가 가진 윤리적 본능에 적절히 부응할 것을 요구해야 한다. 만일 경전이나 문헌이 반인륜적 내용을 담고 있어 우리를 실망시킨다면, 우리는 너무 쉽게 그런 부분들을 무시하거나 그냥 넘어가는 죄를 짓지 않도록 주의해야 할 것이다. 혹시 구약 성경의 어느 구절이 타인에 대한 증오심을 허락하는 것처럼 보인다면 어떨까? "어쨌거나 그건 아주 오래된 책이고 결국 옛날이야기에 불과하잖아." 우리는 이런 식으로 넘어가려는 유혹을 느낄지도 모른다. 그렇지만 경전을 읽을 때 우리는 늘 두 가지 질문을 할 자세가 되어 있어야 한다. "이 구절은 무엇을 말하고 있는가?" 그리고 "이

구절 때문에 혹시 누군가 피해를 입지 않는가?"이다. 우리는 경전이나 문헌 구절과 우리의 삶 모두에 진실하게 적용될 수 있는 윤리적 해석을 추구하는 데 우리의 양심과 충실한 원문 전달 사이에서 균형을 잡을 필요가 있다.

어느 날 강의에서 키르케고르의 유명한 저작인 《공포와 전율》을 이야기할 때, 위젤 교수는 믿음의 증표로서 자신의 아들 이삭을 제물로 바치려 했던 아브라함의 뜻에 대해 설명했다. "나로서는 키르케고르가 말하는 이른바 '윤리의 일시적 중단 상태'를 결코 받아들일 수 없었습니다. 믿음이나 신앙은 절대로 인간을 공격하는 무기가 될 수 없습니다. 다만 하느님에게 대항하는 무기로는 사용될 수 있는데, 그것 역시 하느님 자신을 위해서입니다."

"하느님에게 대항하는 무기라고요?" 필립이 의아한 표정으로 되물었다.

이에 대해 위젤 교수는 유대 신비주의에서 내려오는 한 가지 개념을 소개했는데, 경전은 하얀 불 위에 검은 불로 쓴 것이나 마찬가지라는 말이었다. 하얀 불은 도덕적 직관의 영역이며, 우리의 정의에 대한 감각이 깊숙이 뿌리내리고 있는 곳이다. 학생들은 종종 이 점을 배움에서 가장 중요하지 않은 부분으로 여기며, 자신들의 반응에 상관없이 경전에 적힌 말들은 그냥 중요하다고 생각한다. 위젤은 결코 그렇지 않다고 주장했다. "우리가 할 일은 검은 불 위에 하얀 불로 우리의 의문, 그리고 우리의 생각을 쓰는 것입니다."

토론 시간이 되자, 필립을 비롯한 다른 학생들이 이런 설명을 이해하기 위해 도움이 필요하다는 점이 분명해졌다. 다행히 위젤 교수가 직접 쓴 글들이 도움이 되었다. 나는 이삭을 희생 제물로 바치는 장면에 대해 그가 급진적으로 재해석한 내용을 복사해 학생들에게 나누어 주었다.《신의 사자들Messengers of God》이라는 그의 책에서 발췌한 내용이었다. 위젤에 따르면, 하느님의 명령에 대한 아브라함의 순종은 사실 역설적 의미로 저항하는 행동이었다.

> 아브라함은 사실상 이렇게 말한 것이나 다름없었다. "주님, 저는 당신께 저항합니다. 저는 당신의 의지를 따르겠지만 과연 당신께서 끝까지 갈지 지켜보지요. 내 아들이자 당신의 아들이기도 한 자녀의 목숨이 경각에 달렸을 때도 그렇게 소극적인 자세로 말없이 계실지를요!"

> 보통의 순종적 해석자들이라면 이렇게 말하지 않으리라. 이런 말은 반역하는 자, 저항하는 자의 입에서 나온다. 진정한 믿음이 있는 자라면 끝까지 물러서지 않고 하느님과 맞서며 누가 먼저 움찔하게 될지 두고 보려 한다.

> 하느님은 결국 마음을 돌렸고 한 걸음 뒤로 물러났다. 아브라함이 승리한 것이다. 하느님께서는 천사를 보내 이삭을 희생 제물로 바치라는 명령을 거두시고 아브라함을 다독여

주셨다. 다만 전에 한 번 그랬던 것처럼 아브라함의 앞에 직접 나타나지는 않으셨는데, 이번에는 하느님 자신도 크게 당황했던 것이다.

위젤의 해석에 따르면, 신앙이 깊은 사람의 역할은 다른 무엇보다 윤리와 도덕을 앞세워 하느님을 공격하고 또 공격하는 것이다.

의문 속의 하느님

소비에트의 타락한 반동 재판을 그린 아서 쾨슬러의 소설 《한낮의 어둠》을 다루는 강의에서, 위젤 교수는 또 다른 모습의 믿음과 신앙에 대해 이야기했다. "우리 인간은 물이나 음식을 필요로 하듯 신앙을 필요로 합니다. 신앙이나 믿음의 대상에서 하느님을 제외한다고 해도 아마 무의식적으로, 혹은 자동적으로 하느님을 대신할 만한 존재를 찾으려 할 겁니다. 20세기에 있었던 두 번의 커다란 사회적 변혁 과정에서 실제로 그런 일이 일어났지요. 파시즘은 하느님 대신 독재자를 내세웠고, 공산주의는 역사적 사상이나 이념을 내세웠습니다. 소설 《한낮의 어둠》은 바로 이런 공산주의의 폭주를 그리고 있습니다. 이 소설에서 공산주의 운동은 이미 정해진 '교리 문답'으로 채워진 '독단적 숭배' 현상으로 묘사되며, 공산주의 운동에서 독재자는 역사적 사상이라는 '신'을 섬기는 최고

제사장입니다."

"그렇지만 그런 사상이나 원칙을 하느님 대신 내세운다고 해서 왜 문제가 되지요?" 아이린이라는 학생이 물었다. "하느님이나 종교를 대신해 다른 사상이 이 사회를 위한 일종의 기준이나 길잡이가 될 수는 없는 건가요?"

"사실 어떤 사상이나 믿음도 광신으로 이어질 수 있습니다만, 우리가 보통 말하는 하느님을 중심으로 하는 사상에는 한 가지 장점이 있습니다. 진정한 자유는 이루 형언할 수 없는 궁극적 무언가를 섬기는 자가 되는 것이라고 가르치듯, 이 사상에서는 결코 하느님의 이름을 전면에 내세우지 않습니다. 그 밖에 다른 어떤 존재를 섬기는 일은, 그 일이 얼마나 고상한 일인가에 상관없이 최소한 어느 정도는 노예가 되는 것이나 마찬가지입니다. 노예 상태는 결국 광신으로 이어지고, 또 광신은 이단과 순교자들의 희생, 그리고 죽음으로 이어집니다. 우리는 역사를 통해 이런 모습을 얼마든지 확인할 수 있으며, 제아무리 고귀한 원칙을 바탕으로 한 사회운동이라도 그 실질적 결과로 평가를 받아야 합니다. 그 사회운동은 정의와 평화로 이어졌는가, 아니면 보이지 않는 곳에서의 참혹한 학살로 이어졌는가?

나는 순교자들의 이야기에 깊은 감동을 느낍니다. 예컨대 16세기 이탈리아의 과학자이자 철학자인 조르다노 브루노 같은 순교자는 '빛은 하느님의 그림자다' 같은 말을 남겼습니다. 잔 다르크와 알할라즈도 좋아하고요. 내가 싫어하는 건 잘못된 신앙이나 믿음으로 이런 순교자들을 만들어내는 무리입니다. 광신도나 이단자도 자신들만의 믿음이 있습니다. 다만 그런 무리에게는 의심이 없습니다. 의심은 꼭 필요한 것인데도 말이지요. '의문'이라는 뜻의 히브리어 '셀라shelah'에는 '하느님'을 의미하는 '엘El'이라는 말이 포함되어 있습니다. 바로 의문 속에 하느님이 계시는 것이나 마찬가지입니다."

나는 문득 몇 년 전 예루살렘에서의 일이 떠올랐다. 그때 위젤 교수는 내게 똑같은 이야기를 했다. 어떻게 그 일을 이토록 까맣게 잊고 있었는지…. 나는 그때 그의 말을 듣고, 광신에 대한 내 자신의 안일한 생각을 깨트리고 초월적 이념을 내가 겪고 있는 현실 대신 내세우려는 유혹에 저항할 수 있는 새로운 힘을 얻었다.

또 다른 아침, 또 다른 강의에서 이번에는《고도를 기다리며》를 다루게 되었다. 위젤 교수는 믿음과 절망, 그리고 믿음과 부조리에 대해 이야기했다. "절대로 오지 않을 누군가를 기다리는 일은 과연 부조리한 일일까요? 그렇게 누군가를 기다리는 사이에 세상에서는 무슨 일들이 일어날까요? 우리의 그런 기다림은 이 세상과 다른 사람들에게 축복일까요, 아니면 그 기다림 때문에 우리는 세상과 다른 사람들을 무시하게 될까요?" 그리고 그는《고도를 기다리며》의 한 대목을 읽었다.

남들이 괴로워하는 동안에 나는 잠들어 있었을까? 지금도 나는 자고 있는 걸까? 내일 깨어나면 오늘 일을 어떻게 생각하게 될지, 혹은 뭐라고 말하게 될까? 내 친구 에스트라공과 함께 이 자리에서 밤이 올 때까지 고도를 기다린 걸 생각하게 될까?

"우리는 뭐라고 말하게 될까요?" 위젤 교수가 학생들에게 물었다. "남들이 괴로워하는 동안 우리는 잠들어 있는 걸까요? 우리의 믿음 때문에 우리는 잠들게 될까요? 아니면 반대로 믿음으로 잠에서 깨어나게 될까요? 유대의 전설에서 우리는 구세주가 오기를 언제나 기다리고만 있습니다. 그렇지만 이렇게 기다린다고 해서 세상일에 눈을 감고 있다는 건 아닙니다. 우리는 행동을 통해 구세주를 이 세상으로 모시고 오지 않으면 안 됩니다. 나는 구세주가 오는 순간을 믿습니다. 이해와 은총의 순간, 사람들 사이에 화해가 이루어지는 순간이 올 것을 믿습니다. 구세주는 질문이지 해답이 아닙니다. 요구이지 양해가 아니며, 시작이지 끝이 아닙니다."

또 다른 강의에서 우리는 경건파에서 바라본 나치의 유대인 학살에 대한 이야기를 살펴보았다. 역사학자 야파 엘리아크*가 수집

• 야파 엘리아크Yaffa Eliach(1935~2016). 유대 민족과 홀로코스트를 연구한 미국 역사가. 홀로코스트의 기억을 기록하고 다음 세대에 전하는 데 평생을 바쳤다. 미국 홀로코스트 박물관에 전시된, 1500장의 사진으로 구성된 〈얼굴의 탑 Tower of faces〉을 만든 것으로 유명하다.

해서 정리한 이야기였다. 제니퍼라는 대학원생이 위젤 교수에게 혹시 기적을 믿느냐고 물었다.

"기적이라고요? 어느 정도는 믿고 또 어느 정도는 믿지 않는다고 대답해야 할까요? 기적과 관련된 모든 이야기에서, 나는 그런 기적이나 구원을 겪지 못한 사람들에 대한 모순적 모독을 느낍니다. 사실 나는 기적과 관련된 이야기를 별로 좋아하지 않습니다. 특히나 특정한 때에 특정한 장소에서 일어난 기적 같은 것은요. 그러면 마치 하느님이 선택해서 자비를 베푼 것처럼 되는데, 나로서는 도저히 받아들일 수 없는 일입니다."

강의 시간에, 특히 고대와 현대의 작가들이 쓴 비극이나 부조리 문학을 다룰 때 위젤 교수는 갑자기 묻곤 했다. "그런데 그런 모든 순간에 하느님은 어디에 계셨던 건가요?"

때때로 그는 우스갯소리처럼 말하기도 했다. "이봐요, 하느님, 그게 정말인가요? 그런데 도대체 왜 그러셨나요?" 그가 그렇게 말할 때면 신앙심 깊은 몇몇 학생들이 신경질적으로 킥킥거렸고 다른 학생들은 그냥 웃곤 했다.

〈욥기〉에 대한 마지막 강의에서 위젤 교수는 믿음과 신앙, 그리고 하느님의 정의롭지 않은 모습과 인간이 겪는 고통이나 희망에 대해 자유로운 토론을 이끌었다. 욥은 하느님을 용서했는가? 이 기이하면서도 불편한 이야기에도 어떤 의미가 담겨 있는가? 만일 그렇다면 그 의미를 어떻게 알아낼 수 있을까? 인간이 고통을 받고 있는 순간조차 정당화할 수 있는 무엇인가가 있을까?

마지막 강의 시간이었기 때문에 학생들은 자신의 의견을 자유롭게 제시할 수 있었다. 애나가 물었다. "전에 한번 했던 이야기지만 다시 여쭤보고 싶네요. 어떻게 하느님이 한 인간의 인생을 두고 사탄과 내기를 할 수 있을까요? 그리고 그런 이야기가 어떻게 구약 성경에 포함된 거지요?"

조프가 말했다. "이 이야기를 그냥 혼자 읽을 때와, 실제로 인간의 고통을 다루면서 읽을 때의 느낌은 굉장히 달라요. 저는 의대생이라 불치병으로 고통받는 사람들과 함께 지내본 경험이 있는데, 그럴 때마다 그게 구약 성경이든 뭐든 고통과 관련된 어떤 설명도 그저 보이는 대로 받아들일 수가 없더군요."

"아," 위젤 교수가 웃으며 짧게 한숨을 내쉬었다. "그렇다면 아마도 중요한 점을 배웠겠군요. 인간이 겪는 고통에 대한 모든 추상적 대응은 다 그럴듯하게 들립니다. 그렇지만 나 자신이 고통을 겪거나, 혹은 고통을 겪는 사람을 직접 만나면 상황이 달라집니다. 결국 다른 누군가의 고통을 접하는 것도 고통의 또 다른 형태가 아닐까요? 조프, 다른 사람이 고통을 겪는 모습을 바라보면 자신도 고통을 느끼지 않습니까? 기존에 알고 있던 대응들은 그 순간 모두 의미를 잃어버리고 맙니다. 우리는 그러한 대응들을 바로 이런 식으로 판단해야 합니다. 우리 자신이 고통을 겪을 때도 그런 대응에서 위안을 얻을 수 있을까? 만일 그렇지 못하다면 우리는 그 대응을 거부해야 합니다. 또 그렇게 해서 믿음이나 신앙에 위기가 닥쳐온다면 그것도 어쩔 수 없는 일이지요.

나 자신의 경험에 따르면, 하느님 역시 그런 일종의 대리 고통을 겪습니다. 하느님은 자신의 피조물이 고통 속에 있는 모습을 보며 고통을 받지요. '이모 아노치 브츠라Imo anochi b'tzarah', 히브리어로 '내가 그와 함께 있다'라는 뜻입니다. 누군가가 고통이나 굴욕을 겪을 때 그와 함께 있다는 말이기도 하지요. 어떤 의미에서 하느님은 끔찍할 정도로 고독한 존재이며 무소불위의 권능을 지닌 존재지만, 전 세계 모든 인간이 겪는 아픔과 고통을 함께 겪습니다. 나는 하느님께 정의를 요구할 때조차 하느님을 향한 연민을 느낍니다."

위젤은 자신의 스승이었던 사울 리버만이 언젠가 자신에게 질문했던 일을 이야기했다. 리버만이 물었다. "구약 성경에서 가장 비극적인 인물은 누구인가?" 위젤이 대답했다. "아마도 아담이겠지요. 왜냐하면 창조 당시 그는 유일한 인간, 외로운 인간이었으니까요. 아니면 외아들을 희생 제물로 바치라는 명령을 들은 아브라함은 어떨까요. 이삭도 비극의 주인공이 될 수 있겠네요. 친아버지에 의해 제단 위에서 살해당할 뻔했으니까요." 그러자 리버만이 "아니, 그들이 아니다"라고 말했다. 그래서 위젤이 물었다. "그러면 누가 가장 비극적인 인물인가요?" 리버만이 대답했다. "하느님이다. 왜냐하면 하느님께서 세상을 내려다보며 이렇게 말씀하셨기 때문이지. '내가 이토록 아름다운 세상을 주었는데 너희는 무슨 짓을 한 것이냐? 도대체 무슨 짓을 하고 있는 것이냐?'"

알리사가 말했다. "저에게 〈욥기〉는 하느님의 고백처럼 보여요. 그렇다고 무슨 위안이 되거나 마음이 편해지는 건 아니지만요."

신실한 유대인이자 은퇴자인 블랑쉬는 말했다. "그런 말은 받아들일 수 없어요! 나도 욥의 친구들이 한 말들이 용납될 수 없다는 건 잘 압니다. 그렇지만 이건 우리 토라의 일부이고, 그러니 반드시 그 안에 해답이 있어야 해요. 〈욥기〉는 우리의 신앙을 흔들기 위해 생겨난 책이 아닙니다!"

그러자 애나가 블랑쉬를 향해 물었다. "뭐가 어때서요? 아마도 〈욥기〉를 쓴 사람은 이런 끔찍한 이야기를 보고도 우리가 믿음을 잃지 않을 거라고 믿었던 모양이지요."

"당신 신앙이 나보다 더 깊을지도 모르겠네요." 블랑쉬가 대꾸했다. "그렇지만 나는 내가 믿는 하느님이 이런 일을 할 수 있다는 사실을 알고 나면 잠도 잘 못 잘 것 같은데요."

연극을 전공하는 데니스가 말했다. "〈욥기〉는 선택의 문제인 것 같습니다. 욥이 죄를 지었거나, 아니면 하느님이 죄를 지었거나. 여러분이라면 어느 쪽을 선택할 건가요? 연극으로 치면 아주 그럴듯한 무대예요. 반드시 한쪽을 선택해야 하니까요. 그리고 〈욥기〉를 읽은 사람들은 이전에 살던 방식대로 살지 못할 것 같습니다."

그렇지만 블랑쉬는 여전히 불만인 것 같았다. "선택은 무슨 선택요?" 그녀가 물었다. "그리고 도대체 누가 하느님 앞에서 도덕성에 대해 자기 생각을 먼저 내세울 수 있나요? 우리가 생각하는 옳고 그름의 기준이자 근원이 애초에 하느님 아닌가요?"

그러자 여러 학생이 손을 들었다. 이런 전통주의적 관점에 대해 분명 할 말들이 있는 것 같았다. 알리사는 지목이 될 때까지 기다리지 않았다. 그녀는 목소리를 높이지 않았지만, 모두 그녀가 자신의 감정을 억제하고 있다는 사실을 알 수 있었다.

"그런 건 믿을 수 없어요." 알리사가 말했다. "애초에 하느님만 의지한다면 왜 우리가 옳고 그름에 대한 내면의 감각을 가지고 태어나겠어요? 그리고 어찌 되었든 내기 같은 걸로 누군가를 고통스럽게 만드는 건 잘못된 일이잖아요. 만일 이런 일이 어느 학교에서 일어났다면 집단 따돌림 같은 걸로 간주되고 학부모가 불려왔을 거예요. 그렇다면 왜 하느님에게는 같은 도덕적 기준을 적용하면 안 되는 거죠?" 그리고 그녀는 덧붙였다. "그런 이유에서 나는 비록 종교를 믿는 가정에서 자랐지만 굳이 종교를 믿지 않게 되었어요. 사람들이 그렇게 크게 고통을 받고 있는데 거기에 대해 하느님을 젖혀두고 생각하라는 건 아무래도 무리한 요구니까요."

그때 위젤 교수가 두 손을 높이 들었고 모두의 시선이 그쪽으로 향했다.

"이게 난감한 문제라는 건 나도 잘 알고 있습니다." 그가 부드럽게 말했다. "나 역시 난감하기는 마찬가지입니다. 그리고 여러분도 알다시피 나 역시 아주 오랜 세월 동안 하느님과 이 문제를 두고 다퉈왔지요. 여러분이 각기 다른 관점에서 갈등을 겪는 건 중요하면서도 좋은 현상입니다. 나로서는 이런 종류의 대화가 좀 더 자주 이루어졌으면 좋겠고요. 믿음이나 신앙을 있는 그대로 받아들이려는 사람들과 의구심을 품는 사람들이 서로에게 귀 기울인다면, 그렇게 하지 않을 때보다 더 깊은 이해로 발전할 수 있는 겁니다."

그는 알리사 쪽을 돌아보며 말했다. "나는 당신의 관점에 공감합니다. 심지어 나 자신이 속한 유대의 전통에서도 욥과 관련된 이야기는 당연히 강력한 비판의 대상이 됩니다. 혹시 아는지 모르겠지만, 탈무드에서 랍비들은 주사위 놀이 같은 내기나 도박을 즐겨하는 사람을 재판 증인으로 세울 수 없다고 가르칩니다. 그런데 여기 〈욥기〉에서는 하느님이 내기를 하는 겁니다! 그것도 한 인간의 인생을 걸고 말이지요! 그러면 하느님은 재판에 증인으로 설 자격조차 잃게 됩니다! 그러니 여러분이 지금 고민하는 내용들의 역사가 얼마나 오래되었는지 짐작이 가지 않습니까?"

그리고 이번에는 블랑쉬 쪽을 돌아보았다. "당신의 신앙도 역시 존중합니다. 나도 어린 시절에 그런 신앙을 가졌었지요. 관건은 우리의 믿음이나 신앙이 이런 문제들에 직면했을 때도 계속 유지될 수 있는가 하는 것입니다. 그러면 우리의 신앙은 더 깊어질까요, 아니면 거기서 그쳐버릴까요?"

그는 이제 학생들 전체를 둘러보며 말했다. "이러한 고민과 탐구는 결코 헛된 일이 아닙니다. 〈욥기〉를 믿음에 대한 도전으로 읽을 수도 있습니다. 일종의 신성 모독 같지만 그 역시도 분명 믿음의 한 부분이니까요. 〈욥기〉가 구약 성경에 정식으로 포함되었다는 건 흥미로운 사실입니다. 그렇게 한 사람들은 〈욥기〉를 읽은 독자들이 어떤 반응을 보일지 예상했을까요? 물론 그랬을 겁니다. 그리고 바로 그런 이유에서 〈욥기〉를 집어넣었겠지요. 또한 〈욥기〉를 읽으면 하느님과 싸우는 법을 배울 수도 있을 것 같습니다. 하느님은 우리가 움츠러들거나 소극적인 모습을 보이는 걸 원하지 않을 수도 있지요. 자신에게 맞서 싸우고 다투고 또 의문을 제기하기를 바라는 게 아닐까요? 과거에 믿음이 있었건 없었건 상관없이 살아남은 사람들은 경험을 바탕으로 과거와는 다른 모습이 되었습니다. 이번 학기에 내가 여러분에게 계속 가르치고자 했던 내용이 바로 그것입니다. 의문을 가지라는 것이지요. 자신에게 믿음과 신앙이 있다면 그에 대해 의문을 가져야 합니다. 의심과 불신을 품고 있습니까? 그러면 거기에 대해서도 의문을 가지세요. 자신이 확신하거나 불신하고 있는 모든 것에 대해 의문을 가져야 합니다. 그렇게 계속 의문을 품을 때 더 높은 곳으로 올라갈 수 있습니다. 그렇게 해서 결국 우리는 이렇듯 다 함께 모여 이야기를 나눌 수 있게 된 거지요."

나는 위젤 교수가 "이러한 고민과 탐구는 결코 헛된 일이 아닙니다"라고 말했을 때 아주 오래전 예시바에서 보낸 시간들을 떠올렸다. 당시 나는 일종의 성인군자가 되기 위해 엄청난 노력을 기울였지만 어느새 그때 기억을 잊고 있었다. 우리가 겪는 일은 하느님이 우리와 소통하는 방법 중 하나다. 우리가 가진 개성이나 직관

등을 무시하면 안 되겠지만, 거기에 지나치게 의존해서도 안 된다. 우리가 품는 의문은 믿음이나 신앙을 방해하는 요소가 아니라 신앙의 일부다. 나는 그런 사실을 위젤 교수와 가까이 알고 지내면서부터 깨닫기 시작했다. 그는 나에게 예시바에 머물며 공부하는 방법뿐 아니라, 내 어머니와 아버지가 품은 가치를 나 자신의 가치와 조화시키는 방법도 가르쳐주었다. 나의 어머니와 아버지는 결국 둘 다 성스럽고 흠결이 없는 아름다운 인간이었던 것이다.

〈욥기〉 강의가 모두 끝난 후 몇 주가 지나고, 나는 위젤 교수를 연구실에서 만나 다음 해에 있을 강의에 대해 의논했다. 마주 앉은 자리에서 그는 늘 그렇듯 먼저 내 안부를 묻고 필요한 것은 없는지 물었다. 그렇게 한 시간쯤 내 진로에 대해 이야기를 나눈 후 나는 내 스승에게 물었다. "저 때문에 시간을 너무 많이 쓰셨네요. 혹시 제가 뭐 도와드릴 일은 없을까요?"

그는 보일 듯 말 듯 웃으며 뭐든 다 꿰뚫어보는 듯한 눈으로 나를 바라보았다. "그냥 그렇게, 그 모습 그대로 있어주세요."

이야기의
끝

경건파에 대한 마지막 강의 시간, 위젤 교수는 평소처럼 모든 학생이 자유롭게 원하는 대로 질문할 수 있는 시간을 마련했다.

교육 관련 행정가로 몇 년에 한 번씩 위젤의 강의를 평가하는 일도 하는 제인이 손을 들었다. "그 이야기의 나머지 부분을 들려주실 수 있으세요?"

"무슨 이야기 말인가요?" 그가 웃으면서 물었다. 그는 사실 무슨 이야기인지 잘 알았다.

"랍비 비즈흐니츠와 교수님 어머니가 울었던 이야기요!"

"아, 그렇군요. 그 이야기를 미처 끝내지 못했던가요?" 그리고 그는 이야기를 시작했다.

"전에 이야기했듯 어머니는 랍비 비즈흐니츠를 만나고 나와 우셨는데, 왜 그러는지 내게 말해주지 않으셨습니다. 그로부터 아주 오랜 세월이 지나 내가 이미 뉴욕에 정착한 후, 어느 날 플로리다에 있는 한 의사가 급하게 연락을 해왔습니다. 내 사촌이 병원에 있는데 내 축복이 없이는 수술을 받지 않겠다고 고집을 피운다더군요. 의사는 결국 사촌의 요청을 전달하기 위해 연락을 한 겁니다. 나는 그 말을 듣고 깜짝 놀랐지만, 어쨌든 거절할 상황은 아니었으니까 사촌을 위해 특별 기도를 올렸습니다.

그리고 며칠이 지난 후, 회복 중인 사촌이 내게 직접 전화를 걸어와 되도록 빨리 자신을 보러 와달라고 했습니다. 그래서 나는 플로리다에 있는 병원으로 그를 만나러 갔지요.

나는 사촌을 만나 물었습니다. '왜 나지? 왜 하필 나에게 그런 기도를 해달라고 부탁한 거야?'

사촌은 나를 보며 말했습니다. '어렸을 때 어머니랑 랍비 비즈흐니츠를 만나러 갔던 일 기억나?'

내가 대답했습니다. '물론 기억나고말고!'

그러자 사촌이 말하더군요. '아마 너무 어렸을 때라 기억나지 않을지도 모르지만 사실은 나도 그 자리에 있었거든. 네 어머니가 랍비를 따로 만나고 나서 왜 울며 나오셨는지 궁금하지 않았어?'

내가 말했습니다. '그야 물론 궁금했지. 그때부터 지금까지 항상 무슨 일이 있었는지 알고 싶었다고! 그래서 그 이유를 알고 있다는 거야?'

사촌이 그렇다고 하더군요. 그리고 그때의 일을 설명해주었습니다. '나도 그 집 안에서 랍비를 만날 차례를 기다리고 있었지. 랍비는 아주 만족스러운 듯 네가 아주 공부를 잘하고 있다고 말했어. 그런 다음 두 눈을 감고 네 어머니에게, 네가 언젠가 유대인 중에서도 우뚝 서는 큰 인물이 될 거라고 했지. 그러더니 갑자기 이렇게 말하는 거야. 나도 당신도 살아서는 그 모습을 볼 수 없을 거라고.'"

제인은 우리 모두가 생각하고 있는 것을 대신 물었다. "그 이야기가 교수님께는 어떤 의미로 남았나요?"

"어떤 의미인가 하면, 내 어린 시절의 세상은 비록 지금은 없지만 여전히 나와 함께 남아 있다는 겁니다. 또한 랍비 비즈흐니츠의 축복과 어머니의 눈물도 함께요. 축복과 눈물은 늘 그렇게 함께 붙어 있는 경우가 많습니다. 그러니까 결국 믿음이나 신앙은 비극과 공존하는 것이며, 함께 살아남는 존재입니다. 따라서 우리는 우리가 품고 있는 상처에도 불구하고, 아니 그 상처 때문에 믿음이나 신앙을 지켜 나갈 수 있다는 의미가 아닐까요."

4

광기와 저항

우리는 저항하는 법을 배우기 위해
광기에 대해 공부한다.

《밤》과
광기

2006년 10월의 어느 월요일, 위젤 교수의 '고대와 현대 문학에서의 신앙과 권력' 강의가 세 번째 시간을 맞이했다. 그는 함께 읽어 내려가는 교재에 대한 토론으로 강의를 시작했지만, 학생들의 요청에 따라 《밤》에 대해 이야기했다. 그는 왠지 힘겨워 보였다. 자신의 첫 번째 책에 대해 말하기를 꺼리는 것도 같았고, 평소보다 더 자주 중간중간 말을 멈추곤 했다.

"내가 쓰지 않은 내용들이 있습니다. 너무 끔찍한 일이라 차마 글로 옮길 수 없었던 거지요." 그가 말했다. "내가 도대체 뭘 본 걸까요? 정말 그런 걸 봤는데도 정상 생활이 가능할 수 있단 말인가요? 그 일이 있고 나서 시간이 꽤 흐른 후, 나는 그 자리에 함께 있었던 친한 친구에게 물었습니다. '내가 정말 거기서 그런 걸 본 게 맞아?' 그러자 친구가 대답했습니다. '나도 너와 함께 봤는걸!' 도무지 믿을 수가 없더군요. 그런 엄청난 부조리를 내 정신이 견뎌내고 있다니요. 내가 어떻게 제정신을 유지할 수 있었는지 지금도 잘 모르겠습니다."

그는 이야기를 계속했다. "광기의 세상에 목격자가 살았습니다. 목격자는 무슨 일이 벌어지고 있는지 똑똑히 보았습니다. 그런데 자신이 본 걸 다른 사람들에게 알렸을 때, 그는 미친 사람 취급을 받았습니다. 나는 내 첫 번째 책에 이런 내용을 썼습니다. 일꾼 모셰의 입을 빌려서 말이지요. 모셰는 미치지 않았습니다만 다들 그렇게 생각했습니다. 왜냐하면 그가 하는 말들을 아무도 믿을 수 없었거든요."

백발의 대학원생 그렉이 주저하듯 손을 들었다. "교수님, 모셰는 무슨 일을 하는 일꾼이었습니까?"

"여기서 말하는 일꾼이란 시너고그에서 허드렛일을 하는 사람을 말합니다." 위젤이 대답했다. "모셰는 일종의 관리인으로 등잔 기름을 채우거나 책들을 정리하는 일을 했지요. 그게 모셰의 생업이었습니다."

엘리 위젤의 자전적 소설《밤》은 시너고그의 일꾼 모셰의 이야기로 시작된다. 모셰는 다른 유대인과 함께 끌려갔다가 대학살의 현장을 목격하고 살아 돌아온 유일한 생존자였다. 그는 불길한 일만 알려주는 일종의 예언자와 비슷한 처지가 되어, 시게트의 다른 유대인은 그가 전해주는 이야기들을 믿지 않는다. 어린 엘리는 그런 모셰에게 흥미를 느꼈다. 모셰가 자신이 목격한 일들을 아무리 떠들어대도 소용없었고, 사람들은 그의 이야기를 무시해버린다. 스스로를 정상이라고 생각하는 시게트 주민의 기준에서 모셰는 미친 사람이었지만, 독자들은 모셰에게 아무 문제가 없으며 미쳐 돌아가는 것은 바로 이 세상이라는 사실을 잘 알고 있다.

"사람들로 가득 찬 극장에서 '불이야!'라고 소리치면 안 되겠지요. 그런데 만일 진짜로 불이 났을 때 아무 말도 하지 않는 건 부도덕한 일이 됩니다. 그리고 실제로 정말 불이 났습니다." 위젤의 이야기는 계속되었다. "그래서 모셰는 소리를 지른 겁니다. 누군가는 그런 순간에 경보를 울려야 합니다. 설령 그 행동이 사람들에게 미친 짓으로 취급받더라도, 그리고 사람들을 불편하게 만들더라도 그렇게 해야 하는 거지요. 모셰는 진실을 말했지만, 불편함을 느끼는 사람들에게 미친 사람 취급을 받았습니다. 목격자들은 종종 이런 반응을 겪곤 하지요."

"교수님, 교수님은 그때 모셰의 말을 믿었습니까?"

"아니요, 믿지 않았습니다. 사실 도무지 믿을 수가 없었지요. 모셰가 해준 이야기는 내 상상의 범위를 훨씬 넘어서는 일들이었습니다. 그렇지만 다른 사람들과는 조금 다르게, 적어도 나는 그가 하는 말에 귀 기울이기는 했습니다. 이유는 간단합니다. 나는 뭐든 새로운 이야기 듣는 걸 좋아했으니까요."

위젤에게 모셰와의 만남은 어린 시절 마주친 여러 광기 중 하나였다. 그리고 앞에서도 이야기가 나왔지만, 어린 엘리는 함께 신비주의를 공부하던 두 친구가 미쳐가는 모습을 보기도 했다. 어느 강의 시간에 그는 자신의 어린 시절 이야기를 좀 더 해주었다. "매주 안식일 오후에 우리 가족은 각자 다른 유대인을 위해 뭔가를 하려고 나섰습니다. 예컨대 아버지는 감옥에 간 유대인 죄수들을 찾아갔고, 어머니와 누이들은 병원에 입원한 유대인 환자들에게 필요한 물건들을 갖다주었지요. 그리고 나는… 우리 마을에는 정신병원 비슷한 곳이 있었고, 나는 그곳에 수용된 사람들에게 사탕을 가져다주는 일을 했습니다. 여하튼 뭔가를 가져다주기는 해야 했으니까요."

그렇지만 위젤은 홀로코스트를 경험하며 이 세상이 아주 쉽게 광기에 휩싸일 수 있다는 생각을 굳히게 되었다. 그는 강의 시간에 이 문제에 대해 이야기했다. "파시즘이나 공산주의 형태로 나타난 20세기 전체주의 정치의 광기가 전 세계를 휩쓸면서 수많은 사람들이 휩말려 희생되었습니다. 어떻게 해야 그런 광기로부터 우리 자신을 보호할 수 있을까요? 이건 그저 역사와 관련된 추상적 질문이 아닙니다. 자칫 잘못하다간 아우슈비츠의 시대로 돌아갈 수도 있으니까요. 지금 우리 주변에 폭력과 자살과 정신병이 만연해 있다고 해도 그리 놀랄 일은 아니지요. 불과 70여 년 전에 600만 명의 무고한 사람들이 희생을 당할 때도 세상은 그저 손 놓고 보고만 있었으니까요. 그런 광기에 휩싸이지 않으려면 우리는 어떻게 해야 할까요? 무엇보다 우리의 운명이 그런 사악함과는 무관하다는 것을 증명하기 위해 그런 일들이 생길 때마다 거기에 맞서는 게 제일 중요할 겁니다."

몇 주 후에 있었던 또 다른 강의에서는 카프카의 《심판》을 다루었는데, 위젤 교수는 《심판》이 말하는 무관심과 그에 대한 대책에 대해 이야기했다. 그는 작은 나무 의자에 몸을 기대고 말했다. "주인공 요제프 K의 재판을 둘러싼 주변 인물들과 재판정 관리들의 무관심은 결국 재판 절차 자체를 부조리와 공포로 변질시킵니다. 실제 삶에서도 만일 우리가 고통받는 사람들을 외면한다면 방관자에 공범이 되는 겁니다. 침묵은 그 어떠한 경우에도 희생자에게 도움이 되지 못하며 그저 또 다른 공범을 낳을 뿐이지요. 그런데 또 외면하지 않을 때는 광인 취급을 받는 위험을 감수해야 합니다. 이런 선택의 기로에 선다면 차라리 광인 취급을 받는 쪽이 더 낫지요. 왜냐하면 적어도 살인자의 편에 서게 되지는 않으니까요."

그의 이야기는 계속되었다. "광기에도 대단히 많은 종류가 있습니다. 우리가 흔히 말하는 정신적 문제는 파괴적 형태로 나타나 사람들을 서로 떼어놓고 고립시키지요. 광기가 집단적으로 일어나면 이른바 정치적 광기가 되는데, 그러면 한 국가가 나아갈 바를 잃고 증오에 휩싸이고 맙니다. 증오와 반대되는 개념의 광기도 있는데, 나는 그걸 일종의 '신비주의적' 광기라고 부릅니다. 인간성, 구원, 사람들의 단결, 인간의 삶에 나타나는 구세주와 관련된 요소에 맹목적으로 집착하는 광기입니다. 누군가는 우리가 이 세상을 더 나은 곳으로 만들 수 있으며 인간성을 구원하거나 적어도 한 사람의 목숨이라도 건질 수 있다는 믿음에 미칠 필요가 꼭 있습니다. 물론 비합리적이고 이성적이지 못한 일입니다만, 나는 그런 광기라면 언제든지 찬성입니다."

대학생 사회 활동가인 2학년 캘빈이 물었다. "정치적 광기란 무엇인가요?"

"이미 역사적으로 많은 사례들이 있지요." 위젤 교수가 대답했다. "특히 20세기에 말이지요. 규모가 큰 정치적 광기의 대표적 사례는 바로 나치즘과 공산주의입니다. 이 두 사건은 집단적 광기의 산물이며, 개인의 광기에 그 뿌리를 두고 있습니다. 히틀러와 스탈린은 둘 다 편집증과 과대망상에 잔뜩 사로잡혔던 인물로, 가장 가까운 동료나 심복 들도 의심하고 가차 없이 살해했습니다. 이들의 개인적 사악함은 결국 상상할 수도 없는 규모의 엄청난 고통을 야기했습니다. 나치와 공산당의 중심에는 열정과 증오를 바탕으로 한 일종의 최면이나 기만술 같은 것이 자리했습니다. 그들은 인간성과 도덕성, 심지어 자신들의 정치적 전략보다 인종과 계층의 차이점을 더 중요하게 여겼습니다. 히틀러는 한 명의 유대인이라도 더 죽일 수 있다면 패전의 상황도 불사하겠다고 했으며, 최전선에 투입되어야 할 중요 물자를 유대인 학살 작전 쪽으로 돌려 결국 전쟁의 향방마저 불투명하게 만들었습니다. 물론 그 때문에 더 많은 유대인이 학살을 당했습니다. 이것이 바로 정치적 광기의 대표 사례입니다."

"그럼 신비주의적 광기는요? 아까 하신 설명으로는 그런 광기가 문제에 대한 어떤 해결책이 될 수도 있는 것 같습니다만."

"사악한 기운이나 독재자의 폭정이 다가오고 있음을 미리 깨달은 사람들은 종종 미친 사람 취급을 받습니다. 그들은 대부분의 사람들이 보지 못하는 현실, 증오가 없는 세상에 대한 꿈, 그리고 구세주의 재림과 관련된 이상에 몰두하지요. 그들은 이런 이상을 위해 살아가기 때문에 거기에 위협이 되는 건 그게 무엇이든 대단히 민감하게 반응하며, 다른 사람들과 달리 대응 속도도 빠릅니다. 제일 먼저 경보를 울리는 사람들이 바로 그들입니다."

전쟁이 끝난 후 엘리 위젤은 몇 년에 걸쳐 소르본 대학교에서, 또 독학으로 광기와 신비주의와 정신 의학에 대해 공부했다. 위젤에게 광기란 단순히 의학에서 말하는 기능성 장애가 아니었으며 하나의 동기이자 은유, 도덕적 환경, 그리고 인간 사회 그 자체였다. 1990년 〈유령이 말을 하다 Making the Ghosts Speak〉라는 짧은 기고문에서 그는 이렇게 썼다. "몇 개월, 그리고 몇 년 동안 나는 혼자 살았다. 나는 내 동료 인간들을 믿을 수 없었다. 나는 사상과 인생을 움직이는 동력인 말과 글에 대해서도 더 이상 신뢰할 수 없었다. 나는 오직 침묵과 광기에만 열중하여 사랑마저 외면했다."

위젤이 훗날 이 기고문을 통해 묘사한 '서방 세계에 대한 혐오'의 감정은 젊은 시절의 그를 동양의 신비주의 전설 연구 쪽으로 이끌었다. 프랑스에 거주하며 기자로 일하던 20대 후반의 위젤은 단돈 200달러를 들고 인도를 여행했으며, 이디시어로 발행되는 신문에 기고하며 생활비를 채웠다. 인도에서 그는 여러 힌두교 기도원을 전전하며 힌두교의 신비주의를 탐구했고, 기도문을 읊조리고 명상에 잠겼으며, '별들의 이야기를 듣는' 연습을 했다. 이런 종류의 인도 여행이 서구 사회 젊은이들에게 유행처럼 번지기 전의 일이었다. 위젤은 기도원에 모여든 수많은 사람들 중 유일한 외국인일 때가 많았다.

기도원에서의 고행이나 열띤 영적 수행에 깊이 매료되기는 했지만, 위젤은 인간의 고통에 대한 무관심을 목격하면서 받은 상처를 도무지 극복할 수가 없었다. "나는 영적 안식을 찾는 순례자들과 지도층쯤 되는 사람들이 길거리에 있는 가난하고 굶주린 사람들을 그냥 지나쳐 가는 모습을 보았습니다. 그리고 이제는 떠날 때가 되었다는 사실을 깨달았습니다." 그가 강의 시간에 한 말이다. "열반과 해탈을 찾으면서 그 때문에 다른 사람들을 돕지 않는 건 내가 할 수 있는 선택이 아니었으니까요." 위젤에게 신비주의는 공감이나 동정과 분리될 수 없었다. 절정의 신비주의를 추구하는 과정에는 지금 우리가 살고 있는 세상과 깊이 연결된 윤리적 감수성이 함께 뒤따라야 했다. 인도에서의 경험으로 위젤은 자신이 속한 서구 사회로 돌아가야 한다는 깨달음을 얻었다. 돌아가서 세상의 난제들과 모호함에 맞서야 했다. 도망은 더 이상 선택지가 될 수 없었다.

그렇지만 신비주의에 대한 관심은 그 후로도 계속되었고, 문학 작품에서는 현실을 제대로 파악하지 못하는 주인공들에게 관심을 기울였다. 예컨대 메데이아, 리어왕, 파우스트, 돈키호테, 잔 다르크, 라스콜니코프 같은 인물이었다. 교사로서의 위젤에게 이런 인물들과 이야기가 가진 극단적 모습은 20세기의 대사건들을 다시 조명하는 데 도움을 주었으며, 집단적 광기와 그 반대의 모습인 도덕적 건전함에 대한 통찰력을 제공하기도 했다. 따라서 그는 에우리피데스의 비극《메데이아》를 강의하면서, 메데이아가 남편의 배신과 사회의 무관심에 대한 보복으로 친자식들을 살해하지만 태양의 신 헬리오스에 의해 구원받는 부분을 강조했다.

"왜일까요? 왜 친자식을 살해한 여자가 구원을 받았을까요?" 그는 이렇게 질문을 했다. 그리고 이와 비슷한 정의에 대한 문제를 거론하며 말했다. "우리가 생각할 수 있는 어떤 대답보다 사실은 이 질문 자체가 더 중요하고 더 의미가 있습니다."

그는 도스토옙스키의 소설《죄와 벌》속 주인공 라스콜니코프도 언급하며 도스토옙스키가 쓴 편지 한 통을 학생들에게 소개했는데, "내게 새로운 계획이 있어. 바로 미치는 거지"라는 내용이 적혀 있었다고 한다. 위젤은 말했다. "라스콜니코프의 위대함에 대한 망상, 그리고 도덕과 동정심에 대한 포기는 결국 그를 살인으로 이끕니다. 그는 자신이 다른 인간을 책임져야 한다고 생각하지 않았습니다만, 우리는 모두 서로에게 관심과 책임감을 느껴야 합니다."

그는 카프카가 그려내는 주인공들에게도 심취했다. 그들은 관료주의와 의심이 팽배한, 도저히 이해할 수 없는 세상 가운데 홀로 버려졌다는 사실을 깨닫는다. "카프카는 크게 절망했지만, 우리는 그렇게 되어서는 안 됩니다." 어느 강의에서 그가 학생들에게 한 말이다. "그의 소설 속 주인공들, 예컨대 요제프 K 같은 인물은 대부분 구원받지 못하고 다른 인간들의 잔혹함에 의해 희생됩니다. 그렇지만 때로는 저항하는 모습도 나오지요. 카프카를 배우는 많은 학생들은《변신》이 기괴한 변신 과정을 통해 일종의 저항을 보여준다고 생각합니다. 카프카는 부조리에 대해 아무도 저항하지 않을 때, 그리고 그때 어떤 식으로든 누군가 저항을 하고 나섰을 때 무슨 일들이 벌어질 수 있는지 보여줍니다."

잔 다르크 역시 위젤이 좋아하는 인물이었다. 잔 다르크는 15세기 프랑스의 신비주의자이자 순교자로 1920년 가톨릭교회에 의해 성자 반열에 올랐으며, 조지 버나드 쇼의 희곡《성녀 잔 다르크 Saint Joan》로 잘 알려져 있다. 위젤 교수는 어느 강의 시간을 빌려 말했다. "신앙과 전쟁으로 점철된 잔 다르크의 일생은 감격과 불안감을 동시에 안겨줍니다. 우리는 그녀의 고통을 느끼며 그녀가 승리하기를 바라지만, 그녀에 대한 우리의 믿음은 그녀가 들어달라고 내뱉는 이야기에 따라 크게 달라질 수 있습니다." 그러면서 그는 몇몇 학생들에게《성녀 잔 다르크》에 나오는 잔 다르크의 독백 중 일부를 읽어달라고 했다. 그녀 자신이 겪은 신비한 경험을 이야기하는 장면이었다.

종소리가 울려 퍼지는 가운데 나는 내 목소리를 들을 수 있었다. 종들이 모두 소리를 내자 처음에는 그저 귀에 거슬리는 소리로만 들렸다. 그런데 여기 한쪽 구석, 하늘에서 종소리가 들려오고 그 메아리가 사라지지 않고 떠도는 곳이었던가, 아니면 고요한 마을에서 한참 떨어진 어느 들판에서였던가 내 목소리가 울려 퍼졌다.

(그때 성당의 시계 종소리가 15분을 알린다.) 들어보라! (잔이 황홀경에 빠진 듯 소리친다.) 저 소리가 들리는가? "하느님의 딸이여." 내 귀에 이런 소리가 들려왔다. 그리고 30분에 다시 "용기를 갖고 앞으로 나아가라"라는 말이 들렸고, 45분에는 "내가 너를 도우리라"라는 말이 들려왔다. 그리고 정각이 되자 "하느님이 프랑스를 구하리라"라는 말과 함께 엄청나게 큰 종소리가 들려왔다. 그다음에는 성녀 마르가리타와 성녀 카타리나, 심지어 천사장 미카엘까지 내가 전에는 알 수 없었던 그런 이야기를 하는 것이었다.

위젤 교수는 소리 내어 읽어준 학생들에게 고맙다고 인사한 후 이야기를 계속했다. "잔 다르크는 자신이 들은 이야기들을 믿고 거기에 힘을 얻어 프랑스를 구하러 나섭니다. 이것은 광기였을까요, 아니면 믿음이었을까요? 둘 다일 수도 있겠지요. 그렇다면 미친 여인이 하는 행동을 믿음이라고 볼 수 있을까요? 광기가 과연 믿음의 행동이 될 수 있을까요?"

그날 강의가 끝나고 연구실에서 쉬고 있는데, 대단히 진지하고 열정적인 리어라는 학생이 나를 찾아왔다. "지금까지 누구에게도 이런 말을 해본 적이 없지만, 어렸을 때부터 머릿속에서 자꾸 목소리가 들려와요."

그녀의 말에 나는 어떤 반응을 보여야 할지 난감했다.

리어의 이야기가 이어졌다. "이번 학기에 《성녀 잔 다르크》를 배우기 전까지는 항상 외로움을 느껴왔어요. 하지만 이제는 내게도 희망이 있다는 걸 느껴요. 어쩌면 난 미친 게 아니고, 또 어쩌면 그렇게 목소리가 들리는 일이 좀 기이하기는 하지만 다른 사람들과 똑같은 평범한 경험일지도 모른다는 생각도 들고요…." 리어는 자신에게 들린다는 목소리에 대해 이야기했다. 그 목소리는 보통 양심이나 도덕적 직관에 해당하는 역할을 하며, 고등학교 시절에는 학교에서 따돌림 같은 일을 목격할 때 그에 맞설 수 있도록 해주었다고도 한다. "무슨 기분이 드는 건 무시할 수 있는데, 그 목소리만은 도저히 무시할 수 없더군요." 우리는 한 시간가량 그녀의 경험과 그런 기이한 현상이 인간의 삶에 긍정적 역할을 할 수 있는지 이야기를 나누었다.

"나를 변화시키지 못했다"

《성녀 잔 다르크》에 대한 강의가 있은 지 몇 주쯤 지난 어느 날, 로즈라는 신학과 학생이 손을 들었다. "우리는 여러 가지 방식으로 광기를 내비친 몇몇 인물들에 대해 공부했습니다. 그런데 사실 교수님을 비롯해서 여러 사람들은 우리에게 도덕적으로 정상 상태를 유지하기 위해 정신을 바짝 차리라고 가르치는 건 아닌지요. 그렇다면 정상 상태를 유지하려고 굳이 광기에 대해 따로 공부할 필요가 있을까요?"

"우리가 광기에 대해 공부하는 건 저항하는 법을 배우기 위해서입니다." 위젤 교수가 대답했다. "광기는 저항과 반항의 핵심입니다. 광기가 없다면, 우리가 우리를 둘러싼 기준들을 따라 그저 '정상' 상태를 유지하고만 있다면, 우리는 오히려 세상을 둘러싼 또 다른 광기에 쉽게 휩쓸릴 위험이 있습니다.

이 이야기를 한번 들어보세요. 어느 날 한 정직한 남자가 소돔이라는 도시에 들렀습니다. 그는 소돔 주민들에게 설교를 하기 시작했지요. 지금까지의 사악한 삶의 방식을 바꾸라고 말입니다. 남자는 멸망으로부터 사람들을 구하고 싶었습니다. 사람들이 짓는 죄의 결과로 소돔이 멸망하리라는 사실을 남자는 잘 알고 있었기 때문이지요. 남자가 말했습니다. '이렇게 부탁드립니다. 잔혹하고 끔찍한 짓을 멈추세요! 이방인에게, 그리고 이방인의 자손들에게 친절히 대해주어야 합니다!' 남자는 이런 식으로 오랫동안 이야기를 하고 돌아다녔지만 아무도 귀를 기울이지 않았습니다. 하지만 남자는 포기하지 않았지요. 그렇게 설교를 하고 돌아다니는 동안 몇 년의 세월이 흘렀습니다. 마침내 지나가던 어떤 사람이 남자에게 물었습니다. '선생이시여, 그런데 정말 왜 이러고 계시는 겁니까? 아무도 귀 기울이지 않는 모습이 눈에 들어오지 않습니까?' 그러자 남자가 대답했습니다. '알고 있습니다. 아무도 들으려 하지 않지만 난 멈출 수가 없습니다. 처음에는 사람들을 변화시키기 위해 뭔가를 이야기해야 한다고 생각했습니다. 그런데 지금 나는 이야기를 계속하고 있지만 그걸로 세상을 변화시키지는 못했습니다. 그 덕분에 이곳 사람들도 나를 변하게 만들지 못한 것이고요.'

우리가 미친 사람들에게 배워야 하는 것이 바로 이겁니다. 다른 사람들이 아무리 입을 다물고 조용히 하라고 외쳐도 그들은 멈추지 않습니다. 누군가 미미하게 저항하고 그저 한마디 하는 정도면 아무 문제가 없습니다. 어떤 충돌도 일어나지 않겠지요. 그렇지만 누군가 이렇게 결코 멈추지 않는다면 곧 다른 사람들에게 사회를 어지럽히는 미친 사람으로 찍힐 겁니다. 이런 미친 사람이야말로 사악함에 대해 어떻게 효과적으로 저항할 수 있을지 그 방법을 우리에게 보여주고 있는 거지요."

셰릴이 물었다. "하지만 주변부 일부 사람들의 저항이 어떻게 주류 사회에 영향을 미칠 수 있을까요? 그런 저항이 그냥 무시당하지 않으려면 우리는 어떻게 해야 합니까?"

위젤 교수가 셰릴을 똑바로 쳐다보았다. "〈저주받은 곡식〉이야기를 기억하나요?"

〈저주받은 곡식〉은 경건과 스승인 랍비 나흐만이 전해준 이야기로 학기 첫날에 배웠다. 어느 왕과 총리대신이 저주받은 곡식을 먹고 백성과 함께 똑같이 미치기로 했는데, 그 전에 각자의 이마에 표시를 남겨 자신들이 미쳤다는 사실을 기억하기로 했다는 이야기다.

위젤 교수가 이야기를 이어갔다. "그때 함께 살펴보지는 않았지만, 조금 다르게 전해지는 이야기도 있습니다." 그가 소개한 새로운 이야기에서 왕은 저주받은 곡식을 먹고 백성과 함께 미쳤다. 하지만 앞서 이야기와는 조금 다르게, 왕은 총리대신에게 작년에 거두어들인 저주받지 않은 곡식이 얼마간 남았다고 말하면서 그 곡식을 먹으라고 권한다. "그럼 이 왕국에서 자네만 유일하게 미치지 않은 정상인으로 남겠지. 다만 한 가지 조건이 있네. 이 궁전을 떠나 거지가 되어 마을과 마을을 돌아다녀야 하네. 그리고 어디를 가든 시장 한복판이나 지붕 위에서 이렇게 외치는 거야. '백성들이여, 기억하시오. 당신들은 모두 다 미쳤소이다!'라고 말이야."

위젤 교수가 말했다. "한 명의 미친 사람은 이렇게 한 명의 사자가 되어 다른 사람들로 하여금 깨닫게 할 수 있습니다. 이방인이자 외부인으로 사람들의 광기를 일깨워주는 것이지요. 내가 광기에 대해 공부하고 가르치는 이유는 바로 여기에 있습니다. 광기의 다양한 모습을 알아야만 비로소 제정신을 유지할 수 있으니까요."

그리고 잠시 뒤 그는 덧붙였다. "그것은 또한 목격자의 역할이기도 합니다."

메피스토펠레스는
어디에 있는가?

몇 주 후 위젤 교수는 괴테의 《파우스트》에 대한 강의를 시작했다. 지식과 쾌락, 그리고 권력을 추구하다가 결국 악마에게 영혼을 판 어느 과학자의 이야기였다. 악마 그 자체이자 어쩌면 악의 대리인이라고도 할 수 있는 메피스토펠레스는 커다란 개의 모습으로 변신해 파우스트 박사의 집에 처음 그 모습을 드러낸다.

"여러 가지 측면에서 《파우스트》는 악의 모호함과 그 악을 알아내고 규정짓는 문제에 대해 말하고 있는 것 같습니다. 독일의 시인인 하이네는 '독일이 곧 파우스트다'라고 썼습니다. 괴테가 조국이 가진 내면의 갈등과 문제 등을 소설 속에 녹여냈다고 생각했기 때문이지요. '내 가슴속에는 두 개의 영혼이 있다'라고 하는 파우스트의 말에서, 괴테는 근대의 인간이 겪는 비극을 되새기고 있다고 볼 수 있습니다. 바로 이성적 도덕관념과 상상 속 욕망이 서로 충돌하는 것이지요. 파우스트는 강력하면서도 선한 존재가 되고 싶었습니다. 여기서 메피스토펠레스라는 존재는 정상적 도덕관념을 지닌 사람들을 무시하며 이기적이고 과격한 행동을 통해서 위대한 일을 성취해낼 수 있다고 주장합니다.

괴테 자신은 대체로 그런 과격한 행동을 찬양하는 편이었습니다. 《파우스트》 속 유명한 장면에서 그는 파우스트의 손을 빌려 〈요한복음〉 첫 구절을 새로 씁니다. '태초에 말씀이 있었느니라'에서 '태초에 행위가 있었느니라'로 바꾸는 것이지요. 따라서 나중에 파우스트가 구원을 받는다면 그건 그가 그저 고뇌만 하는 것이 아니라 과감히 행동할 수 있는 인물이었기 때문입니다.

그렇지만 이야기는 거기에서 그치지 않습니다. 파우스트는 난감한 상황에 몰립니다. 그는 지식 없이는 우리 인간이 아무것도 아닌 존재라고 생각합니다. 그런데 지식이 있으면 위험한 상황에 몰릴 수 있지요. 문제는 그 지식으로 우리가 무엇을 하는가에 달려 있는데… 자신의 어두운 욕망을 충족시키는 데 쓸 것인가, 아니면 다른 인간들을 돕는 데 쓸 것인가? 어쩌면 괴테는 선견지명이 있었는지도 모릅니다. 20세기에 독일이 어떤 역할을 할지 미리 예측한 셈이니까요."

위젤 교수는 비록 악마지만 관심이 갈 수밖에 없는 존재인 메피스토펠레스를 살펴보는 데 남은 시간 전부를 할애했다. "'시궁쥐와 생쥐와 파리의 대왕'으로 소개되는 메피스토펠레스는 진정한 악마의 권능을 지녔고, 자신의 사악한 본성을 처음에는 드러내지 않습니다. 그리고 처음에 변장했던 모습이 사라지고 나면 다른 모습을 보여줍니다. 이곳저곳을 주유周遊하며 뭔가 좋은 것을 전해주는 학자이자 지식인처럼 보이지요. 이런 모습으로 변장을 한 것은 의도적이며 중요한 의미를 지닙니다. 다시 말해 악마는 이렇게 친근한 모습으로 다가온다는 사실을 알 수 있습니다. 유대 신비주의 전설에 따르면, 이런 악마를 거부하는 일은 하느님을 거부하는 것만큼이나 위험천만한 일이라고 합니다. 따라서 우리는 어떤 상황에서라도 언제나 이렇게 물어야 합니다. '메피스토펠레스는 어디에 있는가?'라고요."

이 질문은 다른 두 가지 질문과 더불어 위젤 교수의 강의 시간마다 빈번히 등장했다. 그는 종종 물었다. "그런데 그런 모든 순간에 하느님은 어디에 계셨던 건가요?" 그러면 문학과 역사 혹은 정치에 대해 나누던 대화가 갑자기 철학과 신학 영역으로 넘어갔다.

그는 또 이렇게 물었다. "그러면 그런 모든 순간에 나는 어디에 있었나요?" 그는 이 질문을 통해, 여러 사상에 대한 객관적 대화들을 통해 결국 윤리적 자기반성의 단계로 들어서야만 한다는 사실을 일깨워주었다.

또한 위젤 교수는 앞서 언급했듯 "메피스토펠레스는 어디에 있는가?"라고 반복적으로 우리에게 질문했다. 문학에서든 인생에서든 그 안에 숨은 악마를 미리 찾아내지 못한다면 그 악마의 기세가 오르는 위험을 마주하게 될지 모른다는 경고였다. 강의 시간에 문학 작품을 두고 토론하면서 우리는 이 질문에 대한 다양한 대답을 찾아냈다. 악마는 다양한 모습을 갖고 있었으며, 작품 속에서 영웅의 모습을 하고 있을 때도 있었다. 또한 이타주의의 가면을 쓰고 있기도 했으며 여러 행동의 틈 사이에, 수없이 일어나는 이기적인 행위 안에, 심지어 독자의 개입 안에 존재하기도 했다.

이런 악마와 관련된 많은 질문 중에서 위젤 교수가 자주 던지는 질문은 바로 악마의 영원불멸성에 관한 것이었다. 악마는 인간보다 앞서 이 세상에 나타났는가, 아니면 아담과 이브와 함께 이 세상에 태어나 지금까지 존재하고 있는가? 히틀러는 나치 지도자가 되기 이전에 이미 악마였을까? 오직 살인자들만 악마라고 불러야 할까? 살인을 명령하는 사람들은 어떤가? 살인을 포함한 여러 사악한 행위를 보면서도 그저 방관하는 사람들 역시 악마의 또 다른 모습이 아닐까?

"악을 행하는 사람들이라면 이런 질문들을 생각하는 것 자체를 원하지 않겠지요." 그가 말했다. "그리고 악행을 방관하는 사람들은 질문들의 해답을 찾는 과정을 피하려 할 테고요. 이 과정은 광신과 싸울 때 가장 먼저 해야 하는 일입니다. 광신도는 자신들이 모든 해답을 이미 다 안다고 철석같이 믿고 있지만 사실 아무것도 모릅니다. 반면에 나 같은 사람은 그런 질문들만 하니까 광신도의 적이라고 할 수 있겠군요. 의문이나 질문은 우리가 광신주의를 바탕으로 한 근거 없는 확신에 빠지지 않도록 도와줍니다. 인간이 동물과 다른 점은 왜인지 묻는 질문을 한다는 겁니다. 우리가 어떻게 행동해야 하는지 알려주는 진실을 찾는 과정에서 모든 상황에 대해 항상 의문을 가지고 묻는다는 것이지요. 우리는 이런 질문들을 회피하지 말고 반드시 맞서야 합니다. 악마를 마주했을 때 별것 아닌 듯 외면하는 것이 아니라 그 실체를 파악하고 맞서자는 겁니다. 물론 그렇게 악마의 실체를 파악하고 맞서는 일은 쉽지 않습니다. 그렇지만 이 세상을 더 나은 곳으로 만들고 싶다면, 편하고 쉬운 길만 가려고 해서는 안 되는 겁니다."

그다음 주에 이어진 수업에서 우리는 《안네의 일기》를 다루었다. 대부분의 학생들이 10대 시절에 읽어봤을 법한 책이었다. 또 그중 대부분은 이 책에서 처음 홀로코스트를 접했을 것이다. 위젤 교수는 다음과 같은 말로 강의를 시작했다. "먼저 정말 아주 간단하게 한마디만 하겠습니다. 이 책을 읽은 사람은 책을 쓴 작가를 사랑하지 않을 수 없지요. 우리는 안네를 사랑합니다. 로맨틱하고 꿈 많은 소녀 안네를 사랑해요. 안네는 슬프면서도 행복하며 순수하고 아름답고 원숙한, 그리고 꿈 많은 작가였습니다. 그녀의 일기는 당대의 어느 책보다 큰 충격을 안겨주었습니다. 왜 그랬을까요?"

스테파니가 손을 들었다. "개인적으로는 아주 많은 면에서 안네에게 공감할 수 있었습니다. 안네의 꿈과 희망은… 비정상적이었던 당시의 시대 배경과 상관없이 아주 평범하고 정상적인 것들이었잖아요."

소냐도 고개를 끄덕이며 덧붙였다. "안네는 늘 희망에 차 있었고, 지금의 우리에게도 희망을 줍니다."

폴이 말했다. "제 생각에 안네는 대단한 개성과 매력을 지닌 사람이었던 것 같습니다. 남자 입장에서는 한 번쯤 같이 시간을 보내고 싶은 사람이라고나 할까요." 그 말을 듣고 몇몇 학생들이 웃었지만, 위젤 교수의 표정은 그다지 밝지 않았다.

"맞는 말입니다. 안네의 아름다움이나 개성, 영민함 등은 분명 빛이 나지요. 환한 빛이 어둠 속에서 밝혀지면 밝은 곳에 있을 때보다 더 빛나 보이는 법입니다. 그리고 안네는 바로 그런 어둠 속에 있었습니다. 그것도 2년을, 무려 2년이라는 세월을 신선한 공기도, 새 친구도, 그 어떤 새로운 사람도 없이 말이지요. 카뮈는 그 유명한 《시지프 신화》에서 마지막에 이렇게 말합니다. '어쩌면 시지프는 행복했을지도 모른다.' 언제 독일군이 들이닥칠지 모를 두려움 속에 숨어 살면서 안네는 어떻게 자신의 상황이 행복하다고 상상할 수 있었을까요? 믿기지 않지만 안네는 그렇게 상상하고 생각했습니다."

그의 이야기가 계속되었다. "어쩌면 이렇게 희망적인 쪽으로 생각하는 게 안네 가족의 전통이나 특징이었는지도 모릅니다. 전쟁이 끝난 후 이어진 안네 가족의 이야기에서 놀라웠던 점은 아버지 오토 프랑크의 행적입니다. 그는 자신의 가족을 독일군에게 밀고한 사람을 찾아내는 일에 전혀 신경 쓰지 않았다고 합니다. 그는 과거에 대한 복수보다 새로운 미래를 세워 나가는 쪽을 선택한 겁니다."

한 학생이 물었다. "어떻게 그럴 수 있었을까요? 어떻게 해야 그처럼 세상에 대한 희망을 버리지 않을 수 있을까요?"

위젤 교수가 대답하기 전에 산드라라는 학생이 끼어들었다. "우리 가족 이야기입니다만, 최근 큰할아버지에 대해 들었습니다. 큰할아버지는 전쟁이 끝난 후 가족과 떨어져 따로 끌려간 자신의 어머니를 찾았다고 해요. 몇 달 동안 어머니의 행방을 수소문한 끝에 큰할아버지는 어머니가 수용소에서 살아남았지만 불과 얼마 전에 고향으로 돌아갔다가 이웃들에게 살해당했다는 사실을 알게 되었습니다. 이런 이야기를 듣고도 인간과 이 세상에 대한 희망을 포기하지 않을 수 있을까요?"

위젤 교수는 고개를 끄덕이고 말했다. "뭐라고 판단하기 참 어려운 이야기들입니다. 폴란드의 키엘체라는 마을을 비롯해 여러 곳에, 전쟁에서 살아남은 유대인이 새로운 삶을 시작할 수 있다는 희망을 품고 다시 돌아왔습니다. 그리고 계획적으로 죽임을 당했습니다. 남자와 여자, 그리고 아이들까지 모두 간신히 살아 돌아온 희생자요 생존자였는데 말입니다. 키엘체에서는 태어난 지 3주밖에 안 된 어린 아기도 살해를 당했지요. 이런 일을 겪으면 분노와 함께 절망감이 치밀어 오릅니다.

그런 일을 당했을 때 분노가 치밀어 오르는 건 당연한 일인데, 문제는 그 분노를 가지고 무엇을 할 수 있는가 하는 것입니다. 폭력에 폭력으로 갚아줄 것인가, 아니면 위축되고 고립될 것인가? 그것도 아니라면 그 분노를 새로운 저항을 위한 동기로 사용할 것인가? 자신의 분노를 잘 다스릴 수 있다면, 그 분노를 통해 뭔가 올바른 일을 시작할 힘을 얻을 수 있을 겁니다.

그렇지만 절망은 또 다른 문제입니다. 랍비 나흐만은 이런 말을 남겼습니다. '이 세상에 절망 따위는 없다. 그게 무엇이든 결코 절망해서는 안 된다!' 랍비 나흐만은 이미 200년 전에 이렇게 외쳤고, 그 말을 실천하는 현장을 목격한 사람의 증언도 있습니다. 2차 세계 대전 당시 바르샤바에 있는 유대인 거주 지역에서 랍비 나흐만의 사상을 따르는 경건파 유대인은 이 말을 노래로 만들어 부르며 춤을 추었다고 합니다. 그들 중에는 며칠 전 딸을 잃은 사람도 있었지요. 그들은 고통 속에서 그렇게 춤을 추었습니다. 터무니없는 짓을 하고 있음을 잘 알면서도 춤을 춘 거지요. 절망을 포기하고 잊어버리는 건 결국 의지에서 비롯되는 행동입니다. 암흑과 악의 세력에 끊임없이 맞서고 저항할 수 있는 유일한 방법이기도 하고요."

위젤 교수는 산드라 쪽을 돌아보며 말했다. "어떻게 인간과 세상을 포기하지 않을 수 있느냐고 물었지요. 전쟁이 끝난 후 나는 거의 절망에 빠져 있었습니다. 침묵했던 사람들에게 증오를 느꼈지요. 그렇지만 나는 이겨냈습니다. 증오란 종양이나 마찬가지고, 분노하고는 조금 다르게 아무런 대상이나 목적이 없습니다. 그리고 나는 내 영혼을 결코 증오나 절망에 빠트리지 않기로 결심했습니다. 그건 선택의 문제였으며, 내가 이어받은 민족의 전통은 희망으로 가득 차 있었습니다. 3000년에 가까운 고통과 고난의 세월 속에서도 우리 민족은 즐겁게 축하하는 걸 잊지 않았고, 나는 이런 축하의 전통 가운데 태어난 것이 행운이라고 생각했습니다. 덕분에 나는 증오와 절망을 거부할 수 있는 힘과 용기를 얻었으니까요.

나는 증오나 절망이 아닌 저항과 반항의 길을 가기로 결심했습니다. 인간의 고통을 있는 그대로 받아들이기를 거부한 겁니다. 그후 나는 침묵에 대항해서 살아가기 위해 노력했습니다. 희생자들이 아무런 목소리도 낼 수 없을 때는 내 목소리를 빌려주려고 애썼습니다. 그들이 외롭다고 느낄 때는 곁으로 다가가 혼자가 아니라는 사실을 일깨워주고, 기고와 연설을 통해 그들의 고통을 세상에 알리려 했습니다. 물론 그 정도로는 충분하지 않지만, 그래도 의미가 있는 일입니다. 만일 1944년에 내가 살던 작은 마을에서 우리가 혼자가 아니라고 느낄 수 있었다면 많은 것이 달라졌을 겁니다. 그렇지만 우리는 철저히 혼자였지요. 다시는 그런 일이 반복되어서는 안 됩니다."

다시 《안네의 일기》 이야기로 돌아와서 위젤 교수가 말했다. "이 책에서 가장 널리 알려진 대목이나 구절은 뭐라고 생각하는지 말해볼까요?"

그러자 몇몇 학생들이 일어나, 안네 프랑크가 자신은 "사람들이 여전히 선한 마음씨를 갖고 있다고 믿는다"라고 했던 유명한 말을 조금씩 다르게 소개했다.

"그래요, 좋습니다." 그가 말했다. "'나는 여전히 사람들의 마음이 선하다고 믿는다.' 그런데 말이지요, 한 가지 분명히 기억해야 할 점은 《안네의 일기》에는 안네가 독일군에 붙잡혀 벨젠 수용소로 보내지기 전까지의 일들만 기록되어 있다는 겁니다. 우리는 이르마 멘켈이라는 유대인 여성을 통해 안네의 마지막이 어떠했는지 들을 수 있었습니다. 같은 수용소에 있던 멘켈의 증언은 《안네의 일기》의 비극적이지만 대단히 중요한 후일담이라고 할 수 있지요. 안네는 결국 수용소에서 티푸스에 걸려 세상을 떠났다고 합니다. 수용소로 끌려간 후에도 일기를 계속 쓸 수 있었다면, 그 안에서 벌어지는 일들을 보고 나서도 여전히 사람들의 마음이 선하다고 할 수 있었을까요? 아우슈비츠와 벨젠 수용소의 참상을 본 후에 일기를 썼다면 과연 뭐라고 기록했을까요? 지금의 우리는 물론 알 수 없습니다. 확실히 우리는 수용소에서 겪은 일이 담기지 않은 안네의 그 말만으로 전체 상황을 그려볼 수 없습니다. 그 말만 생각하면 더 편하기는 하겠지요. 그렇지만 진짜 진실은 뭔지 알 수 없는 겁니다."

그날 있었던 토론 순서에서 학생들은 이 주제에 대해 좀 더 말하고 싶어 했다. "저는《안네의 일기》를 열세 살 때 읽었고 그 후로 인생이 바뀌었습니다." 학부생인 웬디의 말이었다. "안네가 어떻게 세상을 떠났는지는 몰랐어요. 굉장히 슬프고, 갑자기 책과 관련해 지금까지 생각해오던 것과 다른 의문이 드네요. 어쩌면 희망 같은 건 없는지도 모르겠어요."

"그건 교수님의 말하고 다르네요." 산드라가 대꾸했다. "희망은 있어요. 그렇지만 그건 일단 우리가 안네와 관련해 가장 불행한 부분들을 똑바로 바라볼 수 있을 때에야 비로소 진짜 희망이 되는 것 같아요. 우리가 진실을 회피한다면 우리 자신을 기만하는 것이 되고, 우리가 생각하는 희망이 무엇이든 그건 실제가 아니고 계속 남아 있지도 못하겠지요."

나는 학생들에게 다음 주 강의 시간에 이 문제에 대해 더 이야기를 해보자고 제안했고, 다들 그렇게 하기로 동의했다.

강의 시간이 되어 웬디가 손을 들고 말했다. "교수님, 저는 여전히 지난번 교수님이《안네의 일기》에 대해 하신 말씀을 생각하고 있어요. 그때 교수님은 그녀의 일기에 수용소로 끌려간 이후의 이야기는 기록되지 않았다고 하셨고, 계속 그 생각만 하면 견디기가 힘들더라고요. 그런 행복하지 않은 결말을 어떻게 의연히 받아들일 수 있을까요?"

"그건 내가 해야 하는 일의 일부입니다." 위젤 교수가 대답했다. "교사의 역할은 학생들로 하여금 절망하지 않고 어두운 부분을 받아들일 수 있도록 돕는 겁니다. 그리고 친구의 역할도 중요하지요. 감상주의를 떨쳐버리고 세상의 광기에 맞서 싸울 수 있는 유일한 길은 함께하는 겁니다. 그리고 우리를 절망으로부터 구원해줄 요소가 하나 더 있지요. 바로 웃음입니다. 웃음이 유용한 건 독재자의 언동과 거짓말을 지적할 수 있는 힘이 있기 때문입니다. 또 우리가 절망이라는 유혹에 흔들릴 때 아무리 어려운 상황이라도 희망을 찾을 수 있도록 도와주기도 하지요.

경건파에서 내려오는 일화 중 내가 좋아하는 어느 이야기에는 이 세상 모든 나라를 하나로 합쳐버린 나라가 등장합니다. 그 나라에는 다른 모든 마을을 하나로 합쳐버린 마을이 있고, 그 마을에는 다른 모든 거리를 하나로 합친 거리가 있습니다. 그 거리에는 다른 모든 거리에 있는 집들을 하나로 합친 집 한 채가, 그 집 안에는 다른 모든 방을 하나로 합친 방 하나가, 그 방 안에는 세상 모든 사람을 하나로 합친 사람이 한 명 있었습니다. 그러면 그 사람이 하는 일이 무엇이었을까요? 바로 웃는 일이었습니다. 나는 그 사람의 웃음이 절망의 웃음이나 가짜 웃음이라고 생각하지 않습니다. 아마 분명 모든 비극에도 불구하고 희망을 생각하고 희망을 주는 그런 웃음이었을 겁니다."

산으로 올라갔다가 돌아오다

개인적으로는 나 자신의 광기를 다루어야 하던 때가 있었다. 종교적 탐구의 여정과 밀접하게 연결된 신비주의적 광기라고나 할까. 아버지가 내게 굳이 성인군자가 될 필요는 없다고 충고해주었을 때 나는 그 말을 이해하지 못했었다.

그 무렵의 일들을 이야기하는 것은 그리 간단하지 않다. 지금 돌이켜보면 거의 꿈만 같던 시절이었고, 깨어나고 보니 막상 기억나는 것도 별로 없다. 나는 이런 모습이 일종의 정신적 충격을 받았다는 증거가 아닐까 생각한다. 그리고 거기에 광기와 과도한 열광 같은 것이 더해졌다고 생각할 때도 있다.

나는 1995년 예시바에서 첫 번째 학기 비슷한 기간을 지내고 나서, 대학을 마치기 위해 다시 보스턴으로 돌아왔다. 그리고 브루클린의 나무가 늘어선 어느 거리에 있는 집에서 친구들 몇 명과 함께 지냈다. 학교와는 걸어서 오갈 수 있는 정도의 거리였다. 시간이 날 때마다 모임을 조직하고 사람을 만나는 일을 주로 했고, 그 당시에 이스라엘에 살고 있는 한 여성과 연락이 닿아 장거리 만남을 시작하게 되었다. 그녀는 훗날 나의 아내가 된다. 공동체나 모임에서 나는 랍비와 비슷한 역할을 했다. 경건파 사상을 가르치기도 하고, 히브리어 실력을 키우려는 친구들이 있으면 과외 교사 노릇도 했다. 그리고 개인적으로 어려움을 겪는 사람들의 사정을 들어주기도 했다. 그러다가 친구들이 내가 대답할 수 없는 질문을 해올 때면, 이제 예시바로 돌아가야 할 때라는 생각이 들었다.

1990년대 후반의 예루살렘에서는 1960년대 말에서 1970년대 초에 시작된 새로운 부흥의 시대가 계속 이어지고 있었다. 이 시기에 물질주의 문화의 용광로 같은 미국에서 자라난 수천 명의 젊은 남녀들이 유대교 문화로 회귀했다. 동양의 종교들을 공부하다가 자신의 뿌리를 새롭게 발견한 사람도 있었고, 유럽 배낭여행 도중 우연히 예루살렘이 기차표에 포함되는 바람에 이스라엘에 들어온 사람도 있었다. 각각의 사연은 달랐지만 대부분 자기에게 어울리는 공동체나 인생의 의미, 그리고 영적 경험을 찾고 있다는 공통점이 있었다. 당시 예루살렘은 이처럼 새롭게 찾아오는 사람들을 위한 예시바로 넘쳐났고, 예시바는 이들에게 오묘한 유대 전설의 세계를 알려주는 학교 역할을 했다.

나는 주변의 몇몇 친구들처럼 미술 학교에 진학해볼까 잠깐 고민했지만, 미술보다는 종교나 영성 생활과 관련된 공부가 모든 분야를 다 아우르면서도 초월적인 영역이라는 생각이 강하게 들었다. 내가 내린 최선의 결론은, 오직 영성 생활만이 죽음과 허무함을 이겨낼 수 있다는 것이었다. 나 자신의 본질을 깨닫고, 또 아버지가 굳이 그럴 필요가 없다고 한 성인군자가 되기 위해 불필요한 정신적 찌꺼기들을 씻어낼 수 있다고 믿었다.

예루살렘에서 나는 여러 스승들을 만나 영향을 받았다. 랍비 아브라함은 경건파의 랍비로 예술과 신성, 성적 순결함 사이의 관계에 대해 가르쳐주었다. 솔로몬은 아직 젊지만 열정적으로 영적인 삶을 추구한 인물로, 인간의 인생 자체를 하느님의 의지가 세상에 투영되는 것이라고 생각했다. (그는 또한 금욕을 실천하는 수도자의 삶을 살았는데, 우리가 알게 되고 불과 몇 년 후에 지나친 금욕 생활로 세상을 떠나고 말았다.) 내 친구들은 경건파 중에서도 암쉬노프파 Amshinover(랍비 야코프 도비드 칼리시Yaakov Dovid Kalish가 세운 하시드 왕조.-옮긴이)에 속하는 랍비의 작은 셋집을 찾아가기도 했다. 그는 한 번에 몇 시간이고 쉬지 않고 기도를 올리고 자신을 찾아오는 사람들, 특히 다시 유대교로 회귀한 젊은이들을 따뜻하게 잘 대해주는 것으로 유명했다. 몇몇 친구들은 바알라파 랍비를 따랐는데, 그는 주로 결혼을 앞둔 사람들에게 어떤 집을 사고 어떤 직업을 택해야 하는지 충고해주었다. 이렇게 사람들이 따르는 유명한 랍비나 스승은 그 뿌리가 1700년대까지 거슬러 올라가며, 내가 지난 몇 년 동안 크게 매료되었던 초기 경건파 운동을 현대에 되살린 사람들이라고 할 수 있었다.

그해 봄, 유대인이 시나이산에서 하느님의 율법을 받은 것을 기념하는 칠칠절Shavuot 축제 기간 동안, 나는 예루살렘에 있는 어느 그럴듯한 셋집에서 친구들과 함께 살며 여러 예시바를 살펴보고 있었다. 당시 나는 내 친구인 찰리와 함께, 어느 연수 과정에 참가한 러시아계 미국인 학생들을 지도하는 일을 하고 있었다. 칠칠절에는 보통 모두 모여 밤새도록 공부를 하고 새벽까지 기도를 하는 것이 관례였다.

우리는 해 뜨기 직전에 통곡의 벽Western Wall(이스라엘 예루살렘 서쪽 성벽 일부의 명칭으로, 유대교에서 가장 거룩하게 여기는 기도의 장소.-옮긴이)까지 걸어갔다. 예루살렘 전역에서 모여든 수천 명의 사람들과 함께 일출을 바라보았다. 당시의 풍경을 정말 있는 그대로 묘사하자면 사람이든 물건이든 할 것 없이, 아니 그 분위기 자체까지 포함해 모든 것을 금빛 후광이 둘러싸고 있는 것처럼 보였다. 가슴속에 황금색 빛이 차올라 사방으로 퍼져 나가는 것이 느껴졌다. 이 기분과 경험은 이후 닷새 동안이나 이어졌다. 그리고 언젠가 찰리와 함께 야파 스트리트를 걷다가, 나는 문득 그에게 이상한 무언가를 보지 못했느냐고 물었다. 정말 이상한 일은, 전통적 유대 예배 의식을 따르고 있을 때 내 가슴속의 빛이 눈에 확 뜨일 정도로 계속 더 밝게 타오르는 듯 느껴졌다는 사실이다. 나는 예루살렘 증후군Jerusalem syndrome이 아닌가 생각했다. 예루살렘 증후군이란 이미 학계에도 잘 알려진, 예루살렘을 찾은 방문객 중 일부가 이따금 일종의 정신병적 체험을 겪는 현상을 말한다. 이들 순례객은 종교적 환희에 취해 스스로를 예언자나 심지어 구세주와 동일시하기 시작하는 것이다. 나는 정신이 이상해지는 기분까지는 아니고 다만 유쾌할 정도로 흥분이 되었으며, 어떤 경험적 요소도 분명 포함된 것 같았다. 이런 현상은 쉽게 무시하거나 잊어버릴 수 없었다. 이후 몇 주 동안 나는 내 경험이 무엇을 의미하며, 앞으로 나는 어떤 길로 나아가야 하는지 고민했다. 나는 누가 뭐라든 내가 찾은 그 빛을 중심으로 앞으로의 인생을 살아갈 준비가 다 된 듯한 기분이 들었다.

1998년 봄, 나는 지금의 내 아내 사브리나와 예루살렘 근처의 한 키부츠kibbutz*에서 전통 결혼식을 올렸다. 스페인에서 나고 자란 사브리나는 열일곱 살 무렵부터 이스라엘에 살면서 유명한 브살렐 아카데미에서 미술을 전공했다. 우리는 그 전해 여름에 10대 학생들을 위한 어느 연수 과정에서 지도 교사로 함께 일하며 처음 만났고, 경건파의 가르침에 대한 열정을 서로 공감하고 공유하는 사이가 되었다. 또한 우리는 둘 다 종교에 따른 기쁨과 영적 성장을 중요하게 생각했다. 가족과 친구들에 둘러싸인 채 결혼식장에 선 우리 두 사람 앞에서 나의 스승들이 예식을 진행했다. 그중 한 사람은 '성스러운 후츠파 정신holy chutzpah'을 언급했는데, 이제 새로운 부부가 새로운 인생을 향해 용감하게 뛰어들게 되었다는 뜻이었다.

결혼식을 마친 후 우리 부부는 예루살렘 중심부에 있는 작은 셋집에 살림을 차렸고, 나는 앞으로 몇 년 동안 정식 학생이 되어 공부를 계속해 나가기로 했다.

나는 설렘과 책임감을 동시에 느끼며 새로운 예시바에 등록했

• 이스라엘의 농업 및 생활 공동체. 철저한 자치 조직을 바탕으로 개인 소유를 부정하고, 생산·소비·육아·교육·후생 따위를 공동으로 행한다.

다. 초정통파 생활방식을 철저히 지키는 곳으로서 물론 기도와 공부를 중요하게 여겼지만, 의외로 각기 다른 관점이나 사상을 개방적으로 수용하는 관대함도 갖춘 예시바였다. 이 예시바의 주요 철학은 랍비 나흐만의 가르침을 바탕으로 했으며, 내가 이곳을 택한 주된 이유도 바로 여기에 있었다. 랍비 나흐만은 자연과의 조화와 기쁨을 찾는 일의 중요성을 강조했으며, 특히 모든 사람이 각자 자신의 길을 찾아야 한다는 그의 주장은 내게 깊은 영향을 미쳤다. 이 예시바에는 강력한 영적 분위기가 있었으며, 끊임없는 노력과 강렬한 의지로 한계를 극복하는 데 초점을 맞추고 있었다. 나는 이곳에서 공부하면서 많은 어려움을 겪으리라는 것을 어느 정도 각오했지만, 감정적 희생까지 치르게 되리라고는 예상하지 못했다.

예시바에서 일종의 장학금을 지급하며 내 학업을 재정적으로 지원해준 것은 정말 고마운 일이었다. 일반적으로 결혼한 학생들 중에서 장래성이 있다고 판단되는 경우 지급되는 장학금이었다. 내가 처음 몸담았던 예시바와 달리 이곳에는 개인적 구원과 깨달음을 찾는 열정적이고도 개성 강한 사람들로 가득 차 있었다. 내 동료 학생들도 힘이 넘쳤는데, 다른 사람에게 불편을 끼칠 수도 있다는 생각은 전혀 없는 듯 보이기도 했다. 예배 시간에는 시끄럽고 요란한 기도가 일상이었지만, 나로 말하자면 좀 더 조용하고 내면을 바라보는 분위기를 더 선호했다.

이 새로운 예시바는 예루살렘 서쪽에 위치했으며, 요르단과의 국경 지역인 그린 라인을 내려다보고 있었다. 다시 말해 이곳은

(몇 차례의 평화 회담을 통해 이스라엘 쪽 영토로 인정을 받은) 정착촌의 일부였다. 내가 아는 대부분의 유대인은 이스라엘 측 정착촌의 확장은 반대하면서도, 에치온 구역Etzion bloc이라고 부르는 이 지역에 대해서만은 별반 문제가 없다는 반응이었다. 하지만 실제로는 그렇지도 않았다. 열렬한 종교적 민족주의자들에 의해 이곳 정착촌에는 아랍 테러리스트들의 위협을 막아낼 만한 울타리가 전혀 설치되어 있지 않았다. 울타리나 장벽 같은 것이 없어야 오히려 힘과 위용을 내보일 수 있다는 논리였다. "사람은 울타리가 있으면 뚫어보고 싶은 심리가 있다"고 어느 정착촌 주민은 내게 말했다. 정착촌에 살고 있는 대부분의 사람들은 환경을 보존하고 영적 삶을 추구하기 위해 이곳으로 이주했지만, 개중에는 이스라엘 정치계의 급진적 우파 세력에 동조하는 사람들도 있었다.

내가 다니는 예시바의 분위기는 정착촌과 또 달랐고, 좀 더 진보적이고 다원화된 사상을 갖고 있었다. 예시바의 교사들은 페미니즘이며 종교 간 대화 같은 문제들에 관심이 많았고, 예술적 표현 방식에 대해서도 고민했다. 우리는 매주 이런저런 주제들을 가지고 수업과 토론을 진행했으며, 종파와 계파를 초월하여 여러 종교 지도자들의 방문도 받았다. 이러한 예시바의 보다 자유로운 분위기는 주변의 정착촌과 함께 끊임없는 긴장감을 조성하는 원인이 되기도 했다.

사브리나와 나는 예루살렘의 셋집에서 작은 금속 트레일러로 살림집을 옮겼다. 트레일러는 절벽 끄트머리 콘크리트 받침대 위에 놓여 있었다. 여름이면 견딜 수 없을 정도로 뜨겁게 달아올라 특히 임신한 지 얼마 안 된 아내가 몹시 힘겨워했고, 겨울에는 또 무척이나 추워서 조그만 난방기로는 겨우 온기 정도만 느낄 수 있었다. 바람이라도 불라치면 (또한 사실 그렇지 않은 날이 거의 없긴 했지만) 우리의 트레일러 집은 요란하게 흔들렸고, 이따금 절벽 쪽으로 미끄러지는 게 아닌지 자다가 놀라서 깰 때도 있었다.

우리 첫딸이 태어났다. 나는 정착촌에 있는 공중전화로 달려가, 내가 아빠가 되었다는 기쁜 소식을 위젤 교수에게 알렸다. 그는 "마잘 토브Mazel tov(행운을 빕니다)!"라고 축하와 축원의 인사를 건네고, 먼저 아내의 안부를 물은 뒤에 내 기분이 어떤지 물었다.

"이제 세상과 하나로 엮이게 되었다는 기분이 듭니다." 내가 대답했다. "그 전까지만 해도 세상에 대해 염려는 했지만 상상할 수 있는 최악의 경우라야 내가 죽을까 살까 하는 정도였는데, 이제는 잠시라도 이 세상에 대한 관심을 거둘 수 없을 것 같다는 기분이 드네요."

"그야 물론 그렇지요." 그가 말했다. "나도 아들이 태어나면서 완전히 다른 사람이 되었습니다. 일단 새로운 생명을 이 세상에 내놓으면, 이 세상을 더 낫게 만들려고 노력하면서 그 생명을 보호해야 합니다. 우리 자녀들은 도덕과 아름다움이 서로 어떻게 연결되었는지를 보여주고, 이 세상을 좀 더 인간답게 만드는 일이 얼마나 아름다운 일인지를 알려주지요."

그로부터 1년쯤 시간이 흘러, 이번에는 둘째로 아들이 태어났다. 트레일러는 복작거렸지만 이 놀랍고도 새로운 생명들로 기쁨이 넘쳐흘렀으며, 나의 삶 역시 새로운 의미와 목적의식으로 채워져갔다.

이곳에 사는 사람들은 누구라도 예외 없이 한 달에 한 번 의무적으로 정착촌 입구의 작은 초소에서 경계 근무를 서야 했다. 남자들은 M-16 소총이나 우지 기관단총 쏘는 법을 배우는 기본 군사 훈련도 받아야 했다. 나는 지급받은 M-16 소총과 탄창 두 개를 침실 옷장 위에 따로 보관해두었다. 한 달에 한 번 나는 늦은 밤 소총을 메고 언덕까지 터덜거리며 올라가, 작은 초소에 몸을 숨기고 수상한 움직임이나 소리를 감시하면서 서너 시간을 보냈다. 경계 근무를 설 때는 모두 소총에 탄창을 결합하고 안전장치를 잠근 채 45도 각도로 하늘을 겨냥해야 했는데, 혹시 모를 오발 사고를 방지하기 위해서였다.

친구들과 나는 한밤중에 일어나 기도문을 읊조리곤 했다. 예루살렘의 몰락을 애도하고 유대인과 세상의 구속救贖을 기원하는 기도였다. 우리는 아직 몸이 얼어붙을 것처럼 추운 봄에 예시바 반대편에 있는 언덕에 올라, 일종의 정화와 갱생의 행위로서 이런 일들에 몰두했다. 우리는 침묵 가운데, 혹은 나만 아는 기도로 하느님과 친교를 맺기 위해 종종 숲속으로 들어가기도 했다. 어느 정도 뜻한 바가 이루어졌다고 생각되면 함께 원을 그리며 가사 없는 곡조를 끝없이 흥얼거리면서 춤을 추었다. 일주일에 한 번 목요일 밤에는 새벽까지 잠을 자지 않고 기도와 공부에 몰두하기도 했다.

나는 더 해석하기 어려운 고급 과정의 유대교 경전과 문헌을 공부했다. 예시바의 교사들은 내게 성실한 학자가 될 만한 장래성이 있다고 말해주었다. 오래전 내가 초등학교 1학년 때 만났던 랍비들 역시 틈날 때마다 같은 말을 해주었는데, 그때 그런 이야기들이 내 고집과 자만심을 키우는 역할을 했다는 사실을 이제야 겨우 알 것 같다.

나는 랍비 나흐만이 걸어갔던 길에 대해 배웠고, 그를 추종하여 전 세계에서 몰려든 사람들과 함께 매년 우크라이나에 있는 그의 무덤을 찾아가는 순례길에 올랐다. 또 그들 추종자로부터 마치 물을 빨아들이는 스펀지처럼 다양한 이야기를 듣고, 그들이 어떻게 스승의 가르침을 따라 살고 있는지 보고 배웠다.

나는 예시바의 교장이라고 할 수 있는 책임자와 이야기를 하곤 했는데, 특히 목요일 밤 새벽 2~3시쯤 숲에서 개인 기도의 시간을 마치고 돌아오는 길에 많은 대화를 나누었다. 우리는 그의 가족들을 깨우지 않기 위해 집 밖에 세워둔 그의 승합차에서 오랜 시간 이야기했다. 그는 나에게 학자의 길과 성인군자의 길이 있으니 자신에게 더 중요하다고 생각되는 길을 선택해야 한다고 말했다. 그는 또한 터널을 통과해야 한다고 말했다. 새롭게 변모하기 위해, 변화된 모습으로 터널의 다른 쪽으로 나오기 위해 당분간 모든 것을 내려놓아야 한다고도 말했다. 그때 내 마음속에서는 영적 성장을 위한 막연한 방법이 떠오르기 시작했다. 나 자신의 이상적 모습을 머릿속에 그리고 그렇게 되기 위해 노력을 하는데, 필요하다면 그 과정을 계속 반복하는 것이었다.

나는 끈질기게 이 방식을 고수하는 동시에 공부 시간을 최대한 확보하고, 경전이나 문헌에 대해 더 많은 부분을 알아가기 위해 스스로를 몰아붙였다. 최대한 일찍 일어나고 잠은 적게 잤으며 식사량이나 식사 시간까지 줄였고, 대신 더 신중해지려고 애썼다. 공부하다 졸리면 잠시 일어서 있었고, 의욕이 떨어지는 것 같으면 다른 방법을 찾지 않고 그냥 더 열심히 했다. 내가 얼마나 발전해가고 있는지 일기에 꼼꼼히 기록했고, 매주 목표를 달성했는지 목표에 못 미쳤는지 확인하며 나 스스로를 평가했다. 그러다 보면 과연 영적 성장을 위해 내가 선택한 이 방법이 옳은지 고민이 들기도 했다. 내가 택한 방식은 분명 신중하게 계획된 일종의 실험이었고, 자연스럽게 발전해 나가는 것을 의식적으로 포기하는 방식이었다. 나는 이 방식이 크게 효과적인 동시에 큰 위험이 따를 수도 있다는 사실을 잘 알고 있었다. 나는 빨리 영적으로 성장하기를 바랐기 때문에, 모든 것을 내려놓고 자연스럽게 이루어지기만을 기다릴 수가 없었다.

이스라엘에 대한 팔레스타인의 이른바 두 번째 봉기Second Intifada가 시작되었다. 아이들을 태우고 가는 차에 돌이 날아왔고, 총격도 있었다. 이스라엘 병사 두 명이 길을 잘못 찾아 아랍인 마을로 들어갔다가 크게 봉변을 당하기도 했다. 나는 텔레비전에서 어느 팔레스타인 남자의 장례식을 보고 있었는데, 갑자기 관에서 시체가 굴러 떨어지더니 벌떡 일어나 다시 관으로 들어갔다. 모두 팔레스타인 사람들의 증오를 불러일으키려고 계획된 가짜 장례식이었다. 예루살렘에서 차를 몰고 바로 우리 이웃집을 찾아오다가 총에 맞아 사망한 의사가 있었고, 우리는 그의 장례식에 참석했다. 남편과 함께 차를 타고 예루살렘으로 오다가 총에 맞아 죽은 어느 젊은 엄마도 있었다. 두 사람은 차를 타고 오면서 구약 성경을 공부하고 있었다고 한다. 나를 비롯해 예시바에서 함께 공부하는 학생들은 장례식을 찾아갔는데, 아직 한없이 어린 그녀의 아이들이 어리둥절한 표정으로 서 있는 모습을 보고 눈물을 훔치지 않을 수 없었다.

이스라엘군도 가만있지 않았다. 2002년 이스라엘의 중앙부 도시 네타니아Netanya에서 유월절을 기해 폭탄 테러 공격이 발생하자 이스라엘군의 공격이 강도를 더해갔고, 테러 분자들은 물론 팔레스타인 민간인 사망자가 다수 발생했다. 민간인 사망자의 비율이 크지 않다 하더라도 무시할 수 있는 숫자는 아니었다. 게다가 팔레스타인 사람들의 이동 자유까지 축소되면서 쌍방의 피해와 고통은 점점 더 늘어만 갔다.

정착촌 주민 중에는 앞서 언급했듯 영적 생활을 찾는 종교적인 사람들도 있었고, 더 강력한 이스라엘과 유대인의 권리를 주장하는 과격한 유대교도도 있었다. 정착촌 주변에서도 폭력 사태가 일어나자 급진적 성향으로 기우는 청년들이 생겨나기 시작했다. 나는 언젠가 식료품 가게에서 인종차별적 발언을 일삼는 10대 청소년과 심한 말다툼을 벌였고, 나이 든 근처 주민들은 우리 두 사람을 둘러싸고 오가는 이야기에 귀를 기울였다. 근처에 있는 또 다른 정착촌에서는 특별한 일 없이 자주 광장에 모여 빈둥거리던 몇몇 청년들이 아랍 학교에 대한 공격을 모의하다 체포되어 징역형을 선고받기도 했다. 나는 내가 지옥의 한복판에 와 있는 것 같은 기분이 들기 시작했다.

사방에 광기가 휘몰아치자 아내와 나는 우리 가족은 물론 친구들에 대해서도 걱정이 늘어갔다. 예루살렘에 있는 친척들을 찾아갈 때는 방탄 버스를 타야 했고, 상황이 정말 어떻게 흘러갈지 도무지 알 수 없었다.

나는 여러 모임에서 주최하는 종교 간 대화에 나가기 시작했다. 유대교와 기독교, 이슬람교의 영적 지도자들이 참여했고 학생들도 함께 모여 공부하고 각자의 기도 생활에 대한 의견도 교환하면서 친교를 다져갔다. 우리는 평화란 결코 정치적 노력만으로 이루어질 수 없으며 풀뿌리 관계 맺기가 필요하다는 결론을 내렸다.

나는 지중해를 바라보는 어느 회의장에 앉아 있었다. 가자 지구에 거주하는 팔레스타인 청년 비랄이 조상 대대로 살아온 야파 지역에 대해, 그리고 그곳으로 친척들을 만나러 갈 때 이스라엘군의 검문 때문에 겪는 어려움에 대해 언급했다. 팔레스타인 사제인 조지는 나보고, 서로 존중하는 태도로 신학에 대해 대화한 첫 유대인이라고 말하기도 했다. 그는 내게 유대인으로서의 내 정체성과 이스라엘과의 관계 등에 대해 물었으며, 아랍계 기독교인으로서 자신이 겪고 있는 고통이 점차 커져간다고 이야기했다. 그는 지역

이슬람교도로부터 주기적으로 박해를 받았고, 국경을 지키는 이스라엘 경찰들에게도 괴롭힘을 당하곤 했다. 경건파 랍비와 수피교Sufi(이슬람교의 신비주의 분파.-옮긴이) 스승이 서로의 어깨에 팔을 두르고 천천히 몸을 흔들며 함께 기도문을 읊조리는 모습도 보였다. 나는 종교나 인종에 상관없이 정치적 결정에 의해 수많은 인간이 고통을 겪는 모습을 내 눈으로 확인했다.

새로 옮긴 예시바에서 4년째에 접어들었을 때 나는 정확한 병명을 알 수 없는 일종의 피로 증후군으로 심하게 앓아누웠다. 무려 4주가 넘게 나는 침대에서 일어나지 못했고, 그 후에도 몇 개월이 지나도록 병을 완전히 떨쳐내지 못했다. 지난 시간들을 반추해보면 이유는 간단해 보였다. 지금 내 육신은 나 자신의 모습으로 돌아가라고 신호를 보내고 있었다. 나는 오랫동안 나 자신의 감정을 무시해왔고, 육신은 이제 그만둘 때라는 말을 이렇게 병을 통해 내게 전하고 있었다.

그렇게 몇 주째 침대에서만 생활하던 어느 날, 우울증과 무력감에 빠져 있던 나는 문득 생각했다. '완벽으로 가는 길을 찾으려다 육체적 혹은 정신적 건강을 잃는다면 그게 다 무슨 소용인가? 미래에 있을 구원을 꿈꾸며 오늘의 평화를 포기하는 것이 과연 의미 있는 일일까? 오늘 내 앞에 있는 사람을 무시하고 두 눈을 들어 드높은 이상과 구세주와 완벽한 자아에 대한 꿈만을 바라봐야 하는가? 이런 모습이야말로 경건함을 가장한 교만이 아닌가? 이것

이 정말로 하느님이 원하는 방식인가?'

　나는 하루하루 내 내면의 소리에 귀 기울이며 시간을 보내기 시작했다. 아주 어린 시절의 기억을 떠올리며 일종의 직관을 통해 전달되는 감각에도 신경을 썼다. 나는 지금껏 나를 감쌌던 조급함과 불편함을 모두 털어내기 시작했고, 나만의 시간을 가지며 내가 가야 할 길을 찾을 수 있다고 스스로 되뇌었다. 나는 겸손을 배워가며 점점 더 나 자신을 낮춰갔다. 나는 온몸의 긴장을 풀고, 심지어 걸을 때도 이전보다 천천히 움직였다. 나는 인생과 그에 따르는 경험을 영적 성장의 걸림돌로 보지 않고, 하느님이 우리 인간과 소통할 때 사용하는 특별한 언어로 생각하기 시작했다. 얄궂은 일이지만 나는 훗날 이런 생각과 접근 방식이 내가 공부했던 위대한 영적 스승들이 처음부터 가르친 방식이라는 사실을 알게 되었다.

　나는 집에 있을 때면 대부분 시간 동안 그림 붓을 손에서 놓지 않았으며, 나의 새로운 깨달음과 내 손을 이끄는 신기한 재능을 서로 연결시켰다. 그렇게 하니 그다음에 어떻게 붓질을 해야 할지 결정할 때 항상 도움이 되었다. 이런 시간은 어떤 '의무'나 '책임감'의 시간이 아니었으며, 올바름에 대한 깊은 깨달음의 시간이자 올바른 길에 들어섰다는 기쁨을 느낄 수 있는 시간이었다. 나는 이런 기분을 삶의 다른 부분에도 적용하기 시작했다. 그러자 느리게나마 몸 상태도 점점 나아졌고, 이전보다 훨씬 더 크게 기운을 차리게 되었다. 내가 실제로도 더 많은 일을 해내고 있다는 사실을 깨달았다. 공부가 잘 되었고, 더 깊고 진실한 기도가 나왔으며, 명상에도 더 집중할 수 있었다. 무엇보다 모든 것이 진짜 나 자신의 것이라는 느낌이 들었다.

예시바에서 거의 7년을 보내고 나자, 이제 앞으로 어떻게 해야 할지 고민해야 하는 순간이 닥쳐왔다. 나는 가르치는 일을 하고 싶었고, 그와 동시에 공부를 계속할 수 있는 길을 찾고 싶었다. 그러면서 내가 중요하게 생각하는 모든 것을 하나로 조화롭게 합치고도 싶었다. 즉 종교적 사상과 교육, 그리고 미술 같은 분야들이었다. 동시에 나는 건전하고 건실한 삶을 살고 싶었다. 내가 지금껏 배워오고 경험한 모든 것을 '실제 세상'에서 적용하고 실천해보고도 싶었다. 그러는 사이 세 번째로 사내아이가 태어났다. 이렇게 갑자기 식구가 늘어나다 보니, 가정을 잘 꾸려가려면 안정된 수입이 필요하겠다는 생각이 절실해졌다.

예시바의 교사들은 나에게 계속 랍비가 되라며 격려하고 구슬렸으며 은근히 압력을 넣기도 했다. 나는 꽤 오랜 시간 동안 가족과 학교 측의 재정적 지원을 받아 공부를 해왔으니 앞으로 갚아야 할 빚이 많다고 생각하긴 했지만, 유대교 성직자라고 할 수 있는 랍비가 되는 것은 나의 길이 아니라고 느껴졌다. 여름방학이 되어 잠시 미국에 다녀가게 되었을 때 나는 위젤 교수의 뉴욕 집으로 찾아가 조언을 구했다.

그는 내가 하는 말을 주의 깊게 듣고는 대답했다. "나의 스승인 랍비 사울 리버만은 오랜 세월 학생들을 지도했고, 그중 많은 학생들이 랍비가 되었지요. 사람들이 시너고그에서의 랍비의 역할에 대해 물을 때면 그는 항상 이렇게 대답하곤 했습니다. '시너고그에 있는 랍비라면 성직자의 역할을 해야겠지. 그런 일을 하고 싶은가?' 사울 리버만은 학생들이 시너고그에 남는 랍비가 되는 걸 몹시 싫어했습니다. 시너고그에 남으면 생각보다 할 일이 엄청나게 많고, 학생들을 가르치는 일에 충분히 시간을 내지 못하는 경우가 아주 많지요."

그런 다음 그는 또 말했다. "보스턴 대학교로 돌아오는 게 어떻겠습니까? 그러면 내 조교로 일할 수 있을 텐데요. 지금 있는 조교가 곧 졸업하니까 자리를 하나 만들 수 있어요. 보스턴 대학교 박사 과정에 등록하는 걸 내가 도울 수도 있고요. 언젠가 때가 될 때까지 내가 기다려보겠다고 말했었지요."

나는 그 말을 듣고 깜짝 놀라서 내 느낌을 그대로 전했다. 그는 함박웃음을 지으며 말했다. "내가 친절하다고 생각하는 건가요? 사실은 그러고 싶었어요."

나는 그의 제안을 받아들이기로 했다.

예루살렘 예시바의 교사들은 몇 주 동안 내 마음을 돌리기 위해 갖은 애를 썼다. 내가 좀 더 전통적인 랍비의 길을 걷기를 바랐던 모양이지만 나는 거절할 수밖에 없었다. 내 마음이 흔들리지 않으리라는 것을 알고, 결국 예시바에서는 나의 앞길을 축복해주었다. 또 시너고그나 예시바에 남는 정식 랍비는 아니지만, 내가 지난 세월 공부해온 과정을 인정하여 랍비 자격을 부여했다.

몇 주가 지난 뒤 나는 아내와 세 아이들을 데리고 뉴욕에 도착했다. 이스라엘에서 열한 시간이나 비행기를 타고 날아온 뒤라 모두 녹초가 되어 있었다. 아직 젊고 서툰 부모였던 우리는 비행기 안에서 첫째와 둘째에게 초콜릿을 먹이며 얌전하게 있어주기를 기대했지만 결과는 처참했다. 아이들은 잠도 자지 않았다. 퀸스에 있는 아버지 집에 도착했을 때는 세 아이 모두 오히려 말똥말똥한 상태였다. 사브리나와 나는 아이들을 유모차에 태워 한 시간 넘게 돌아다니다가, 아이들을 부드럽게 어르면 잠이 들까 싶어 아예 둘러업기까지 했다. 우리는 너무 지쳐 거의 울면서 걸었다. 고향에서의 첫날은 이렇게 지나갔다.

이삿짐을 꾸리고 비행기 표를 예약하고 새로 살 집을 구하고, 심지어 (이제부터는 셔츠 몇 장에 검은색 바지 두어 벌만으로는 지낼 수 없으니) 새 옷까지 준비하며 분주한 시간을 보냈다. 게다가 나는 새로운 세상에 적응하는 일에 대해서도 고민을 해야 했다. 나는 지난 몇 년 동안 말 그대로 산꼭대기 같은 곳에서 살아온 것이나 다름없었다. 이제 내가 의지하는 것은 내 가장 개인적이고 진지한 인생의 의문들을 함께 나눠온 위젤 교수였다. 나는 내가 보고 느꼈던 황금색 빛이나 후광을 그도 잘 알고 있으리라 믿었다. 다만 그는 아주 편안하고 매끄럽게 생각과 행동, 그리고 영성과 세속성을 하나로 합칠 수 있는 사람이었다. 나는 지금 내게 필요한 것은 지상으로 다시 내려올 수 있게 해주는 사다리임을 잘 알았고, 위젤 교수야말로 그런 사다리를 찾는 데 도움을 줄 수 있는 사람이었다.

나는 혼자 생각할 시간이 필요했지만 학교 일정이 바로 시작되어 여유가 없었다. 처음 만남에서 나는 그에게 내 혼란스러운 기분을 전하고, 저 먼 이스라엘의 변두리에서 몇 년을 지내다가 이렇게 갑작스레 시끌벅적한 도시로 돌아와 미국식 박사 학위 과정을 시작하게 된 것이 얼마나 부담스러운 일인지 설명했다.

　그는 웃으며 말했다. "예전에는 예시바에 있었고 지금은 이렇게 나와 함께 배움의 길을 계속하려는 거군요. 아주 좋은 일일뿐더러 당신의 생각과 그리 크게 다르지도 않을 겁니다." 그러고는 덧붙였다. "어렸을 때 나는 내가 남은 인생 전부를 예시바의 세계 안에서만 살게 될 거라고 생각했습니다. 그렇지만 자신이 지녔던 예시바를 이곳 대학으로 그대로 옮겨 올 수 있어요. 비슷한 경전이나 문헌을 공부할 수도 있겠지만 훨씬 더 다양한 관점으로 바라보게 되겠지요. 이스라엘에서 생각했던 것과 똑같은 문제들에 대해 계속 고민해볼 기회도 얻게 될 테고요. 보스턴 대학교로 옮겨 왔다고 해서 더 이상 하느님과 소통하지 못할 거라고 하는 사람이 있나요?"

　그 말을 듣는 순간 얼마나 마음이 편해졌는지, 나는 말을 제대로 잇지 못할 정도였다. 그런 내 감정을 들키지 않으려고 무슨 말부터 할까 궁리하다가, 나는 조교가 되어 많은 학생을 이끌면서 강의를 잘 도울 수 있을지 걱정이 된다고 말했다.

　그는 고개를 끄덕였다. "나는 지금도 강단이나 교단에 올라설 때마다 속으로 생각합니다. '내가 지금 여기서 뭘 하고 있지?' 그리고 강의가 끝나고 나면 또 이렇게 생각하지요. '내가 지금 도대체 뭘 한 거야?'"

우리는 함께 소리 내어 웃었다. 기분이 한결 가벼워져 뭐든 할 수 있겠다는 생각이 들었다. 나는 속으로 말했다. '황금색 빛이나 후광은 여기에서도 찾을 수 있어. 이제 특별한 곳으로 가야 특별한 진리를 찾을 수 있다는 생각은 떨쳐버리는 거야.'

5

행동주의

단 한 생명이라도 살릴 수 있다면,

지금까지 받은 모든 상과 명예를 다 내놓을 수 있다.

—
—
—
—

"증오란 광기의
또 다른 이름"

"J. 로버트 오펜하이머를 잘 아시겠지요. 유명한 이론 물리학자로 원자 폭탄의 아버지라고도 불리는 오펜하이머는 원자력 에너지와 그 위험성에 대해 미국 의회 청문회에 나가 증언을 한 적이 있습니다. 그의 이야기를 들은 한 의원이 어떻게 해야 미국이 핵전쟁을 피할 수 있을지 물었고, 오펜하이머는 이렇게 간단히 대답했다고 합니다. '평화롭게 살면 됩니다.'"

위젤 교수의 조교가 되고 처음 맞이한 학기가 절반쯤 지난 무렵이었다. '믿음과 권력'이라는 주제로 강의와 학생들의 토론이 이루어지다 보니 어느새 내용은 폭력의 역사로 넘어가게 되었다. 위젤 교수는 학기를 시작하며 학생들이 읽어야 하는 책을 여러 권 소개했다. 아리엘 도르프만의 희곡 《죽음과 소녀》, 토니 모리슨의 《술라》, 이스마일 카다레의 《코소보 애가》, 바실리 그로스만의 《삶과 운명》 등이었다. 그렇지만 이제 그는 이런 작품을 읽는 것에서 한 걸음 더 나아가, 보다 넓은 관점에서 전쟁의 기원에 대해 폭넓게 확인을 하려고 했다.

당시 나는 강의 방식이나 분위기, 학생들의 토론 시간, 근무 환경, 박사 과정 공부에 겨우 적응을 해가고 있었다. 불과 몇 개월 전만 해도 나는 이스라엘의 어느 예시바에 몸담고 있으면서 사방이 적의로 가득 찬 분위기 속에서 살았다. 여전히 라디오만 틀면 어디선가 폭탄 테러나 총격, 돌팔매질 공격 소식이 들려올 것 같았다. 하지만 나는 이제 미국 보스턴에 있었고, 모든 것이 고요하고 환하며 편안했다. 그러다가 강의 시간에 이런 주제들을 마주하게 되면 또다시 긴장감에 휩싸이곤 했던 것이다.

위젤 교수의 이야기는 계속되었다. "네, 정말 그렇습니다. 아주 쉽고 간단한 해결책이지요. 그렇지만 또 그렇게 말처럼 쉽지 않은 문제입니다. 왜 그럴까요? 그에 대해서는 정말 많은 점이 궁금합니다. 도대체 무엇 때문에 인간은 다른 인간을 죽이는 걸까요? 왜 인간은 자신이 인간임을 증명하기 위해 인간이 아닌 길을 선택하는 걸까요? 증오란 광기의 또 다른 이름이나 마찬가지입니다. 아무런 대상이나 목적도 없는 증오는 아무것도 만들어내지 못하고 그저 파괴만 일삼습니다. 도대체 증오가 생겨나는 이유는 무엇일까요? 인간 심리의 어떤 요소가 폭력을 만들어내는 걸까요? 도대체 어떻게 인간이 다른 인간의 생명을 빼앗아야겠다는 결정을 내릴 수 있는 걸까요?"

위젤 교수가 증오라는 주제에 이렇게 깊은 관심을 내보이는 것은 본인이 경험한 고통과 절망이 다시는 되풀이되지 않게 하겠다는 비장한 각오 때문이었다. 그리고 그의 이런 관심과 사명감은 분쟁 지역을 방문하는 것으로 드러났다. 기자로 일하던 1950년대부터 작가와 목격자로 활동하는 인생 후반기에 이르기까지 그는 니카라과, 캄보디아, 남아프리카, 보스니아 등 셀 수 없이 많은 세계의 분쟁 지역을 방문했다.

나는 그가 1992년 보스니아를 방문했을 당시 신문에 실린 그의 사진을 본 적이 있다. 약간 큰 듯한 군용 방탄모에 방탄복을 입고 있는 그의 모습은 나로 하여금 그가 가진 신념의 진정성을 절절히 깨닫게 해주었다. 말로 하는 토론만으로는 충분하지 않으며, 어떤 사상을 그저 시험만 해보는 것은 아무리 설득력 있는 사상이라도 자신은 가만있으면서 그저 다른 사람의 등을 떠미는 것에 불과하다는 신념이었다. 그는 이런 자신의 신념을 학생들에게 전달하고자 무척이나 애썼고, 증오를 끝내기 위한 수많은 사람들의 노력은 계속 이어질 수 있었다. 그는 언젠가 강의 시간에 이렇게 말한 적이 있었다. "내게 가르치는 일이란 결심이나 결의를 함께 나누는 것입니다. 내 결심이 여러분 결심의 일부가 되어서 내가 세상을 떠난 후에도 여러분을 통해 올바른 일이 계속 진행될 수 있도록 하는 것이지요." 그의 강의를 들은 학생들은 다양한 분야의 활동가가 되었고, 참으로 다양하고 놀라운 방식으로 각자 활동을 전개해 나가고 있다.

다시 강의실로 돌아와서, 언론학을 전공하는 대학원생 발레리가 손을 들자 위젤 교수가 그녀를 향해 고개를 끄덕였다. "그동안 많은 일을 해오셨고 늘 이 문제에 대해 고민해오셨겠지만… 우리가 정말로 증오를 다른 감정으로 바꾸고 싶다면 어디에서부터 시작해야 할까요?"

그는 애원이라도 하듯 손을 뻗으며 대답했다. "만일 내가 그 해답을 알고 있다면…. 나는 오랜 세월 그 문제에 대해 생각을 해왔습니다. 증오란 종양과 같아서 사방으로 마구 퍼집니다. 종교나 인종, 국적도 상관이 없지요. 엄청난 전파력으로 한 사람이나 공동체에서 다른 곳으로 퍼져 나가며, 언제나 더 많은 증오와 파괴를 불러일으킵니다. 내가 비인간적 문제들을 논의하기 위해 사상가들이나 사회 활동가들을 불러 모을 때면 그 모임이나 회의의 명칭을 '증오의 해부학'이라고 부르는데, 인간이 품는 증오의 근원을 면밀히 살펴보고 그 대응 방법을 찾기 위해 노력하기 때문입니다. 사악함과 마주한다면 그대로 방치해서는 안 됩니다. 그 자리에서 바로 맞서 싸워야 하지요. 히틀러가 등장했을 때 사람들이 즉시 대응했다면 홀로코스트 같은 비극은 없었을 겁니다. 그러니 항상 주의를 기울이세요.

인간이 된다는 건 공통적 근원을 공유한다는 의미입니다. 그리고 만일 우리가 그 근원을 공유한다면 각자의 운명이 서로 얽히게 되겠지요. 나에게 일어난 일이 언젠가 당신에게도 일어날 수 있습니다. 우리 민족에게 일어난 일이 장차 전 세계가 겪게 될 일을 미리 알려주는 것일 수도 있지요. 나는 아우슈비츠 수용소 다음에 결국 히로시마 원폭 투하가 일어났다고 생각합니다. 그 밖에 또 어떤 일이 벌어질지 누가 알겠습니까? 그렇기 때문에 유대인은 하느님이 내린 가장 중요한 계명이 '로 타모드 알 담 레카Lo taamod al dam réakha'라고 생각합니다. 이 말은 '네 동료 인간이 피를 흘리고 있을 때 방관해서는 안 된다'쯤으로 해석될 수 있을까요. 여기서 '동료 인간'을 뜻하는 '레카réakha'라는 말은 아주 광범위하게 사용됩니다. 고통을 당하는 모든 사람, 위협을 받는 모든 사람은 결국 주변에 있는 사람들이 짊어져야 할 책임이 됩니다. 만일 우리가 여기에 공감하여 좀 더 인간적인 마음으로 신경 쓰고 행동을 한다면, 그게 바로 출발점이 될 겁니다. 이 일에는 끝이 없습니다. 나는 사실 증오를 어떻게 끝내야 하는지 알지 못합니다. 정말로 알고 싶지만요. 그렇지만 우리가 다 같은 인간이라는 사실을 깨닫는 건 좋은 출발점이 됩니다."

강의가 끝난 후 나는 위젤 교수의 연구실 문을 두드렸다. 그는 보고 있던 서류를 서류함에 잘 정리해 집어넣고는 나를 반갑게 맞아주었다. 나는 그의 책상에 쌓여 있는 책들을 눈여겨보았다.《바가바드기타》며 에우리피데스와 브레히트, 카프카의 작품 등 모두 강의를 듣는 학생들이 읽어야 하는 책이었다. 그는 창가 옆에 손님을 위해 마련해둔 자리로 건너와 나보고 함께 앉자고 권했고, 우리

두 사람은 내 박사 학위 논문 주제에 대한 이야기를 나눴다.

　나는 그에게 얼마 전 플로리다에 살고 계시는 조부모님 댁을 찾았다가 한밤중에 잠에서 깨어나 논문 주제를 떠올렸다고 말했다. 나는 1830년대 우크라이나의 두 경건파 무리 사이에 있었던 계파 간 갈등을 살펴볼 생각이었다. 일종의 사례 연구를 통해 경건파가 이야기하는 비폭력주의를 확인해보겠다는 계획이었다. 나는 침대에서 몸을 일으켜 손님방에 있는 책상 앞에 앉아 머릿속에 떠오른 생각이나 질문을 써서 정리한 후 다시 침대로 돌아왔다. 하지만 잠은 오지 않았고 머릿속은 관련 문헌들 생각으로 온통 복잡해졌다. 결국 나는 다시 일어나 책상 앞으로 가서 확인해야 할 문헌이나 참고 자료의 목록을 만들고 다시 침대로 돌아왔다. 물론 이번에도 잠은 오지 않았고, 신비주의자와 일반 시민의 권리를 대변했던 지도자 사이의 대화를 상상하며 온갖 질문을 떠올렸다. 결국 나는 밤새도록 생각에 생각을 거듭했다. 마틴 루터 킹 목사라면 좀 더 세력이 큰 계파에게 차별을 당하고 있는 경건파 유대인에게 무슨 말을 했을까? 그렇다면 세력이 약한 계파의 지도자들은 젊은 제자들에게 상대방의 도발에 적의를 갖고 대항하지 말 것을 어떤 식으로 설득할 수 있었을까? 유대교 전설에서 종교적 의식과 평화를 위한 중재 사이에는 어떤 관련성이 있을까?

　위젤 교수는 말했다. "아주 좋은 생각을 했습니다. 종교 관련 문헌, 특히 상대적으로 덜 알려진 내용과 그 실질적 적용 사이의 관계를 밝히는 것은 중요한 일이지요. 그러려면 평화 문제나 중재에 대한 유대교의 가르침을 조사하기보다 자신이 가장 관심 가는 특정 시기에 집중하는 편이 더 좋을 것 같군요. 안 그러면 조사 범위가 너무 늘어나니까요. 어쨌든 갈등에 대한 종교적 대응 방식과 그 역학 관계 모두를 밝혀내는 데는 많은 도움이 될 것 같습니다."

말을 마친 그는 문득 개인적인 질문 하나를 던졌다. "그런데 한 가지 알고 싶은 게 있군요. 이 주제에서 특히 '자신'에게 중요한 것은 무엇입니까?"

나는 잠시 생각에 잠겼다가 "저는 언제나 평화를 만들어내는 일에 큰 관심이 있었습니다"라고 대답했다. 어린 시절 어머니와 아버지 집을 오가며 자랐기 때문인지, 이스라엘에 살면서 서로 상처받는 사람들 사이의 종교 간 대화에 참여했던 경험 때문인지, 아니면 그저 어떤 부분이 더 중요할까 생각하다 나온 결론인지는 정확히 알 수 없었다. 하지만 나는 지금까지 살아오면서 늘 '어떻게 하면 평화를 이룩할 수 있을까?' 마음속으로 줄곧 고민을 해왔다.

"그렇지만 그렇게 간단한 문제는 아니더군요." 나는 위젤 교수에게 말했다.

"왜 그런가요?"

"이스라엘에 있을 때 두 가지 굉장히 다른 방식으로 평화를 위해 접근하는 걸 보았습니다. 첫 번째는 흔히 아는 현대적 방식으로, 서방측 전문가들이 나서서 해당 지역에서 필요한 대화를 이끌어내는 것입니다. 이스라엘의 유대인과 팔레스타인의 무슬림 모두에게 타협과 보편적 권리 인정, 유화 정책 등이 모든 사람의 경제적·정치적 이해관계에 가장 크게 도움이 된다고 설득을 하는 거지요. 바로 정치가들의 방식으로, 오슬로 평화 회담이나 다른 여러 평화 회담 등이 여기에 속합니다.

두 번째는 좀 더 전통적인 방식입니다. 기도의 언어와 경전의 이야기들을 가져와 해당 지역이 가진 종교적 의미의 근원에 호소하며 변화를 일으킬 수 있는 영감을 이끌어내는 겁니다. 개인적으로는 이 두 번째 접근 방식이 더 효과적이며, 또 좀 더 지속력이 있다고 생각했습니다. 왜냐하면 해당 지역에 살고 있는 사람들의 세계관이나 신앙과 의미에 대한 감정에 직접적으로 호소할 수 있기 때문입니다. 또 이런 방식을 추구하는 중재자들과 조우하며 일정 부분 개인적으로 영향을 받으면서, 위에서 아래로 내려오는 첫 번째 접근 방식에는 회의적이 된 것도 사실입니다. 정치가들을 통한 하향식 접근법은 분쟁 해결에 관련된 문헌들과 거의 관계가 없고, 관계가 있는 문헌들을 보면 그 내용이 대단히 독선적입니다. 다른 쪽의 말에는 귀를 기울이지 않는 태도를 대변한다고 할까요. 게다가 해당 지역의 종교 지도자들이 평화를 위한 길을 스스로 찾아내는 데 영감을 주지도 못하고요. 그래서 분쟁 해결과 관련해 종교적 근원을 찾는 쪽으로 나아가보고 싶은 겁니다."

위젤 교수가 대답했다. "그렇군요. 평화를 위한 진지한 노력은 그 무엇이라도 의미가 있으며 지지를 받아야 합니다. 그렇지만 한 가지 분명한 사실은 평화를 위해 노력하거나 어떤 활동을 할 때도 자신의 생각을 여러 번 되묻고 정확한 표현을 사용하며, 특히 다른 사람들의 의견을 경청하는 것이 대단히 중요하다는 겁니다. 지금까지 나는 국제 연합을 여러 번 방문했지만, 인권 문제를 가장 등한시하는 사람을 인권 위원회에서 만나는 경우가 있더군요. 심지어는 도덕적으로 다른 상황을 무신경하게 비교하거나 똑같이 취급하는 모습도 보았습니다. 또한 자신의 인기를 높이려는 수단으로 다른 사람들의 고통에 관심 있는 척하는 유명 인사들을 본 건 나뿐만이 아니겠지요. 이런 왜곡된 상황을 이겨내는 일은 대단히 중요하며, 실제로 노력하면 할 수 있습니다. 그렇지만 그러려면 공부를 해야겠지요. 갈등 해결에 대한 내용은 물론 인권과 그 역사, 그리고 인권이 제대로 인정받은 여러 사례들도 공부해야 합니다. 그렇게 하면 여러 지식이 일종의 무기로 유용할뿐더러 진짜 문제를 해결하는 데도 도움이 된다는 사실을 알게 될 겁니다."

양심을 속이지 않고
살아가는 법

다음 주 강의 시간, 위젤 교수는 학생들에게 지금까지 읽은 내용이나 강의 시간에 다룬 문제에서 궁금한 점이 있으면 함께 나눠보자고 제안했다. 먼저 키가 크고 두꺼운 안경에 금발의 레게 머리를 한 학부생 데이브가 질문했다. "교수님, 언제부터 인권 문제에 관심을 두고 활동하시게 되었습니까?"

"글쎄요, 일단 나는 프랑스와 미국에서 꽤 오랫동안 언론인 생활을 했습니다. 처음에는 이디시어로 발행되는 신문의 기자로, 그 다음은 이스라엘 계열의 신문사에서 일하며 기사 한 편당 원고료 를 받았지요. 그렇게 일을 하며 가장 좋았던 건 개인적으로 가보기 힘든 곳들을 신문사 비용으로 방문할 수 있었다는 점입니다. 저는 여러 곳에서 고통 가운데 신음하는 사람들을 많이 만났습니다. 전 세계를 돌아다니며 분쟁과 압제, 그리고 어떤 비인간적 행위가 벌 어지는지도 알게 되었고요. 인도의 빈민, 베트남의 난민, 캄보디아 의 크메르루주Khmer Rouge(1975년부터 5년간 캄보디아를 통치하며 대 규모 학살을 자행한 급진 공산주의 혁명 단체.-옮긴이) 희생자, 중앙아메 리카에서 박해받은 혼혈 원주민까지. 이미 아는 사실들을 또다시 확인하고 한 번 본 일들을 연거푸 보면서, 그런 사람들을 돕기 위 해 무엇을 어떻게 해야 할지 고민하게 되었습니다. 나는 한낱 기자 에 글이나 쓰는 사람일 뿐인데 말이지요. 그렇다면 일단 내가 확인 한 사실들을 기사로 쓰자고 생각했습니다. 그렇게 모인 글들은 훗 날 여러 권의 책으로 출간되었고요. 더 나중에는《뉴욕 타임스》를 비롯한 여러 주요 매체에 필요할 때마다 특별 외부 기고자로 많은 글을 싣게 되었습니다. 그러면서 다른 사람들에게도 도움을 청하 기 시작했습니다. 노벨상 수상자나 작가처럼 도움을 원하는 사람 에게 영향력을 미칠 수 있는 사람이라면 누구든 접촉해, 말과 글을 통해 현실을 바꾸고 새로운 변화를 이끌어내려고 노력했지요."

"그런 말과 글이 실제로 도움이 되었습니까?" 데이브가 다시 물었다.

"때로는 가진 것이 말과 글뿐일 때가 있습니다. 그렇지만 그런 말이나 글이 일종의 증언이 되고, 단순히 추상적 관념에 그치지 않는다면 분명 그 안에 힘이 있지요. 비록 기자 생활을 그만둔 지 오래되었지만, 지금도 세계 여러 곳을 둘러보고 무슨 일들이 일어나고 있는지 직접 내 눈으로 확인해야겠다고 생각하는 것도 다 그런 이유 때문입니다. 직접 눈으로 확인한 목격자는 확신을 가지고 세상에 전달할 수 있습니다. 그 메시지에는 분명 힘이 실리지요."

대학원에서 언론학을 전공하는 발레리가 손을 들고 물었다. "다른 사람들의 고통을 기록하는 일은 교수님 자신의 일을 기록하는 것과 비슷했나요?"

"비슷하기도 하고 조금 다르기도 했습니다. 캄보디아나 보스니아에 갔을 때, 나의 경험은 그곳 사람들에게 좀 더 공감하고 아마도 더 잘 이해하는 데 도움이 된 것 같습니다. 마치 거의 같은 비극을 겪고 있는 것처럼 그들의 모습을 좀 더 깊이 들여다볼 수 있었다는 뜻입니다. 그들을 보면서 세상을 변화시키고 무관심과 싸우려는 노력을 하게 되었는데, 그건 나 자신의 경험에서 나온 생각과 크게 다르지 않았습니다."

"사람들 앞에 나서서 활동하는 게 어렵게 느껴지신 적은 없었나요?" 프랑스에서 온 교환학생 콜린의 질문이었다.

"아니, 아니요. 나는 원래 수줍음이 엄청나게 많아요. 정말입니다. 방송국이나 언론을 상대로 이야기하는 건 여전히 정말 어렵습니다. 그래도 가만히 있을 수는 없지요. 어떻게 나 자신의 양심을 속이며 살아갈 수 있겠습니까?"

발레리가 물었다. "누구든 그와 같은 일을 할 수 있을까요? 혹시 사회 활동가가 될 수 있는 자격 같은 것이 따로 있는지요?"

위젤 교수가 대답했다. "도덕적 자격을 이야기하는 것이라면 그런 자격은 결코 공짜로 얻을 수 없습니다. 반드시 어떤 노력이 있어야겠지요.《한낮의 어둠》을 쓴 아서 쾨슬러를 기억할 겁니다. 강의 시간에도 다루었으니까요. 그는 언젠가 이렇게 물었습니다. '양심이 누구를 대신 내세워서 지킬 수 있는 것인가?' 절대로 그럴 수는 없지요. 양심을 지키려면 본인이 직접 행동에 나서야 합니다. 비록 그것이 아주 보잘것없고 눈에 뜨이지 않는 행동이라도 말입니다. 그런 일을 누군가 다른 사람에게 떠맡길 수는 없는 노릇이지요. 직접 행동에 나섬으로써 필요한 자격을 스스로 갖춰야 합니다. 누군가 다른 사람에게 허락 같은 게 떨어지기를 기다리지 마세요."

위젤 교수는 어떤 노력과 행동으로 도덕적 자격을 얻었는가. 홀로코스트 생존자이자 당시의 경험을 담은 자전적 소설《밤》을 출간한 그는 분명 고통과 생존이라는 문제에 대해 이야기하고 활동할 수 있는 자격을 일찌감치 얻은 사람이었다. 그렇지만 그 자격은 다른 억압받는 사람들과 함께하면서 얻은 것이기도 했다. 그는 개인적으로 여러 분쟁 지역을 방문했고, 그렇게 함으로써 그의 자격은 비로소 진정한 영향력을 발휘할 수 있게 되었다. 그는 그저 말만 앞세우며 대중 앞에서 가식적인 모습을 보이는 사람이 아니었다. 직접 고통받는 사람들에 대한 목격자가 됨으로써 '권력 앞에서 진실을 이야기하는' 자신의 행동에 도덕적 무게감을 실을 수 있었다. 그는 자신이 가진 유일한 도구만 가지고 세상 앞에 나서고 또 나섰다. 그의 도구란 다름 아닌 그의 눈과 그의 마음과 그의 글이었다. 1986년 노벨 평화상을 받기까지 그는 독자적으로 활동하는 학자이자 작가, 사회 활동가였으며 그 어떤 단체나 조직 혹은 후원자를 대표하지 않았다. 노벨상을 받은 후에는 엘리 위젤 인권재단을 설립해 처음으로 실질적 후원 단체를 갖게 되었고, 주요 신문 지면에 광고를 실을 수 있는 자금도 확보했다. 또한 다른 노벨상 수상자들과 지속적인 만남을 갖기도 했다. 그렇지만 그는 완전한 자유와 자율적 책임 아래 독립적으로 활동한다는 원칙을 한 번도 저버린 적이 없었다. 그는 이 문제에 대해 종종 언급하며 자신은 백악관이나 국제 연합에서 이야기할 때도 어느 작은 유대인 마을에서 온 예시바 학생이었을 때처럼, 어떤 단체나 위원회에도 소속되지 않은 채 오직 말과 글로 싸우는 자신의 본분을 잊지 않고 있다고 말하기도 했다.

2006년 10월 위젤 교수는 강의가 끝난 후 나를 살짝 불러, 이스라엘 정부에서 대통령이 되지 않겠느냐는 제안을 받았지만 거절했다고 털어놓았다. 알베르트 아인슈타인도 역시 1952년 이와 같은 제안을 받은 적이 있다는 사실에서 알 수 있듯이, 이 대통령이란 지위는 지극히 형식적이고 의례적인 것으로 주로 외교 무대에서 이스라엘 대표로 활약하게 된다. 또한 이스라엘 대통령은 의회에 군이 출석하지 않아도 되고 이스라엘 국내의 복잡한 정치적 다툼과도 거리를 둘 수 있었다.

"거절을 하셨다고요? 그렇지만 왜요?" 내가 물었다.

"나는 지금까지 언제나 나 자신의 양심에 따라서만 행동해왔어요. 내 말이나 글이 정치적 도구로 이용되는 걸 바라지 않습니다. 그게 비록 내가 사랑하는 유대인의 국가 이스라엘이라 할지라도 말이지요."

"하지만 그런 자리에 오르면 지금보다 훨씬 더 많은 일을 하실 수 있을 텐데요!"

"나는 교사이자 작가이지 정치가가 아니니까요."

사라예보에서
사라예보까지

다음 주 강의에서 위젤 교수는 데이브가 했던 질문을 다시 언급했다. "그때 내가 하는 말과 글이 실제로도 도움이 되었느냐고 물었지요. 애석하게도 그것만으로 충분하지 못할 때가 있습니다. 보스니아 사태* 때 나는 참으로 무거운 마음으로 미국과 나토NATO의 참전을 지지하고 나섰습니다. 더 이상의 대량 학살과 강간, 난민

---

* 보스니아 내전. 발칸반도의 복잡한 민족 구성과 역사 및 종교적 문제가 원인이 되어 발생했다. 1992년부터 약 4년에 걸친 내전으로 25만 명 이상이 목숨을 잃었다.

발생을 막기 위해서였지요. 세상이 침묵한다고 혼자 불만을 토로하기보다는 그렇게라도 하는 것이 더 낫다고 생각했습니다. 나는 훗날 사람들이 우리 세대에게 그때 왜 침묵했느냐고 물어보는 것을 원치 않습니다. 살인자들이 버젓이 도망치도록 내버려둘 수는 없지요. 그곳이 어디든 그런 일이 벌어지는 건 참을 수 없습니다. 물론 말과 글이 있습니다만, 무고한 사람들이 죽어가고 있다면 때로 그 이상의 행동도 필요한 법입니다.

나는 1990년대 초에 사라예보에 있었습니다. 그때의 일을 결코 잊지 못합니다. 당시 나는 무슨 일이 벌어지고 있는지 직접 확인하는 일을 맡아 그곳에서 나흘을 보냈습니다. 하지만 막상 도착해서 보니 그 참상은 이루 말할 수 없을 정도였습니다. 도시는 파괴되었고 사람들은 추위와 굶주림에 시달리고 있었습니다. 물론 지낼 곳조차 찾지 못한 사람들도 많았지요. 특히나 추위는 정말 지독하더군요. 밤에는 영하 섭수 도 밑으로 기온이 떨어지는 일도 다반사였고, 사람들은 나무든 종이든 그 무엇이나 땔감으로 쓰며 버텨냈습니다. 이따금 들려오는 총소리 때문에 사방이 더 고요하게 느껴졌고, 도시 전역에 오발로 인한 위험이 상존했습니다. 몇 개월 전 불타버린 국립 도서관에 가 보니 책 수천 권이 재로 변해 있더군요. 나는 무슬림 출신으로 보스니아 헤르체고비나의 대통령이 된 알리야 이제트베고비치를 만났습니다. 또한 내전의 주범이라고 할 수 있는 라도반 카라지치도 만났는데, 그는 당시 보스니아 공화국 대부분을 장악하고 있었습니다. 나는 두 사람에게 함께 마주 앉아 대화를 하자고 간곡히 부탁했습니다. 그래야 아이들이 죽어 나가는 일을 막을 수 있을 테니까요. 그렇지만 둘 중 어느 쪽도 대화에 응하지 않았습니다. 무슬림계 주민은 자신들의 동족을 무차별적으로 학살한 세르비아계 주민과 어떤 대화도 할 수 없다고 생각했습니다. 반면에 세르비아계 측에서는 오히려 그런 주장을 두고 모두 거짓말이고 과장되었다고 비난을 했지요. 그야말로 혼란의 도가니였습니다."

"두려우셨습니까?" 발레리가 물었다.

"아주 위험하긴 했습니다. 어느 때인가 함께 있는 일행 중 한 사람이 말하길, 우리가 지금 이른바 저격수의 거리Sniper's Alley*에 들어와 있어서 굉장히 걱정이 된다고 하더군요. 그래서 우리는 서둘러 그 자리를 벗어났습니다. 그렇지만 대개 나는 두려움을 느끼지 않았습니다. 그 대신 좌절감 같은 것을 느꼈지요. 거기서 목격한 그 모든 유혈극이 결국은 다 어리석기 짝이 없는 짓거리였으니까요!" 그는 이 대목에서 손을 들어 격하게 휘젓기도 했다. "어른들의 어리석음과 증오 때문에 아이들이 죽어가고 있었습니다." 그가 계속 말을 이었다.

"나는 또한 정부 지도자들이 교묘히 나를 이용하려는 것을 보고 역시 좌절감을 느꼈습니다. 사라예보에 가기 전에 나는 공식적

• 보스니아 내전 당시 사라예보 공항과 연결된 넓은 도로를 지칭한 표현. 이 길에 자동차나 사람이 나타나면 주변의 높은 건물에 숨어 있던 세르비아군 저격병들이 무차별 사격을 해 붙여진 이름이다.

환영 행사나 식사 자리는 절대 마련하지 않기로 단단히 약속을 해 두었습니다. 개인 자격으로 방문하는 거라고 분명하게 못을 박아 두었지요. 나는 어떤 단체나 조직을 대표하는 사람도 아닌데, 그런 자리가 마련되면 내가 그쪽 정부 측과 무슨 관계가 있는 듯 보일 수 있었으니까요. 그런 건 전혀 내가 바라는 일이 아니었습니다. 그런데 대통령을 만나는 자리에서 그가 갑자기 내 팔을 잡더니 어느 문 쪽으로 이끌더군요. 처음에는 밖으로 나가서 이야기를 좀 하자는 줄 알았습니다. 그런데 문을 여니 거창한 만찬회가 마련되어 있지 뭡니까! 정부 관료들이며 기자들이 함께 모인 그 자리는 내가 처음에 원하지 않는다고 했던 정확히 그런 분위기더군요. 나는 사람들에게 지금은 금요일 저녁이고 잘 알다시피 유대인의 안식일이 시작되었으니 시너고그에 가봐야겠다고 말하고 그 자리를 떴습니다. 나는 누군가의 선전 도구로 이용될 생각이 전혀 없었고, 특히 사라예보 같은 곳에서는 절대 아니었습니다. 그곳에서는 말 한마디 행동 하나하나가 각기 다르게 해석되고 오해를 살 수 있었으니까요."

"그렇다면 그런 일 말고 소득은 좀 있었나요?" 국제 관계학을 전공하는 대학원생 토머스가 물었다.

"글쎄요, 어쨌든 미국 정부와 클린턴 대통령이 보스니아 사태에 관심을 기울이도록 만든 것이 소득이라면 소득일까요. 그 덕분에 미국과 나토가 군사 개입을 결정한 것 같습니다. 그리고 어쩌면 이런 잔학한 행위가 일어나도록 내버려둔 세상 사람들을 부끄럽게 만들어 구유고슬라비아 연방을 상대로 국제 재판소를 설치하도록 한 것도 또 다른 소득이겠지요. 그때 설치된 국제 재판소를 통해 많은 전범들이 기소되었습니다."

위젤은 자신이 사라예보를 방문한 후 미국의 클린턴 대통령을 설득해 군사적 개입을 이끌어냈다는 사실에 대해 공식적으로 증언하고 있었다.

"대통령을 만났을 때 어떤 기분이 드셨나요?" 발레리가 물었다.

그는 장난스럽게 웃어 보이며 말했다. "허기가 지던데요. 백악관을 방문했을 때 아무것도 먹지 못했거든요. 왜냐고요? 그야 대통령께서 말씀하실 때 뭘 먹을 수 있나요. 그리고 대통령 말씀이 끝나면 그때는 내가 뭔가 말을 할 차례였거든요. 그러니 백악관을 방문할 때마다 늘 입맛만 다시고 아무것도 못 먹고 나올 수밖에요." 그는 잠시 웃다가 이내 다시 진지한 표정으로 돌아갔다.

"그렇지만 미국과 나토의 개입이 시작되자 사라예보는 4년 가까이 포위 공격을 받습니다. 4년이면 2차 세계 대전 당시 레닌그라드 포위전보다 긴 기간이고, 근대에 들어 가장 긴 포위전이었을 겁니다. 포위전이란 결국 민간인을 공격하는 전쟁입니다. 이런 포위전의 역사에서는 비극이 벌어지고 나서야 뒤늦게 뭔가 하려는 이야기들이 넘쳐납니다. 이 세상은 결국 뭔가 하긴 하지만 언제나 너무 늦어요. 비극의 정의가 바로 그것입니다. 너무 늦게 행동하는 거요. 물론 그렇게라도 행동에 나서면 달라지긴 하겠지요. 그렇지만 그동안 죽어간 사람을 되살리지도, 상처 입은 사람을 치유하지도 못합니다.

사라예보를 다녀온 후 나는 종종 생각했습니다. '우리가 살았던 20세기는 사라예보에서 사라예보까지 이어지는 비극의 여정이 아니었을까.' 1914년 오스트리아 제국의 황태자 프란츠 페르디난트가 사라예보를 방문했다가 암살당하면서 1차 세계 대전의 비극이 시작되었습니다. 그 후 여러 제국이 몰락하고 새로운 국경선들이 그어졌지요. 그리고 20세기가 막을 내릴 무렵 같은 장소에서 엄청난 대량 학살이 일어난 겁니다."

왜 카인은
아벨을 죽였는가?

다음 주에 위젤 교수는 다시 문학을 주제로 강의를 시작했다. "늘 그렇듯 지금 현재 일어나고 있는 일들을 이해하고 싶다면 반드시 과거를 되돌아봐야 합니다. 증오의 근원을 이해하기 위해서는 인간이 배운 지혜의 근원부터 살펴봐야겠지요. 우선 구약 성경을 봅시다. 구약 성경에는 인류 최초의 살인이 기록되어 있습니다. 형이 동생을 죽인 사건이지요. 쉽게 말하면 지구상에 있던 인구의 절반이 나머지 절반을 죽였다고도 볼 수 있습니다. 인구의 절반이 살인자가 되고 나머지 절반은 희생자가 된 사건입니다.

그러면 왜 형 카인은 동생 아벨을 죽였을까요? 〈창세기〉를 보면 이유는 있었던 것 같습니다. 카인이 아벨에게 직접 이야기하지요. 그렇지만 실제로 무엇을 말했는지는 확인할 수 없습니다. 〈창세기〉에는 그저 '카인이 아벨에게 말했다'고만 기록되어 있고, 거기서 끝입니다. 어째서 뭐라고 말했는지는 기록이 되어 있지 않을까요?"

잠시 후 에밀리라는 학생이 말했다. "구약 성경에 그 구체적인 내용이 기록되지 않은 건 아마 별로 중요한 말이 아니었기 때문일지도 모르지요. 두 사람의 상황은 어떤 말로도 돌이킬 수 없는 지경에 이르렀던 것이 아닐까요."

"좋은 의견입니다." 위젤 교수가 말했다. "다시 말해 실제로 두 사람은 말로는 해결할 수 없는 상황에 이르렀고, 그게 진짜 문제였는지도 모르겠군요. 서로 어떤 말도 통하지 않게 되면 결과는 결국 폭력 아니겠습니까.

그렇지만 많은 주석가들이 살인이라는 폭력이 발생한 여러 가지 이유를 제시하고 있습니다. 카인은 동생 아벨을 질투했지요. 같이 하느님께 제사를 올렸는데 하느님은 아벨의 제사만 받아주셨습니다. 혼인 문제로 다투었다는 해석도 있습니다. 카인이 쌍둥이 여동생 모두를 자기 아내로 맞이하려 했다는 이야기도 있고, 아니면 땅이나 재산 문제, 생활 방식의 차이가 불화의 원인이었다는 말도 있지요. 잘 알려진 것처럼 카인은 농사를 짓는 자이고 아벨은 사냥이나 목축을 대표하는 인물이니까요. 그러나 아무리 많은 해석과 주석과 이론이 있어도 결론은 하나뿐입니다. 바로 아벨의 죽음이지요.

아벨이 죽은 후 하느님이 카인에게 말합니다. '네 아우의 핏자국들이 땅에서부터 나에게 호소하느니라.' '핏자국들'이라는 복수가 사용되었군요. 이 부분에 대해서는 모든 주석가가 똑같이 설명합니다. 카인은 단지 동생 아벨을 살해한 것이 아니라 아벨에게서 태어날 수 있는 모든 후손을 이 땅에서 지워버린 것이지요. 동생의 존재 자체를 말살한 겁니다. 이런 행위는 아벨뿐만 아니라 모든 생명에게도 적용이 됩니다. 나치에게 학살당한 600만 명의 자손들을 생각해봅시다. 그들이 죽지 않았다면 얼마나 많은 자손이 태어날 수 있었을까요. 캄보디아와 르완다, 다르푸르에서 희생당한 사람들의 태어나지 않은 자손은요. 어쩌면 그렇게 태어나지 못한 사람들 중에서 암이나 당뇨병, 혹은 알츠하이머 치료 방법을 개발할 수 있는 사람이 있었을지도 모르지요. 얼마나 많은 위대한 철학자며 작가, 예술가와 평화 운동가가 미처 태어나지도 못하고 사라졌을까요. 살인자가 살인을 저지르는 순간, 자기 자신은 물론 모든 인류에게 해를 끼치게 되는 겁니다."

발레리가 불쑥 말했다. "카인과 아벨의 이야기를 보면, 증오와 살인은 우리 인간이 타고난 천성의 일부처럼 생각이 됩니다. 카인은 심지어 무슨 문화나 배경 탓도 할 수 없잖아요? 그러니까 카인은 애초에 학교 같은 곳에 간 적도 없고 나쁜 무리와 어울린 적도 없는데 마음에서 증오가 우러나온 거예요."

"맞는 말입니다." 위젤 교수가 말했다. "다만 〈창세기〉에서 이 사건 전에 다른 일들이 이미 일어났었다는 사실을 기억해야 합니다. 예를 들어 에덴동산에서 추방된 일은 아담과 이브에게도 영향을 미쳤겠지요. 그런 아담과 이브는 또 어떤 부모였을까요? 자녀들에게 세심하게 신경 쓰는 부모였을까요? 혹시 편애를 하지는 않았을지? 비록 글로만 남아 있지만 우리는 그 안에서 폭력의 근원을 이해하고 추적하기 위해 노력해야 합니다. 그래도 물론 알 수 없는 부분들이 있지요. 많은 살인자, 예컨대 9·11 테러범들은 부유한 가정에서 자랐고 교육도 잘 받았기 때문입니다. 그 어떤 설명도 폭력 행위를 정당화할 수는 없지만, 그래도 우리는 계속해서 그 근원을 추적해야 하지요.

우리는 나 자신과 다른 사람, 친구와 적 사이에 그어진 경계선을 잘 살펴보아야 합니다. 어떤 심리학자들이 주장하듯 그런 경계선은 우리 인간 본성의 핵심적인 부분일까요, 아니면 학습된 행동일까요? 우리 편과 적을 구분한다는 개념, 동족 의식에 뒤이은 종교적 승리주의의 등장은 인류 역사에서 대단히 중요한 연결 고리가 됩니다. '내가 힘과 자신감을 느끼려면 우선 너를 무시해야 한다.' 이런 생각은 아이들 사이에서 따돌림의 원인이 되기도 합니다. 어떤 무리가 스스로를 특별히 선택받은 자들로 생각한다면, 다른 무리를 무시하게 되는 건 너무 당연한 일입니다. 그 결과로 나타나는 것이 타인에 대한 압제와 종교 전쟁, 그리고 다른 여러 형태의 분쟁과 갈등이지요.

내가 속한 유대교에서 사실 종교적 승리주의나 선택받았다고 하는 개념은 우리가 가진 원칙과 전혀 다릅니다. 우리는 서로 형제가 되어야지 다른 사람의 주인이 되려고 해서는 안 됩니다. 유대 율법에 맞는 정결한 음식에 대한 논의에서 한 가지 유명한 이야기가 있습니다. 꽤 많은 종류의 새가 유대의 음식 율법에 맞지 않는데, 이를테면 유대인은 독수리를 비롯해 맹금류 고기는 먹지 않습니다. 그런데 황새는 맹금류도 아닌데 못 먹는 고기에 속합니다. 히브리어로 황새를 하시다hasidah라고 하는데 그 원래 뜻은 '친절한 자'이니까, 왜 황새 고기를 못 먹는지 더 이상하지요. 그래서 주석가들은 이런 대답을 내놓았습니다. '황새는 정결한 음식이 아니다. 물론 황새는 얌전하고 친절한 새로 알려져 있는데, 다만 같은 황새들끼리만 친절하고 다른 종류의 새들에게는 잔혹한 면모를 보인다. 따라서 그런 성격을 가진 새를 정결한 음식으로 취급할 수 없다.' 이 이야기를 통해 우리가 배울 수 있는 교훈은 친절함과 공감의 마음을 같은 무리 안에서만 보여주어서는 안 된다는 것입니다."

전쟁과 평화,
그리고 삶과 운명

"살인자들을 생각하면 절망감이 차오릅니다. 희생자들을 생각하면 사랑을 생각하게 되지요. 내가 겪은 전쟁에서 살해된 유대인 아이들을 생각해보았습니다. 만일 내가 지금부터 아무 일도 안 하고 그 아이들의 이름만 하나씩 부른다면, 아마 죽을 때까지 불러도 다 부를 수 없을 것 같습니다. 그렇지만 적어도 우리는 그 이름들을 기억하려고 애써야지요. 수많은 아이들이 무덤도 없이 세상에서 사라져버렸습니다."

위젤 교수의 이야기는 계속되었다. "때때로 역사를 돌이켜보면 부끄러워질 때가 있습니다. 전쟁은 그 자체만의 논리와 언어, 법칙을 지니고 있지요. 전쟁이 시작되어 특히 민간인이 휩쓸리면 어머니들은 겁이 나서 아이들을 학교에 보내지 못합니다. 사람들은 밖으로 볼일을 보러 나간 친구나 동료가 무사히 돌아올 수 있을지 걱정을 하지요. 전쟁만 아니라면 정말 터무니없는 일들이 벌어지고 있는 겁니다. 그리스에서 전해 내려오는 아주 유명한 이야기가 있습니다. 페루스라는 이름의 어느 왕은 사는 게 너무나 지루했답니다. 그래서 보좌관인 키니아스를 불러, 지루함을 해소하기 위해 전쟁을 일으킨 다음 집으로 돌아오자고 말합니다. 현명한 조언자 키니아스는 이렇게 대답하지요. '그냥 집에 머물면 안 되겠습니까?' 결국 전쟁의 결과는 무엇일까요? 수많은 생명이 죽고, 고아가 생기고, 많은 눈물이 흩뿌려지는 거 아닌가요?

우리는 앞서 바실리 그로스만의 소설 《삶과 운명》에서 전쟁의 참혹한 결과를 확인한 적이 있습니다. 개인적으로 매우 좋아하는 이 소설에는 2차 세계 대전 말기에 스탈린그라드에서 35만 명이 사망한 이야기가 나옵니다. 그로스만은 아주 세부적인 내용들을 통해서 거대한 전투의 인간적 측면을 조명하려고 합니다. 아들을 전쟁터로 떠나보내며 어머니가 흘리는 눈물, 시어머니를 모시기 싫어하는 며느리 때문에 독일군에 죽어간 시어머니, 최전방 병사들의 식량 문제 등등. 작가의 글을 통해서 과연 스탈린그라드 전투가 인간의 일상사로 여겨지는지는 독자인 우리 판단에 달렸겠지요."

데이브가 얼굴을 가린 머리를 쓸어 넘기고 손을 들었다. "《삶과 운명》은 내용이 너무 길고 복잡해서 처음에는 그냥 압도당하는 기분이었지만, 이내 교수님이 이야기하는 그 세부적인 내용들에 끌리게 되더군요. 비록 등장인물들의 행적을 따라가며 길고 낯선 러시아 이름들을 두 번 세 번 확인해야 했지만, 어쨌든 책을 손에서 놓을 수 없었습니다. 그런데 이런 생각도 들었어요. 어쩌면 우리가 지금까지 이야기해온 전쟁이나 기근, 혹은 다른 중요한 세상 문제들도 이렇게 몇몇 특정한 이야기에 초점을 맞춰가는 식으로 바라볼 수 있지 않을까요?" 몇몇 학생들이 고개를 끄덕이는 모습이 보였다.

"맞는 말입니다." 위젤 교수가 대답했다. "그로스만이 보여주는 세부 내용들은 사실 자신의 경험에서 나왔습니다. 그는 종군 기자로 최전선을 찾아다녔습니다. 스탈린그라드 포위전은 1942년 8월부터 1943년 2월까지 이어졌고, 굶주림은 너무 당연한 일상이었지요. 단 한 번의 작전에 폭격기가 600대 이상 동원되고 4만 명이 넘는 민간인이 사망했습니다! 그러니 사실 그런 경험을 제대로 전달하기란 쉬운 일이 아니었을 겁니다. 너무나도 터무니없는 참상이었거든요. 게다가 공산주의와 전체주의라는 두 독재 집단의 충돌이었으니 도덕적으로도 비극이었고요. 두 집단은 모두 결과가 수단을 정당화한다는 신념을 갖고 있었습니다. 차이점이라면 나치 독일이 다른 국가를 침략해 정복하고 사람들을 짓누른 데 비해 당시의 소비에트 연방은 자국 국민을 억압했다는 정도일 겁니다. 때문에 독일에서는 내부로부터 저항이 있었고 소비에트에서는 아예 그런 저항조차 없었습니다. 독재 정권의 압제는 사람들을 무력하게 만듭니다. 사람들은 친구와 이웃, 심지어 가족끼리도 서로 고발할 수 있다는 두려움에 휩싸이지요. 그로스만 자신도 이런 고발과 배신의 희생자였습니다. 그의 기사를 받던 편집장이 그를 나치의 비밀경찰에 밀고하여 모든 원고를 압수당했습니다. 타자기까지 압수당한 그로스만은 자신이 쓴 소설이 출간되는 것을 못 보고 세상을 떠나고 말았습니다. 소비에트 연방 시절에는 그의 이름을 언급하는 일조차 금지되어 20년 동안 어떤 인쇄매체에도 그의 이름이 등장하지 못했습니다. 어쨌든 그로스만은 너무 거대해서 추상적으로 보일 수밖에 없는 전쟁을 현실감 있게 그리기 위해 자신의 직접적 경험을 인용한 겁니다.

그로스만은 공산주의와 나치는 동전의 양면과 같다고 생각했고, 그 사실을 우리에게 보여주었습니다. 두 집단 모두 반대 의견을 묵살했고, 자유와 개성을 말살했으며, 계획적이고 치밀하게 인간의 숨통을 짓눌렀습니다. 《삶과 운명》에서 비밀경찰 리스는 공산당 관료 출신의 모스토프스코이에게 이렇게 말합니다. '우리가 서로를 바라보면 서로 증오하는 대상을 바라보고 있다는 생각 같은 건 들지 않소. 아니, 오히려 거울을 보는 듯한 그런 기분이 들지.

그게 우리 세대의 비극이라오.'

그럼에도 불구하고 그로스만은 낙관주의자였으며, 결국 인류애가 전쟁을 넘어설 것이라고 생각했습니다. 이 소설에서 가장 감동적인 대목 중 하나는 어느 독일군 병사가 치열한 전쟁터 한가운데에서 소비에트군 병사를 만나는 장면입니다. 방금 전까지 엄청난 폭격이 있었으며 여전히 무시무시한 폭발 소리가 그치지 않고 사방에서 흙먼지가 쏟아지는 어느 참호에서 두 병사는 만납니다. 러시아 병사 클리모프는 폭탄이 떨어지는 동안 동료 병사의 손을 꼭 움켜쥐고 두려움을 이겨냈습니다. 그런데 잠시 정신을 차리고 보니 그가 붙잡고 있는 건 동료가 아니라 어느 독일군 병사의 손이었습니다. 그로스만은 그 장면을 이렇게 표현합니다. '두 사람은 말없이 서로를 바라보았다. 전쟁터에 내몰린 이 두 병사의 완벽하고 오류 없이 자동적으로 작동하는 살인 본능은 그 순간 제 기능을 하지 못하고 말았다.' 이 책에서 내가 가장 좋아하는 대목 중 하나입니다. 두 병사는 참호에서 나와 각자의 부대 쪽으로 걸어갑니다. 아마도 언젠가 서로 다시 싸우거나 죽이게 되겠지요. 그렇지만 그 순간만큼은 인류애가 승리한 겁니다.

데이브, 아까 말했던 것처럼 세상을 뒤흔드는 거대한 사건들에 대해 우리가 어떻게 대응했는지는 종종 작은 사건이나 특정한 이야기에 초점을 맞춰서 평가할 수 있습니다. 만일 우리가 다른 사람에게 좀 더 공감하는 마음으로 행동할 수 있다고 해도, 또 우리가 용기를 갖고 인간적으로 행동하는 쪽을 선택한다고 해도 역사의 큰 궤적에 어떤 영향을 미치지 못하는 것처럼 보일 수 있겠지요. 그렇지만 나는 영향을 미칠 수 있다고 믿고 싶습니다."

일주일 뒤 그리스 비극 작가인 에우리피데스를 주제로 한 강의에서 위젤 교수가 말했다. "나는 여러분에게 아름다움에 대해 가르치고 싶습니다. 우리는 선을 행하고 평화를 이룩하는 일이 그저 옳은 일일 뿐만 아니라 아름다운 행위라는 사실을 기억할 필요가 있습니다. 1991년 걸프 전쟁 당시 나는 이스라엘의 어느 방공호에 있었습니다. 이라크의 사담 후세인이 날려 보내는 미사일이 이스라엘의 주요 도시들을 강타했고, 사람들은 대부분 방공호에 틀어박혀 시간을 보냈습니다. 심지어 어린아이들까지 공습이 있을 때면 바로 방독면을 써야 했습니다. 언젠가 다시 공습이 시작되었을 때 나는 겁에 질려 보이는 어느 나이 든 여인 옆에 앉아 있었습니다. 우리 두 사람은 공습경보 소리를 들었고, 라디오에서는 미사일이 날아오고 있다는 방송이 흘러나왔습니다. 그때 내가 여인의 팔을 잡고 말했습니다. '참 대단한 세상이군요.' 여인은 이렇게 말하더군요. '아, 정말 그래요. 이 얼마나 더럽고 불결한 세상인지.' 전쟁은 윤리의 문제입니다. 그렇지만 또한 미적인 문제이기도 합니다.

에우리피데스는 대단히 정치색 짙은 작가로 작품을 통해 전쟁의 추악함을 보여주려고 애썼습니다. 그의 작품들 대부분이 전쟁을 치르는 동안 완성되었지요. 《메데이아》에는 어떤 영웅도 등장하지 않는데, 그러면서 평화가 무너지고 그 자리를 분노와 복수를 향한 욕망이 채우게 되면 어떤 일들이 일어나는지 보여줍니다. 아마《메데이아》를 무대에서 처음 본 관객은 큰 충격을 받았을 겁니다. 메데이아는 남편에게 복수하려고 자신이 낳은 어린 두 아들을 살해합니다. 하지만 그 직후에 태양신이자 순결함과 고결함의 상징으로 대변되는 헬리오스의 전차를 타고 하늘로 날아올라 사라집니다. 이 순간 도덕성 문제는 메데이아처럼 어디론가 사라져버렸습니다. 에우리피데스는 자신이 겪은 전쟁을 언급하며, 동시에 일반 시민이 받는 영향을 보여주기도 했습니다.

에우리피데스의《트로이의 여인들》에는 트로이 전쟁 직후의 상황과 그 참상이 드러나 있습니다. 그는 특히 여인들의 눈을 통해, 남편과 아들들은 살해당하고 자신은 고향에서 끌려온 희생자인 여인들의 눈을 통해 그 참상을 그려 나갑니다. 이제 그 희생자들의 구슬픈 목소리를 직접 들어봅시다." 위젤 교수는 이렇게 말하며 직접 책을 읽어 나갔다.

우리는 같은 고통을 겪고 있노라
우리는 다 같은 노예들이니
우리의 아이들이 눈물을 흘리며 우리를 부르고 있구나.
"어머니 어디에 계세요?
이렇게 적들의 배에 붙잡혀 끌려가고 있는데
어디에도 어머니가 보이지 않아요."

위젤 교수는 말을 이어갔다. "《트로이의 여인들》에서 어린 소년 아스티아낙스(그리스 신화에 나오는 트로이의 사령관 헥토르의 아들.-옮긴이)는 승리한 그리스군에게 사로잡혀 사형을 선고받지요. '보시오, 가련한 트로이의 여인들이여. 이 아스티아낙스의 시신을! 그리스인에 의해 성벽 밖으로 내던져져 잔인하게 살해된 아스티아낙스여!' 어린 아스티아낙스는 왜 죽임을 당했을까요? 그리스 측에서는 아스티아낙스가 자라나 아버지 헥토르의 복수를 할까 두려웠던 겁니다. 여기에서도 우리는 전쟁이 어떻게 또 다른 죽음을 몰고 오는지 확인할 수 있습니다. 그렇지만 아스티아낙스는 그저 어린아이에 불과했고, 아직 일어나지도 않은 일 때문에 죽음을 맞이하고 말았습니다. 그의 어머니는 이 모든 장면을 목격했고요. 이 얼마나 전쟁 못지않게 끔찍하고 추악한 일입니까. 전쟁의 추악함을 보여주는 예술 작품은 전쟁을 그럴듯하게 포장하는 작품보다 사실은 더 아름답다고 봐야 합니다. 왜냐하면 진실을 알려주기 때문이지요.

에우리피데스와 구약 성경 사이에는 공통점이 있습니다. 그리스와 히브리의 전설은 폭력으로 점철되었으며, 둘 다 강력한 반전 의지를 담고 있습니다. 예를 들어 이집트를 탈출한 이스라엘의 자손들을 다시 붙잡으러 온 이집트 군대는 모두 홍해에 빠져 죽게 되는데, 어느 전설에 따르면 하느님은 천사들에게 노래를 부르지 말라고 명령하셨다고 합니다. '나의 피조물들이 물에 빠져 죽는데 노래를 부르겠느냐?' 당사자인 이스라엘 자손들은 자신들의 구원을 기뻐하며 노래를 불러도 되지만, 일종의 제삼자인 천사들은 그럴 수 없다는 것이지요. 그리고 또 한 가지 기억해야 할 사실이 있습니다. 주로 전쟁 이야기인 〈여호수아서〉에는 노래를 부르는 장면이 단 한 번도 등장하지 않는다는 겁니다. 전쟁이 있는 곳에는 시가 있을 수 없습니다.

구약 성경에서 전쟁을 이야기할 때 우리는 감상적인 순간들을 발견할 수 있습니다. 예컨대 〈신명기〉를 보면, 군대를 소집한 지휘관들이 다음과 같이 이야기합니다. '새 집을 지은 사람이 있느냐? 포도밭을 일궈둔 사람이 있느냐? 아니면 약혼만 하고 달려온 사람이 있느냐? 전쟁이 두려운 사람이 있느냐…. 그런 사람은 집으로 돌아가도 좋으니라.' 대강 이런 식이지요. 이에 대해 주석가들은 이렇게 설명합니다. '하느님의 율법이 겁쟁이들을 얼마나 조심스럽게 대하는지 보라. 그들이 다른 사람들 앞에서 당혹스러워하지 않도록, 일단 다 같이 한자리에 모아놓고 돌려보낼 만한 이유를 열거함으로써 실제로 누가 어떤 사정으로 전쟁터를 떠나는지 아무도 정확히 알 수 없게 했다.' 물론 일종의 양심적인 병역 거부자들이 문제없이 떠날 수 있게 만들어주기도 하지요.

예루살렘이라는 이상향을 꿈꾸며 일생을 살았던 다윗왕은 하느님께 대성전을 지을 수 있는 허락을 받지 못했습니다. 〈시편〉에도 다윗의 그런 간절한 바람이 구구절절이 나와 있는데, 그는 왜 예루살렘 성전 건축이라는 일생의 소망을 이룰 수 없었을까요? 그의 손이 피로 붉게 물들어 있었기 때문입니다. 다윗은 살아생전 숱

한 전쟁을 치렀습니다. 물론 모두 다 하느님의 명령에 따른 결과입니다다만, 일단 손에 피를 묻힌 사람은 하느님의 성전을 세울 수 없었지요. 심지어 다윗의 아들 솔로몬이 왕위에 올라 성전을 세울 때도 쇠로 만든 공구는 사용할 수 없었습니다. 전쟁에 쓰이는 무기도 같은 쇠로 만든다는 이유였지요.

이와 관련해서도 전해 내려오는 이야기가 있습니다. 사실 솔로몬은 뭘 어떻게 해야 할지 알 수 없었습니다. 금속으로 만든 공구 없이 어떻게 돌을 다듬어 성전을 지을 수 있겠습니까? 그런데 그때 샤미르라는 이상한 짐승에 대한 소문을 듣게 됩니다. 벌레처럼 생긴 이 샤미르가 돌을 먹어치운다는 겁니다. 솔로몬은 샤미르를 찾아 나섰고, 악마의 왕을 속여 넘기고 샤미르를 찾아 예루살렘 대성전 건축에 쓸 수 있도록 데리고 옵니다. 그렇지만 이 이야기의 진짜 의미는 이렇습니다. 하느님과 인간이 만나는 장소에는 폭력의 흔적이 전혀 남아 있으면 안 된다는 거지요. 폭력과 다른 좋은 것들, 즉 영성과 고귀함과 아름다움 등은 서로 상극이라는 겁니다.

이상한 일이지만 이런 사실을 가장 잘 알고 있는 건 다름 아닌 병사들입니다. 전쟁터에서 참상을 목격하고 나면 폭력을 그럴듯하게 치장할 수 없게 되지요. 병사들은 종종 평화를 중재하는 역할을 맡기도 합니다. 사실 전쟁을 가장 혐오하는 사람들이 바로 병사들이거든요. 지금도 기억나는 게, 나는 이츠하크 라빈을 만난 적이 있습니다. 1967년 압도적 우세를 자랑하던 아랍 연합군을 상대로 이스라엘의 대승을 이끌어낸 장군 출신의 그에게 나는 이렇게 물었습니다. '그때 전쟁이 끝나고 왜 화려한 전승 행사를 치르지 않았습니까?' 그러자 라빈이 이렇게 대답했습니다. '왜냐하면 병사들이 슬퍼하고 있었거든요. 이스라엘 병사들은 우리 측 피해를 보고도 슬퍼했지만 동시에 적군이 치른 희생에 대해서도 슬퍼했습니다.' 그들은 전쟁을 보기 좋게 포장하거나 축하하는 일 같은 건 하지 않았습니다. 심지어 방어전에서조차 이런 모습은 대단히 인간적인 태도라고 볼 수 있습니다.

어떤 문학 작품들은 시작부터 피비린내가 나기도 합니다. 우리가 몇 주 전에 공부한 《로미오와 줄리엣》 같은 작품은 사랑으로 시작해서 유혈극으로 끝이 나지요. 사실 《로미오와 줄리엣》은 사랑 이야기가 아닙니다. 로미오와 줄리엣은 서로 사랑해서 죽은 게 아니라, 양가 부모들이 서로를 증오해서 죽은 겁니다. 두 가문 사이의 오래전 불화가 해결되지 않고 이어져 내려온 결과예요. 나는 같은 모습을 보스니아에서도 보았습니다. 해소되지 않은 갈등과 앙금으로 서로를 죽이다가 급기야 대량 학살이라는 사태를 몰고 오지 않았습니까. 그런데 그 원인을 살펴보면, 누군가의 할아버지의 할아버지가 아주 오래전 다른 누군가의 할아버지의 할아버지에게 무슨 짓인가를 했다는 겁니다. 때로는 그 당시 실제로 무슨 일이 있었는지조차 기억하지 못하지요! 사람들이 기억하는 건 그저 서로를 증오하는 것뿐···. 나는 셰익스피어가 왜 굳이 몬터규와 캐풀렛 가문의 갈등 이유를 밝히지 않았는지 알 것 같습니다. 왜냐하면 두 가문 사람들도 그 이유를 그만 잊어버렸거든요. 셰익스피어는 다만 그 결과만을 보여줄 뿐이지요. 서로를 끔찍이 사랑한 어린 남녀가 죽고 미래에 태어날 자손들도 그만 세상에서 아예 지워져버린 것이 그 결과입니다."

"그러면 로미오와 줄리엣의 비극이 부모들 때문이라는 건가요? 그렇다면 증오라는 감정은 부모로부터 배워서 전해질 수도 있는 것 같군요." 심리학 박사 후 과정을 밟고 있는 줄리가 말했다.

"증오는 부모에 의해 자식에게 전달될 수 있습니다. 우리는 아이들이 희생되는 모습도 보지만, 그 아이들이 또 다른 살인자가 되는 모습도 봅니다. 미국에서는 콜럼바인을 비롯한 여러 학교에서 총기 난사 사건이 있었지요. 콜럼바인 고등학교 사건의 범인인 두 학생은 평소 히틀러에 심취해 있었다고 합니다. 히틀러는 세상을 떠났지만 이렇게 어떤 식으로든 또다시 사람들을 죽이고 있군요. 그런데 그 아이들은 이런 증오를 어른들에게 배운 걸까요? 아니면 원래 품고 있던 증오를 발산해도 된다는 허락이라도 받은 걸까요?

캄보디아를 처음 방문했을 때 나는 아란야프라텟Aranyaprathet 지역 근처에 있는 난민촌을 찾아갔습니다. 그때 인솔자 중 한 사람이 나를 옆으로 데려가 어딘가를 가리키며 이렇게 말했습니다. '저기 가건물들이 보이나요?' 그 안에는 열두 살, 열세 살, 열네 살 아이들 800명 이상이 수용되어 있었습니다. 아이들은 언제나 그렇게 따로 격리되어 생활했고, 밖에 다른 사람들이 없을 때만 가건물 밖으로 나올 수 있었습니다. 그 아이들은 바로 크메르루주의 소년병들로 캄보디아 대학살에 참여한 살인자였습니다. 크메르루주는 자신들이 인류의 모든 역사를 지워버리고 그야말로 인류 역사 원년에서 모든 걸 새로 시작할 수 있다고 믿었습니다. 그리고 그 일에 어린아이들을 도구로 이용했습니다. 어떻게 했느냐고요? 아이들로 하여금 부모와 친구들을 죽이도록 만든 집단이 있다면 믿으시겠습니까? 크메르루주는 그 일을 해냈습니다. 끔찍한 교육을 통해 증오를 전파시켰고, 그 효과는 기본적인 인간성을 말살할 만큼 충분히 대단했습니다.

그렇지만 그 반대도 물론 가능합니다. 공동체의 나이 든 어른들의 존재가 전혀 다른 결과를 가져올 수 있지요. 내가 자란 마을을 포함해 전쟁 전에 있었던 모든 유대인 공동체에서는 나이 든 사람들을 내치지 않고 함께 지냈습니다. 집집마다 할아버지와 할머니가 함께 살았지요. 여러 세대가 한집에 어울려 살았던 겁니다. 지금은 나이 든 가족을 은퇴자들이 모여 사는 곳으로 보내버립니다. 그러면 굳이 얼굴을 마주할 필요가 없으니까요. 그러다 보니 과거의 기억들이 제대로 전달되지 않습니다. 과거의 전쟁과 그 참상을 기억하고 전달해 아이들을 책임감 있는 공동체의 일원으로 키워내는 건 바로 나이 든 사람들입니다."

다르푸르의
비극

아프리카 수단 서쪽에 있는 다르푸르에서 대학살이 시작된 것은

2003년의 일이다. '말 등에 올라탄 살인자들'이라는 뜻을 가진 아랍계 무장 단체 잔자위드Janjaweed가 비아랍계 남녀와 아이들을 공격하면서 대량 학살과 강간이 자행되었다. 학살은 사실 처음이 아니었는데, 이미 1990년대 초반에도 비아랍계 주민에 대한 공격이 자행된 적이 있었다. 엘리 위젤은 이때 수단 남부에서 일어난 공격을 두고 '느리게 자행되고 있는 대학살'이라고 표현했다. 이와 관련된 그의 발언들은 그가 강의 시간에 해준 설명과 크게 다르지 않았다. 위젤은 우리에게 자신이 막후에서 관료들을 설득해 개입하도록 했다고 털어놓았다. 당시 그는 《뉴욕 타임스》에 외부 기고자로 기사를 싣고 있었고, 여러 노벨상 수상자들이 그의 의견에 찬성하는 성명을 내는 경우가 많았다.

강의 시간에 학생들은 그에게 좀 더 자세한 내막에 대해 물었다. 왜냐하면 수단의 독재자 오마르 알바시르가 수단의 현 상황은 내전이며 결코 특정 민족에 대한 계획적 대량 학살이 아니라고 주장했기 때문이다. 따라서 혼란을 느낀 학생들은 누구의 말이 맞는지 물어본 것이다. 우리는 계획적 대량 학살과 다른 여러 잔혹 행위를 어떻게 구분할 수 있을까?

위젤 교수가 대답했다. "우선은 여러분도 나처럼 슬픈 감정을 느꼈으면 좋겠습니다. 폭력에는 왜 그렇게 부르는 이름도 많고 분류하는 기준도 많은지요. 나로서는 우리가 가진 언어를 좋은 일만 표현하는 데 사용했으면 좋겠습니다. 아이들의 웃음과 우정의 종류 같은 것만 다양하게 표현하고 묘사할 수 있으면 좋겠어요. 어쨌든 질문에 답하자면, 다르푸르에서 일어난 참사는 분명 계획적이며 의도적인 대량 학살입니다. 특정한 종교나 인종 집단을 말살하려는 의도적 노력으로 이미 수많은 사람들이 목숨을 잃었고, 살던 곳에서 쫓겨나 굶주림에 시달리고 있는 사람들의 숫자도 부지기수입니다. 나는 현재 미국 국무부를 설득해 이 사태를 확실히 대학살로 규정하도록 만들기 위해 노력하고 있습니다."

데이브가 물었다. "그런데 그 명칭을 뭐라고 하든 상관이 있을까요? 정말로 이름에 따라 어떤 차이가 만들어집니까?"

"언어란 대단히 중요한 역할을 합니다. 언어를 어떻게 사용하느냐에 따라 사람들을 선동하거나 폭력 사태로 이끌 수도 있고, 국제 사회의 대응을 이끌어내는 촉매 역할을 할 수도 있습니다. 만일 우리가 이 사태를 계획적인 대량 학살이라고 부른다면 국제 사회로서는 책임을 회피하기가 더 어려워집니다. 물론 아무 일에나 대량 학살이라는 말을 사용하지 않도록 반드시 주의를 기울여야 하지요. 국제 연합의 대량 학살 관련 협약Genocide Convention에 따르면, 대량 학살은 '특정 국가와 민족, 인종, 종교 집단을 말살하려는 의도적 행위'로 규정되어 있습니다. 그런 의도를 증명해내는 일은 보통 상당히 어렵지요. 사실 대량으로 살인 행위가 벌어지고 있는 상황이라면 그것만으로 충분합니다. 굳이 어떤 행동을 일으키기 위해 특정한 용어를 사용할 필요까지는 없을 것 같지요. 그렇지만 그것이 분명 대량 학살이 맞고 다르푸르에서 그런 일이 벌어지고 있다면 그렇게 불러주어야 합니다. 나는 지금 그 일을 위해 노력하고 있는 겁니다."

　이듬해인 2004년 9월에 국제 연합 안전 보장 이사회는 결의안 1564호를 채택하고 다르푸르의 대학살을 인류에 대한 잔혹 행위로 규정했다. 그리고 국제 연합과 회원국들, 특히 아프리카와 아랍 회원국들을 상대로 이런 행위를 중단시킬 구체적 행동에 돌입하도록 설득했다. 또한 미국 정부에게도 이 사태에 대해 정확히 대량 학살이라는 명칭을 사용하도록 촉구했다. 그로부터 이틀 후 미 국무부 장관 콜린 파월은 공식적으로 이를 인정하고 상원 위원회에 출석해, 수단에서 벌어지고 있는 사태는 비아랍계 주민에 대한 의도적 대량 학살이라고 증언했다. 미국 행정 부서에서 처음으로 수단 사태를 대량 학살로 규정하고 나선 것이다. 그렇지만 다른 국가들과 함께 연합해 직접 개입하는 상황까지는 진전되지 못했다. 그저 국제 사회에서 유명 인사들을 중심으로 다르푸르 지원 운동이 시작되었을 뿐이다. 그래도 워싱턴에 있는 홀로코스트 추모 기념관과 미국 유대인 세계 협회American Jewish World Service를 필두로 이런 운동이 시작될 수 있었던 것은 대량 학살이라는 명칭이 사용되었기 때문이다. 그로부터 얼마 지나지 않아 다른 많은 단체도 동참해 희생자들의 사정을 더 널리 알리고 인도적 원조를 이끌어낼 수 있었다.

　2004년 10월, 위젤 교수는 바로 며칠 전에 국제 연합 사무총장과 만난 일을 우리에게 이야기해주었다. "나는 코피 아난 사무총장을 만나 다르푸르에 대한 더 많은 관심과 지원을 부탁했습니다.

나는 다르푸르에서 매일 죽어가는 사람들의 숫자를 공표해달라고 했지요. 그러면 전 세계가 이 비극적 참상을 알게 되고 계속해서 외면하기가 더 어려워질 테니까요." 그렇지만 그는 실제로 도움이 되는 구체적 개입이 이루어질지에 대해 여전히 회의적이었다. "전에도 이 문제에 대해 이야기를 나눈 적이 있습니다만, 정치적 저항감이나 무력감도 있었고 잘못 얽혀들 수 있다는 걱정이나 사태를 확대시킬지 모른다는 두려움이 있었습니다." 그는 몸을 앞으로 숙이며 말했다. "그렇지만 우리가 다르푸르의 유혈 사태를 막지 못한다는 건 하나의 부끄러운 추문이나 마찬가지입니다. 비단 희생자뿐만 아니라 행동하지 않음으로써 발생한 과거의 모든 사건에 대한 모독이지요! 분노의 함성이 필요한 때입니다.

내가 정말로 원하는 건 이런 대규모 살인 행위에 책임이 있는 지도자들이 국제 형사 재판소에 소환되는 것입니다. 그러면 우선 다른 지도자들이 이런 일을 저지를 때 장차 어떤 결과가 벌어질지 알고 주저하게 되겠지요. 설사 다른 학살을 막지는 못하더라도 최소한 세계의 다른 사람들을 일깨우는 계기가 될 수 있을 겁니다."

그렇게 말하는 위젤 교수의 모습에서 나는 그의 다급한 심정을 느낄 수 있었다. 훗날 그는 내게 강의실에서 그렇게 말하고 나서 어디선가 사람들이 고통받는 모습을 떠올리며 잠을 제대로 이룰 수 없었노라고 말했다. 그는 정말 말 그대로 그 무렵 불면증으로 고생하고 있었다.

그가 그렇게 자신의 다급한 심정을 이야기했을 때, 데이나라는 학생이 노벨 평화상 수상이 인생에서 어떤 역할을 했는지 물었다. 더 큰 영향력을 행사할 수 있게 되었느냐는 뜻이었다. 위젤 교수가 대답했다. "죽어가는 한 사람의 생명을 살릴 수 있다면, 그저 단 한 생명이라도 살릴 수 있다면 지금까지 받은 모든 상과 명예 같은 건 다 내놓을 수 있습니다."

2009년 다르푸르 희생자의 숫자는 30만 명까지 늘어났으며, 줄잡아 250만 명 이상이 살던 곳에서 쫓겨나 떠돌아다니게 되었다. 보스니아 사태에 대량 학살이라는 용어가 사용됨으로써 특히 활기를 띠게 된 것은 유대인과 아르메니아인 단체들이었고, 이들과 또 다른 단체들의 활동은 이내 상황을 반전시킬 수 있는 수준까지 이르렀다. 그해 수단의 독재자 알바시르는 다르푸르에서 일어난 잔혹 행위 책임자로 지목되어 국제 형사 재판소에 기소되었다. 그는 관련 혐의로 기소된 최초의 대통령이었지만 체포되지는 않았다. 그리고 화학무기 사용을 비롯해 민간인을 향한 잔혹 행위에 대한 보도가 이어졌다.

나의 미래가
바뀌고 있다는 느낌

위젤 교수의 조교가 되어 맞이한 첫 번째 학기가 마무리될 무렵, 데이브가 다시 나를 찾아왔다. 그는 자리에 앉아 머리를 뒤로 쓸어넘긴 후 목소리를 가다듬고는 말했다. "어떤 결정을 내려야 할지 이야기를 나누고 싶습니다."

데이브의 표정은 아주 진지해 보였다. "지난 몇 년 동안 여름이면 공원 관리인으로 일하고 있다는 이야기를 했는지 모르겠군요. 수입은 별로 안 되지만 그렇게 자연 속에서 일하는 게 개인적으로 참 좋거든요. 공원에서 일하면 생각할 시간도 많고요. 그래서 정직원이 되어볼까 생각 중이에요. 여러 가지로 확인해보고 계획도 세웠어요. 그런데 갑자기 별로 좋은 계획이 아니라는 생각이 들어서요."

"음, 무슨 말인가요?" 내가 물었다.

"그게, 이번 강의를 신청하고 위젤 교수님의 삶과 교수님이 사람들을 돕기 위해 해오신 일들에 대해 듣고 나니, 앞으로 숲속에서 혼자 남은 인생을 보내는 게 좋은 계획이 아니라는 생각이 들었거든요…. 저도 교수님처럼 다른 사람들을 돕는 일을 해야 할 거 같습니다. 그러다 보니 성직자가 되는 게 어떨까 진지하게 생각하고 있습니다."

"성직자요?" 내가 되물었다. "그러면 전에도 비슷한 생각을 해본 적이 있습니까?"

"네, 조금요. 삼촌이 성직에 있기는 해요. 영국에서 교회를 하나 맡아 목회를 하고 있거든요. 저는 조금 다른 쪽으로 생각하고 있어요. 그러니까 예컨대 고향인 시카고로 가서 노숙자를 돕는 선교를 하는 거지요."

"아주 좋은 생각이네요. 어려운 사람들을 돕는 건 대단히 중요한 일이니까요." 내가 말했다. "그렇지만 공원 관리인이 되는 것하고는 거리가 먼 이야기 아닌가요? 본인 자신의 행복을 위해서는 자연 속 삶도 필요하지 않을까요?"

"그럼요, 맞는 말입니다. 여름이 오면 국립 공원 중 한 곳에서 관리인으로든 그냥 일반인으로든 산책이나 야영 활동을 하며 지낼 수도 있을 것 같아요. 일종의 재충전을 위해서요. 그런데 노숙자 문제는 확실히 도시에서 일어나는 일이기도 하고 굉장한 소명 의식처럼 느껴지거든요. 위젤 교수님이 작은 사건들이 모여 큰 변화를 이끌어낼 수 있다고 말씀하셨을 때 굉장히 깊은 충격을 받았습니다. 언젠가 한번 배운 것을 그대로 실천하지 않기 때문에 결국 내가 배운 것들을 배신하는 듯한 기분이 든다고 말한 적이 있는데, 이제는 정말 배운 걸 그대로 실천해보고 싶습니다."

현재 데이브는 성직자가 되어 시카고 시내에서 노숙자들을 상대로 선교 활동을 하고 있다. 그는 또 주말에 시간이 되면 숲으로 가 산책도 하지만, 여름 한 철 내내 가서 지낼 만한 시간적 여유는 없다고 한다. 얼마 전에는 나를 찾아와, 지금 하는 일이 너무 마음에 든다고 말하기도 했다. 노숙자들을 돕는 일은 끝이 없지만, 그래도 매일 아침 눈을 뜨면 조금이라도 더 도움을 주자고 스스로를 계속 격려한다고 했다. "노숙자들이 여름에 휴가를 갈 수 있나요. 그러니 나도 그 정도는 포기해야지요."

위젤 교수의 강의를 듣고 인생의 진로를 바꾼 대단한 학생은

데이브뿐만이 아니다. 트레이시는 금융업에 종사했지만 잠시 일을 쉬고 언론학을 공부하기로 결심했다. 그녀는 이민자와 난민, 특히 불우한 환경의 청소년 등 사회에서 소외받는 계층의 알려지지 않은 이야기를 세상에 알리고 싶어 했다. 그녀는 레바논과 시리아를 방문해 전쟁에 휘말려 고립된 난민을 취재하고 그들의 이야기를 서방 세계에 알리기도 했다. 트레이시는 내게 말했다. "아직도 기억하는데요, 강의실에 앉아 교수님 강의를 듣고 있는 그때 나는 그 자리에서 내 미래가 바뀌고 있다는 느낌을 받았습니다."

미리엄은 마음이 병든 노숙자들을 위해 봉사하는 성직자였으며, 주로 시와 소설을 통해 그들을 도왔다. 그녀는 자신의 참을성이 바닥나고 있음을 느끼거나 고통받는 사람들을 목격하고 본인도 두려움을 느낄 때 위젤 교수의 목소리를 듣는다고 말했다. "자, 숨을 내쉬고… 조용히 귀를 기울이세요."

또 다른 학생인 모하메드는 고향 파키스탄으로 돌아가 인권 운동을 펼쳤다. 특히 자신의 가족이나 친척들 중에서 부정한 행실에 대한 의심으로 괴롭힘을 당하는 여성들이 그 대상이었다. 14세의 강간 피해 소녀는 다른 사람도 아닌 친부모에게 돌팔매질을 당했고, 염산 공격으로 눈이 먼 여성도 있었다. 이른바 명예 살인의 피해자가 될 뻔한 여성도 모하메드가 도우려는 대상이었다. 그는 그 후 오랫동안 위젤 교수에게 편지로 도움과 격려를 요청했다. 그는 실제로 어려움을 당하는 여성들을 도우려다 생명의 위협을 당하기도 했다. 어느 편지에서 모하메드는 이렇게 썼다. "나는 몇 명 정도의 여성과 소녀를 도울 역량이 있습니다만, 이곳의 현실을 변화시키는 데는 무력합니다. 대단히 어려운 상황이지만 포기하지 않으려고 애쓰고 있습니다. 절망을 이겨내는 교수님의 가르침은 많은 도움이 되고 있습니다."

나는 이러한 학생들과 만나고 그들의 이야기를 들으면서, 또 각기 다른 분야에서 사회를 위해 활동하는 사람들에게 영감을 준 위젤 교수의 영향에 대해 알아가면서 나 자신이 초라하게 느껴지고 부끄러운 기분마저 들었다. 나 역시 그들과 똑같이 위젤 교수의 이야기를 듣지 않았던가? 나는 그 학생들보다 더 많은 시간을 위젤 교수와 보내지 않았던가? 내가 언젠가 박사 학위를 받으면 내 아이들 중 누군가는 친구에게, 박사는 박사인데 사람들을 돕지 않는 박사라고 이야기하게 될지도 모를 일이었다. 나는 내가 생각하는 정의에 내가 직접 참여하지 못하는 이유를 이해해보고자 나의 내면을 들여다보기 시작했다.

어느 날 나는 위젤 교수와 강의 관련 회의를 진행하다가 문득 고민을 털어놓았다. "저 자신이 사기꾼처럼 느껴집니다." 내가 말했다. "인간과 인류애에 대해 공부하고 가르치기도 하면서 사람들에게 실질적으로 도움이 되는 일을 하나도 못 하고 있거든요. 분쟁 지역을 찾아가보는 것도 아니고, 그렇다고 신문이나 잡지에 특별 기고문을 싣는 것도 아니에요. 난민을 위해 우리 집을 내주지도 않고요. 그래서 왜 이렇게 살고 있는지, 어떻게 바꿀 수 있을지 고민하고 있습니다."

그는 나를 쳐다보며 말했다. "우선은 자신을 너무 다그치는 것 같군요. 분명 대부분의 다른 사람들보다 이런 문제에 더 많이 신경을 쓰고 또 관여하고 있지 않습니까. 그리고 가르치는 일 역시 직접적 참여나 행동하고 같은 거지요. 설마 가르치는 일이 아무 도움도 되지 못한다고 생각하는 건 아니겠지요? 강의실에서 만난 여러 학생이 더 실질적인 방법으로 많은 일을 하고 있는지도 모릅니다만, 학생들이 그렇게 할 수 있도록 영향을 준 게 바로 자신이라는 생각은 안 드나요? 자신이 하는 일을 너무 과소평가하지 마세요."

다르푸르에 대한 설명을 마무리 지은 후 위젤 교수는 이야기 하나를 들려주었다. "언젠가 유명한 랍비 코츠크에게 어느 제자가 물었습니다. '왜 하느님은 굳이 엿새나 걸려 이런 세상을 창조하셨나요? 한번 보세요. 세상은 부패와 잔혹함과 사악함으로 가득 차 있지 않습니까?'

랍비가 대답했습니다. '너라면 더 잘 할 수 있을 것 같으냐?'

제자가 말했습니다. '그렇습니다! 그렇고말고요. 물론 더 잘 할 수 있지요!'

그 말을 들은 랍비가 대꾸했지요. '그러면 왜 그러고 있느냐? 당장 가서 시작하려무나. 어서 가서 더 나은 세상을 만들렴. 어서!'

내가 얻은 깨달음은 바로 이런 것입니다. 이 세상에 태어날 수 있었으니 그렇게 얻은 생명으로 무엇인가 해야 한다. 그리고 실제로 할 일은 얼마든지 있습니다."

위젤 교수가 수재너라는 대학원생을 지목하자 그녀가 말했다. "교수님, 교수님 말씀이 맞아요. 할 일은 얼마든지 있습니다. 사실은 너무 많지요. 그렇다면 우리는 어떤 선택을 해야 할까요? 누구를 어떻게 도와야 하며, 어디에서부터 시작해야 할까요?"

"지금 있는 자리에서 시작하면 됩니다." 그가 손을 들어 올리며 말했다. "그 자리에서 무엇이 보이나요? 매일 거리에서 마주치는 이들은 어떤 사람들입니까? 내 친구이자 위대한 신학자인 아브라함 조슈아 헤셸은 민권 운동가이기도 한데, 한동안 뉴욕에 있는 유대교신학교에서 학생관리위원회 위원장을 맡은 적이 있습니다. 어느 날인가 장래 랍비가 되려는 한 학생이 입학 면접을 보러 왔고, 헤셸은 그 학생에게 학교까지 어떻게 왔느냐고 물었습니다. 학생은 웨스트 70번지에서 120번가까지 몇 킬로미터를 걸어서 왔다고 대답했습니다.

헤셸이 또 물었습니다. '그렇다면 혹시 96번가에서 노숙하는 여인을 보지 못했나요? 손으로 쓴 팻말 같은 걸 들고 담요를 두르고 있었을 텐데.' 학생은 그런 사람은 보지 못했다고 대답했습니다.

헤셸이 말했습니다. '117번가에 있는 퇴역 군인 같은 사람은 보았나요? 회색 턱수염을 기르고 치아가 몇 개 안 남은, 그리고 보통 야구 모자를 쓰고 있는 사람인데요.' 이번에도 학생은 그런 사람은 본 기억이 없다고 말했습니다.

'자바 슈퍼마켓 밖에 서 있는 머리를 땋은 키 큰 남자는 어떻습니까? 양손을 치켜들고 기도하고 있지 않던가요?' 헤셸의 물음에 역시 학생은 그런 남자는 보지 못했다고 대답했지요.

그러자 헤셸이 말했습니다. '자기 주변에 있는 사람도 알아보지 못하면서 어떻게 랍비가 될 수 있겠습니까?'

어딘가 멀리 갈 것도 없습니다. 그저 자신의 주변에 누가 있는지부터 먼저 살펴보아야겠지요. 내가 지나다니는 거리에, 우리 가족이나 친구 중에 도움이 필요한 사람은 없는지 말입니다." 위젤 교수의 이야기는 계속되었다. "그들은 어떤 도움을 필요로 할까요? 어떤 고통을 겪고 있을까요? 비록 작은 관심일지라도 관심에서 비롯되는 작은 친절은 우리가 생각하는 것 이상으로 중요한 역할을 합니다. 세상에 널리 알려질 만큼 대단한 일은 아닐지도 모르지요. 하지만 우리의 능력이 미칠 수 있는 범위에서 주변을 살펴보는 일이 필요합니다. 그저 매일 한 사람이라도 진심으로 공감하며 접촉하는 일이 필요한 겁니다."

은퇴한 교직원으로 10년 넘게 위젤 교수의 강의를 듣고 있는 월트가 말했다. "제 문제는… 일단 뭔가는 하고 있습니다. 기부금 같은 것도 내고요. 그러면 기분이 좀 편해지지요. 그런데 이제 그런 식으로 기분이 편해지기보다는 좀 더 분노하고 싶거든요. 그래야 뭔가를 더 할 수 있을 것 같아서요. 어떻게 하면 좋을까요?"

"먼저 다른 사람들이 실제로 자신에게 어떤 의미가 있는지 생각해봐야겠지요. 그들의 고통이 느껴집니까? 정말로 밤에 잠이 오지 않을 정도로? 정말로 사람들이 어떤 고통을 겪고 있는지 알게 된다면 모른 척 견디기가 힘듭니다. 수재녀가 말했듯, 할 일이 너무 많아 뭘 어떻게 해야 할지 모를 정도의 기분까지 들지요. 물론 그런 와중에도 마음을 편히 가라앉힐 수 있겠지요. 중요한 건 불면증을 겪을 정도의 무기력함과 편안함 사이에서 균형을 잡는 겁니다. 우선 한 사람부터 시작을 해보세요. 추상적 존재가 아닌 진짜 사람 말이지요. 사실 우리는 그런 추상적 관념부터 떨쳐버려야 하거든요. 수용소 아이들에게서 벗겨낸 수백만 켤레의 신발은 그저 숫자에 불과하지만, 한 켤레는 진짜 비극으로 다가올 수 있습니다.

그렇지만 그저 기부금 같은 것만 낼 게 아니라 자신이 직접 나서서 도와줄 수 있는 방법도 생각해보는 게 좋을 것 같군요. 먹을거리를 직접 사서 필요한 사람에게 가져다준다거나 하는 방법으로요. 혹은 지낼 곳을 대신 알아봐주는 건 어떻습니까. 도움이 필요한 사람들과 직접 접촉하고 자신의 시간을 할애해 정말 대화를 나누고 귀 기울여야 합니다. 누가 그런 사람들의 말에 귀를 기울여줄까요? 우리가 바로 그런 사람이 되어야겠지요. 생각을 한번 해보세요. 자신이 누군가를 염려하거나 그렇지 않거나, 누군가에게 필요한 존재가 되거나 그 반대거나, 주변 사람에게 친절을 베풀거나 그냥 돌아서거나, 혹은 할 일이 많다고만 생각하며 어쩔 줄 몰라 하거나 작은 행동이라도 직접 나서거나…. 이런 모든 사소한 순간과 선택은 어떤 식으로든 세계의 운명을 바꾸는 데 영향을 미칠 수 있습니다."

어떻게
알 수 있는가?

우리가 일단 세상의 문제들에 대해 무관심과 절망, 어찌할 바를 모르는 당혹감 등을 극복하고 나서도 우리에게는 여전히 해결해야 할 문제들이 있다. 그런 문제들 중 하나가 이른바 인식론에 대한 것으로, 아주 멀리 떨어진 곳에서 일어난 일의 진실을 규명하는 문제라고 볼 수 있다.

보스턴에 매서운 추위가 몰아닥친 어느 날 아침,《내일 우리 가족이 죽게 될 거라는 걸, 제발 전해주세요!》에 등장하는 난민 수용소에 견딜 수 없는 열기가 내리쬐고 있는 광경을 상상하기란 쉽지 않았다. 저자인 필립 고레비치는 이 책에서 1994년 르완다 학살 사건을 다루고 있었다. 이전 강의 시간에 이 책을 다룰 때 이미 몇몇 학생들은 울음을 터트리기도 했고, 또 다른 학생들은 이웃이 서로를 살해하는 장면을 떠올리며 며칠 동안 밤잠을 이루지 못했다고 말하기도 했다. 위젤 교수는 강의를 하며 도덕적 실패와 관련된 두 역사적 순간 사이의 유사점을 설명했다.

"내가 겪은 시절을 돌이켜보면, 각국 정부들은 무슨 일이 일어나는지 알고 있었습니다. 미국의 루즈벨트 대통령도 알고 있었고 바티칸의 교황도 알고 있었지요. 영국도, 스웨덴도, 스위스도 다 알고 있었습니다. 당시 헝가리에 살고 있던 우리 유대인만 몰랐어요. 아우슈비츠에 도착했을 때 역시 우리 중 어느 누구도 눈앞에서 벌어지고 있는 상황을 제대로 깨닫지 못했습니다. 왜 당시 전 세계

정부는 아무런 일도 하지 않았고, 왜 우리에게 알려주는 것조차 하지 않았을까요?

　그리고 역사는 되풀이되었습니다." 그의 이야기가 이어졌다. "그때와 똑같은 상황입니다. 우리는 르완다에 대해 알고 있지만 어느 나라도 개입을 하지 않았습니다. 어느 정도 중요한 의미가 있는지는 모르겠습니다만, 이 경우 차이가 있다면 클린턴 대통령이 최소한 미국의 실수를 인정하고 르완다 국민에게 사과를 했다는 점 정도일까요. 대부분은 내가 전하는 말과 글이 실질적으로 아무런 영향도 미치지 못한다고 생각합니다만, 르완다의 경우는 나와 대화를 하면서 클린턴 대통령이 사과할 생각을 한 것 같습니다. 그렇지만 그것만으로는 충분하지 않았고, 애초에 충분할 수가 없었지요."

　언론학을 전공하는 데보라가 물었다. "위젤 교수님, 다음번에 비슷한 일이 발생했을 때는 어떻게 해야 과거와는 정말 다르게 우리 미국이 바로 개입하도록 만들 수 있을까요?"

　제임스가 끼어들었다. "그때보다는 세상이 좀 더 복잡해지지 않았을까요? 그러니까 어디선가 대량 학살 같은 일이 일어나고 있다는 사실을 어찌어찌 알게 되더라도, 사정을 정확히 모를 때가 더 많은 것 같습니다. 예컨대 누가 나쁜 건지, 혹은 단순한 내전인지 아니면 정말로 계획된 대량 학살인지 같은 것 말이지요." 그는 다르푸르를 말하고 있는 것 같았다. 수단 정부는 당시 상황을 내전으로 규정한 반면 인권 단체들은 대량 학살 사태라고 표현했다. 나는 갑자기 정신이 번쩍 들었다. 제임스의 질문은 나 역시 오랫동안 고민해온 문제였다.

그런데 위젤 교수가 대답했다. "우리는 답을 알고 있습니다. 때로 잘 모를 수도 있지만, 르완다의 경우는 충분한 증거와 보도 자료가 있었지요. 우리가 확실한 답을 알 수 있을 정도로요."

제임스의 질문이 이어졌다. "그렇지만 말씀하신 것처럼 우리가 잘 모를 때도 있지 않겠습니까?"

줄곧 흥분한 낯빛을 보이던 에이미가 손을 들었다. "교수님, 고등학교에 다닐 때 수용소 난민을 위해서 생필품을 꾸려 보내는 일을 했었어요. 학교 친구들과 함께 700달러어치의 담요와 통조림, 구급약품 같은 생필품을 모아서 수용소로 보냈지요. 그런데 우리가 보낸 생필품이 죄다 수용소를 지키는 살인자 병사들에게 돌아갔다는 사실을 알게 되었습니다. 이런 사실을 알고 나서 우리는 어떻게 해야 할까요? 우리가 하는 일이 정말 도움이 되는지, 아니면 나쁜 쪽을 돕는 일인지, 어떻게 미리 알 수 있을까요?"

우리 모두는 사실 이번 주 강독을 통해 그녀의 질문이 뜻하는 바를 잘 알았다. 고레비치가 자신의 책에 썼듯, 국제 연합이 관리하는 난민 수용소의 식량 배급 사정은 르완다에서도 괜찮은 수준에 속했고 따라서 이웃 투치족을 학살한 전범들이 노릴 만한 사냥감이었던 것이다. 게다가 이런 후투족의 반란군 세력이 난민들을 가두고 관리하게 되면서, 난민들을 위해 모인 성금이 오히려 이들의 세력을 확장하는 데 쓰였다. 그렇게 힘을 회복한 후투족은 다시 르완다로 들어오는 식량이나 보급품을 약탈했다. 고레비치는 이렇게 썼다. "난민 수용소 문제와 관련해 정말 견딜 수 없었던 것은, 수백여 곳에 달하는 국제 인권 단체들이 어쩌면 단일 규모로 역사상 최대 규모일 수도 있는 이 반인륜적 전범 집단에게 멍하니 생필품이며 자금을 공급하고 있는 광경이었다."

에이미는 자신과 친구들의 작은 정성이 이런 결과로 이어진 데 대해 매우 충격을 받은 듯했고, 다른 학생들도 그런 기분을 이해하는 것 같았다. 많은 학생이 그녀를 돌아보았는데, 나는 그런 학생들의 표정에서 에이미와 비슷한 감정을 확인할 수 있었다. 이윽고 모두가 다시 위젤 교수 쪽을 바라보았다.

그가 입을 열었다. "아마도 고레비치의 책 때문에 그런 질문을 한 것 같군요. 그렇다면 고레비치를 작가이자 목격자로서 신뢰한다는 뜻이겠지요? 고레비치의 책을 읽기 전에는 그런 사실을 알수 없었을 테니까요. 이제 진실을 알았으니 이전과는 다르게 행동하게 되겠지요. 그렇지만 이전에도 이후에도 누군가를 돕겠다는 의도는 달라지지 않습니다."

그는 계속했다. "뭘 어떻게 해야 할지 잘 모르겠다…. 직접 가서 보는 것이 아니라면 지구 반대편에서 벌어지는 일들을 어떻게 알수 있을까요? 먼저 실제로 다녀온 사람을 찾아봐야겠지요. 목격자로서 자신이 본 일들을 이야기해줄 수 있는 사람을 말이지요. 그렇지만 또 누가 진실하고 정직한 목격자인지는 어떻게 알 수 있을까요?"

위젤은 제임스를 바라보았다.

"예전에 철학자들이 비슷한 질문을 했습니다. 행위의 본질과 진실의 본질에 대해서요. 우리는 어떻게 진짜 예언자와 가짜 예언자를 구분할 수 있을까요? 그 해답은, 진짜 예언자는 우리를 불편하게 하고 가짜 예언자는 우리를 안심시킨다는 겁니다. 그러면 이렇게 물어야겠지요. 그 목격자는 우리가 듣고 싶어 하는 이야기만 들려주는가, 아니면 우리를 불편하게 만드는가? 물론 그 목격자가 자신의 증언으로 어떤 이익을 얻는지에 대해서도 생각해봐야 할 겁니다.

이런 질문은 순수 철학에서도 나름대로 의미를 지니고 있습니다. 키르케고르는 유명한 질문을 남겼는데, 아브라함은 자신의 아들을 제물로 바치라는 말을 정말 하느님이 했는지 어떻게 알았느냐는 것입니다. 아브라함은 일찍이 자신에게 고향을 떠나라고 명령한 목소리와 같은 목소리였다고 대답할 수 있겠지요. 그렇지만 키르케고르는 이방 신 몰록Moloch(고대 셈족이 섬기던 신.-옮긴이)도 하느님의 목소리를 흉내 낼 수 있다고 말합니다. 사르트르는 누군가 한밤중에 어떤 목소리를 들었을 때, 그 목소리가 천사의 목소리인지 아니면 그냥 자신의 착각인지 어떻게 알 수 있느냐고 물었고요. 정신 이상에 시달리는 사람들 중 일부는 하느님의 목소리를 들었노라고 말하지 않습니까!

경건파에서 전해 내려오는 전설에 따르면, 사탄은 하느님이 이 세상에 위대한 지도자들을 내려보내려는 계획에 한 가지 조건을 걸고 동의했다고 합니다. 그 지도자들과 함께 '또 다른' 지도자들을 내려보내야 한다는 조건이었지요. 비슷한 지도력과 능력, 그리고 매력을 함께 지닌 자들이었습니다. 하느님은 동의하시고 사탄에게 말했습니다. '네가 함께 내려보내자고 하는 자들은 내가 보내는 위대한 지도자들과 비슷한 능력과 지도력을 갖게 될 것이다. 다만 그자들이 온전히 네 소유라는 사실은 오직 나와 너 단둘이 알고 있기로 하자.'

그 전에 우리는 여러 번 비슷한 질문을 던졌습니다. '메피스토펠레스는 어디에 있는가? 악마는 어디에 있는가?' 우리는 악마가 자신의 정체성을 감추고 선한 모습으로 가장하고 있을 때 가장 위험하다는 사실을 잘 알고 있습니다. 그리고 종종 가장 광적인 모습을 보이는 사람들이 학살자로 드러날 때가 많다는 사실도 알고 있지요. 학살자들은 스스로가 곧 정의라고 믿어 의심치 않습니다. 그렇기 때문에 자신들이 의로운 일을 하고 있다고 공공연하게 외치지요. 실제로 그런 학살자들이 설칠 수 있도록, 특히 국가가 합법을 가장해 살인을 저지를 수 있도록 해주려고 항상 정말 그럴듯하고 설득력 있는 사상이 뒤따릅니다. 그러니 진실을 깨닫는 일은 정말 어렵지요.

그래도 여전히 우리가 할 수 있는 일들이 있습니다. 각기 다른 보도 내용을 읽으세요. 서로 아주 상반되는 내용을 이야기하는 보도나 기사를 읽는 겁니다. 그러면 서로 의견이 겹치는 부분이 있을 텐데, 그 부분만큼은 좀 더 신뢰할 수 있는 내용이 되겠지요. 각기 다른 의견을 가진 사람들을 모아 그들이 서로 논쟁하는 내용에 귀를 기울입니다. 그리고 단순한 개인적 의견 말고 사실을 기반으로 하는 제대로 된 증거를 보여달라고 요청하는 겁니다. 그렇게 제시된 증거들의 정확도를 다시 확인하고, 그러면서도 정확히 어떤 주장을 하고 있는지 다시 물어봅니다. 지나치게 듣기 편하고 지나치게 완벽하며 또 그럴듯한 이야기를 전하는 사람들을 믿어서는 안 됩니다."

그는 에이미의 실망감과 배신감을 여전히 의식하며 다시 그녀 쪽을 바라보았다. "들어보세요. 나 역시 상황을 더 잘 풀어보려다가 오히려 그 반대로 만든 경우가 있습니다. 그중 한 가지 사례만 이야기해보지요. 다시 돌이키고 싶을 만한 이야기는 아닙니다만… 1992년에 나는 소규모의 대표단과 함께 유고슬라비아 지역을 방문했습니다. 우리가 그곳에 간 건 전쟁 희생자들과 수용소 등을 눈으로 확인하고 여러 잔혹 행위에 관한 보도들이 다 진실인지 알아보려는, 다시 말해 목격자가 되려는 이유에서였습니다. 만일 모든 내용이 사실이라면 전 세계에 알리려고 했지요. 우리는 먼저 대단히 악명 높은 만야카 수용소를 찾아갔습니다. 그곳에서 수용자들을 만나기 전에 우리는 먼저 수용소장 포포비치를 만나 어떤 약속을 받아내려 했습니다. 포포비치는 앞뒤가 꽉 막힌 사람이었습니다만 나름대로 신뢰할 수 있는 사람이기도 해서, 수용자들이 우리와 이야기를 나누었다고 해서 어떤 불이익을 받지 않게 해달라고 부탁하려 했던 것이지요. 포포비치 소장은 그러겠다고 하더군요. 우리는 수용소에 있는 진료실에서 경비병 없이 열다섯 명가량의 수용자를 만났습니다. 그리고 훗날 우리는 그들이 더 열악한 수용소로 이감되었다는 소식을 들었습니다. 우리와 이야기를 나누었기 때문이었습니다! 나는 지금까지도 그때 그 일에 대해 죄책감을 느끼고 있습니다."(나는 나중에 엘리 위젤이 반군 지도자 카라지치를 만난 이야기를 전해 들었다. 위젤은 수천 명에 이르는 무슬림 수용자들의 생명을 위협할 정도로 기온이 떨어지기 전에 난방이 제대로 되지 않는 만야카 수용소를 폐쇄하도록 카라지치를 설득했다고 한다.)

그는 하던 말을 멈춘 후 나무 탁자를 한참 동안 바라보았다. 그는 갑자기 꽤 늙어 보였다. "그렇지만 우리가 할 수 있는 일은… 우리는 우리가 할 수 있는 한 최선을 다할 수 있습니다. 필요한 정보를 가졌다면 즉시 행동에 나서야 합니다. 혹시나 일을 그르칠까 두려워 행동하지 않는다면, 의도적으로 우리의 선의를 이용하고 우리가 침묵하기를 바라는 자들의 손아귀에서 놀아나게 될 뿐입니다. 우리는 그들에게 굴복할 수 없습니다."

진실과 합리화

"독일 국민에게 증오를 느껴본 적이 단 한 번도 없으신지요?" 주로 홀로코스트 관련 연구를 하는 독일 출신의 대학원생 디트리히가 물었다.

"우리는 증오를 창의적이고 긍정적인 무언가로 바꿔 나가야 합니다. 만일 교사라면 바른길을 가르치려고 노력하고, 작가라면 더 좋은 글을 쓰도록 애써야겠지요. 자신이 느낀 바를 표현하되 증오를 다른 모습으로 바꿔서 표출해야 합니다. 증오를 그대로 발산해서는 안 되는 거지요."

그가 양손으로 자기 얼굴을 쓸어내렸다. "사실은 또 다른 이야기가 있습니다. 나치 장교들의 자녀들을 처음 만났을 때, 그러니까 죄책감과 두려움을 지고 살아가는 젊은 독일 청년들을 만나면서 배운 것이 있어요. 나는 수용소를 지배하던 사람들의 자녀가 수용소에서 학살당한 사람들의 자녀만큼 고통스러울 수 있다고는 단한 번도 생각해본 적이 없었습니다. 그런데 사실이었지요. 그렇기 때문에 많은 독일 학생들이 이곳 강의실이나 예루살렘에 있는 홀로코스트 교육관인 야드 바셈Yad Vashem, 혹은 워싱턴의 홀로코스트 추모 기념관을 찾아 공부하는 것이겠지요. 그 젊은 독일 학생들도 똑같이 위로를 받아야 합니다. 나는 연좌제 같은 건 전혀 불필요하다고 생각합니다. 각 세대에 속한 각각의 사람들은 자신만의 운명을 만들어가야겠지요. 어떤 과거나 배경에 상관없이 우리는 모두 다 같은 사람입니다."

연극을 전공하는 배우 지망생 엠마가 물었다. "용서란 가능한 일인가요?"

위젤 교수가 대답했다. "누군가가 나에게 해를 입혔다면 당사자인 나는 그 사람을 용서할 수 있겠지요. 그런데 죽은 사람들을 대신해서 내가 누군가를 용서할 수는 없는 일입니다. 이미 죽어버린 사람들은 용서를 할지 말지 선택할 수 없고, 나는 그들을 대신해 결정을 내릴 수 없지요.

아주 오래전, 그러니까 전쟁이 끝나고 몇 년쯤 흘러 나는 이스라엘에서 기자로 일하고 있었습니다. 어느 날인가 텔아비브에서 버스를 타고 가다가 한 남자를 보았습니다. 나는 그 남자 바로 뒤에 서 있었기 때문에 제일 먼저 그 남자의 목 부분이 눈에 들어오더군요. 나는 그 목의 모양을 알았습니다. 아우슈비츠에서 유대인 간수로 일했던 사람의 목이었어요. 그러니까 그는 나치 부역자였던 셈이지요.

나는 그 남자에게 다가가서 물었습니다. '혹시 전쟁 때 독일에 계셨습니까?' 남자가 그렇다고 대답하자 나는 또 물었습니다. '아우슈비츠에 계셨나요?' 남자는 또 그렇다고 대답하더군요. '아우슈비츠 수용소에는요?' 남자는 자기도 강제 수용소에 있었다고 대답했습니다. 나는 물었습니다. '그러면 아우슈비츠 수용소의 그쪽 구역에 있지는 않으셨는지?' 이런 식으로 내가 점점 더 자세히 파고들자 남자도 마침내 나를 알아본 것 같았습니다. 우리 두 사람은 그가 바로 내가 있던 수용소 구역의 유대인 간수였다는 사실을 함께 기억해낸 겁니다."

위젤 교수는 잠시 고개를 들어 천장 쪽을 바라보았다. "그 순간 사실 나는 뭐라고 소리를 질러야 했을지도 모릅니다. 당시 텔아비브는 그런 사람이 안전하게 돌아다닐 만한 곳이 못 되었지요. 만일 주변 사람들이 그가 누구인지, 전쟁 때 무슨 짓을 했는지 알아차린다면 말입니다. 순간 나는 내 말 한마디로 남자가 체포당하게 하거나 더 심한 일을 겪게 할 수도 있다는 사실을 알았습니다. 나는 그저 소리만 지르면 되었습니다. 그야말로 남자의 운명을 내 손아귀에 쥐고 있는 셈이었지요." 그는 다시 학생들 쪽을 바라보았다. "그렇지만 나는 아무것도 하지 않았습니다. 그걸 용서라고 할 수 있을지 잘 모르겠습니다. 그냥 그대로 내버려두었다고나 할까요. 나는 재판관이 아닙니다. 그저 목격자일 뿐입니다."

무조건적 희망

"그런데 그런 여러 가지 일이 일어난 후에도 계획적 대량 학살은 21세기까지 계속 이어지고 있습니다. 아우슈비츠 이후에도 세상이 변하지 못했다면 앞으로 과연 변화될 가능성 같은 것이 있을까요? 변화에 대한 희망 같은 걸 품어볼 수 있겠습니까?" 적어도 매 학기 한 명 이상의 학생이 이런 질문을 던지곤 했다.

위젤 교수의 대답은 다음과 같았다. "우리는 절망에 빠지더라도 희망을 갖고 살아가지 않으면 안 됩니다. 절망에게 승리를 안겨줄 수는 없기 때문이지요. 나는 이 세상이 뭔가 배워가고 있다고는 생각하지 않지만, 그런 사실로부터 도망칠 수도 없습니다. 그렇지만 난 절망을 믿지 않습니다. 사람들은 흔히 무조건적 믿음이나 신앙에 대해 이야기하지요. 나는 우리가 그런 무조건적 희망을 가져야 한다고 생각합니다."

"그렇지만 그러려면 희망을 가질 만한 근거나 이유가 있어야 하지 않을까요?" 이과 대학에서 온 아비가일이 물었다.

"대안을 한번 생각해봅시다. 카뮈는 이런 말을 남겼습니다. '희망을 찾을 수 없다면 희망을 만들어내야 한다.' 우리는 언제나 희망을 찾아낼 수 있습니다. 트리스탕 베르나르Tristan Bernard(20세기 초 프랑스의 희극 작가로, 전통적 희극과 통속 희극을 계승하고 발전시켰다.-옮긴이)가 나치의 비밀경찰에게 체포되었을 때, 베르나르의 아내는 남편이 웃는 모습을 보았습니다. 그래서 왜 웃느냐고 물었더니 이렇게 대답하더랍니다. '지금까지 계속 두려움에 떨면서 살았는데 이제는 희망을 갖고 살 수 있게 되었군.' 그렇게 체포되어 끌려가면서도 그는 희망을 갖는 쪽을 선택한 겁니다.

역사 속에서도 우리는 희망을 찾아볼 수 있습니다. 2차 세계대전 당시 폴란드 바르샤바에서 유대인의 봉기를 이끈 건 20대 젊은이들이었습니다. 독일군은 이 봉기를 진압하는 데 프랑스를 점령할 때보다 더 오랜 시간이 걸렸습니다. 유대인 봉기가 알려지자 독일군이 처음에 어떻게 반응했을까요. 한 독일군 장교가 이렇게 소리쳤다고 합니다. '이봐, 한스. 여자들까지 나서서 총을 쏘고 있어!' 아우슈비츠 수용소에서는 로자 로보타라는 이름의 한 여성이 다른 여성들과 함께 몇 주에 걸쳐 화약가루를 손톱 밑에 감춰 수용소 안으로 들여왔고, 그걸로 폭탄을 만들었습니다. 그들의 노력은 1944년 10월에 일어난 수용소 내 유대인 봉기의 도화선이 되었지요. 로자 로보타와 다른 세 여성은 결국 체포되어 교수형을 당했는데, 죽는 순간 성경 구절을 소리 높여 외쳤다고 합니다. '강하고 담대하라!' 이런 식의 저항 운동 사례는 얼마든지 찾아볼 수 있습니다. 희망이 없었다면 결코 일어날 수 없는 일들이었습니다.

여러분에게 또 한 가지를 말하지 않을 수 없군요. 그런 강제수용소에서도 나는 친절함과 따뜻함을 맛보았습니다. 사람들은 말조차 마음대로 꺼낼 수 없는 상황에서도 기회만 있으면 서로를 격려했고, 하느님의 부재 속에서도 기도를 멈추지 않았습니다. 어느 아버지가 아들에게 마지막 남은 자신의 빵 조각을 건네주자 아들은 그걸 다시 돌려주더군요. 수용소에 끌려온 유대인은 허약하거나 병에 걸린 사람들을 어떻게든 보호하려고 애썼습니다. 그건 적과의 싸움이었습니다. 적들은 유대인의 인간성을 말살하려고 노력했지만, 오히려 인간성을 잃은 건 독일군이었습니다. 끌려온 처지에 있는 우리는 인간성을 지켜 나갈 수 있었지요. 《예루살렘의 아이히만》을 쓴 철학자 한나 아렌트가 뭐라고 했던가요. 인간은 모두 악마가 될 수 있다고요? 그녀의 생각은 틀린 것 같습니다.

1945년, 곳곳에 숨어 지내던 유대인이 세상으로 나왔습니다. 숲속에 숨어 저항했던 유대인에게는 무기도 있었지요. 그야말로 다시 세상을 불과 피로 물들일 수도 있었을 텐데, 그런 일은 일어나지 않았습니다. 물론 복수를 하려는 유대인도 있었지만 그건 아주 드문 일이었습니다. 유대인은 살아남는 것에 승리의 의미를 두었습니다. 절망이 아닌 희망을, 다툼이 아닌 아량을, 폭력이 아닌 감사의 마음을 찾으려 애썼던 사람들은 고난을 겪고 살아남았습니다. 그렇게 살아남아 가족을 이루고 공동체를 다시 세우며 사회에 도움을 주는 사람이 되는 쪽을 택한 것입니다. 또한 다른 사람들을 도울 수 있는 방법도 찾았지요.

뉴욕의 마운트 시나이 병원 산부인과 병동에 한 유대인 여성이 있었습니다. 나중에 어떤 간호사에게 전해 들은 이야기입니다만, 전쟁에서 살아남은 이 유대인 여성은 갓 태어난 자신의 아이를 들어 올리며 이렇게 말했다고 합니다. '세상아, 이걸 보렴. 나를 대신할 새로운 생명이 태어났어.' 이것이 생존자의 복수 방법입니다. 새로운 생명, 새로운 가족, 새로운 공동체 가운데 서로를 도우며 더 나은 세상을 만드는 복수 말입니다."

"부모가 되셨을 때 같은 기분을 느끼셨나요?" 다시 아비가일이 물었다.

"좀 더 젊은 시절에는 한동안 아이 같은 건 절대로 갖지 말자고 생각하던 때가 있었습니다. 그런 일들을 겪고 났는데 어떻게 이 세상에 새로운 생명을 던져놓을 수 있겠습니까? 그렇지만 생각이 바뀌더군요. 생각을 고쳐먹으라고 몇 년에 걸쳐 나를 다그치고 격려한 선생님들의 도움이 컸습니다. 무슨 일이 있더라도 희망을 갖는 쪽을 선택해야 한다는 사실을 깨달았지요. 깨달음을 얻고 마음을 고쳐먹을 수 있었다는 사실이 무척이나 기쁩니다.

이렇게 나의 삶은 오늘에 이르렀습니다. 우리가 이렇게 함께 모여 공부를 하고 질문도 할 수 있기까지 얼마나 많은 요소들이 작용했을지 상상해보세요. 여러분은 내게 희망과 진실한 마음, 지식과 의미에 대한 열망을 보여주었습니다. 두 사람이 모여 서로의 말에 귀를 기울이고 배워 나갈 때 희망이 싹틉니다. 그러면 인간에 대한 사랑이, 평화가, 그리고 존엄성이 다시 시작되는 것이지요. 서로에게 귀를 기울이는 것 같은 아주 작은 존중의 태도를 바탕으로 해서 말입니다. 희망이란 우리가 서로에게 줄 수 있는 선물 같은 것입니다."

그의 이야기가 이어졌다. "지금까지 우리가 살펴보았듯, 진실을 외면하고 악마가 없는 것처럼 생각한다면 결과는 하나뿐입니다. 악마가 더욱 힘을 얻게 되지요. 그렇다고 해서 항상 어두운 심연만 바라보면 쉽게 절망에 빠집니다. 희망은 선택이며 우리가 서로에게 줄 수 있는 선물이라는 내 말이 터무니없이 들릴 수도 있고, 사실과는 전혀 다를 수도 있습니다. 그러면 그저 선택이라고만 생각을 해보세요. 일단 우리가 선택한다면 그러니까 희망을 만들어내는 쪽을 선택한다면 두려움 없이 악마를 마주할 수 있을 겁니다. 그것이 악마에게 저항하고 악마와 싸울 수 있는 첫걸음인 것이지요."

데이브가 말했다. "그러면 이 강의실 밖의 다른 사람들에게 우리는 무슨 말을 전해야 할까요?"

위젤 교수가 깊은 생각에 잠긴 듯한 모습으로 손을 펼쳐 보였다. "사람들에게 우리가 훨씬 더 많은 일을 할 수 있다고 전하십시오. 우리는 그렇게 할 수 있기 때문에 반드시 그렇게 해야만 한다고요."

6

말과 글을 넘어서

어떻게 노래를 부를 수 있겠는가?

어떻게 노래를 부르지 않을 수 있겠는가?

—

—

—

—

추운 12월의 아침, 보스턴 대학교의 어느 강의실에서 위젤 교수가 학생들에게 노래를 불러주었다. 그가 어린 시절에 부르던, 잃어버린 세상의 아름다움에 대한 노래였다. 다만 이 노래는 가사가 전혀 없고 가락만 있는 이른바 니건nigun이었는데, 나는 듣는 것만으로도 왠지 소름이 좀 돋았다. 노래 가락은 장조와 단조를 번갈아 오감으로써 통절하면서도 섬뜩한 느낌을 주는 효과가 있었다. 위젤은 굵지만 섬세한 목소리를 내는 바리톤에 가까운 음색이었고, 눈을 감고 박자를 따라 몸을 흔들었다. 그의 양손은 마치 합창단을 지휘하듯 부드럽게 위아래로 움직였다. 노래가 절정에 다다르자 그는 손가락으로 딱 소리를 낸 뒤 손뼉을 쳤다.

노래를 마친 그가 잠시 입을 다물고 있다가 이윽고 눈을 떴다. "경건파 랍비 비즈흐니츠가 만든 이 니건은 개인적으로 어린 시절을 떠올리는 데 가장 좋은 방법이라, 그 느낌을 여러분과 함께 나누고 싶었습니다. 그런데 경건파가 내 어린 시절에서 빼놓을 수 없는 부분을 차지한다고 해서 다른 종파보다 굳이 경건파를 많이 언급하는 것은 아닙니다. 경건파는 폐허 속에서 새롭게 일어서는 법을 가르쳐주기 때문입니다."

강의가 끝난 후 나는 그의 사무실로 이어지는 계단을 올라가 문을 두드렸다.

"교수님, 간단하게 한 가지만 여쭤봐도 될까요?"

"물론이지요. 그런데 잠시만요." 그는 나를 돌아보지 않고 말했다. 그는 작은 종이 위에 쓰던 것을 마무리하고 나서야 나를 쳐다보았다.

"좀 궁금해서요. 오늘 강의 시간에 왜 갑자기 노래를 부르셨나요? 전에는 한 번도… 그러니까 제가 교수님 조교가 된 후로는 한번도 그런 모습을 뵌 적이 없거든요. 노래는 참 아름답고 감동적이었습니다만… 오늘이 무슨 특별한 날인가요?"

그는 나를 차분한 표정으로 바라보며 말했다. "때때로 우리는 말과 글을 넘어선 무언가에 감동을 받을 필요가 있습니다. 잘 알겠지만 가르치고 배우는 일은 정보를 서로 나누는 것만으로 이루어지지 않습니다. 다른 무언가가 더 추가되어야 하지요. 학기 내내 강의를 하고 학생들은 훌륭한 소설과 희곡 들을 읽어갑니다. 서로 토론도 하고 이야기도 나누지요. 그렇지만 뭔가 하나 부족하다는 느낌이 들었습니다. 가락이나 곡조가 빠진 것 같아서 노래를 부르기로 결심했지요."

나는 다음 몇 주 동안 이 짧은 대화에 대해 줄곧 생각했다. 그의 말을 듣고 보니, 이번 학기 학생들이 예전과 달리 강의에 대한 흥미를 덜 느끼는 듯 보이기도 했다. 아주 미묘한 차이였지만 분명 그렇게 느껴졌다. 그런데 그가 노래를 부른 순간 닫혀 있던 문이 열린 것 같았다. 그 후부터 강의 시간에 토론은 더 활기가 넘쳤고, 학생들은 더 자주 손을 들고 하고 싶은 이야기를 했으며, 더 진지한 질문들도 오갔다. 그가 좀 더 자신을 내보였기 때문에 학생들도 좀 더 스스로를 내보이고 있는지 모른다는 생각이 머릿속을 스쳐 지나갔다.

언어와
그 한계

위젤 교수는 학생들에게 인간성에 대해 가르칠 때 기억이나 추억이 대단히 중요한 역할을 한다고 생각했다. 그가 평생에 걸쳐 천착한 일 중 하나도 자신의 경험과 그 의미를 다음 세대에 전달하고 홀로코스트의 목격자로서 다른 사람들을 위한 또 다른 목격자가 되는 것이었다. 그렇지만 그는 동시에 그런 경험의 전달이 가진 한계 또한 잘 알고 있었다.

그런 한계에 부딪혔을 때 우리는 무엇을 해야 하는가? 예컨대 작가나 교사 입장에서 말과 글로 제대로 전달할 수 없는 부분이 있다면 어떻게 해야 할까? 위젤에게 이런 고민은 이론이 아니라 실제였다. 그는 자신의 홀로코스트 증언을 세상에 알리는 일의 필요성과 그 일이 제대로 되지 않는 문제 사이에서 고민했다. 말이나 글로 도저히 표현할 수 없고 전달하기도 어려운 이야기들이 있을 때는 어떻게 해야 한단 말인가?

어느 강의에서 그는 말했다. "《밤》은 원래 이디시어로 썼고 분량은 거의 900쪽이나 되었습니다. 그래서 다시 원고를 줄이고 다듬는 작업을 했지요. 나에게 글을 쓴다는 건 그림 그리는 일이라기보다 조각하는 일에 더 가까웠습니다. 조각가는 돌 안에 숨어 있는 모습을 상상하며 그 모습이 나타나기까지 깎아내는 일을 합니다. 플로베르는 말했지요. '오전 내내 고심하다 마침내 쉼표 하나를 찍었다. 그리고 오후 내내 고심하다 그 쉼표를 지웠다.' 나도 그와 비슷하게 가장 중요한 정수만 남을 때까지 고민에 고민을 거듭하며 불필요한 말과 단어를 깎아냅니다만, 그렇게 깎아내고 지워버린 말과 단어는 그 자리에 남게 됩니다."

"말을 지워버렸는데 어떻게 그 자리에 남게 된다는 말씀인가요?" 변호사로서 석사 과정을 밟고 있는 워싱턴 D. C. 출신의 앨런이 물었다.

"마치 죽은 사람들이 완전히 사라지지 않고 남아 있는 것과 비슷하다고 할까요. 그렇지만 저절로 그렇게 되는 건 아니고 어떤 의도나 목적이 필요하기는 합니다. 나는 10년이 지나기 전에는 내가 겪은 일들을 글로 옮기지 않겠다고 맹세했습니다."

앨런이 그 이유를 물었다.

"그래야 각각의 단어에 침묵도 함께 내재하게 되니까요."

"그 일이 왜 중요한가요?"

"왜냐하면 단어만으로는 경험을 제대로 전달할 수 없으니까요. 학살자들은 무슨 일이 일어났는지 설명할 수 있는 언어를 찾아냈지만, 희생자들은 그러지 못했습니다. 나는 그때나 지금이나 여전히 내 경험을 제대로 전달하는 올바른 단어를 찾아낼 수 있을지 잘 모르겠습니다. 말과 글을 넘어서는 무언가를 제대로 전달할 수 있다는 희망을 갖기 위해서 침묵이 반드시 필요한 겁니다.

잘 들어보세요. 언어는 대단히 중요합니다. 단순히 어떤 사상이나 기억을 전달하는 도구 이상의 의미가 있지요. 자신의 한계를 뛰어넘고 싶은 건 인간의 꿈이자 욕망입니다. 언어란 기본적으로 단어들로 구성되지만 그 이상의 의미를 지닙니다. 글자들과 단어들, 사람들 사이의 빈 공간도 어쩌면 언어의 일종이라고 볼 수 있습니다. 《고도를 기다리며》를 책으로 읽거나 연극으로 감상할 때, 우리는 등장인물들의 행동 대부분이 장면과 장면 사이에서 이루어진다는 사실을 확인할 수 있습니다. 이 연극의 줄거리는 대단히 간단합니다. 등장인물들이 매우 간단한 대화를 주고받을 뿐인데, 우리는 그 모습에 스스로의 성향이나 소망을 자기도 모르게 투영하게 되지요. 어쩌면 일종의 성격 검사라고나 할까요. 등장인물들은 둘씩 짝을 지어 나오고 그 둘 사이에는 언제나 일정한 공간이 존재합니다. 그 공간에 주목해보세요. 모든 수수께끼가 그 안에 있으니까요.

우리는 문학 작품에서 비밀의 장소 같은 걸 찾아내려고 애씁니다. 겉으로 드러나는 부분보다 드러나지 않은 부분이 때로는 더 중요하다고 생각하는 겁니다. 역사에서도 마찬가지지요. 예컨대 내가 좋아하는 러시아의 극작가 니콜라이 고골을 살펴볼까요. 고골은 예루살렘에 간 적이 있는데, 고향으로 돌아와서는 집필 중이던 《죽은 혼》 제2부를 태워버립니다. 왜 그랬을까요? 다음은 니체입니다. 니체는 1889년부터 크게 앓기 시작하면서 단 한 줄의 글도 쓰지 않았습니다. 그렇다면 1900년에 세상을 떠나기 전 11년 동안 그에게는 어떤 일들이 있었을까요? 그는 무엇을 쓰고 싶고 또 무엇을 쓰고 싶지 않았을까요? 그는 마음속으로 어떤 생각들을 했을까요?

위대한 이야기들은 살아 숨 쉽니다. 한자리에 멈춰 있지 않고 계속 움직입니다. 심지어 숨소리까지 들릴 정도지요. 게다가 우리를 완전히 감싸 안습니다. 그래서 그런 이야기들을 읽으면… 예컨대 소포클레스를 읽으면 그의 상상 세계 속에, 또 셰익스피어를 읽으면 그의 마음속에 들어가 있는 우리 자신의 모습을 발견하게 됩니다. 그리고 이전과는 다른 모습으로 새로운 사상과 감정을 갖게 되지요. 이른바 도덕적 진화는 자연적 선택이 아니라 이렇게 이야기를 통해서 정말로 진행됩니다.

그러므로 우리는 이야기를 전해야 합니다. 이디시어 속담에 '하느님이 이 세상을 창조하신 건 하느님이 이야기를 사랑하시기 때문이다'라는 말이 있습니다. 하느님조차 세상을 창조하기 위해 언어를 필요로 했습니다. 나는 어린 시절부터 언어를 존중하는 법을 배웠지요.

하지만 언어도 타락할 수 있습니다. 인간의 잔혹성에 오염될 수 있지요. 중국의 어느 전설에는 피를 보지 않고 오직 말로 사람들을 죽이는 용이 나옵니다. 가해자가 사용하는 언어와 희생자가 사용하는 언어가 서로 같을 수는 없겠지요. 20세기에 여러 사건이 일어난 이후 '선택', '협력', '정화' 같은 단어는 새로운 의미를 지니게 되었습니다. 이런 단어를 들을 때마다 나도 모르게 몸이 떨려옵니다. 꼭 기억하세요. 여러분이 읽는 모든 문장은 다 나름대로의 사연을 갖고 있습니다. 2차 세계 대전이 끝난 후에 우리는 언어와 어색한 관계가 되었습니다. '불길'이나 '굶주림' 같은 단어를 생각해보면, 그와 관련된 일을 겪어보지 못한 사람들과 실제로 겪은 사람들이 서로 이해하지 못하고 미워하는 것은 어쩌면 당연한 일일지도 모릅니다. 내 경험담을 실제 글로 옮기기 전에 10년을 기다렸다고 말했었지요. 그 이유는 바로 내 경험을 제대로 전달할 만한 적절한 단어를 찾을 수 있을지 확신하지 못했기 때문입니다. 나와 비슷한 고민을 하던 작가들 가운데 자살을 한 사람도 있습니다. 아마도 언어의 약점이나 덧없음을 깨달았기 때문이 아닌가 싶습니다. 그리고 때로 우리는 언어를 넘어 침묵의 세계에 이르러야 할 때가 있습니다.

글을 쓰는 사람으로서 나는 침묵이 대단히 중요하다고 생각합니다. 카뮈가 말했지요. '나는 일종의 예배를 통해 글 쓰는 작업에 들어간다.' 또 어떤 사람들은 분노를 통해 글을 쓰기도 합니다. 그렇다면 나는 침묵을 통해 글 쓰는 작업에 착수하는 셈입니다. 침묵에도 다양한 종류가 있습니다. 공감에 의한 침묵, 혼란에 의한 침묵, 슬픔에 의한 침묵, 혹은 신비스러운 경험에 의한 침묵 등이지요. 우리는 카인과 아벨 사이에 있었던 침묵을 목격했습니다. 두 사람은 서로 소통하지 못했고, 그래서 결국 역사상 최초의 살인이 일어났습니다. 우리 대부분이 경험하는, 서로 어색해 당황하는 사이에 발생하는 침묵도 있습니다. 그러면 침묵이 과연 유일한 해답이 될 수 있는지에 대한 여러 의문도 있을 수 있지요. 〈레위기〉에는 아론의 침묵이 나옵니다. 아론의 두 아들은 하느님께 제사를 지낼 때 하느님이 명령하시지 않은 '다른 불'을 사용하다가 그만 그 불길에 휩싸여 죽습니다. 그렇지만 '바이돔 아론VaYidom Aharon', 즉 '아론은 잠잠하였습니다'. 이런 비극을 마주했을 때는 침묵이 유일한 응답일 수 있겠지요. 그런데 세상에는 또 다른 종류의 침묵이 있고, 나는 내 책들을 통해 그 침묵에 대해 알아보려고 애써왔습니다."

이사벨이 손을 들었다. "《밤》에 대해서는 이미 들었는데, 그렇다면 교수님의 다른 책들은 어떤가요? 지금도 글을 쓰실 때 침묵을 염두에 두시는지요?"

"때로 나는 내가 쓴 다른 모든 책이 첫 번째 책 《밤》을 시기하거나 질투하고 있지 않은가 걱정하곤 합니다. 그렇지만 내 책들은 서로 다르면서도 연결되는 부분이 있지요. 만일 내가 첫 번째 책을 세상에 선보이지 못했다면 다른 책은 절대 쓰지 못했을 겁니다. 그런데 《밤》 이후의 다른 책은 모두 질문을 던지고 있습니다. 책마다 각기 다른 질문인데, 예컨대 권력에 대한 질문, 믿음에 대한 질문, 광기에 대한 질문 등입니다. 만일 《밤》 이외에 나의 다른 책들을 읽어보았다면 홀로코스트가 그다지 많이 언급되어 있지 않다는 사실을 알 겁니다. 그 이유는 대학살 내용이 진부하게 여겨지는 걸 내가 원하지 않기 때문입니다. 나는 여전히 '아우슈비츠'라는 단어를 쓸 때 온몸에 전율이 흐르기를 바랍니다. 그렇지만 어쨌든 내 모든 책에는 대학살 내용이 분명이 담겨 있습니다. 내가 분명히 썼기 때문입니다.

평범하거나 지겹게 받아들여진다는 건 대단히 위험한 일입니다. 엄청난 충격과 영향력을 발휘할 수 있는 단어들이 아무렇지 않게 보인다면 그건 문제가 되니까요. 그러다 보면 사람들도 둔감해지기 시작하거든요. 그런 일을 막기 위해 나는 글을 쓰고 가르치는 일을 계속하고 있습니다. 그런데 우리는 언어에 많이 의존하기 때문에 그런 진부함이 얼마든지 생겨날 수 있습니다. 나는 다른 사람들이 보고 배울 수 있는 내용을 글로 쓰고, 그로 인해 세상이 조금이나마 달라지기를 바랍니다. 그렇지만 이제 여러분도 깨닫게 된 것처럼 나 역시 사실은 이 세상이 새로운 것을 배워 나가는지 확신하지 못하고 있습니다. 카프카 이야기를 하며 자신의 뜻을 전하지 못하는 심부름꾼에 대해 언급한 적이 있지요. 그런데 말입니다, 그 심부름꾼이 내 뜻을 잘 전달했는데도 불구하고 아무것도 달라지는 게 없다면 어떨까요?

18세기에 오펜하임이라는 유대인 보석상이 살았는데, 그가 이런 말을 했습니다. '누가 뛰어난 상인인가? 갖고 있는 보석을 필요로 하는 사람에게 파는 것은 대단한 기술이라고 할 수 없지. 갖고 있지도 않은 보석을 필요하지도 않은 사람에게 팔아치우는 게 진짜 솜씨 좋은 상인이다!'

경건파의 스승인 랍비 나프탈리 즈비 호로비츠는 말솜씨가 대단히 뛰어났으며 재치와 익살로는 타의 추종을 불허했습니다. 유월절이 되기 전 어느 안식일에 랍비 나프탈리가 시너고그에 갔다가 집으로 돌아왔습니다. 보통 유월절 전 안식일에 마을의 랍비들은 가난한 사람들을 돕기 위한 설교를 합니다. 다가올 유월절 축제를 누리지 못할 정도로 가난한 사람들을 위해서지요. 그래서 랍비 나프탈리도 그런 내용의 설교를 하고 집으로 돌아왔는데, 아내가 물었습니다. '오늘은 어땠나요?' 랍비가 그럭저럭 나쁘지 않았다고 대답했습니다. '그래서 성과가 조금 있었나요?' 다시 랍비가 대답했지요. '절반밖에는.' 아내가 물었습니다. '절반밖에라니, 그게 무슨 뜻이에요?' 그러자 랍비는 이렇게 말했습니다. '부자들에게 도움을 얻는 일은 잘 되지 않았는데, 가난한 사람들이 뭔가를 받아야겠다고 생각하도록 만드는 건 잘 되었지.' 나 역시 종종 비슷한 기분이 듭니다. 나는 어쩌면 어떤 이야기를 전달하는 데 외부인일 수 있습니다. 아름다운 이야기도 있지만 대부분은 고통스러운 이야기지요. 나는 심지어 모국어로 말을 하거나 글을 쓰는 데도 어려움을 겪습니다. 적절한 단어를 고르는 일은 그만큼 엄청나게 어려운 일입니다.

언어 자체의 취약성을 생각하면 고민은 더욱 깊어집니다. 지난 전쟁에서 적들이 언어를 얼마나 교묘하게 다루고 이용했는지 이미 충분히 확인하지 않았습니까."

"2차 세계 대전 당시 추축국의 선전 활동을 말씀하시는 건가요?" 앨런이 물었다.

"그건 아주 적절한 사례라고 볼 수 있습니다. 압제자들은 종종 왜곡된 언어로 사실관계를 모호하게 만들지요. 베케트는 '언어란 매춘부와 같아서 원하는 사람 모두에게 자신을 전부 내어준다'라고 말했습니다. 언어를 통한 왜곡이란 사실 대단히 쉽습니다. 전쟁 중에는 언제나 언어가 제일 먼저 왜곡되고 훼손되며 죽임을 당합니다. 전쟁 중에 언어는 역겹고 천박하며 꼴 보기 싫은 존재가 되어버리지요. 어떻게요? 아주 간단합니다. 조지 오웰은 언어가 본래의 의미를 잃고 다른 의미로 바뀌는 과정을 아주 잘 소개했지요. 히틀러는 자신의 유대인 학살 계획을 '최종 해결책'이라고 불렀습니다. 스탈린은 동유럽 위성 국가를 언급할 때 '인민들의 민주주의'라는 용어를 사용했고요. 민주주의는커녕 제대로 된 인민조차 존재하지 않았는데 말입니다. 정부는 거짓말을 하지 않아요. 다만 말을 비비 꼬아서 전달할 뿐이지요. 혁명요? 아, 이런, 제발 그런 말은 쓰지 마세요. 그저 '불안정한 상황'이라고만 해주세요. 제3세계 국가들은 빈곤에 시달리는 것이 아니라 그저 '혜택'을 누리지 못하고 있을 뿐이에요.

우리는 언어가 자유를 누리도록 해주어야 합니다. 원래 내보이고 싶었던 뜻을 그대로 전할 수 있게 해주는 것이지요. '굶주리는 어린이들'이라고 말할 수 있는데 왜 굳이 '소득 불균형'이라고 돌려서 말합니까? 그냥 '죄 없는 가족이 돌팔매질을 당하고 있다'고 말하세요. '인종 간 갈등'이라고 말하지 말고요. 정치에서도 문학에서도, 그리고 물론 교육에서도 이런 원칙이 똑같이 적용되어야 합니다. 우리가 계속 언어를 왜곡한다면 진실을 제대로 전달할 수 없습니다."

위젤 교수에게 말이나 글은 필요하지만 그것만으로는 충분하지 않다고 나는 이해했다. 그가 강의 시간에 노래를 부르기로 결심한 것은 다음과 같은 중대한 질문에 대한 답이었으리라. '전하고자 하는 뜻을 잘 전달했습니까? 그러지 못했다고요? 그렇다면 말이나 글로써 할 수 없는 일을 노래 한 곡으로 해결할 수 있을지도 모르겠습니다.'

보스턴 대학교 조교로 맞이한 첫 번째 학기의 어느 화요일 아침, 위젤 교수는 내게 자신이 정리하려고 치워놓은 책들을 좀 가져가겠느냐고 물었다. 책이 점점 늘어나 연구실 공간이 더 이상 감당할 수 없게 되었다는 것이다. 그중 일부는 누군지 모르는 열정적인 사람들이 보낸 책으로, 때로 자신만만한 쪽지("이 공상과학소설이 믿음에 대한 교수님의 모든 의문에 답해줄 것입니다") 같은 것이 끼워져 있기도 했다. 또 사실적 근거가 희박한 역사책이나 같은 책이 여러 권 있는 경우도 있었다.

　몇 주 뒤 어느 일요일 아침, 나는 그 책들 중에서 이디시어로 된 민담집 한 권을 골라 들었다. 그중 사라라는 이름의 젊은 여인에 대한 환상적인 이야기가 있었다. 어느 날 까마귀 한 마리가 사라를 채어 교회 첨탑 꼭대기에 올려놓았고, 사라는 내려오지 않았다. 마침내 다시 집으로 돌아가기로 결심했지만 그녀의 부모와 오빠는 사라를 반기지 않았고 집에 들이지도 않았다. 결국 사라의 언니가 집으로 들여 먹이고 재워주었다. 나는 계속 이 이야기에 대해 생각했다. 사라의 언니는 왜 사라를 받아들였을까? 금단의 장소에 다녀온 사람을 다시 따뜻하게 받아들이려면 어떻게 해야 할까? 만일 꿈속에 등장하는 모든 인물이 결국 꿈을 꾸는 사람 본인의 모습이 투영된 것이라는 프로이트의 말이 맞는다면, 잘못된 길로 빠져버린 우리 자신의 일부를 다시 따뜻하게 받아들이려면 어떻게 해야 할까?

　다음 날 저녁 나는 식구들과 저녁을 먹고 있었다. 마카로니 치즈를 먹으면서 새 에어컨을 살지 차를 고칠지 아내와 이야기를 나눴고 반쯤 잠든 막내도 틈틈이 돌봤다. 아들 녀석이 머리에 온통 치즈를 뒤집어쓴 채 울기 시작했고, 나는 아이를 주방 개수대로 안고 가서 따뜻한 물로 얼른 닦아주었다. 나는 놀이라도 하는 듯 시늉했고, 아이는 웃었다. 그때 내 머릿속에 한 장면이 그려졌다. 민담의 주인공 사라가 교회 첨탑에 있는 풍향계에 옷이 걸려 매달린 채 멀리 사라져가는 까마귀를 바라보는 모습이었다. 나는 아이 씻기는 일을 급하게 마무리한 뒤, 아내에게 양해를 구하고 재빨리 위층에 있는 내 작은 작업실로 달려갔다. 그리고 머릿속에 떠오른 장면을 서둘러 그림으로 옮기기 시작했다. 그림은 나중에 내가 펴내게 될지도 모를 그림책을 위한 자료가 될 것이며, 또한 다른 다양한 미술 작업의 시작이 될지도 몰랐다.

그 후로 몇 주 동안 나는 학업과 육아로 늘 녹초가 되었음에도 불구하고 한밤중에 내 작은 작업실에 틀어박혀 몇 시간이고 구도와 색깔을 시도해보고 다른 도구를 이용해 그림을 그려보았다. 그러다 보니 어린 시절 학교를 마치고 집에 오면 시간 가는 줄 모르고 그림을 그리던 때가 떠올랐다. '내가 마지막으로 이렇게 그림에 빠져 있던 때가 언제더라?' 그런 생각을 하다 나는 문득 그림을 그린 지 5년이 넘었다는 사실을 깨달았다. 예시바에 있는 동안에는 한 번도 그리지 않았던 것이다.

전에는 미처 그런 생각을 해보지 못했지만 어쨌든 미술은 한때 내 인생에서 아주 중요한 부분을 차지하고 있었다. 나는 이전의 삶을 포기하고 신앙에 귀의한 사람들에 대해, 그리고 한때 그들의 정체성을 규정했던 창의적 표현에 대해 알았다. 음악가는 연주를 포기했고, 무용수는 춤을 포기했다. 그렇지만 나는 창의적 표현 작업을 의도적으로 포기한 것이 아니며, 나도 미처 알지 못하는 사이에 저절로 그렇게 된 것뿐이었다.

이 문제에 대해 좀 더 분명히 생각하게 되기까지 1년 가까운 시간이 걸렸다. 나는 마침내 그동안 내가 받아온 교육의 엄격함과, 특히 무엇보다 늘 우선시한 유대교 공부에 담긴 정신이 나의 미술적 창의성을 빼앗아 갔다는 사실을 깨달았다. 나는 유대교 경전과 문헌 공부에 몰두하지 못할 때마다 늘 죄책감을 느껴왔다. 게다가 가정을 꾸린 지 얼마 되지도 않았다. 무엇보다 유대교 전통 중심의 가정생활을 위한 나의 노력을 생각해보니, 그동안 왜 미술 공부가 항상 뒷전이었는지 이해가 되는 것 같았다.

그렇지만 나는 또 다른 이유가 있다는 것을 즉각 느낄 수 있었다. 그리고 융 심리학자 에리히 노이만이 유대인 화가 마르크 샤갈에 대해 쓴 글을 보고 나서야 또 다른 그 이유에 대해 갈피를 잡을 수 있었다. 노이만은 애초에 유대인은 사막과 광야를 중심으로 형성된 민족이므로 시각적 전통을 충분히 발전시킬 수 없었다고 주장했다. 그들은 작열하는 태양 아래 하느님을 만났고 그 과정에서 다른 어떤 색감도 떠올리지 못했다는 것이다. 노이만에 따르면, 샤갈의 시대가 오고 나서야 비로소 유대인은 다채로운 색에 대한 감각을 되찾을 수 있었다고 한다.

물론 이런 설명은 어느 정도 과장된 말이다. 전 세계의 유대 공동체에서는 대단히 아름답고 다양한 미술적 전통을 찾아볼 수 있다. 하지만 나는 노이만의 주장을 읽고 정신이 번쩍 드는 것 같았다. 이것이야말로 나에게 해당되는 이야기가 아닐까. 나는 하느님을 찾아 헤매며 예시바의 언덕에서 그 무엇과도 섞이지 않고 모든 것을 다 아우르는 순수한 영성을 추구했다. 그러는 동안 나만의 색깔, 즉 나만의 개성과 미술에 대한 열정, 자유에 대한 나만의 자연스러운 감각은 모두 사라져버렸다. 색깔을 잃어버렸는데 어떻게 다시 그림을 그릴 수 있을까?

이제 사라와 교회 첨탑 이야기를 통해 내 상상력은 활력을 되찾았다. 색에 대한 감각이 돌아왔고, 그림을 다시 그렸다. 나는 이제 그 이야기에 그토록 매료된 이유를 깨달았다. 무의식적으로 나는 가족에게 버려진 주인공 사라를, 내가 버린 것(즉 미술)의 상징으로 보았던 것이다. 사라를 다시 따뜻하게 맞아준 언니는, 나 자신의 별난 개성을 인정하고 미술을 다시 시작하고 싶은 내 욕구를 대변했다. 이 시기 위젤 교수의 강의 시간에 필기한 노트를 보면 사이사이 연필과 볼펜으로 그린 그림들이 가득했다. 내가 그린 얼굴들은 배경 속으로 사라지기도 하고 또 다른 형태나 모습으로 바뀌기도 했다. 나는 언어에 뛰어난 어머니와 예술가 아버지, 그리고 두 사람에게서 물려받은 재능을 모두 살리려 애썼던 내 노력에 대해 생각했다.

이제 나는 대학원에서 언어와 문학을 새롭게 공부하면서 미술과 음악에도 다시 크게 관심을 기울이게 되었으며, 그 후 몇 개월 동안 내 안에서는 온갖 형상이 폭발하듯 분출되었다. 마치 나를 둘러싼 모든 표면의 색깔에 따라 내 자유가 좌지우지되는 기분이었다. 밤이 되면 나는 아이들을 달래어 재우는 대신, 기타를 치며 내가 만든 이야기들을 들려주기 시작했다. 아이들은 악어 어브 이야기며 기저귀를 찬 새끼 오리들의 끝없는 모험 이야기를 들으며 무척이나 즐거워했다. (몇 년이 지난 후 우리 집 막내는 내가 들려준 이야기가 모두 텔레비전에서 실제로 방영되는 내용인 줄 알았다고 고백하기도 했다.) 나는 다시 집으로 돌아온 사라를 이렇게 따뜻이 맞아주었다.

2004년 11월의 어느 비 내리는 아침이었다. 나는 이렇게 커다란 강의실에 난방이 잘되어 몹시도 다행이라는 생각이 들었다. 그래도 위젤 교수는 목도리를 두른 채 몇 번이고 말을 멈추고 목소리를 가다듬곤 했다. 그는 언어와 현실 사이의 간극에 대해 이야기를 이어갔다.

"몇 마디 말로도 수백만의 죽음을 이야기할 수 있습니다." 그는 이렇게 시작했다. "폴란드의 역사가 에마뉘엘 린겔블룸*은 바르샤바 유대인 거주 지역의 역사를 자세하게 기록한 걸로 대단히 유명한 인물입니다. 그가 쓴 《바르샤바 유대인의 기록Notes from the Warsaw Ghetto》은 대단히 중요한 책이니 꼭 한번 읽어보세요. 그 책을 보면 정말 믿기지 않는 부분이 나오는데, 두 개의 쉼표 사이에 1만 명의 죽음이 묘사됩니다. 도저히 그 가치를 가늠할 수 없는 존재들을 그렇게 쉽고 저렴하게 설명하고 지나쳐버릴 수 있다니

---

* 에마뉘엘 린겔블룸 Emanuel Ringelblum(1900~1944). 게토와 카포(유대인 경찰)를 연구한 폴란드의 역사가. 나치가 점령한 유럽에서 가장 규모가 컸던 바르샤바 게토와 관련해 1680여 종의 문서들을 우유통 등에 숨겨 남겼다. 이 기록물에는 정부 문서, 게토 내 유대인의 저항에 관한 기록, 개인 서신 등이 포함되어 있다. 1999년 〈바르샤바 게토 기록물(에마뉘엘 린겔블룸 기록물)〉이라는 명칭으로 유네스코 세계기록유산에 등재되었다.

요. 이런 사례는 언어와 단어, 목격자의 역할에 대해 우리에게 어떤 사실을 이야기해주는 걸까요?"

다이애나가 손을 들었다. "아마도 진정한 목격자가 되는 건 불가능하다는 사실을 알려주는 게 아닐까요. 그 본질 때문에 말이나 글도 사실을 제대로 전달하지 못하고요. 그런데 교수님은 목격자에 대해 굉장히 많은 이야기를 해오셨어요. 누군가가 진정한 목격자가 되는 일이 정말 가능한 일일까요?"

위젤 교수는 그 질문에 대답을 하는 대신 다른 학생들의 반응을 기다리듯 강의실을 둘러보았다. 그러자 조슈아라는 학생이 말했다. "어떤 경험이든 온전히 전달하는 건 불가능한 일 같습니다. 다만 우리가 아예 그런 시도조차 하지 않는다면, 최소한 거기에 접근하려고도 하지 않는다면 우리에게는 문학도, 종교도, 또 영화나 어떤 예술도 남아 있지 않겠지요. 문제의 핵심은 시도 자체에 있지 않을까요. 완벽할 수 없다는 걸 알면서도 우리가 할 수 있는 한 전심전력으로 최선을 다하는 것 말이에요."

"아주 좋습니다." 위젤 교수가 말했다. "좀 더 의견을 들어볼까요."

학생들은 생각에 잠겼다.

앰버가 말했다. "아마도 글쓰기는 그 결과에 상관없이 행위 자체로 일종의 저항이 되는 것 같습니다."

네이선이 독자가 없는 글이 어떤 의미가 있느냐고 되묻자, 위젤 교수가 대답했다. "나치의 대학살이 진행되는 동안 자신만의 기록을 남겨 땅에 묻은 사람들은 비슷한 생각을 했을 겁니다. 그 기록들이 훗날 발견될지 전혀 확신할 수 없었겠지만 그들은 쓰는 일을 멈추지 않았습니다. 아니, 쓸 수밖에 없었겠지요. 그들 중에 차임 카플란Chaim Kaplan이라는 사람이 있었습니다. 바르샤바 유대인 거주 지역의 생활을 기록으로 남긴 위대한 일기 작가지요. 그는 묻습니다. '내 일기는 훗날 무슨 의미로 남을까?' 여러분 중 누군가가 그의 일기를 읽는다면 그것이 바로 그 질문에 대한 대답이 되겠지요.

작품이 금서로 지정되거나 검열을 당하고 불태워지던 다른 많은 작가에게서도 비슷한 모습을 찾아볼 수 있습니다. 독재자나 그 정권에 대해 잘 이해하고 싶다면 그들이 어떤 책을 금지하는지 보면 됩니다. 그들이 읽고 싶어 하지 않는 책 말입니다." 그러면서 그는 나를 돌아보았다. "음, 이건 다음 학기 강의에서 대단히 좋은 주제가 될 수 있겠는데요. 다음에는 금서가 되거나 숨길 수밖에 없었던 문학 작품에 대해 공부해봅시다." 나는 그의 제안을 기록했다. (실제로 다음 해에 관련 강의가 개설되었다.)

"잘 모르겠습니다." 카렌이 말했다. "경험을 토대로 한 목격담을 서로 나누는 건 중요한 일인데, 한편으로는 쓸데없는 일처럼 보이기도 하거든요. 모순에 빠진 듯한 기분입니다."

"그렇지요!" 위젤 교수가 말했다. "말이나 글은 엄청난 파급력을 지닙니다. 200년 전에 혁명이 시작될 수 있었던 것도 말과 글 덕분이었습니다. 디드로와 볼테르는《백과전서》를 집필하고 발간했는데, 그들의 글에서 프랑스 대혁명이 시작되었지요. 나치 독일이 프랑스를 점령한 시기에 알베르 카뮈는 프랑스의 어느 찻집에 앉아 젊은 학생들이 이야기하는 걸 들었습니다. 학생들은 멋지고 자유분방한 모습이었으며 물론 실존주의자들이었습니다. 그들은 절망, 삶의 무의미함을 이야기했습니다. 그때 독일군 장교 몇 사람이 찻집으로 들어왔고, 그중 한 장교가 어느 학생을 손가락으로 가리키며 따라오라고 했습니다. 장교는 학생을 밖으로 끌고 나가 벽을 마주 보게 하고는 말했습니다. '아까 한 말을 다시 한번 해봐.' 학생은 더듬거리며 이렇게 말했습니다. '인, 인생은 무의미하다.' 장교는 학생에게 권총을 겨누며 딱 두 단어로 말했습니다. '정말로 그런가?' 훗날 카뮈는 나치 독일에게 뭔가 배운다는 건 생각만 해도 싫지만, 그날의 교훈만은 결코 잊을 수 없다고 말했습니다.

한계와 취약점이 분명 있지만, 그럼에도 불구하고 말이나 글은 진지하게 다뤄져야 합니다. 카뮈가 찻집 일화를 전한 건 그런 사실을 잘 알고 있었기 때문이며, 다른 사람들도 알아주었으면 했기 때문입니다. 만일 홀로코스트가 뭔가를 증명할 수 있다면, 그건 바로 시를 사랑할 수 있는 사람이 어린이를 죽일 수도 있다는 사실일 겁니다. 우리는 항상 단 하나의 생명이 인생에 대한 모든 말과 글보다 더 가치 있다는 사실을 기억해야 합니다."

예술은 타락하지
않는가?

"미에 대한 탐닉은 우리를 윤리적으로 타락시키는가? 아름다움은 우리를 구할 수 있는가? 노래는 타락하지 않는가?" 2005년 10월, 위젤 교수는 러시아의 시인 안나 아흐마토바Anna Akhmatova에 대한 강의를 이런 질문들로 시작했다. "우리는 미학과 윤리학 사이에 내재된 꼭 필요한 연결 관계를 보여줄 필요가 있습니다. 올바른 일을 하는 것 자체가 아름다운 일이라는 사실을 보여주면 그 아름다움을 통해 우리는 올바른 일을 하게 됩니다. 나는 여러분에게 아름다움에 대해 가르치려고 노력하고 있습니다. 그렇지만 그 일이 항상 간단한 것만은 아닙니다. 윤리학 그 자체는 올바른 일과 분리될 수 있으니까요."

그는 눈썹을 치켜올렸고, 나는 그가 곧 우스갯소리를 하나 하려 한다는 사실을 알았다. "히브리 대학교에 윤리학을 가르치는 교수가 한 사람 있었습니다. 어느 날 강의를 하다가 그 교수가 갑자기 한 학생을 돌아보며 이렇게 말하는 겁니다. '모셰, 당신은 시인인데 돈이 하나도 없어요. 그렇다면 나는 부잣집 딸과 결혼하라고 권하고 싶습니다.' 그러자 그 학생이 말했습니다. '아니, 교수님, 어떻게, 그러니까, 어, 윤리학을 가르치시는 분이 그런 말을 할 수 있습니까?' 교수가 대답했습니다. '아니, 옆 강의실에서는 프랑켈 교수가 수학을 가르치고 있는데, 그렇다고 그 사람이 삼각자처럼 생긴 건 아니잖습니까?'" 학생들이 웃었고 위젤 교수는 이야기를 계속했다. "보면 알겠지만 지식이나 행동과 관련된 어떤 체계도 그걸 진지하게 받아들여 있는 그대로 적용하는 데 주의를 기울이지 않는다면 쉽게 왜곡될 수 있습니다. 그렇다면 예술 분야는 어떨까요?"

그는 안나 아흐마토바의 시 한 편을 소개했다. 1916년 발표된 그녀의 시 〈노래에 대한 노래Song About Songs〉는 다음과 같이 마무리된다.

그래서 나는 감사하는 마음으로
두 눈을 들어 당신을 우러러봅니다.
나로 하여금 이 세상에 사랑보다 더 깨끗한
선물 하나를 줄 수 있도록 하소서.

"아흐마토바는 공산주의 치하에서 고통을 받았습니다. 그녀의 아들은 악명 높은 루뱐카 구치소에 수감되었고, 몇 개월이 지나도록 생사조차 확인할 수 없었지요. 아들을 구하기 위해 아흐마토바는 스탈린을 찬양하는 시를 쓸 수밖에 없었습니다. 그녀는 훗날 그 시들을 출간하지 말아달라고 요청하기도 했지요. 그렇지만 그녀는 결코 소비에트 땅을 떠날 수 없었습니다. 그녀의 친구이기도 한 몇몇 유명 시인들은 체포되거나 처형을 당했습니다. 그럼에도 불구하고, 아니면 아마도 그런 상황이었기 때문에 이 시에서 아흐마토바는 노래나 시가 '사랑보다 더 깨끗'하다고 주장하고 있는지도 모르겠습니다. 그녀의 주장은 사실일까요?"

구소비에트 연방 출신의 마리나는 회의적인 표정이었다. "아름다움이란 종종 압제를 위한 도구로 사용되지 않나요? 산업 선진국들은 사정을 잘 모르는 사람들에게 값비싸고 도덕적으로 불량한 생산품을 팔아치우는 데 주력하고요. 각국 정부는 자신들이 내세우는 사상의 정당성을 국민에게 주입하려고 그럴듯한 가짜 근거를 제시하고, 독재자들은 정권을 홍보하기 위해 국가가 주관하는 여러 위원회를 설치합니다."

위젤 교수는 아마도 그녀의 억양에서 눈치를 챈 듯 이렇게 물었다. "그런 사례들을 직접 경험해보았나요?"

"아니요." 마리나가 대답했다. "저는 고작 한 살 때 고향을 떠나왔으니까요. 그렇지만 부모님에게서 많은 이야기를 들었어요. 대부분이 공산주의 예술이 얼마나 형편없는지에 대한 이야기였고요. 너무 사상을 드러내고, 어떤 기술이 발휘되더라도 그 도덕적 추악함에 다 가려져버린다고 합니다. 그 속에서 진실 같은 건 찾아볼 수 없고요. 또 러시아의 두 신문에 대한 우스갯소리도 들었어요. 아시지요? '진실'이라는 뜻의 《프라우다Pravda》와 '새로운 소식'이라는 의미의 《이즈베스티야Izvestia》 신문을. 이런 말장난이에요. '《이즈베스티야》에는 새로운 소식이 없고 《프라우다》에는 진실이 없네.'"

"꽤 유명한 농담이었지요. 그리고 굳이 두 신문을 언급하지 않아도 공산 정권 치하의 예술에 대한 평가는 맞는 말입니다." 위젤 교수가 말했다. "구소비에트 연방 시절의 예술 작품들을 보면, 시각적으로 다시는 보기 어려울 정도로 흉한 것이 많습니다. 예술을 사상의 선전 도구로 이용하는 건 아름다움에 대한 배신이며, 그런 정권들 아래에서 만들어진 예술 작품들은 그런 영향을 피할 수 없지요.

때로는 더 사정이 나빠지는 경우도 있습니다. 예술 그 자체가 살인을 더 쉽게 하는 데 이용되는 경우지요. 아우슈비츠 수용소 입구에 설치된 스피커에서는 고전 음악이 흘러나왔습니다. 새로 온 유대인이 들어가는 차례를 기다리는 동안 마음을 가라앉히도록 해주는 것이지요. 사실 문을 통과하면 그대로 죽일 사람들과 잠시 살려둘 사람들로 갈라지는 건데요! 그때 듣는 음악은 처음 만들어졌을 때하고 달라진 게 하나도 없습니다만 살인 절차를 더 쉽게 해주는 도구로 활용되었습니다."

할머니가 홀로코스트 생존자인 댄이 말했다. "그뿐만 아니라 나치는 고위 성직자가 수용소를 방문하거나 적십자 같은 곳에서 찾아오면 유대인을 동원해 아무런 잔혹 행위가 일어나지 않는 것처럼 속였다면서요? 또 어느 친위대 장교는 수용소의 유대인을 세워놓고 사격 연습을 하면서 음악을 들었다는 증언도 있습니다."

에이미도 거들고 나섰다. "필립 고레비치의 르완다 관련 보고서 내용을 보면, 1993년에서 1994년 사이 라디오에서 가장 많이 틀어준 노래가 〈나는 후투족을 증오해〉였다고 합니다."

비슷한 사례들이 쌓여갔다. 예술이 얼마만큼 왜곡되고 타락할 수 있는지와 관련된 사례는 차고 넘쳤다. 그런데 역시 할아버지가 수용소에서 살아남은 제이슨이 말했다. "그렇지만 수용소의 유대인이 독일군 모르게 자신들의 음악을 만들었다는 이야기가 있지 않습니까? 나치의 바로 코앞에서 미술과 음악, 연극 같은 유대인의 문화 전체가 고스란히 재현되었다고도 하는데요. 그들의 예술 활동은 일종의 저항 운동이 아니었을까요?"

위젤 교수가 말했다. "맞는 말입니다. 부헨발트 수용소에서는 아이들이 시를 썼고, 테레지엔슈타트 수용소의 유대인은 그림을 그렸지요. 우치 수용소에서는 연극 무대도 만들어졌다고 합니다. 유럽의 유대인 거주 지역에서는 학교들도 유지되고, 사람들은 결혼하고 자녀도 낳았습니다. 공부도 계속하고 노래도 부른 겁니다. 그들의 예술 활동은 그들만의 저항 운동이었습니다. 대개의 경우 예술은 자체적인 힘을 지니고 있으며 예술가의 의도가 담겨 있지요. 그럼에도 불구하고 잘못 사용되면 분명 타락하고 왜곡될 수 있는 것이 바로 예술입니다. 그렇기 때문에 예술 작품의 이력이나 기원을 확인하는 것이 대단히 중요합니다. 예를 들어 나는 바그너 음악회에 가지 않습니다. 나와 의견을 달리하는 친구들도 있지만, 개인적으로 나는 그렇게 할 수가 없습니다. 바그너는 극악무도한 반유대주의자였으니까요. 나는 이 문제를 두고 지휘자인 다니엘 바렌보임과도 이야기를 나누었습니다. 바렌보임은 이스라엘에서 바그너 음악회를 열고 싶어 했지요. 그의 관현악단에는 대학살 생존자들도 있었습니다! 물론 이런 건 개인의 선택 문제일 테지요. 여러분은 여러분 자신의 선택을 해야 합니다. 그런데 선택을 하기 전에 음악이든 미술이든 연극이든 그 예술이 애초 어떤 의도로 만들어졌는지, 그리고 인류애를 찬양하기 위해 이용되었는지 아니면 그 반대인지 분명히 짚고 넘어가야 합니다."

새로운 노래를
부르다

윤리학과 미학의 관계에 대한 고심에도 불구하고 위젤 교수 역시 음악을 무척이나 아끼고 사랑하는 사람이었다. 내가 그런 사실을 알게 된 것은 2005년 12월의 어느 화요일 이른 아침, 내가 그의 정식 조교가 된 지 2년쯤 지난 무렵이었다. 강의 계획과 교재에 대한 일상적인 논의를 마치자 그가 나에게 물었다. "보통 휴가나 방학에는 뭘 합니까?"

나는 다른 일보다 우선적으로 아버지의 합창곡을 공연하는 음악회를 찾아다닌다고 말했다. "아, 기억납니다. 아버지가 작곡가라고 했지요. 그러면 주로 어떤 곡이 공연되나요?"

나는 곡 제목을 말하고 머뭇거리다 몇 소절을 직접 불러보았다. 위젤 교수는 가만히 노래에 귀 기울이더니 자리에서 일어나 나를 안아주었다. 지난 3년 동안 단 한 번도 없었던 일로, 그는 항상 악수로만 나를 맞아주곤 했었다. "고맙습니다." 그가 말했다.

그러고 나서 그는 말했다. "이야기한 적이 있는지 모르겠는데 나는 어린 시절에 바이올린을 배웠습니다. 물론 아무리 해도 음악에는 익숙해지지 않았지만, 안식일에 특별한 음식을 차려놓고 가족과 함께 부르던 노래들은 지금도 기억하고 있습니다. 언제나, 언제까지나 그 곡조들을 마음속에 간직하고 있는 거지요. 보통은 노래 하나를 가지고 며칠 혹은 그 이상 흥얼거리다 또 다른 노래를 떠올립니다.”

“요즘 기억하고 부르는 노래는 뭔가요?” 내가 웃으며 묻자, 그는 〈엘 샴다 리비Eleh Chamdah Libi〉(나의 마음이 바라는 것)라고 했다. 유대인의 가을 축제인 심하트 토라Simchat Torah에서 부르는 일종의 축가이며, 그 기간은 우연히 유대식 절기로 지키는 그의 생일과 날짜가 겹쳤다.

나중에 어느 강의에서 위젤 교수는 말했다. “전쟁이 끝난 후 나는 어느 합창단에서 지휘를 맡았습니다. 합창단원은 모두 열여섯 명이었고요. 그중에서 소녀들이 정말이지 무척이나 아름다워 나는 그 소녀들과 차례로 사랑에 빠졌습니다. 다만 문제가 있었다면, 내가 무척 덜떨어진 사람이라 아무에게도 그런 마음을 고백하지는 못한 것 정도랄까요. 그때 나에게 필요했던 건 사랑받는 일이 아니라 사랑하는 일이었던 것 같습니다. 아마도 그때의 기억 때문에 오늘날까지도 새로운 사랑을 보면 진심으로 축하하게 됩니다.” (그는 실제로 그랬다. 그의 강의를 듣다가 맺어지는 남녀가 있으면 그는 정말로 흥분하곤 했다. 한번은 위젤 교수가 직접 나서서 어느 수줍어하는 어린 학생에게 강의 마지막 날 장미꽃 한 송이를 건네주라고 조언하기도 했다. 결국 남학생과 꽃을 받은 여학생은 결혼해서 아이를 둘 낳았는데, 두 아이는 엘리 위젤이 자신들의 부모를 이어준 사람이라는 것을 잘 알았다. 한번은 또 이른 아침 위젤 교수가 가쁜 숨을 몰아쉬며 계단을 올라와 연구실에 들어오더니, 자신의 조교를 잠시 쳐다보다가 곧 어제 저녁에 만난 여자에 대해 물어보았다. "그 여자 친구 말인데… 그러니까 지난밤에 만난 사람 말입니다! 그 사람을 좋아합니까?" 젊은 조교는 그 여자와 함께 있는 모습만 상상해도 굉장히 행복하다고 대답했다. "좋아요! 그것참… 아주 좋군요. 정말로 좋은 일입니다!" 그러고는 여전히 가쁜 숨을 몰아쉬며 다시 연구실 밖으로 나갔다. 입가에는 함박웃음을 머금은 채로.)

위젤 교수의 이야기는 계속되었다. "유대교 전통에서 음악은 대단히 중요한 역할을 합니다. 전통 그 자체인 토라는 〈신명기〉에서 노래라고 표현되지요. 하느님은 이 세상을 노래로써 창조했다는 전설도 있습니다. 〈시편〉은 유대교는 물론 기독교에서도 중요한 위치를 차지하지요. 〈시편〉을 보면 그냥 시만 기록되어 있는 것이 아니라, 믿는 사람들에게 하느님을 향한 '새로운 노래를 지어 부르라'고 요구하고 있습니다. 창의성을 보여주는 건 이렇게 종교적 요구 사항이 되기도 합니다.

또한 유대교 전설에서 노래는 끊임없이 역할을 하지요. 말더듬이였던 모세는 홍해 앞에서 노래를 부른 뒤로 갑자기 달변가가 됩니다. 지혜의 왕이라고까지 불린 솔로몬은 새들의 노래를 듣고 그 뜻을 알아들을 수 있었다고 합니다. 먼 훗날 어느 경건파의 스승이 제자들과 숲속을 걸어가다가 솔로몬왕의 이 전설에 대해 이야기를 나누게 되었지요. 제자들은 어떻게 사람이 새들의 노래를 알아들을 수 있겠느냐고 물었고, 스승은 이렇게 대답합니다. '자기 자신의 영혼이 무슨 노래를 부르고 있는지 깨달을 때 새들의 노랫소리도 이해할 수 있을 것이다.' 우리는 성 프란체스코의 일화에서도, 예언자 무함마드가 새들의 노랫소리를 알아들었다고 가르치는 수피교 전승에서도 비슷한 이야기를 찾아볼 수 있습니다.

노래가 얼마나 중요한지, 이 세상의 운명이 노래에 달려 있다고 말하는 전설이 있을 정도입니다. 〈열왕기 하권〉을 보면 유다 왕국의 왕 히스기야는 이방 군대의 위협에서 구원을 받았는데, 랍비들의 설명에 따르면 바로 그때 그는 예언에 나오는 구세주가 될 수도 있었다고 합니다. 그렇지만 히스기야왕은 구원에 대한 화답으로 노래를 부르지 않았고 자신에게 주어진 운명을 받아들이지 못했으며, 결과적으로 이 세상은 구원받지 못한 상태로 남게 되었다는 것이지요. 그야말로 음악은 선택이 아니라 필수라는 이야기입니다!

랍비 핀차스는 이렇게 말했습니다. '아, 내가 노래를 부를 수 있다면… 나는 위대하신 하느님을 이 땅 위로 내려오시게 할 수도 있을 텐데. 그렇지만 애석하도다. 나는 노래하는 법을 모르니.' 그리고 하바드Habad(경건파 운동 중 하나.-옮긴이)를 처음 시작한 랍비는 이렇게 말했습니다. '질문에 대답할 수 없을 때 나는 노래를 부른다.' 음악은 기적입니다. 그리고 내 세대에는 노래를 부를 수 있다는 것 자체가 기적이었습니다."

위젤 교수의 일흔 번째 생일날, 몇몇 학생이 연구실로 찾아와 생일 축하 노래를 부르며 그를 깜짝 놀라게 했다. 그는 모여든 학생들을 바라보더니 자기도 노래를 부르기 시작했다. 처음에는 〈차베 예슈오스 야코프Tzaveh Yeshuos Yaakov〉(야곱의 구원)와 〈셰비스 플라이누Shebishiflainu〉(고난을 겪을 때 우리를 기억해주시는 하느님)라는 노래를 불렀다. 이윽고 어린 시절 듣던, 랍비 비즈흐니츠가 이끈 경건파 무리의 전통 멜로디와 나중에 이스라엘에 가서 배운 노래들이 이어졌다. 노래 부르기는 결국 한 시간이 넘게 계속되었다.

어느 강의에서 마거릿이라는 학생은 위젤 교수에게 음악 그 자체를 좋아하는 것인지 아니면 말이나 글로 표현할 수 없는 부분을 표현하는 장점 때문에 음악을 좋아하는 것인지 물었다.

그가 말했다. "둘 다 이유가 됩니다. 물론 또 다른 이유들도 있지요. 전쟁이 끝난 후에 나는 음악을 통해 희망을 얻었습니다. 노래에는 과거를 동경하는 마음이 담기기 마련이죠. 과거가 사라지거나 과거를 잃어버린 후에도 노래는 그대로 남습니다. 결국 고향에서 부르는 노래와 유배지에서 부르는 노래가 같을 수는 없는데, 그럼에도 불구하고 어떤 노래든 즐거움이 담겨 있지요. 서기 70년 예루살렘 대성전이 무너진 후 랍비들은 유대인에게 더 이상 음악을 만들거나 연주하지 말라는 포고령을 내립니다. 이 포고령은 고향을 떠나 정착한 유대인 공동체에서도 꽤 오랫동안 지켜집니다. 마이모니데스Maimonides(제2의 모세로 일컬어지는 유대인 철학자.-옮긴이)를 비롯한 여러 지도자들은 이런 규정을 법전에 기록해두기까지 했고요. 그렇지만 음악 없이 어떻게 유대인이 살아남을 수 있겠습니까? 처음에는 결혼식에서만 음악을 허락하자고 하더니, 결국은 다시 예전처럼 음악을 연주하고 또 들을 수 있게 되었습니다. 고통스러운 경험을 한 후 어떻게 노래가 입에서 흘러나올 수 있느냐고요? 아니, 어떻게 그런 상황에서 노래를 하지 않고 견딜 수 있겠습니까?"

《억척어멈과 그 자식들》
만족감과 혐오감

"희망과 절망은 동전의 양면과 같습니다. 우리에게는 절망에 맞설 희망이 필요합니다. 그렇게 절망에 맞서가야 합니다."

우리는 다시 20세기 초 베르톨트 브레히트가 발표한 희곡《억척어멈과 그 자식들》에 대해 공부했다. 유럽의 30년 전쟁을 배경으로 하는 이 희곡은 공감 가는 등장인물을 하나도 찾아볼 수 없는 것으로 유명하다. 그렇지만 처음 희곡이 발표되고 무대에 올려졌을 때 원작자인 브레히트는 관객이 억척어멈이라는 인물에게 지나치게 공감한다고 불만을 토로했다고 한다.

"브레히트는 조국 독일을 떠난 망명객이었습니다. 나치가 독일을 지배하자 도망을 친 것이지요. 그는 동포를 버렸다는 죄책감으로 괴로워했습니다. 그리고 저 멀리 떨어져 있는 동포와 자신의 고독감을 나눌 수 있는 방법을 찾으려 했습니다. 바로 말과 글을 통해서 말이지요." 위젤 교수의 설명이었다.

뭐든 거리낌 없이 말하는 학부 2학년생 벤이 손을 들었다. "교수님, 이 희곡이 말하고자 하는 바를 전혀 이해 못 하겠습니다. 그냥 허탈하고 우울하다고나 할까요. 죽음 뒤에 죽음이 또 이어지고 계속 파괴되고 빼앗기는 것만 나오고요. 이 희곡이 전하고자 하는 주제는 무엇인가요?"

위젤 교수가 고개를 끄덕였다. "이 작품은 단순히 비극일까요, 아니면 반전 성명일까요? 전쟁을 주제로 한 희곡이 있다면 그 목적이 무엇이겠습니까? 전쟁 자체의 목적이 무엇인지 다 함께 의문을 가져보자는 것이겠지요. 브레히트의 연극 운동(이른바 서사극 운동)은 아리스토텔레스의 연극 이론과 다릅니다. 지나친 감정 이입이나 공감을 경계하며 관객이 무비판적으로 연극 내용을 받아들이지 않고 객관적으로 생각하도록 만들지요. 그렇게 해서 우리 앞에 놓인 연극은 어떤 불편함으로 가득 차 있으며, 이를 통해 관객이 독재와 억압에 저항할 수 있도록 해주는 겁니다. 브레히트는 관객이 보고 즐거워지는 희곡을 쓰려 한 것이 아닙니다. 관객의 실질적인 행동을 불러일으키려고 한 겁니다."

케일라와 피터가 동시에 손을 들었다. 위젤 교수는 케일라 쪽을 보고 먼저 고개를 끄덕였고, 피터에게는 그다음이라고 말해주었다.

"이 희곡이 굉장히 재미있고 흥미롭다고 생각했고, 그래서 좀 당황스러웠습니다." 케일라가 말했다. "물론 전쟁을 배경으로 했고 대단히 폭력적인 내용들로 가득 차 있지만요."

피터도 비슷한 말을 했다. "마침 딱 같은 이야기를 하려고 했어요. 지금까지 강의 시간에 읽은 여러 작품은 문학 자체로도 가치가 있고 재미있었습니다. 그러면서 여러 가지로 깊이 생각해볼 만한 내용들을 담고 있었지요. 지루하고 따분한 책보다는 재미있는 책을 읽는 게 더 좋으니 무슨 불평을 하는 건 아닌데요, 그러니까 심각한 내용을 담고 있는 작품을 재미있게 읽는다는 게 과연 적절한가 하는 생각이 들어서요."

내 눈에는 분명 위젤 교수가 이런 질문을 대단히 기꺼워하는 것처럼 보였다.

"문학도 예술 작품의 하나지요." 그가 말했다. "예술은 그 자체의 논리가 있습니다. 희곡이나 연극이라면 어떤 규칙을 갖는다는 것이지요. 그러면서 그 규칙을 깨트립니다. 안톤 체호프는 말했습니다. 연극 1막에서 벽에 걸려 있는 권총이 보이면 3막에서는 반드시 그 권총을 쏴야 한다고요. 그러면서 그 규칙들을 어기기도 하는데, 보통 우리가 예상하는 방식을 깨트리는 겁니다. 추악하고 사악한 모습을 드러내는 내용들을 이야기할 때 재미있다고 느낄 수 있습니다. 심지어 주인공의 고통을 즐기고 있는 우리 자신의 모습을 발견할 때도 있지요. 그럴 때 주의하지 않으면 우리도 같이 추악하고 사악한 존재가 될 수 있습니다. 사람은 뭔가 읽을 때 거기에 휩쓸리게 마련입니다. 어떤 작가들은 의도적으로 그렇게 몰고 가기도 하는데, 독자에게 예술 작품뿐 아니라 실생활에서도 자신의 행동에 책임을 져야 한다는 사실을 일깨워주려는 것이지요. 예술 작품은 보통 실제 상황을 조금 다르게 비춰주는 거울 같은 겁니다. 소설이나 희곡을 읽을 때 어떤 책임감을 느끼고 진지하게 고민을 한다면, 실제 생활에서도 그렇게 할 수 있을 겁니다. 브레히트는 그런 점을 일깨워주는 작가들 중 하나였습니다.

위대한 예술 작품을 볼 때 우리는 나 자신보다 예술가들이 내 인생을 더 잘 표현하고 있다는 느낌을 받곤 합니다. 괴테는 인생이 오직 예술을 통해서만 표현될 수 있는 훨씬 더 큰 조각의 일부일 뿐이라고 했습니다만, 나로서는 그 말을 받아들일 수 없군요. 인생은 그 자체로 주체이지, 또 다른 주체로 이어지는 과정이나 일부분이 아닙니다. 소설이나 희곡은 단 몇 마디 표현으로 수천수만 명의 죽음을 우리에게 전달할 수 있습니다만, 단 한 사람의 죽음이나 희생도 사실은 상상할 수 없을 정도로 엄청난 비극입니다."

"교수님이 앞으로 무언가를 쓴다면 소설이나 희곡 중 어떤 것을 선택하고 싶으신가요?" 마르크가 물었다. 그는 대학에서 다시 철학을 공부하고 있는 희곡 작가였다.

"때때로 소설은 주제를 찾는 일이 너무 길게 늘어집니다. 희곡은 정반대지요. 또 소설은 내용이 산만하게 분산될 수도 있으며, 형식 자체에 집착하다가 정말 전하고자 하는 내용을 잃어버릴 때도 있습니다. 그건 이런 우스갯소리와 비슷합니다. 어떤 남자가 사랑하는 여자의 마음을 얻기 위해 하루도 빠뜨리지 않고 편지를 보냈더니, 그 여자는 결국 우편배달부와 사랑에 빠져버렸다지요! 희곡이 무대에 오를 때는 불필요하게 늘어지는 부분이 과감히 삭제되고 꼭 필요한 이야기만 남습니다. 그래서 대사를 통해 원래 전하고자 하는 내용이 제대로 전달되지요.

그렇지만 그것 말고도 연극 무대의 또 다른 특징은, 짧은 시간 동안 한 사람의 인생이나 완전한 세상 하나를 창조해낼 수 있다는 점입니다. 연극 무대는 어쩌면 다른 방법으로는 표현될 수 없는 진실을 슬쩍 비틀어 보여주는 곳일지도 모릅니다. 연극 무대, 그것도 진짜 연극 무대라면 배우들이 관객과 직접 소통할 수 있습니다. 왜냐하면 그들은 관객의 마음을 대변하고 있기 때문이지요. 그리고 등장하는 설정들도 중요한 역할을 합니다. 예를 들어《억척어멈과 그 자식들》에서 딸 카타리나가 벙어리라는 설정은 말과 글이 더 이상 제 역할을 하지 못함을 나타내며, 음악을 플루트가 아니라 북으로 표현하는 건 진짜 음악이 아닌 전쟁을 뜻하는 겁니다. 브레히트는 언제 플루트를 쓰고 또 언제 북을 쓰며 그 의미가 무엇인지 관객이 알아야 한다고 이야기합니다. 이 세상은 죽음을 막기 위해 애쓰는 대신 음악을 연주하다가 여러 번 실패를 맛보았습니다. 브레히트는 말이나 글이 아닌 또 다른 언어로 원하는 내용을 관객에게 전하려 했습니다.

아, 그런데 내가 연극을 사랑하고, 또 음악을 사랑한다는 말을 해둬야겠군요. 그렇지만 두 가지를 동시에 사랑할 수는 없더군요. 음악에 집중하면 언어의 힘을 제대로 느낄 수 없고, 이야기에 집중하면 음악을 제대로 감상할 수 없거든요. 그런데 이《억척어멈과 그 자식들》에서 등장인물들이 노래를 부르는 건 오직 관객을 불편하게 만들기 위해서입니다! 듣고 즐거워하라고 음악이 흘러나오는 것이 아니라, 화를 내며 자리에서 박차고 일어나라는 것이지요. 니체는 문학 작품을 통해 독자가 죽을 수도, 또 소생할 수도 있다고 말했습니다. 브레히트에게 예술은 불의를 바로잡는 역할을 해야 했습니다. 그건 작품을 감상하는 사람들이 어떻게 반응하느냐에 달려 있지요. 여러분이 그냥 오락거리 정도로 치부한다면 그것으로 끝입니다. 하지만 자신이 감상한 작품을 계기로 스스로를 변화시키고 이어 주변 세상을 바꾸는 일을 시작한다면 결국 우리는 예술을 통해 새로운 생명을 얻을 수 있는 겁니다."

〈꽃의 광장〉:
더 나은 불꽃을 피워 올리자

안나 아흐마토바에 대한 강의 이후 몇 주쯤 지나, 우리는 폴란드의 시인 체슬라브 밀로즈Czeslaw Milosz의 시 〈꽃의 광장Campo dei Fiori〉에 대해 이야기를 나누게 되었다. 이 시는 1600년 로마에서 화형당한 순교자 조르다노 브루노와 바르샤바 유대인 거주 지역을 연결해서 다루고 있다. 밀로즈 자신은 2차 세계 대전 당시 나치를 반대하며 유대인을 도운 것으로 유명하다. 이탈리아의 철학자 조르다노 브루노는 신학과 천문학을 아울러 연구했으며, 그의 급진적 신학 이론은 당시 가톨릭교회에서 이단으로 몰리고 결국 이단 재판소에 의해 유죄 판결을 받는다. (브루노는 또한 천문학에서도 코페르니쿠스의 지동설을 지지했으며, 또 다른 태양계와 지금으로 치면 외계인이 살고 있는 또 다른 세계의 존재를 주장했고 환생도 믿었다.) 그에 대한 재판은 7년 가까이 계속되었다고 한다. 위젤 교수는 한 학생에게 데이비드 브룩스와 루이스 이리바네가 번역한 밀로즈의 시를 읽어달라고 부탁했다.

로마에 있는 꽃의 광장이여
올리브와 레몬이 가득 찬 바구니에
조약돌 깔린 바닥에는 포도주와
버려진 꽃들이 흩뿌려져 있구나.

이런 꽃의 광장에
사람들은 조르다노 브루노를 묻었다.
군중이 쌓아놓은 장작더미 위에
사형 집행인이 불을 붙였다.
그 불꽃이 사그라지기 전에
여인숙과 술집은 다시 한번 만원을 이루었고
장사꾼들은 다시 한번 바구니에 올리브와 레몬을
가득 채워 어깨에 지고 날랐다.

바르샤바의 어느 화창한 봄날 저녁

축제로 떠들썩한 분위기 속에서
나는 회전목마 옆에서
로마의 꽃의 정원을 생각하노라,
게토에서 들리는 총성은
흥겨운 음악 소리에 파묻혀버렸구나,
구름 한 점 없는 하늘 아래
남녀 한 쌍이 목마를 타고 즐거워한다,

세상에서 외롭게 버림받은 채
이곳 바르샤바에서 죽어가는 사람들이여
그들을 대신해야 할 우리의 혀는
화석처럼 굳어버렸나,
오랜 세월이 흘러
모든 것이 전설이 되었을 때
새로운 꽃의 광장에서
사람들은 한 시인의 시를 통해 분노하리라,

위젤 교수는 시를 읽어준 학생에게 고맙다고 하고 이어서 말했다. "밀로즈는 고통과 그 고통을 전혀 신경 쓰지 않은 사람들 사이의 커다란 간극을 묘사하고 있습니다. '그 불꽃이 사그라지기 전에 / 여인숙과 술집은 다시 한번 만원을 이루었고'라는 구절을 보세요. 누군가 사형에 처해지는 모습을 목격하고 다시 술을 마시러 돌아가는 사람들을. 그리고 얼마 떨어지지 않은 곳에서 사람들이 총에 맞아 죽어가고 있는데 축제를 즐기는 사람들의 모습을. 어쩌면 밀로즈는 이 시가 쓰이기 1년 전에 일어난 일을 알고 있었을까요. 로마 교황청의 고위 성직자인 메르카티 추기경은 브루노 재판과 관련된 새로운 문서들을 찾아내서, 가톨릭교회가 그를 화형에 처한 건 정당한 처사였다고 주장하고 나섰거든요.

'게토에서 들리는 총성은 / 흥겨운 음악 소리에 파묻혀버렸구나.' 밀로즈는 알았지요. 음악은 섬세하고 약하며, 시만으로는 생명을 구하기에 충분하지 않다는 사실을. 그렇지만 이런 약한 모습을 깨달은 만큼이나 언어의 위력에 대해서도 알고 있었지요. 그는 두려움에 휩싸인 채 '새로운 꽃의 광장'을 머릿속으로 그려보았는데, 이제 시인은 불꽃을 멈추지 못할 정도로 약하지 않습니다. 오히려 '사람들은 한 시인의 시를 통해 분노'하게 되었지요. 그 시인이 일으킨 분노의 화염은 가톨릭교회의 화형식을 압도했습니다. 만일 이 우주가 다른 두 종류의 화염 사이에 있는 전쟁으로 정의된다면 어떨까요. 그 첫 번째 화염은 편견과 탄압이며, 무고한 희생자의 발밑에서 불타오르는 화염입니다. 그렇다면 또 다른 화염은 뭘까요?"

학생들이 생각에 잠긴 사이 위젤 교수는 두 손으로 얼굴을 감싸고 참을성 있게 기다렸다. 잠시 뒤 운동부 출신으로 언제나 슬리퍼에 선글라스를 쓰고 들어와서 지금껏 강의 시간에 한 마디도 하지 않은 손이 놀랍게도 입을 열었다. "열정 아닐까요? 불타오를 정도로 강하게 느껴지는 감정 같은 거요?"

"정확하군요. 이번 학기 학점은 더 생각할 것도 없이 만점입니다."위젤 교수가 싱글거리며 말했고, 숀의 얼굴이 새빨갛게 달아올랐다. "우리는 지나치게 흥분하지 말라는 말을 굉장히 자주 듣습니다. 적당히 해라, 남들 하는 대로만 해라, 뭐 그런 말들이지요. 나는 그런 충고에 반대합니다. 나는 우리가 더 깊고 강렬하게 느끼며 선의를 향한 우리의 열망을 일깨워 키워 나가야 한다고 믿습니다. 그런 후에야 비로소 잘못된 열정을 지닌 사람들을 압도할 기회를 잡을 수 있는 겁니다.

위대한 작가 이사크 바벨에 대한 일화가 있습니다. 바벨은 러시아 혁명 이후 새롭게 조직된 소비에트 연방군 기병대의 장교였습니다. 당시 그가 속한 기병대는 백러시아White Russia(지금의 벨라루스.-옮긴이)와 우크라이나, 심지어 폴란드 지역까지 종횡무진으로 휘젓고 다녔으며, 바벨 자신은 말도 잘 다룰뿐더러 사격에도 명수인 냉혹한 전사였다고 합니다. 어느 날 그는 체르노빌이라는 작은 마을 근처를 지나가다 그 마을의 마지막 랍비가 남아 있다는 소리를 들었습니다. 비록 기병대 장교지만 자신이 유대인이라는 사실을 잊지 않고 있던 바벨은, 그 나이 든 선생을 찾아가 낡아빠진 유대교와 유대인의 역사는 이제 끝이 났으며 새로운 인류의 시대가 시작되었다고 말해주자고 결심했습니다.

바벨은 랍비의 집으로 찾아갔지만 집은 비어 있었습니다. 마을 사람들 모두가 소비에트 군대를 피해서 동굴에 숨어버렸던 거지요. 그는 이곳저곳을 차례로 다 뒤져보았지만 아무도 보이지 않았습니다. 결국 그는 어느 작은 서재에서 탈무드를 공부하고 있는 랍비를 발견했습니다. 랍비는 공부에 열중한 나머지 소비에트군 장교가 자기를 보고 있다는 사실도 알아차리지 못했지요. 바벨은 랍비의 그런 집중력에 조금 압도당한 듯 그저 그렇게 바라보기만 하면서 오랜 시간 서 있었습니다. 마침내 랍비는 누가 온 것을 알아차렸고, 늘 그렇듯 누군가 도움을 요청하러 온 것이라고 생각했습니다. 바벨이 입고 있는 군복에도 아랑곳하지 않고 랍비는 이렇게 말했습니다. '어서 오게, 유대인 동포여. 그래, 내가 뭘 도와주면 되겠는가?'

바벨은 랍비를 만나면 해주려던 말이 무엇이었는지 잊고 말았습니다. 그는 자기가 소비에트군의 기병대 장교라는 사실까지 잊어버렸지요. 훗날 그는 그때 일을 이렇게 기록했습니다. '갑자기 내 입에서 울음소리가 터져 나왔다. 그것은 내 소리가 아니라 어쩌면 내 할아버지가 내는 소리 같기도 했다. 그리고 나도 모르게 이렇게 말했다. 선생님, 저에게 열정을 주십시오!'

정말로 열정이 없다면 우리가 어떻게 인생을 살아갈 수 있겠습니까? 그런데도 우리는 그런 열정을 잃어버렸고, 더 이상 그런 열정을 찾지 않는 풍조마저 생겨났습니다. 그런 열정 대신 그저 기분 전환을 할 수 있는 오락거리를 찾게 되었지요. 명심하세요. 나치도 공산당도, 그리고 크메르루주도 모두 열정으로 가득 찬 집단이었습니다. 그들에게는 이상이 있었으며, 국민이 간절히 바라는 소망을 자신들이 원하는 대로 이끌어내 지배할 수 있는 힘이 있었습니다. 국민은 민족적 순수성, 계급 간 투쟁의 종결, 역사의 새로운 시작과 종교적 지배권 등에 대한 소망을 품고 있었지요. 그들에게는 불꽃이 있었습니다. 그런 자들과 싸우는데 미적지근하게 대처할 수 있을까요? 우리는 그들보다 더 나은, 더 뜨거운 불꽃을 피워 올려야만 합니다."

다시 찾은
색깔

10월의 어느 날 아침, 나는 늘 하던 대로 강의와 관련된 의논을 하려고 위젤 교수의 연구실을 찾아갔다. 연구실 밖에 있던 보스턴 경찰서의 라이언 형사가 나를 보며 인사를 건넸다. 1년 전쯤 홀로코스트를 부정하는 샌프란시스코 출신의 젊은 남자가 위젤 교수를 협박하고 납치를 시도한 이후부터 그는 지속적인 신변 보호를 받고 있었다.

위젤 교수는 나를 반갑게 맞아들이고 늘 앉던 자리로 나를 안내했다. 맞은편에 자리를 잡고 앉은 그는 내게 잘 지내고 있느냐고 물어왔다. 나는 할아버지가 병원에 입원했다는 소식을 전하며 잊지 말고 기도를 해달라고 부탁했다. "레푸아 셸마Refuah shlemah." 위젤 교수가 말했다. '완쾌를 기원한다'는 전통적인 히브리 인사말이었다.

나는 그에게 다음 주 케임브리지에서 내 미술 작품 전시회가 열린다는 소식도 알렸다. 열일곱 살 이후 처음 여는 전시회였다. 그동안 1년가량 다시 그림을 그려왔는데, 꽤 많이 그려내다 보니 그중 일부가 사람들의 주목을 받게 된 것이었다. 놀랍게도 위젤 교수는 이렇게 말했다. "참 잘되었군요. 나도 보러 가겠습니다." 우리는 다음 주 월요일에 학교 업무를 마친 후 함께 전시회에 갈 시간을 정했고, 그다음에야 강의 준비에 대한 이야기를 시작했다. 내가 제안하고 그가 동의한 강의 주제는 사회적 윤리 문제였다.

월요일이 되자 나는 연구실 밖에서 위젤 교수를 만났다. 우리는 건물 밖으로 나와 그가 보스턴에서 쓰는 개인 승용차에 올라탔다. 라이언 형사가 운전대를 잡았고, 우리는 몇 분가량 한담을 나눴다. 내가 동행해줘서 고맙다고 말하자 그가 대답했다. "이런 날이 오다니 오히려 내가 더 기쁩니다." 그러면서 그는 유쾌하게 덧붙였다. "그렇게 고마우면 그림 중 하나를 선물로 줄 수도 있겠군요." 나는 그럴 수만 있다면 영광이라고 말했다. 우리는 전시회장에 도착했고, 아직 이른 시간이라 전시장 관리인 말고는 아무도 보이지 않았다.

위젤 교수는 스무 점 남짓한 그림들을 한 점당 몇 분씩 찬찬히 살펴보았다. 여러 가지 얼굴을 각기 다른 추상적 관점에서 그린 작품이었다. 나는 그가 어느 작은 그림 앞에서 꽤 오랫동안 서 있는 모습을 보았다. 검은색과 흰색만으로 표현한 추상화였다. 모든 기교를 억제하고 선보다 색을 강조했으며, 오른손잡이임에도 불구하고 일부러 왼손을 사용해 어떤 의도나 계획이 드러나지 않도록 표현한 그림이었다.

다시 10분쯤 지났을까, 그가 내 옆으로 걸어와 말했다. "저 그림이 제일 마음에 드는군요." "왜 그렇습니까?" 내가 은근히 만족한 표정으로 물었다. "예술 그 자체라서요." 그는 알쏭달쏭한 대답을 했다. 나는 무슨 뜻인지 전혀 알 수 없었지만, 그저 와줘서 감사하다는 말을 또 하고 차까지 그를 바래다주었다. 그날 나는 열차를 타고 집으로 돌아왔다.

나중에 돌이켜보니, 내 작품들 중 가장 기교를 덜 부린 그 그림이 위젤 교수의 글쓰기 철학과 닮았다는 생각이 들었다. 불필요한 것은 무엇이든 다 과감하게 걷어내는 방식이었다. 전시회에 내걸었던 다른 많은 그림들은 물감과 연필, 부드러운 파스텔을 이용해 여러 번 덧칠을 함으로써 자연스럽게 세부 형태와 질감이 형성되었다. 그렇지만 그가 가장 오랫동안 바라본 그림은 아주 단순하고 여백의 미가 살아 있었다. 불필요한 덧칠 따위는 하나도 없었으니, 그가 그 그림을 마음에 들어 한 것은 당연한 일일지도 몰랐다.

내 그림에 대한 그의 관심을 통해 나는 내 안의 무언가가 확고해지는 듯한 기분이 들었다. 예시바에서 몇 년 동안 글과 사상을 섭렵하고 다시 대학원에 진학한 나는 이제 글과 그림으로 나 자신을 표현할 수 있다는 확신이 든 것이다. 그리고 색과 질감과 선의 영역을 통해 글은 그 의미가 더욱더 깊어졌다.

초콜릿에 대한
사랑

그로부터 몇 주 후, 위젤 교수의 연구실 밖 대기실에서 나는 두 명의 중년 여성을 보았다. 미국 메인주에서 온 교사들로, 해마다 찾아와 손수 만든 사탕을 선물하는 사람들이었다. 사탕 상자를 들고 기다리고 있는 두 사람을 보니 웃음이 나왔다. 그들도 위젤 교수가 꼭꼭 감춰둔 비밀을 알고 있었다. 그는 단것, 그중에서도 초콜릿을 무척이나 좋아했다. 사실 그는 제대로 된 음식을 먹어야 한다고 늘 잔소리를 해줘야 하는 사람이었다. 그의 조교가 되고 몇 년 동안 나는 그가 샌드위치를 먹는 모습을 딱 한 번 보았고, 초콜릿이나 초콜릿 과자를 먹는 모습은 꽤 자주 목격했다.

20분쯤 지나 두 사람이 떠나자, 나는 연구실 문 안쪽으로 고개를 슬쩍 들이밀고 이제 들어가도 되겠느냐고 물어보았다. 그가 고개를 끄덕였고, 나는 창가 옆 작은 탁자를 사이에 두고 그와 마주 앉았다.

"요즘은 어떻게 지내고 있습니까?" 그가 물었다.

나는 훗날을 위한 일종의 훈련을 겸하여 유대인 공동체에서 성인을 대상으로 야학 비슷한 것을 시작했다고 말했다. 그러다 보니 많은 궁금증이 생겼으므로 나는 이렇게 물었다. "누군가를 가르칠 준비가 되었다는 걸 어떻게 알 수 있을까요?"

"이제는 누군가에게 무엇이라도 가르치지 않을 수 없다는 생각이 들 때, 그때 가르치면 됩니다." 그가 대답했다. "자신에게서 무언가가 넘쳐흐른다고 느껴질 때, 그래서 내가 남들에게 다 주어도 빼앗긴다는 기분이 들지 않을 때, 그때는 꼭 가르치는 일을 시작해야 하지요."

그때 위젤 교수의 조교가 문을 두드리고 들어와 전화가 왔다고 알렸다. 다른 사람도 아니고 프랑스 총리의 전화였다.

"밖에 좀 나가 있을까요?" 내가 말했다.

"우리 사이에 비밀 같은 건 없습니다." 그는 이렇게 말하고 전화를 받았다.

나는 그 후로도 몇 년 동안 이런 상황과 대화를 수없이 접했다.

통화가 끝나고 우리는 다시 마주 앉았다. 나는 아까보다 좀 더 곤란한 질문을 던졌다. "사실은 정말로 가르치고 싶습니다. 가르치는 시간을 좀 더 늘리는 것도 가능하고요. 그런데 그렇게 하면 지금 하고 있는 박사 과정 공부를 잠시 쉬거나 아예 그만둬야 할지도 몰라서요."

"그러면 혹시 지금 하고 있는 공부가 만족스럽지 못한가요?" 그가 부드럽게 물었다.

"아니요, 절대 그런 건 아닙니다. 그냥 어떤 책임감 같은 게 느껴져서요. 지금까지 예시바에서 7년, 이곳 보스턴 대학교에서 3년 등 꽤 오랫동안 공부만 해왔는데, 이제는 누군가에게 이제껏 배운 것들을 나눠줘야 할 것 같다는 생각이 듭니다."

"박사 학위 공부가 낭비라는 생각은 들지 않습니다만." 그가 대답했다. "물론 다른 사람들에게 충분히 나눠줄 수 있지요. 어떤 결정을 하든 나로서는 힘껏 밀어줄 생각입니다. 다만 내가 그 입장이라면 1년에서 2년 정도 더 기다리는 쪽을 생각해보겠습니다. 되도록 빨리 하던 공부를 마치고 학위 통과를 위한 종합 시험도 치르고요. 일단 그렇게 하고 나면 논문을 쓸 때 훨씬 더 여유가 생기겠지요. 그렇게 하는 동안에도 물론 유대인 공동체에 가서 가르치는 일을 할 수 있을 겁니다. 내가 볼 때는 딱히 문제가 없을 것 같아요. 본인이 하려는 일에 대해서도 잘 알고 있으니, 랍비가 되고 박사가 되면 원하는 일을 하는 데 크게 도움이 되겠지요."

과연 듣고 보니 나에게 딱 들어맞는 충고처럼 느껴졌기 때문에, 나는 그렇게 하겠다고 말했다. 그리고 점점 나이가 들어가는 듯한 기분이 들고 뭔가를 이뤄야 한다는 조급함이 늘어간다고도 말했다. 내가 배운 것들을 세상과 나눠야 한다는 책임감은 이제 거의 저항할 수 없을 정도까지 차올라 있었다.

"그렇겠군요. 지금 나이가 서른하나인가요?"

"올해 서른두 살이 되었습니다." 내가 대답했다.

"아직 젊군요. 물론 본인은 그런 기분이 아니라는 사실을 잘 압니다. 나는 항상 내가 이제 젊지 않고 시간은 빨리 지나가며 인생은 짧다는 생각을 하며 살았습니다. 당신도 마찬가지겠지만, 실제로는 아직 시간이 충분하고 하고 싶은 이야기를 세상과 나눌 수 있는 방법도 찾게 될 겁니다. 게다가 그 이야기는 내 이야기 못지않게 중요하겠지요."

예술과
고통

"내 스승이었던 사울 리버만은 '뭔가 큰 충격을 겪어보지 않은 사람은 인간이라고 할 수 없다'라고 말했습니다. 그렇다면 예술은 고통 속에서 피어나는 것일까요?"

어느 화창한 날이었다. 길 건너편 건물 창문에 반사되어 비치는 햇빛에 몇몇 학생들은 얼굴을 찡그렸다. 아직 강의 중간이었지만, 나는 자리에서 일어나 위젤 교수 뒤에 있는 창문의 블라인드를 내렸다.

조던이라는 대학원생이 말했다. "제가 볼 때 그건 그냥 지어낸 이야기 같습니다. 고통받는 예술가라는 편견이나 고정관념 같은 거요. 고통받는 의사나 변호사라는 말은 쓰지 않잖아요. 왜 꼭 예술가만 다른 취급을 받아야 하는지 잘 모르겠습니다. 사람들은 그냥 각자 자신의 분야에서 일을 하는 것뿐이고 필요한 기술을 갈고 닦는 건데요. 그러면 당연히 예술가도 행복하게 자기 일을 할 수 있는 것 아닌가요."

미술을 전공하는 수전이 말했다. "그렇지만 교수님의 스승님이 하신 말씀에도 일리가 있어요. 그게 기쁜 일이건 슬픈 일이건, 무슨 일이든 한번 크게 겪고 나면 더 깊은 무엇인가를 끄집어낼 수 있을 테니까요. 그리고 그 감정의 깊이를 다시 한번 생각해볼 수도 있겠지요. 위대한 예술 작품이 꼭 고통 속에서만 피어날 수 있다는 말은 믿지 않지만, 고통 속에는 분명 무엇인가가…."

위젤 교수가 말했다. "나 개인적으로도 고통이 꼭 필요하다고는 생각하지 않습니다. 일부러 나서서 고통을 겪을 필요도 없고요. 고통 없이도 충분히 훌륭한 예술 작품을 창작할 수 있습니다. 다만 고통이 뭔가 중요한 기능을 할 수는 있겠지요. 누군가에게 자신의 진짜 모습이 어떤지 확인시켜주고, 그 모습을 겉으로 드러낼 수 있도록 해주지요. 다시 말하면 다른 사람들에게서 우리 자신의 모습을 감추기 위해 쓰고 있던 가면을 벗어던지도록 해준다고나 할까요. 고통 속에 있으면서까지 가면을 쓰거나 자신의 진짜 모습을 감추기란 쉽지 않습니다. 물론 계속해서 숨어 있으려고 애는 쓰겠지만, 평소에 나를 잘 아는 사람이라면 쉽게 꿰뚫어보겠지요."

그의 말을 듣고 나서 나는 갑자기 강렬한 깨달음 같은 것이 느껴졌다. 지금까지 나는 만족스러운 척하는 모습을 보이는 데 인생의 많은 시간을 낭비해왔다. 내가 추구한 예술은 교육에 대한 내 부모님의 경쟁심을 조화롭게 풀어보려는 노력의 일환이었으며, 또 혼란을 아름다움으로 승화시키려는 방법이기도 했다. 어머니와 아버지의 가정 사이, 글과 그림 사이, 전통과 창의성 사이에서 일어나는 긴장 상황들은 어쩌면 내 모든 연구와 공부, 그리고 내 창작 활동의 중요한 근간이 되어주었는지도 몰랐다. 또 다른 관점에서 본다면, 눈이 안 보이는 여동생이 있으면서 굳이 미술 활동을 선택한 것도 흥미로운 일이었다. 나는 내 여동생이 결코 볼 수 없는 것들을 만들어내고 있었던 것이다. 어떻게 보면 나는 내 여동생을 위한다고 하면서도 여동생이 결코 알 수 없는 작품들을 창작해

온 것이라는 사실을 깨달았다. 위젤 교수의 이야기가 계속되는 동안 이런 모든 생각이 계속 내 머릿속을 맴돌았다.

"이런 의문도 들 겁니다. 고통 외에 또 무엇이 그런 가면을 벗어던질 수 있게 하는가? 반대로 그런 겉치레가 더 심해지도록 부추기는 건 또 무엇인가?"

한 학생이 대답했다. "글쎄요, 이번 학기를 시작할 때 침묵에 대해 하신 말씀이 기억나네요. 일반적 의미에서의 침묵과 본인의 글쓰기와 관련된 침묵에 대해 이야기를 해주셨지요. 제 생각에 어느 정도 침묵의 시간을 갖는다면 진짜 자신을 찾고 우리 주변을 둘러싼 온갖 잡다한 것들을 떨쳐버리는 데 도움이 될 것 같은데요."

"아주 좋습니다." 위젤 교수가 말했다. "좀 더 들어보고 싶군요."

이번에는 마리나가 나섰다. "제 생각에는 이른바 유명인이나 연예인과 관련된 문화가 중요한 문제인 것 같습니다. 다른 사람들에게 인기를 끌기 위해 인터넷 동영상을 제작하는 사람들이 있는데, 그 안에서 유명인 흉내를 내면서 자신들의 진짜 삶은 사라져버려요. 제 생각에는 그런 과정에서 결국 진짜 자신의 모습을 잃어버리는 것이 아닌가 싶습니다."

"인터넷이라면 사실 내가 잘 모르는 분야입니다." 위젤 교수가 말했다. "그저 컴퓨터를 쓰는 방법 정도만 알고 있는데요. 그렇지만 대강 무슨 말인지는 알 것 같습니다. 최근에 겪은 재미있는 일을 알려주지요. 어느 날 길을 걷다가 젊은 남녀 한 쌍을 지나쳐 갔습니다. 여자가 애인으로 보이는 남자에게 뭐라고 말했는데, 그 말은 못 들었지만 남자의 대답으로 무슨 대화가 오갔는지 알 것 같 았습니다. '저 사람 엘리 위젤 아니야?' 여자가 이렇게 묻자 남자 가 대답합니다. '설마? 아니겠지.' 여자는 내 쪽으로 와서 나를 한 번 보고는 다시 남자에게 돌아가 말합니다. '자기 말이 맞네. 엘리 위젤이 아니야!'" 그가 쿡쿡거리며 웃었다. "사실은 마음이 놓였습 니다. 만일 두 사람이 나를 알아봤더라면 난 어떻게 해야 했을까 요? 뭐, 서로 기분 좋으라고 사인이라도 해줘야 했을까요? 그런데 말입니다, 나는 유명한 사람들은 유명세에도 불구하고 자기 본연 의 모습을 지키는 방법을 찾을 수 있을 거라고 생각합니다. 거기에 는 침묵도 도움이 되겠지만, 한 가지 여러분이 잊고 있는 것이 있 습니다."

학생들뿐만 아니라 나 역시 그의 다음 이야기가 궁금했다.

"그건 바로 우정입니다. 좋은 친구들이 있다면 그 우정이 자신 의 정직한 모습을 지켜줄 수 있습니다. 자기 자신의 진짜 진실한 모습을 그대로 유지하도록 도와줄 수 있다는 뜻입니다. 또한 음 악도 중요합니다. 경건파의 스승 랍비 나흐만은 이렇게 말했습니 다. '두 사람이 동시에 말을 하면 시끄러운 소리밖에 나지 않지만, 둘이서 함께 노래하기 시작하면 아름다운 음악이 만들어질 수 있 다.' 세상이 윤리적 잣대를 잃어버렸을 때 다시 기준을 세우는 데 필요한 건 아름다움입니다. 말과 글이 제 역할을 하지 못한다면, 그때는 노래를 부르는 것밖에 다른 방법이 없습니다."

음악회
에서

2010년, 엘리 위젤은 뉴욕의 한 예술 센터에서 어린 시절에 부르던 노래들로 정식 음악회를 열었다. 나는 딸과 함께 앞에서 세 번째 줄에 자리를 잡고 앉았다. 그는 다음과 같은 말로 음악회를 시작했다. "저처럼 갑자기 늦바람이 나지는 마세요. 그저 딱 한 번만입니다." 그는 한 곡씩 노래를 부르기 시작했다. 대부분은 어린 시절에 배운 노래였지만, 전쟁이 끝난 후 프랑스의 고아원에서 지낼 때 배운 노래도 몇 곡 있었다. 그의 뒤에서는 합창단이 함께했다(합창단 지휘자는 다름 아닌 내 새아버지 마티였다). 〈로진케스 미트 만들렌Rozhinkes mit Mandlen〉(내 첫 번째 자장가), 〈오핀 프리펫식크 Oyfn Pripetshik〉(내가 초등학교에서 처음 배운 노래), 그 밖에도 많은 노래가 이어졌다.

그가 말했다. "노래를 부르면 가난한 사람들은 어려움을 잠시 잊을 수 있고 아픈 사람들도 잠시나마 기분이 좋아지지요." 그는 〈에스 브렌트Es Brent〉(독일어로 '불에 타다'를 의미.-옮긴이)라는 노래를 불렀다. 뒤에 있는 합창단이 부르는 노래의 가사는 '형제여 거기 그렇게 서 있지 말아요 / 우리 마을이 불타고 있으니 함께 불을 끕시다'였다. 위젤 교수가 말했다. "이 노래를 부를 때마다 가슴이 찢어지는 것 같습니다. 그리고 위험에 처해 있는 요즘 세상을 떠올리게 되지요. 여러분은 지금 무엇을 하고 있습니까?"

한 시간 반가량 노래가 이어진 후 그는 이야기를 들려주었다.

"1943년 어느 날, 어머니와 나는 랍비 비즈흐니츠와 함께 안식일을 보냈습니다. 그 자리에는 랍비의 조카도 함께 있었지요. 그는 얼마 전 폴란드의 갈리치아Galicia에서 도망쳐 나왔고, 사람들은 모두 그곳에서 무슨 일이 있었는지 몹시도 궁금해했습니다. 랍비의 조카는 말 대신 바로 이 노래로 대답을 해주었지요."

그리고 그는 〈아니 마민Ani Maamin〉(나는 믿어요)이라는 노래를 불렀다. 언젠가 재림할 구세주에 대한 믿음을 나타내는 노래로, 이런 가사가 포함되어 있었다. "비록 그분이 늦게 오신다고 해도 나는 여전히 그분을 하루도 빠지지 않고 기다리리."

그는 모든 순서를 다 마친 후에도 잠시 그 자리에 서 있다가 이윽고 무대에서 내려왔다.

7

목격자

나는 배우고, 배우고 또 배우고 있지만
여전히 시작조차 하지 않은 기분이 든다.
그렇지만 곧 시작할 것이다.

———
———
———
———

졸업 전 마지막 학기의 마지막 날이었다. 나는 위젤 교수의 연구실에 있었다. 우리는 작은 원탁을 사이에 두고 평소에 앉던 그대로 자리를 잡고 앉았다. 밖에서 차들이 지나가는 소리가 들려오며 우리의 대화와 묘한 대조를 이루었다. 그는 나를 보며 물었다. "내년에는 어떤 내용들을 가르치면 좋을까요?"

내년이면 나는 이곳에 없기 때문에 그의 질문은 나를 조금 놀라게 했다.

나는 지난 몇 년 동안 생각해온 몇 가지 내용을 제안했다. 이런저런 이유로 과거에는 한 번도 강의 주제로 채택되지 못한 내용이었다. '성경적 상상력', '다양한 신비주의 사상들', '고대와 현대 문학에서의 믿음과 파멸' 등등. 그는 '믿음과 파멸'을 다음 학기 강의 주제 중 하나로 택하고 이렇게 덧붙였다. "내가 쓴 책들을 가지고 강의를 하면 어떨까요?"

"한 번도 그렇게 하신 적이 없는데, 왜 지금요?"

그는 잠시 시선을 돌리더니 말했다. "그냥 이제 그럴 때가 된 것 같아서요."

우리는 그가 한 말의 뜻을 새기며 둘 다 한동안 아무 말도 하지 않았다.

"그건 그렇고," 그가 입을 열었다. "그동안 우리 둘이서 아주 잘 해왔군요."

나는 그를 바라보았다. 벅찬 감정이 차올랐다. 학부생인 내게 그가 처음 조교 일을 제안했던 때가 떠올랐다. 나는 그때 어렵사리 그 제안을 거절했고 훗날 다시 돌아왔다. 내가 말했다. "저를 기다려주셔서 감사합니다."

그는 고개를 끄덕였다. "그때 내가 말했었지요." 그는 이렇게 말하고 웃어 보였다.

우리는 잠시 동안 그렇게 말없이 앉아 있었다. 이윽고 위젤 교수가 나보고 어떤 일을 할지 결정했느냐고 물었다. 지난 몇 개월 동안 나는 다양한 선택지를 두고 고심해왔다. 그중 하나는 뉴욕에 있는 유대교 신학교에서 교편을 잡는 것이었고, 또 하나는 미국 공공기관 직원들을 위한 교육 과정을 만드는 일이었다. 근처 유대인 공동체에서 운영 위원을 해보지 않겠느냐는 제안도 있었다. 나는 그에게 공동체 운영 위원 쪽에 관심이 있다고 말했다.

"뉴욕은 물가가 너무 비싸서 신학교 교사 월급으로는 생활을 감당할 수 없을 것 같습니다. 공공기관 교육 과정을 만드는 일은 재미있어 보이기는 하지만, 두 가지 이유에서 공동체 운영 위원 쪽으로 마음이 기울었습니다. 우선 다른 제안보다 급여가 더 많은데, 솔직히 아이들이 점점 커가니까 그런 점을 무시할 수 없더군요. 보람도 더 있을 것 같고요. 강의실보다 세상으로 나아가 변화를 이끌어낼 기회가 될 수 있지 않을까요?"

"일을 하는 데 보람이란 중요한 것이지요. 시푸크 네페쉬sipuk nefesh도 느낄 수 있다면 더 좋고요." 그가 말한 히브리어 '시푸크 네페쉬'는 '깊은 개인적 성취감'이라는 뜻이었다. 그는 잠시 내 눈을 바라보더니 말을 이었다. "그렇지만 원래 하던 게 가르치는 일이니까 다른 일을 하는 동안에도 가르치는 일은 계속하는 게 좋을 것 같군요. 뭐든 가르칠 수 있는 길을 찾으세요. 직장에서도 좋고, 어디에서든 다만 조금이라도 가르치는 일을 계속할 수 있다면 좋겠습니다."

지금까지 그런 생각은 해보지 않았는데, 이렇게 듣고 보니 틀린 말이 하나도 없다는 생각이 들었다.

"그것참, 상담료라도 내야 할 것 같은데요." 내가 말했다.

"그렇지만 어차피 내지 않을 텐데요!" 그는 이렇게 말하며 웃었다가 다시 진지한 표정으로 돌아갔다. "내가 할 수 있는 일이라면 뭐든 돕겠습니다. 하느님께서 내게 시간을 허락해주시는 한."

연구실을 나오면서 나는 마무리에 대해 생각해보았다. 이제 졸업할 때가 다 되었는데, 나는 그동안 위젤 교수에게 배운 것을 다른 사람들과 나눌 준비가 되었을까? 강의실에서뿐만 아니라 개인적으로 나눈 수많은 대화를 통해서도 나는 많은 것을 배우지 않았던가. 따지고 보면 나는 20년 가까이 그의 학생으로 지낸 셈이었다. 그렇다면 한 목격자를 목격한 사람으로서 나의 사명은 과연 무엇일까?

강의실을
나서면서

다음 몇 개월 동안 나는 우선 위젤 교수의 뉴욕 연구실에서 박사 학위 논문을 다듬었고, 마침내 졸업을 했으며, 새 직장에서 사회생활을 시작했다.

공동체 운영 위원으로서 내가 하는 일에는 조직 운영 외에도 홍보나 교육 관련 업무도 포함되어 있었다. 오랫동안 공부하고 학업을 끝마칠 수 있게 많은 지원을 받아온 터라, 나는 내가 받은 것을 이제 돌려줄 수 있다는 생각에 몹시 흥분되었다. 나는 또한 새로운 분야를 배우게 된 것이 매우 기꺼웠다. 조직 내 정치나 관리, 자금 조달 및 기획과 관련해 정말 많은 것을 새롭게 배울 수 있었다. 이런 모든 내용은 내가 그동안 공부해온 좀 더 추상적이고 이론적인 내용을 보충하는 역할을 해주었고, 나는 경영학 관련 자료들을 읽고 유명 기업가들의 대담 내용을 들으며 새롭게 배운 내용을 업무와 접목시켰다.

그런 생활 속에서도 내가 가르치는 일을 얼마나 그리워하고 있는지 알게 되자 나는 또 놀랄 수밖에 없었다. 생활이 바뀌고 처음 몇 주는 아침에 눈을 뜰 때마다 늘 그랬듯 어서 학교에 가야 한다고 생각했다. 근처 시너고그에서 가르치기로 약속은 되어 있었지만 아직 그 일이 시작된 것은 아니었고, 그렇게 부업 비슷하게 강의 하나 정도를 맡아서 내 아쉬운 마음이 달래질지도 사실 알 수 없었다.

　　생활이 바뀌고 나서 놀랍게 다가온 것은 가르치고 싶다는 간절한 마음뿐만이 아니었다. 첫 월급을 받고 나는 그야말로 큰 충격을 받았다. 건강보험이며 기타 연금, 세금으로 그렇게 많은 액수가 공제되는지 처음 알게 되었다. 학교를 벗어난 후의 새로운 삶이 어떤 모습인지 깨닫고 나니, 가정에서는 역시 돈 문제가 가장 큰 긴장과 갈등의 원인이 되었다. 나는 내 업무의 특징이라고 할 수 있는 복잡한 정치적 문제에 휩싸여 많은 시간을 소모했고, 가계부는 계속 적자를 면치 못했다. 아내가 내 결정을 따른 이유 중 하나는, 이 직업을 선택하면 적어도 결혼 이후 처음 경제적으로 안정된 생활을 꾸려가며 저축도 할 수 있으리라는 희망 때문이었다. 그런데 막상 닥치고 보니 처음 계획처럼 제대로 되어가지 않았다. 나는 개인적 사명감과 가족을 돌보는 일의 관계에 대해 깊이 고민하기 시작했다. 부양해야 할 가족이 있는 한 세상을 구하겠다고 나서기란 결코 쉬운 일이 아니었다.

　　나는 직장 업무는 물론 이런 예상치 못한 새로운 갈등에 치여

몇 개월이 지나도록 위젤 교수와 제대로 연락도 하지 못했다.

나는 뉴욕의 연구실에서 다시 그와 만났다. 고민거리나 학업 문제가 있었던 것도 아니고, 조교로서 교재를 결정하거나 우리 둘이서 꼭 만나야 할 필요가 있는 학생들이 있는 것도 아니었다. 내가 그를 찾아간 것은 그가 보고 싶었기 때문이다. 그리고 그는 예전과 좀 달라 보였다. 그는 나를 친구 대하듯 했는데, 나는 아직도 교수와 학생 말고 다른 사이는 생각할 수도 없었다.

그는 요즘에 각국 정부 정상들과 일종의 연합 관계를 구축하려 하고 있다고 말했다. 그렇게 해서 홀로코스트를 부정하고 이스라엘의 멸절을 거듭 부르짖는 이란의 대통령 아흐마디네자드를 대화의 장으로 이끌어내겠다는 것이었다. "우리는 누군가 그런 식으로 말을 하면 거기에 신경을 써야 한다는 걸 배웠습니다. 그렇지만 의미 있는 대화를 이끌어내기란 언제나 쉽지 않군요." 그는 한숨을 내쉬며 말했다. "우리는 아는 게 정말 적어요. 점점 나이를 먹을수록 우리 자신에 대해서는 물론 지금 왜 이런 일들을 하고 있는지에 대해서도 아는 게 정말 얼마 안 된다는 사실을 깨닫습니다."

"무슨 뜻인지…." 내가 물었다.

"증오에 대해서는 너무나 많이 알고 있지 않습니까." 그가 말했다. "우리는 증오가 여러 가지 말과 표현으로 시작된다는 사실을 알고 있습니다. 그리고 결국 살인으로 막을 내리지요. 우리는 이런 사실을 잘 알고 있으며 몇 번이고 보고 또 보아왔습니다. 그렇지만 속수무책으로 그런 일들이 반복되는 걸 바라보고 있을 따름입니다. 왜냐고요? 그야 사람들은 자신들의 생활 때문에 바쁘고, 정치가들은 선거에서 승리할 생각만 하고…. 이제는 나도 그런 일들에 그만 만성이 되어버린 것 같은데요."

그는 이야기를 급하게 마무리 지으려는 듯 웃더니 이내 화제를 돌렸다. "그쪽은 뭐 새로운 소식이 없나요?" 그의 질문에 나는 이전보다 더 솔직하게 지금 경제적으로도 문제가 있으며 그 때문에 마음의 평화조차 흔들리고 있다고 말했다. 나는 이제껏 돈에 집착하는 것이 모든 문제의 근원이라고 배워왔는데, 지금 진짜 문제의 근원은 집세조차 내기 힘든 경제적 상황임을 깨닫고 있었다.

"나도 오랫동안 돈 문제로 고통을 받았었지요." 그가 말했다. "그런 내용을 회고록에 쓰기도 했고요. 가난도 인생의 한 부분이니 무조건 외면하려고 하지는 마세요. 그 대신 최소한 어느 정도의 시간은 자기 인생의 꿈을 향해 나아가는 데 써야 합니다. 발전하고 성장하며 그걸 바탕으로 누군가를 가르치는 사람이 되어야 하는 것이지요. 그러다 보면 경제적 안정도 자연스레 따라올 것입니다. 물론 내가 어떤 식으로든 도울 길이 있다면 꼭 이야기를 해주고요."

그의 다음 질문은 나를 깜짝 놀라게 했다. "당신의 메시제치 mashgiach는 누구입니까?" ('메시제치'란 전통적인 유대교 학교에서 쓰는 말이다. 영적인 관리자, 혹은 학생이 개인적 문제를 상담할 수 있는 상담역을 의미한다.)

나는 잠시 사이를 두었다가 대답했다. "그야 교수님이지요."

그러자 위젤 교수가 말했다. "그럼 이제는 자기 자신의, 자기 내면의 메시제치를 만들어 나갈 때입니다."

나는 잠시 온몸의 기운이 빠져나가는 것 같았다. 그는 지금 나를 진정한 어른의 세상으로 내보내려는 것일까? 하지만 그의 이런 가르침에 대해 나는 곧 깊은 감사의 마음을 갖게 되었다. 내가 만났던 다른 스승들과 달리 위젤 교수는 나의 고민과 나의 연약함을 꿰뚫어보고 있었다. 그런데 그런 것들을 해결해야 하는 문제나 현실도 제대로 모르면서 그저 옳은 길만 추구하게 하는 자극제 등으로 보는 것이 아니라, 있는 그대로 받아들이고 짊어지고 나아가야 하는 것으로 보았다.

나는 그의 연구실을 나와 매디슨 애비뉴 쪽으로 걸어 올라가기 시작했다. 그리고 몇 년 전 강의 시간에 그가 들려준 이야기 한 편을 떠올렸다.

랍비 심카 부님의 젊은 제자 하녹은 거의 1년이 다 되도록 스승과 이야기를 나누고 싶은 마음을 간절히 품어왔지만, 그러기에 그는 너무 수줍음이 많았다. 그는 나이 든 스승의 위압감에 저절로 몸이 움츠러들어, 자신이 어려운 문제와 씨름할 때 정말로 도움을 줄 수 있는 사람을 외면한 채 혼자 고민하고 있었다. 결국 몇 주를 더 고민한 끝에 하녹은 용기를 쥐어짜서 스승 앞에 모습을 드러냈다. 그는 잠시 헛기침을 한 뒤 말했다. "스승님, 저는 유대교의 율법도 알고 전통적인 가르침도 다 알고 있습니다. 그런데 한 가지 알지 못하는 것이 있습니다. 저는 왜 이 세상에 태어난 것입니까? 무슨 이유로 생명을 받아 이렇게 살아가고 있는 걸까요?"

그러자 랍비 심카 부님이 대답했다. "나도 평생 매일같이 그 문제로 씨름하고 있다. 우선 나랑 같이 저녁밥부터 먹자꾸나."

내가 이 이야기를 떠올린 이유는, 위젤 교수 역시 랍비 심카 부님과 마찬가지로 내 고민에 대해 답을 해준 것은 아니었기 때문이다. 오히려 그는 나에게 정말 필요한 것은 이런 고민과 의문을 나눌 수 있는 사람이라고 했다. 어떤 문제를 해결하려 하지 않으면서 그저 나와 함께 있어줄 사람이 필요하다고 했던 것이다. 무엇보다 나는 우리가 공유하고 있는 연약한 인간성에 대한 인식과 그에 따른 연대가 필요하다는 사실을 깨달았다. 나는 위젤 교수와 이야기를 할 수 있고, 그 편이 더 편리하고 안전하다는 것을 잘 알고 있었다. 그렇지만 한편으로는 내 내면의 자신감을 되찾고 나만의 직관력과 지혜를 개발하라는 그의 주장 역시 옳은 말이라는 것을 알고 있었다. 물론 당시에 바로 그런 사실들을 깨닫지는 못했지만, 그가 던진 화두는 이후 몇 년 동안 내 인생의 중심에 자리하게 되었다. 결코 끝나지 않지만 그렇다고 힘겹거나 지루하지는 않은 숙제를 받은 셈이었다.

질문을 통한
방법론

그다음에 위젤 교수를 만난 것은 몇 개월 후의 일이었다. 나는 그의 여든 번째 생일을 축하하는 학회에 연사로 초청되었고, 그에게 배운 것들을 나눌 수 있는 기회가 생겨서 무척이나 기뻤다.

나는 그의 교육과 학습 방식에 대해 발표하기로 되어 있었다. 그의 여러 업적 중에서도 놀라울 정도로 널리 알려지지 않은 분야였다. 내가 이 주제를 선택한 것은, 그의 삶에서 이 부분에 대한 논문이나 연구서가 몇 편 되지 않는다는 사실을 알게 되었기 때문이다. 그러나 사실 그동안 누군가가 그에게 그는 누구이며 세상에서 어떤 역할을 하고 있는지 물으면, 그는 항상 "나는 가르치는 사람입니다"라고 대답하곤 했다. 대학교 강의실에서 몇 년 동안 그를 지켜본 나로서는 그의 그런 말이 당연하다고 생각했다. 인간 위젤 교수의 위대함은 따라갈 수 없다 해도 그의 강의 기술만큼은 다른 사람들도 배울 수 있을 것 같았다.

나는 다음과 같은 질문으로 이야기를 시작했다. 만일 우리가 위젤 교수의 핵심적인 강의 원칙을 바탕으로 교사와 지도자를 길러내는 학교를 세우려고 할 때, 그 핵심적인 강의 원칙에는 과연 무엇이 포함될 것인가? 이 질문에 답을 하면서 나는 이른바 '질문을 통한 방법론'을 정리해 설명하려고 했다. 이 방법론을 통해서라면 학생들의 도덕적·윤리적 역량을 일깨울 수 있을 것 같았다.

내 발표가 끝나자 위젤 교수는 나를 향해 웃으며 고개를 끄덕여 보였다. 그의 주변에는 많은 사람들이 모여 있었기 때문에 나는 쉽게 그쪽으로 다가갈 수 없었다. 그래서 나도 그냥 웃음으로 답을 할 수밖에 없었다. 그렇지만 그 후 일주일쯤 지나 뉴욕의 연구실로 그를 찾아갔을 때, 그는 제일 먼저 이렇게 말했다. "그것은 참 좋은 생각이었습니다!"

나는 잠시 무슨 말인지 알아듣지 못하고 되물었다. "무슨 말씀 이신지요?"

"교사와 지도자를 길러내는 학교를 세운다는 생각 말입니다."

내가 그냥 예를 들어서 던진 질문을 그는 진지하게 받아들였던 것이고, 또 구체적 실행 방안에 대해 이야기를 나누고 싶어 했다. 우리는 서로 여러 가지 방안을 다 제시해보았다. 그는 나에게 보스 턴 대학교 행정실과 이야기해보는 게 어떻겠느냐고 물었다. 그런 학교나 교육기관을 설립하는 데 자금 지원을 해줄 수 있는지 타진 해보라는 말이었는데, 그러면서 그는 보스턴 대학교 총장을 포함 해 자신이 알고 있는 사회사업가들도 소개해주겠다고 했다. "이런 식으로도 생각해볼 수 있을 것 같군요. 내 이름으로 운영되는 재단 을 통해서도 뭔가를 할 수 있지 않을까요." (엘리 위젤 인도주의 재단 은 그가 노벨 평화상을 수상한 이후 아내인 메리언과 세운 재단이다.) 나는 그에게 좀 더 많은 젊은 세대에게는 그의 가르침을, 교사들에게는 그의 교육 방식을 더 널리 알릴 필요가 있다는 생각이 강하게 든 다고 말했다.

대화는 계속 이어졌고 계획을 한 가지 정도 세웠다. 그런데 불과 몇 주 후, 나는 엘리 위젤 재단이 이른바 폰지 사기*에 걸려 모든 자산을 잃게 되었다는 소식을 들었다. 그 악명 높은 버니 매도프** 사기 사건의 피해자가 되었던 것이다. 이제 우리의 계획은 뒤로 미룰 수밖에 없다는 사실이 분명해졌다.

위젤 교수는 공개적으로 버니 매도프에 대한 분노를 나타냈지만, 내가 다시 그를 만났을 때는 아주 흥분한 모습으로 나를 반갑게 맞아주었다. "어서 와요. 안 그래도 보여줄 게 있어서 기다렸지요!"

연구실에 자리를 잡고 앉자 그가 말했다. "아이오와주의 남자아이가 봉투 하나를 보내왔는데, 열어보니 5달러짜리 한 장과 이런 쪽지가 들어 있더군요. '잃으신 돈을 모두 다 되찾으실 수 있기 바랍니다.' 그렇게 험한 일을 겪었지만 또 이런 일도 생기지 뭡니까."

"그거 정말 대단한데요." 내가 말했다. "그런데 교수님께서는 정말 이걸 받고 기쁘신 겁니까?"

그가 대답했다. "물론 이건 단지 5달러지요. 그런데 어쨌든 나는 지금까지 세상을 살아오면서 뭔가 안 좋은 일이 생기면 두 눈

• Ponzi Scheme. 신규 투자자의 돈으로 기존 투자자에게 이자나 배당금을 지급하는 방식의 다단계 금융 사기를 일컫는 말. 1920년대 미국에서 찰스 폰지가 벌인 사기 행각에서 유래되었다.

•• 미국인들이 가장 싫어하는 유명인 2위를 기록한 역사상 최악의 금융 사기꾼. 피라미드 방식으로 수천 명을 속여 600억 달러 이상을 사취했다. 주로 뉴욕, 플로리다 팜비치, 캘리포니아에 거주하는 유대인을 대상으로 사기 행각을 벌인 것으로 유명하다.

을 감고 다른 일을 생각했습니다. 그러면 그렇게 안 좋아 보이던 상황도 생각처럼 크게 나쁘게만 여겨지지 않거든요. 그건 좋은 일이 있을 때도 마찬가지입니다. 두 눈을 감고 있으면 '이게 과연 생각처럼 좋은 일인가?' 뭐 그런 생각이 들지요."

세상을 바라보는 그의 이런 관점은 내게 세상을 더 넓게 보도록 알려주었다. 어떤 어려움이 있어도 그 어려움을 이겨낼 것이다.

단순한 유명 인사를
넘어서

이 무렵 위젤 교수는 언론에 자주 모습을 드러냈다. 전국에 있는 대학들을 방문해 강연을 하고 해외 각국을 찾아다니거나 국제 연합에 참석해 연설을 하는 일상적인 활동 외에도 또 새로운 일들이 그를 찾아왔다.

2006년 위젤 교수는 오프라 윈프리와 함께 아우슈비츠를 보러 갔다. 오프라는 자신이 진행하는 방송에서 엘리 위젤의 첫 작품이며 그의 아내 메리언 위젤이 새롭게 번역한《밤》을 소개했는데, 오프라의 영향력이 큰 만큼 다시 대단한 반향을 불러일으켰다. 이번 아우슈비츠 방문을 통해 두 사람은 가까운 친구 사이가 되었고, 엘리 위젤은 그 후 몇 년 동안 오프라가 진행하는 〈슈퍼소울 선데이SuperSoul Sunday〉에 단골로 출연하기도 했다.

2008년 6월, 그는 요르단의 페트라에서 네 번째로 열린 노벨상 수상자들의 모임을 공동으로 주최했다. 그 자리에서는 세계 경제 발전, 언론, 예술의 역할, 그리고 특히 기근 등 다양한 문제에 대한 대화가 오갔다. 위젤은 후진국들이 굶주림 때문에 겪는 비참한 현실과 선진국들이 누리는 풍요로운 삶이 동시에 일어나는 기이한 현상에 대해 이야기했다.

2009년에 그는 오바마 미국 대통령, 앙겔라 메르켈 독일 총리와 함께 과거 부헨발트 강제 수용소가 있던 곳을 방문했다. 위젤의 제안으로 성사된 이 방문은 이란이 여봐란듯이 홀로코스트를 부정하던 당시 미국 국민의 의식에 그야말로 공개적으로 홀로코스트에 대한 기억을 각인시키는 계기가 되었다. 오바마 대통령은 이렇게 말했다. "우리가 오늘 이 자리에 모인 것은 그날의 일이 아직 완전히 끝나지 않았기 때문입니다. 오늘 바로 이 자리에서 나치의 유대인 대학살은 결코 일어나지 않았다고 주장하며 역사적 사실과 진실을 부정하는 사람들에게 고합니다. 그런 주장은 전혀 근거가 없으며 증오와 무지의 결과일 뿐입니다." 오바마 대통령의 언급은 정부 지도자들이 나서서 공개적으로 홀로코스트를 부정하고 그런 내용을 그린 풍자만화 경연대회까지 후원하는 이란 정부를 겨냥한 말이었다.

엘리 위젤은 이제 모든 세대에 다 알려진 유명 인사였다. 《밤》이 고등학교 교과서에 소개된 지도 벌써 몇 년이나 흘렀으며, 특히 오프라 윈프리를 통해 신세대 젊은이들은 《밤》을 미국 문학의 중요한 유산으로 여길 정도였다. 엘리 위젤은 이제 마틴 루터 킹이나 간디처럼 성인에 가까운 반열에 올라 있었다.

그렇지만 명성은 또 한 인간의 실체를 가려버리는 역할도 한다. 사람들은 유명 인사를 일반적 원칙이나 이상, 혹은 추상적 지향점과 동일시하기 쉽다. 위젤 교수도 그저 한 사람의 인간이었다. 그는 초콜릿을 아주 좋아했고 경찰관을 보면 긴장했으며, 수영은 전혀 할 줄 몰랐고, 생일 축하 같은 떠들썩한 행사는 별로 좋아하지 않았다. 이런 중요하면서도 지극히 개인적인 특성들은 종종 추상적인 모습에 가려 찾아볼 수 없는 경우가 많았다.

설상가상으로 이런 유명 인사는 일반인에게는 자신을 대신해서 옳은 일을 해주는 사람이 될 수도 있었다. '내가 올바른 길을 제시해주는 책을 읽고 또 올바른 생각에 대해 듣고 나면, 나는 그 이상의 행동을 할 필요를 느끼지 못하게 될 수도 있다.' 위젤 교수는 이런 간접적 선행을 인정하지 않았으며, 자신의 명성을 그리 중요하게 여기지 않았다. 그는 비록 정치 지도자들이며 나중에는 영화배우들과도 많은 시간을 함께 보냈고 자신에게 중요한 사업들을 진행하기 위해 기꺼이 다른 유명 인사들과 어울렸지만, 그래도 실제로 사람들이 바라보고 지지한 것은 겉모습이 아닌 그의 사상이었다. 그는 내게 자신은 여전히 스스로를 '시게트 출신의 예시바 학생'으로 생각한다고 말하곤 했다. 특히 사방에서 카메라로 자신을 찍어대는 공식 석상에 설 때면 더욱 그렇다는 것이었다. 그는 얼마 지나지 않아 자신이 보통의 인간임을 세상에 다시 알리게 되는데, 예상치 못한 육신의 위기를 통해서였다.

가장 중요한 것은
믿음

2011년 엘리 위젤은 응급 심장 절개 수술을 받았다. 관상동맥 관련 수술이었다. 그는 훗날 이 일을 소재로《열린 가슴Open Heart》이라는 자전적 수필집을 펴내기도 했다. 또 공개 강연에서는 이 경험을 언급하며 인간의 나약함과 죽을 수밖에 없는 운명, 그리고 인생의 후반기에 다시 옛날 기억과 신앙 등을 떠올리게 된 기묘한 계기에 대한 이야기를 풀어 나갔다.《열린 가슴》에는 다음과 같은 대목이 나온다. "나는 정말 어떤 준비도 되어 있지 않았다. 아직도 해야 할 일들이 잔뜩 남아 있었다. 수많은 계획이 마무리되지 못한 상태였고, 아직 겪어보지 못한 새로운 어려움도 많았다. 아직 써보지 못한 기도문이며, 아직 발견하지 못한 아름다운 단어들, 그리고 아직 가르치지 못한 내용과 배우지 못한 내용은 또 얼마나 많이 남아 있는가." 건강 상태가 나빠졌기 때문에 그는 강연이나 그 밖의 일정을 줄일 수밖에 없었고, 보스턴 대학교에서 하던 정규 강의도 뉴욕 간에 오가는 길이 너무 힘들어 중단하고 말았다.

내가 찾아갔을 때는 그가 수술을 마치고 회복하는 기간이었고, 새로운 책은 아직 출간되지 않은 때였다. 나는 그렇게 지치고 초췌한 모습의 그를 한 번도 본 적이 없었다. 얼굴도 갑자기 크게 늙어 보여 깜짝 놀라지 않을 수 없었다. 하지만 그는 나를 보자 환하게 웃어 보였는데, 덕분에 기운을 다시 차린 것 같았고 이야기를 시작하자 좀 더 활기를 되찾았다. 그는 급하게 수술을 받게 되었을 때와, 그보다 몇 주 전 심상치 않은 조짐이 찾아왔을 때 느낀 두려움에 대해 이야기했다.

"좀 기묘한 이야기를 하나 해볼까요. 물론 듣기에 따라서는 전혀 이상하지 않을 수도 있어요. 현재 경건파를 이끌고 있는 저명한 랍비 벨저를 찾아갔을 때의 일입니다. 볼일을 다 보고 일어서려니 랍비 벨저가 내게 묻더군요. '내가 어떤 축복을 내려주면 좋겠소?' 나는 바로 대답을 했습니다. '완벽한 치유를 기원하는 축복입니다.' 그런데 그 일이 있고 나서 바로 심장 수술을 받은 겁니다!"

"어떤 예감 같은 것이 있었나요?" 내가 물었다.

"분명히 그랬던 것 같아요. 사실 의사가 내 증상을 듣고 당장 달려오라고 했을 때도 나는 별로 병원에 가고 싶지 않았거든요. 이란에서 온 반체제 인사들과 만날 약속이 잡혀 있는데 내 쪽에서 먼저 그 약속을 깨트릴 수 없다는 생각이 들었습니다. 도저히 그 사람들을 실망시킬 수 없었어요. 그러다 보니 뭘 어떻게 해야 할지 전혀 모르겠더군요. 그렇지만 때때로 우리는 이미 해답을 잘 알면서도 모른다고 생각할 때가 있지요."

그러면서 그는 나에게 심장 수술을 마친 직후 자신의 여섯 살배기 손자인 일라이저와 나눈 대화도 들려주었다.

"손자 녀석이 병원으로 찾아왔기에 잠시 동안 둘이 손을 잡고 말없이 앉아 있었지요. 이윽고 녀석이 이렇게 말하더군요. '할아버지, 많이 아프시지요? 그리고 제가 많이 사랑한다는 것도 아시지요?' 그렇게 말하고는 잠시 무슨 생각을 하는 것 같았습니다. 나름대로 뭔가 궁리를 하는 것 같더군요. '그런데 할아버지, 제가 할아버지를 더 많이 사랑하면 이제 덜 아프실까요?'"

나름대로 철학적인 이 말을 듣고 그가 얼마나 감동을 받았을지 눈에 선하게 그려졌다. 엘리 위젤이 한 말이라고 해도 믿을 수 있을 것 같은 말이었다.

그가 말했다. "수술이 끝나고 회복실에서 간호사에게 왼쪽 팔에 연결된 주사관들을 다 오른쪽 팔로 가능한 한 빨리 옮겨달라고 부탁했어요. 팔에 테필린을 둘러야 해서요."

"아니, 그러면 링거 주사고 뭐고 전부 다시 새로 꽂아야 하지 않습니까?" 내가 물었다.

"그래요. 하지만 그다지 고통스럽거나 힘들지는 않았습니다. 무엇보다 나는 정말로 가능한 한 빨리 테필린을 두르고 싶었거든요."(그러고 보니 몇 년 전에 그가 했던 이야기가 떠올랐다. 전쟁이 끝나고 그가 제일 먼저 사람들에게 부탁한 것도 바로 테필린이었다.)

그는 또 얼마 전 기자와 대화를 나눈 이야기도 해주었는데, 취재를 하러 온 기자가 처음에는 관상 정맥 수술이라고 잘못 말했다고 한다.

"그래서 내가 고쳐주었습니다." 그가 웃으며 말했다. "미안하지만 관상 정맥이 아니라 '동맥'입니다. '동맥!' 뭐든 하려면 이렇게 똑바로 해야 하거든요!"

나는 그의 익살이 아직 그대로인 것을 보고 적잖이 안심이 되었다.

그는 내 안부를 물었다. 나는 내 구체적인 인생 계획, 그러니까 먼저 정규직을 얻고 그런 다음 완벽하게 가정적인 남자가 된 후 뭔가를 깨우친 사람이 되겠다는 계획이 뜻대로 잘 되어가고 있지 않다는 사실을 천천히 깨닫고 있다고 말했다.

내 결혼 생활은 긴장과 오해로 점철되어 점점 꼬여가고 있었다. 경제적 어려움과 시간 부족이 동시에 닥쳐왔고, 서로 굉장히 다른 성격이 결국 우리 부부를 벼랑 끝으로 내몰았다.

나는 사실 이런 가정사를 위젤 교수와 이야기하고 싶은 마음이 전혀 없었지만, 이미 뭔가 눈치챈 그는 나를 채근했다. "그 밖에 또요?" 나는 머뭇거렸다. 수술을 마치고 회복 중인 그에게 부담을 주기 싫었거나, 아니면 내 삶의 불안한 부분을 털어놓는 것이 부끄러워서였는지도 몰랐다. 그렇지만 나는 결국 다 털어놓았고, 막상 그러고 나니 기분이 좀 나아졌다. 그는 모든 것을 다 알게 되었고, 어쩌면 내가 말한 것보다 훨씬 더 많은 부분을 꿰뚫어보았는지도 몰랐다.

그가 입을 열었다. "아하." 그는 손을 뻗어 잠시 내 손을 잡았다. "어쨌든 이제 내가 함께 있으니까요."

나는 그가 별다른 충고를 하지 않는 것이 오히려 더 고마웠다.

내가 말했다. "몇 년 전보다 오히려 더 매사에 부정적이 되어가는 것 같습니다."

"그것도 인생의 한 부분이지요. 그렇지만 동시에 바로 거기에서 믿음, 그러니까 진정한 믿음이나 신앙이 시작되는 겁니다."

그는 잠시 생각에 잠겼다가 다시 말했다. "유대교 기도문 중에 '베무나 촐 조트v'emunah chol zot'라는 게 있습니다. '모든 것은 믿음에 달렸다'라는 뜻이지요. 나는 그걸 조금 바꿔보았습니다. '베에무나 브촐 조트ve'emunah b'chol zot'는 어떨까요. '그럼에도 불구하고 가장 중요한 것은 믿음'이라는 말로 말입니다."

"기도문을 그렇게 바꿔서 읽으신다고요?" 내가 물었다. 기도문을 마음대로 바꾸는 것은, 말 한 마디를 덧붙이는 정도라도 전통적 유대교에서는 신학적으로 대단히 급진적인 일로 취급받는다.

"그래요, 매일 그렇게 하고 있습니다. 모든 것을 극복하는 믿음이 아니라면 믿음이라고 할 수 없겠지요. 구약 성경의 여러 교훈을 늘 상기하도록 합시다. '가장 위대한 지도자라도 흠결이 있을 수 있고 실수도 저지를 수 있다, 괜찮다, 우리는 애초에 완벽한 존재가 아니다, 우리는 불완전한 인간이며 우리가 가진 인간성 안에서 매일 조금씩 더 나아지는 것이다….' 그러니 꼭 뭔가를 깨우친 사람이 되려고 애쓸 필요는 없습니다. 그저 행복해지는 법을 배울 필요가 있을 뿐이지요."

나는 고맙다고 했지만, 마음속으로는 그의 이야기가 쉽게 수긍되지 않았다. 나는 여전히 나름대로 영웅이 되고 싶었다. 모든 일을 척척 해내며 세상의 악에 대항하고 싶었다. 나만의 이상과 나만의 완벽주의는, 비록 그런 것들이 오히려 나 자신을 갉아먹고 있지 않은가 하는 생각이 들기는 했지만, 여전히 나의 삶을 이끄는 원동력이었다.

그리고 그는 예전에 했던 말을 다시 들려주었다. "꼭 기억하세요. 당신 자신이 세상과 나누고 싶은 이야기는 내가 세상과 하는 이야기 못지않게 중요할 겁니다."

나는 솔직히 왜 그가 지금 그런 이야기를 하는지 전혀 알 수 없었다.

이윽고 그가 다시 말했다. "실제로 내가 해줄 수 있는 일들이 정말 얼마 안 될지도 몰라요. 그리고 부탁을 받았을 때 내가 함께해줄 수 있을지도 완전히 자신할 수는 없고요." 그는 잠시 생각을 하더니 이렇게 말했다. "예컨대 돼지고기를 같이 먹자고 하면 못 할 것 같습니다. 나는 유대인이니까요."

나는 웃음을 터트렸고, 그도 따라 웃었다. 내가 말했다. "저도 교수님과 돼지고기를 못 먹을 것 같습니다. 유대인이잖아요!"

그렇게 잠시 함께 웃고 나서 그가 미안하다고 말했다. 등이 무척 아파서 배웅은 해줄 수 없다는 것이었다. 내가 말했다. "진작 말씀해주시지요. 그랬으면 이렇게 시간을 많이 빼앗지는 않았을 텐데요. 어쨌거나 빨리 쾌차하십시오!"

그는 평소처럼 잠시 포옹하는 대신 손을 뻗으며 말했다. "별일 없으면 두 주쯤 뒤에 또 찾아주세요."

나는 그러겠다고 말하고 덧붙였다. "제발 그럴 수 있기를⋯."

그는 등 통증에도 불구하고 결국 자리에서 일어나 승강기까지 나를 바래다주었다. 지금까지 한 번도 본 적 없을 정도의 야윈 모습으로 그는 나를 껴안고 뺨에 입을 맞추었다. 나는 가냘픈 그의 어깨에 내 양팔을 둘렀다. 그가 말했다. "이시미레카 엘로힘 Yishmirecha Elohim." 하느님이 지켜봐주신다는 뜻이었다. 나는 승강기를 탔다. 그는 이제껏 한 번도 그런 말을 한 적이 없었다.

굳게
닫힌 문

이후 몇 개월 동안 엘리 위젤은 병원에서 치료와 검사를 계속 받았고, 외부 방문은 일절 허용되지 않았다. 두 주쯤 뒤 꼭 찾아가겠다는 그와의 약속을 지키기 위해 나는 여러 번 방문을 시도했지만 소용이 없었다. 그에게로 향하는 문은 모두 굳게 닫혔고, 그는 엄중하게 보호를 받는 처지가 되었다. 평소 그와 아주 가까웠던 사람들까지도 다가갈 수 없었다.

나는 그와 마지막으로 만났을 때를 생각하다가, 정말 뜬금없이 내가 가정생활에 대한 고민을 털어놓았을 때 그가 했던 말이 떠올랐다. "당신 자신이 세상과 나누고 싶은 이야기는 내가 세상과 하는 이야기 못지않게 중요할 겁니다." 나는 왜 마침 그때 그가 그런 이야기를 했는지 여전히 궁금했지만, 이제는 어렴풋이 이해가 갈 것도 같았다. 아마도 그는 내게 개인적으로 겪은 어려움들 때문에 세상을 바꾸고자 하는 노력이 중단될 필요는 없다는 말을 하고 싶었던 것은 아닐까. 그런 생각을 하며 가만히 앉아 있으려니, 그 추측이 맞을 것이라는 생각이 점점 더 강하게 들기 시작했다. 이는 내가 가르치고 또 때로는 다른 사람들의 고민을 들어주면서 배운 내용과도 일치했다. 우리가 겪는 갈등과 괴로움은 종종 우리가 더 큰 성취로 나아갈 수 있도록 이끌어주는 원동력이 된다. 따라서 그런 문제를 회피하기보다는 오히려 더 당당하게 맞설 필요가 있지 않을까? 이것이야말로 위젤 교수가 나에게 내준 숙제의 가장 중요한 부분이었으며, 나는 차츰차츰 그렇게 깨달은 바를 실천해가기 시작했다.

나는 이후 몇 개월 동안 내가 가진 모든 역량을 동원해 실천하는 데 집중했다. 나는 그림을 그리고 전시회를 열었으며 때로는 그림을 판매하기도 했다. 나는 일주일에 한 번 정도 휴식과 치유의 시간을 가지며 지금의 내 모습이 형성되던 시기를 돌이켜보고, 또 그 시절이 나에게 어떤 영향을 미쳤는지 생각해보았다. 나는 10년 가까이 연락하지 않고 지낸 가까웠던 친구들 몇 명과도 다시 만났다. 그리고 아이들을 한 명씩 데리고 자동차 여행을 떠나, 부모와 자식 사이에 좀 더 깊은 유대 관계가 맺어질 수 있도록 힘썼다. 우리는 버몬트와 뉴욕 북부를 비롯해 뉴잉글랜드 전역을 돌며 가능한 한 최고로 맛있는 코코아를 찾아다녔다.

나는 이스라엘을 다시 찾아 통곡의 벽으로 갔다. 그리고 공손한 모습으로 기도를 하기보다 하느님에게 따져 물었다. 처음에는 보통처럼 몸을 숙이고 간구하는 기도를 시작했는데 점차 등이 꼿꼿하게 펴지는 것이 느껴졌다. 어떤 깨달음이 왔다는 징조였다. 그런데도 나는 계속 몸을 숙인 채 안 그런 척하고 있다가, 마침내 더 이상 참지 못할 정도로 화가 치밀어 올랐다. 나는 지금 이 신성한 곳에 와 있었고, 여기까지 온 데는 그만한 이유가 있었다. 뭔가 분명한 중심을 찾아 다시 연결되기 위해서였다. 그런데 막상 와보니 모든 문이 다 굳게 닫혀 있었다. "좋습니다." 내가 말했다. "여기 온 지도 벌써 한 시간이 지났는데 아무 일도 일어나지 않는군요. 그렇다면 잠시 쉬었다가 다시 돌아오겠습니다. 그때는 닫혔던 것들이 다 열리기를 바랍니다. 그게 벽이든 내 마음이든, 아니면 하늘의 문이든 상관하지 않겠습니다! 나는 사실 여기 기도하러 온 게 아닙니다. 내 삶의 중심을 다시 찾기 위해 온 겁니다." 그러다가 문득 다시 정신을 차리고 나 자신을 돌아보게 되었다. 다시 몇 시간을 더 큰 소리로 외쳐댔다. 때로는 분노에 가득 차서, 또 때로는 불안한 마음으로 외치는 그 모습은 완전히 새로운 수준의 진실한 모습이었다. 나는 지금도 여전히 내가 정확히 무슨 기도를 했는지 알지 못한다. 다만 그 어느 때보다 하느님과 가까이한 시간이라고 확신하고 있다.

내가 여행에서 돌아왔을 때, 위젤 교수의 비서에게 연락이 왔다. 뉴욕에서 그를 다시 볼 수 있을지도 모른다는 소식이었다. 나는 보스턴에서 차를 몰고 출발해 뉴욕에 도착했고, 커피 한 잔을 사 마신 후 그의 집으로 전화를 했다. 그는 어리둥절한 목소리로 전화를 받았다.

나는 그동안 줄곧 그에 대한 생각을 했다고 말했다. "왜지요?"

그가 조용하면서도 어린아이 같은 목소리로 물었다. 나는 단 5분이라도 그를 다시 만나 안아주고 싶다고 했고, 그는 나중에 다시 연락하자고 말했다. 그의 목소리는 그라고 생각할 수 없을 정도로 힘이 없었다.

그날 오후 나는 택시를 타고 시내를 가로질러 그의 집 근처 적당한 곳을 찾아갔다. 다시 통화했을 때 찾아오라는 허락이 떨어지면 바로 달려가기 위해서였다. 뉴욕 시내에서 전화를 걸 만한 적당하고 조용한 곳을 찾기란 그리 쉬운 일이 아니었다. 사방이 차들로 시끄러웠을뿐더러 간신히 잠시 서 있을 만한 실내 공간을 찾아내면 바로 나가달라는 말을 듣게 되기 일쑤였다. 나는 마침내 어느 사무용 건물의 현관 근처에서 아무에게도 방해받지 않을 만한 자리를 찾아낼 수 있었다.

다시 전화가 연결되자, 비록 지친 목소리였지만 예전의 따뜻했던 모습이 느껴졌다. 나는 그의 집 근처에 와 있다는 말은 하지 않았다. 꼭 나를 집 안으로 들이라고 부담을 주고 싶은 마음이 전혀 없었기 때문이다. 결국 그렇게 하기를 잘했다는 생각이 들었는데, 그는 마침 손님들이 와 있어 나를 부를 수 없다고 말했다. 나는 그러면 통화하기 곤란하지 않느냐고 물었다. 그는 전혀 그렇지 않다면서 잠시 대화하는 것은 문제없으니 무슨 일이 있는지 말해보라고 했다. 나는 최근에 암 판정을 받은 아내의 어머니를 위해 기도해달라고 부탁했다. 그는 그렇게 하겠다고 약속했다. 그는 또 내가 하는 일들에 대해 물어보며 "필요한 일이 있으면 언제든 연락하세요. 내가 도울 수 있는 일은 뭐든 돕겠습니다"라고 말했다.

나는 물었다. "정말이지 뵙고 싶군요. 다음 주에 한 번 더 연락 드려도 되겠습니까?"

"물론이지요." 그가 대답했다.

나는 그날 하루 뉴욕을 돌아다니며 서점과 센트럴파크의 쉽 메도 등에서 시간을 보냈다. 쉽 메도라면 내가 10대 시절 한창 쏘다니던 곳이었다. 좋아하던 나무를 찾아간 나는 신발과 양말까지 벗어놓고 어룽거리는 나무 그늘 아래 마음 편히 드러누웠다. 모든 걱정과 근심을 싱그러운 봄 향기와 부드럽게 서걱거리는 잔디, 도시의 회색 벽들 사이에 자리하고 있는 확 트인 거대한 초록색 창문을 향해 다 털어버렸다. 나는 나의 스승이 고통으로 신음하며 말조차 제대로 할 수 없는 상황이 얼마나 슬픈지 이제 좀 알 것 같았다. 언젠가 그는 내게 말했다. "내가 가진 건 말과 글뿐입니다." 또 언젠가는 이런 말도 했다. "결국 나란 존재 자체가 내 말과 글입니다." 이제 엘리 위젤의 말과 글은 조금씩 사라져가고 있었다.

마지막
만남

일주일 뒤인 2016년 6월, 나는 다시 뉴욕을 찾았다. 엘리 위젤의 아들 일라이샤 위젤이 "아버지에게는 그동안 많은 기쁨과 즐거움을 준 사람들과 다시 만나는 일이 대단히 중요합니다"라며 나를 부른 것이다. 그렇지만 위젤 교수는 이제 너무 쇠약해져서 과연 만남이 성사될지 확실히 알 수 없었다. 나는 그가 살고 있는 아파트 건물 입구에서 그가 내려오기를 기다렸다. 마침내 간호사가 미는 휠체어를 타고 그가 모습을 드러냈다. 머리숱은 듬성듬성했고 얼굴은 이전보다 훨씬 더 늙어 보였다. 그렇지만 나를 알아보자 그의 얼굴이 이내 밝아졌다. 그는 휠체어에, 나는 입구에 놓인 손님용 의자에 앉아 거의 한 시간가량 이야기를 나누었다. 이야기하면서 그는 종종 나를 크게 웃게 했는데, 그런 모습은 전혀 변한 것이 없었다. 그리고 나 역시 종종 그를 웃도록 만들었다.

우리는 많은 것에 대해 이야기했다.

나는 그에게 아직도 글을 쓰느냐고 물었고, 그는 당연히 그렇다고 대답했다. 나는 요즘 무슨 문제에 대해 쓰고 있는지 물었다가 황급히 말을 돌렸다. "신경 쓰지 마세요. 글을 쓰시는 중에는 그 내용을 절대로 말씀하지 않는다는 걸 깜빡 잊었네요. 그러면 완성한 글들 중에서 이야기해주실 만한 게 있을까요?" 그러자 그는 경건파 계열의 여러 작품을 새롭게 해석하는 작업을 했다는 흥미로운 이야기를 들려주었다. 대담한 문학적 실험을 시도한 것 같았다.

그는 내게 요즘 어떻게 지내느냐고 물었고, 나는 그동안 대수롭지 않은 문제로 시간을 많이 낭비한 것 같아 아쉬운 생각이 든다고 대답했다. 그리고 앞으로는 그렇게 낭비하거나 잃어버린 시간을 다시 복구하듯 창의적 활동을 하는 데 매진하겠다고 말했다.

그가 말했다. "잃어버리거나 낭비한 건 아무것도 없습니다."

"아무것도요?"

나는 잠시 그가 잃어버린 것들이 얼마나 많은지 생각했다. 그는 아버지와 어머니를 잃었고, 여동생을 잃었다. 600만 명에 달하는 동포를 잃었다. 지금까지 긴 인생을 살아오면서 그 밖에도 수많은 것을 잃었다.

"아무것도 없어요." 그가 다시 말했다. "100년 혹은 200년, 아니 500년이 걸릴지도 모르고 다시는 못 볼지도 모르지만 하느님의 눈에는 아무것도 달라진 것이 없습니다." 그는 내가 무슨 말인지 정확히 알아듣지 못하고 어리둥절해하는 모습을 눈치챈 것 같았다. "증거를 보여줄까요?" 그가 말했다. "마음속으로 계속 생각하는 한 우린 그 무엇도 잃어버리지 않아요."

그가 또 말했다. "내가 항상 이 자리에 있다는 사실을 기억하세요. 나는 항상 곁에 있을 테니까요." 나는 20년 전 그를 처음 만났을 때 믿음과 의심에 대해 물었던 일을 다시 언급하며 또 물었다. "믿음과 윤리적 깨달음에 대해서는 어떻게 가르치시겠습니까?"

그는 말했다. "나는 내가 만난 모든 학생에게 배움에 대한 애정을 가르치려고 애썼습니다. 배우고 또 배우는 겁니다. 우리는 오직 배움을 통해서만 윤리적 깨달음에 도달할 수 있으니까요."

"저를 비롯한 수많은 학생에게 배움의 중요성에 대해 잘 알려주셨지요. 그런데 어떻게 그렇게 하실 수 있었나요?"

그가 대답했다. "딱 한 가지 방법이 있습니다. 학생들을 있는 그대로의 모습으로 받아들이는 겁니다. 그러면 비로소 학생들도 가르치는 사람을 동등하게 바라보고 그를 통해 뭔가를 느끼게 됩니다."

나는 다시 물었다. "이제 앞으로 교수님의 학생들을 많이 만나게 될 텐데, 그때는 무슨 말을 전하면 될까요?"

그가 말했다. "학생들에게 언제나 우리가 함께하고 있다고 전해주세요. 우리가 함께 보낸 모든 순간순간을 내가 다 기억하고 있다고요. 그렇지 않다면 왜 우리가 학생과 교수로 그런 시간들을 보냈겠습니까?"

내가 말했다. "영원히 이어지는 그런 순간들이 있지요. 교수님의 가르침은 늘 학생들과 함께할 겁니다."

그가 말했다. "그 순간들이 영원히 이어질 수 있는 건 우리 모두가 그때 다 함께 있었기 때문이지요."

내가 나의 결혼 생활에서 오는 위기감이 감당할 수 없을 정도로 크게 느껴진다고 말하자, 그가 대답했다. "아, 그 일을 걱정했는데요. 그렇지만 뭔가 배우고 있다는 사실이 가장 중요합니다. 내가 학생들에게 항상 가르치려고 애쓴 것도 바로 그거고요. 계속해서 배우는 일을 멈추지 않아야 합니다. 나 역시 매일 새로운 것들을 배웁니다. 나는 학생들보다 훨씬 나이가 많고 지금까지 줄곧 배우고 또 배워왔지만, 여전히 아직 배우는 일을 시작조차 하지 못했다는 기분이 듭니다." 그의 시선이 먼 곳을 향했다. "그렇지만 곧 시작하게 되겠지요."

헤어질 시간이 되자 나는 그를 한번 안아줘야 할지 잘 알 수 없었다. 혹시나 부담이 되지 않을까? 그래서 나는 손을 뻗어 잠시 동안 그의 손을 잡아주었다. 하지만 그는 앉아 있는 휠체어 쪽으로 나를 끌어당겨 잠시 나를 안아주다가 내 뺨에 입을 맞췄다. 그의 뺨은 꺼칠꺼칠했다. 서로 알고 지낸 세월이 꽤 되었지만, 제대로 면도하지 않은 모습은 처음 보는 것 같았다. 내가 다시 몸을 일으키자 그가 부드럽게 말했다. "한 번만 더." 우리 두 사람은 한 번 더 서로를 끌어안았고, 그는 다른 쪽 뺨에 입을 맞춰주었다.

2016년 7월 2일은 안식일이었다. 나는 안식일에 휴대전화나 이메일을 확인하지 않기 때문에, 위젤 교수에게 무슨 일이 있더라도 안식일이 끝나는 저녁이 되어 이런저런 소식을 확인할 때야 비로소 알게 되었을 것이다. 내 친구 조셉은 개혁파 소속 랍비로, 안식일에 구애받지 않고 지역 공동체의 중요한 소식을 받아서 모두에게 전달하는 역할을 맡고 있었다. 조셉은 그가 세상을 떠났다는 소식을 문자로 받았고, 이 소식을 전하기 위해 전화 연락이 되지 않는 나를 찾아 사방을 돌아다녔다. 결국 나를 못 찾았지만, 나의 친한 친구인 데이비드를 만났다. 내가 안식일 오후에 데이비드를 만났을 때, 데이비드는 나를 자리에 앉으라고 권한 뒤 그의 사망 소식을 알려주었다.

예상했던 일이라 별로 놀라지 않았어야 했는데, 그럼에도 불구하고 나는 큰 충격을 받았다. 어쨌든 위젤 교수는 이미 나이가 여든하고도 일곱이었고, 벌써 몇 해 동안이나 중병으로 고생을 해왔다. 그래도 내게 제일 먼저 든 생각은 아직 너무 이르다는 것이었다! 나는 그가 지니고 있던 경이로운 존재감과 그의 위상에도 불구하고 그가 어린아이처럼 순수하고 호기심이 많으며 열린 마음을 가진 사람이었다는 사실을 깨달았다. 그토록 오랜 시간 동안 이런 날을 염려하고 걱정해왔지만, 막상 닥치고 보니 그가 세상을 떠났다는 사실이 도저히 믿기지 않았다.

그날 밤 나는 '크리아kria'를 했다. 크리아란 애통함을 표현하는 유대교의 전통 의식이다. 나는 내가 제일 즐겨 입는 셔츠의 오른쪽 가슴에 달린 주머니를 찢어내며 통곡했다.

나는 보스턴에서 자동차를 타고 먼 길을 달려와 일찌감치 장례식에 참석했다. 꽤 먼 길이었지만 사실 어떻게 갔는지 거의 기억나지 않는다. 나는 시너고그로 들어가 장례식이 거행되는 곳이 어디인지 물었고, 위층으로 안내를 받았다. 위층으로 걸어서 올라가려는데 유대 장례 협회 사람들이 보였다. 그들은 관 하나를 운반하고 있었다. 내 스승의 관이었다. 나는 관을 함께 운구해 위층으로 올라갔고, 거기서 그대로 서서 찬송가를 읊조리며 그와 대화를 나누었다.

나는 죽은 사람이 자신의 이름을 기억하는 것의 중요성을 말한 신비주의의 가르침을 떠올렸다. 전설에 따르면, 막 세상을 떠난 사람은 자기 이름을 기억하고 있어야 그 영혼이 제대로 승천할 수 있다고 한다. 이름이 바로 승천의 열쇠인 셈이었다. 그렇지만 보통은 죽음 자체의 충격 때문에 대부분 죽는 순간 자신의 이름을 잊어버린다고 한다. 나는 이 전설을 액면 그대로 받아들이지는 않았지만, 위젤 교수가 어느 강의 시간에 그 이야기를 했던 것이 기억났다. 그래서 사람들이 장례식장으로 속속 모여들기 시작할 때 나는 조용히 관 쪽으로 몸을 숙이고 속삭였다. "당신의 이름을 기억하세요. 당신은 레위의 후손인 슬로모의 아들 엘리에젤Eliezer입니다." 그런 다음 나도 자리를 잡고 앉았다.

나는 멀리서 들려오는 추도사에 귀를 기울였다. 뺨에 닿았던 관의 나뭇결이 여전히 느껴졌다.

세계 각국 정상들의 헌사가 물밀듯 밀려들었다. 대부분은 내가 알고 있는 엘리 위젤의 모습과 어울리지 않는 사람들이었다. 그들은 엘리 위젤을 현대의 성자, 세계의 양심, 그리고 수많은 사람들에게 영향을 미친 시대의 산증인이라고 했다. 비록 그 말들이 사실이라고는 해도, 그 말과 글에 내가 알고 지내며 존경했던 스승의 진정한 모습이 담겨 있는지는 알 수 없었다.

나로서는 평소에 알고 지내던 학생들이나 친구들이 보낸 개인적 추도문이 훨씬 더 의미 있게 다가왔다. 사람들은 이런 사연들을 써 보냈다. '요즘 올바른 말과 글을 찾느라 이리저리 조금 방황하고 있습니다. 그렇지만 잘 되지는 않네요.' '교수님이 이 세상 어디에 계시든 그 마음은 늘 우리와 함께 강의실에 있다는 사실을 잘 알고 있었습니다.' '교수님은 어쩌면 잠시 동안 교수였을 뿐, 반쯤 농담처럼 말씀하셨듯 우리의 사제였는지도 모릅니다. 저는 교수님이 더 이상 이 세상 위를 걷고 있지 않다는 사실을 듣고 너무나 깜짝 놀라고 말았습니다.' '저는 왠지 모르게 교수님이 우리 중 어느 누구보다 더 오래 사실 것이라고 마음속으로 확신하고 있었던 것 같습니다.' 그중에서도 특히 한 학생의 이야기가 내 마음을 울렸다. 그녀는 이렇게 썼다. '우리는 모두 교수님이 이 세상에 남긴 유산입니다.'

새로운
방문

몇 개월이 지난 후 나는 위젤 교수의 묘지를 찾았다. 마침 아무도 없었기에 나는 한 시간쯤 그 자리에 앉아서 이따금 말을 걸었다.

이런 순간에 보통 사람들은 무슨 말을 할까?《열린 가슴》에서 그는 이렇게 썼다. "육신은 유한하지만 영혼은 영원히 이어진다. 사람의 머리는 땅에 묻혀도 그 기억은 그대로 남을 것이다." 그는 내가 하는 이야기를 들을 수 있을까? 당연히 알 수 없었지만, 그래도 나는 이야기를 계속했다.

나는 그가 보고 싶다고 말했다. 슬픈 감정을 느낄 때마다 그에 못지않게 우리 두 사람의 관계에 대한 고마움도 느끼고 있다고 말했다. 나는 그에게 질문하고 싶은 게 많았다. 우리가 마지막으로 함께했을 때 미처 묻지 못해 아쉬운 질문들이었다. 내 아이들에게 거짓말을 하지 않고 어떻게 이 세상의 불편한 진실들을 잘 알려줄 수 있을까? 나는 이제 앞으로 어떤 일들을 해야 할까? 그는 자신의 고향인 시게트 근처에 있는 마을에 대해, 내가 최근에 내 조상들이 살던 곳이라는 사실을 알게 된 그 작은 유대인 마을에 대해 뭐라도 알고 있을까? 나는 그에게서 배운 것을 새로운 학생들과 나누고 싶다고 말했다. 지금 미국은 유례가 없을 정도로 혼란스러운 대통령 선거전 막바지에 접어들고 있었고, 그 어느 때보다 그의 지혜가 필요한 시점이라는 생각이 들었다.

그렇게 묘지 옆에 앉아 있으려니 우리가 처음 만난 때가 떠올랐다. 그때 나는 이혼한 부모님과 눈이 보이지 않는 여동생, 절대적 존재를 향한 나의 추구, 나의 수많은 단점, 사랑과 의미를 찾고 싶은 나의 마음 등 언제나 내 주변을 맴돌고 있는 고민거리를 함께 짊어지고 갔다. 그는 그런 나를 웃으며 바라보았다. 인자하면서도 모든 것을 다 이해한다는 듯한 웃음이었다. 그런 그와 함께 있으려니 나는 앞으로 더 책임감 있고 깨어 있는 인간, 더 나은 인간이 될 수 있을지도 모른다는 생각이 들었다. 사실 그의 앞에 서자마자 이미 그런 생각이 들었던 것이다.

그러다 문득 말총머리를 한 대학교 신입생으로 보스턴 대학교의 그의 연구실을 처음 찾아갔을 때의 광경도 떠올랐다. 그리고 그것은 또 완전히 다른 이야기라는 생각이 들었다.

위젤 교수는 낯을 가리는 이방인이었다. 그는 오직 하느님과 궁극적 의문들, 그리고 세상에서 버림받은 가엾은 사람들에게만 관심이 있었다. 그는 커피라면 스타벅스밖에 모르는 미국 사람들처럼 금욕주의를 따르는 것을 당연하게 여기는 경건파 계열의 유대인이었다. 그는 또 가족과 어린 시절의 친구들과 선생님들, 심지어 자신이 나고 자란 환경을 포함한 자신의 모든 세계를 10대 시절에 송두리째 빼앗겨버린 사람이었다. 10대라면 대부분의 사람들이 자신의 정체성을 형성해가지만 아직은 연약하고 모든 것이 서툰 시기다. 그런 그의 10대는 강제 수용소에서의 노동과 구타, 질병, 어머니와 갓 태어난 여동생과의 이별, 아버지의 죽음 등으로 채워졌다. 하지만 그럼에도 그는 내가 만난 사람들 중에서 가장 분별력 있고 온건한 사람이었다.

그는 마치 자신이 무척이나 즐겼던 커피와 초콜릿 말고는 아무것도 먹지 않는 사람처럼 늘 여윈 모습이었다. 그의 시선은 항상 먼 곳을 향해 있는 듯했지만 그와 동시에 두 눈동자로 사람들을 꿰뚫어보았다. 그의 얼굴에는 시간과 고통의 흔적들이 묻어났다. 그는 인도 힌두교도의 기도원을 방문해 "별들의 소리에 귀 기울이는 법을 배웠다." 그는 인생의 절반을 고대의 문헌들로, 나머지 절반을 《뉴욕 타임스》로 채웠는데 그 둘 사이를 연결하는 다리가 된 것에 대해서는 어떠한 설명이나 변명도 하지 않았다.

그는 어떤 특정한 운동이나 조류를 따르지 않았지만, 비트 운동Beats(1950년대 미국의 개인주의 운동.-옮긴이)이나 에세네파 Essenes(고대 유대교의 신비주의 종파 중 하나.-옮긴이)와 비슷한 모습을 보였다. 동시에 인도 힌두교나 이슬람교의 금욕주의를 따르는 수도사들, 그리고 춤을 추며 예배한 경건파의 어느 계파와도 그 모습이 비슷했다. 그는 예술가이자 작가였으며, 그가 쓰는 글은 그 자체로 기도문이었다. 또한 그가 기도할 때 쓰는 언어는 다름 아닌 침묵이었다. 그는 큰 소리로 웃는 것도 좋아했다. 나는 그가 결코 호락호락한 사람이 아니라는 인상을 받았다. 그의 성장 배경을 떠올리면 다른 사람들과 비슷해지려고 노력하는 모습을 쉬이 생각하기 어렵다. 그의 세계는 이미 일찌감치 죽어 없어졌다. 그가 할 수 있는 일이라곤 오직 살아남아 읽고 쓰며 생각하고, 그의 고독한 심정을 이해하고 함께 짐을 짊어질 수 있는 (친구와 학생 같은) 다른 사람들을 찾아내는 것뿐이었다.

나는 최근에야 내 새아버지 마티와 엘리 위젤이 나눈 이야기를 들었다. 내가 보스턴 대학교에 입학했다는 소식을 듣자 그는 이렇게 말했다고 한다. "나를 찾아오라고 하시지요. 내가 알아서 돌보겠습니다." 나는 실제로 얼마 뒤에 그의 연구실에서 우리가 만났을 때, 그가 나를 자신과 같은 부류로 생각하지 않았을까 상상한다. 그는 나를 자신과 비슷하게 자유분방하면서도 순수하게 학문을 좋아하는 젊은 구도자로 보지 않았을까.

나는 종종 나 자신을 이 세상과 어울리지 않는 사람이라고 생각했기에 그와의 동질감은 내게 큰 위안이었다. 위젤 교수는 내게 안식처를 주었고, 나는 그런 물질적이고 영적인 도움을 배경으로 내 모든 이질적 부분을 한데 모을 수 있었다. 언젠가 그는 내게 "있는 그대로의 모습을 유지하라"고 말하면서 완벽주의를 지향하는 내 성향에 제동을 건 적이 있다. 열일곱 살 때 아버지에게 성자가 되고 싶다고 말한 이후 나는 그 교훈을 곱씹어 배우고 또 배워야 했는데, 위젤 교수는 다른 선생님들과 달리 제대로 그 교훈을 가르치는 데 성공한 셈이었다. 그는 자기 자신은 물론 다른 사람들의 본성과 재능과 한계를 모두 있는 그대로 받아들였다. 그는 나를 받아들여주었고, 이제 내가 그를 기릴 수 있는 가장 좋은 방법은 그와 똑같이 하는 것뿐이라는 생각이 들었다.

환한 햇살 아래 그의 무덤가에 앉아 있으려니 아주 한가롭고 평화로운 느낌이 들었다. 나는 이제 영웅이 되려는 생각을 포기하겠다고 결심했다. 나는 매일 조금씩 나아지고 조금씩 감정이 트이면서 마음도 열려가는, 그렇게 느리게 발전하는 것을 목표로 삼는 그냥 인간이 되고 싶었다.

우리 세상이 겪고 있는 엄청난 고통들을 떠올릴 때마다 나는 종종 멍해지는 듯한 기분이 들었다. 나는 또한 이런 기분 때문에 아주 작은 행동도 실천에 옮기지 못하는 경우가 많았다. 그렇지만 이제 나는 이 세상의 문제들에 대해 완벽한 해결책을 찾겠다는 기대를 버리기로 했다. 그 대신 아주 작은 변화라도 가져올 수 있는 행동을 하기 위해 노력하기로 했다. 한 번에 한 사람, 한 가정, 그리고 한 강의실, 이런 식으로 조금씩 변화를 이루어갈 것이다.

위젤 교수는 언젠가 내게 이렇게 말했다. "나는 지금까지 살면서 개인적으로 어떤 결정을 내려야 할 때는 두 눈을 감고 어머니를 떠올렸습니다. '어머니라면 어떻게 하실까?' 그리고 개인적 문제가 아니라 공동체나 공공의 문제를 결정할 때는 두 눈을 감고 아버지를 떠올렸지요."

그렇다면 이제 나는 이렇게 물어야 하리라. "위젤 교수라면 어떻게 하실까?" 나는 그가 살아 있었을 때 그랬듯 그가 세상을 떠난 후에도 똑같이 그에게 배우는 일을 계속해 나갈 생각이었다. 그가 남긴 말들은 여전히 내 마음속에 살아 숨 쉬고 있었다.

나는 그의 두 손을 생각했다. 그의 얼굴에서 입가와 눈가와 이마에 새겨진 주름들을 떠올렸다. 그의 회색 모직 정장의 질감은 어떤가. 정장 상의에는 언제나 프랑스 레지옹 도뇌르 훈장 수상자임을 알려주는 작은 장식이 달려 있었고, 바지는 그의 여윈 다리를 감싸고 있었다. 우리가 늘 마주 앉던 연구실의 나무 탁자며 사방에 흩어져 있던 책들이 생각났다. 그는 내가 알고 있는 사람들과는 전혀 다른 방식으로 펜을 쥐고 글씨를 썼다. 검지와 중지 사이에 펜을 끼우고 글씨를 쓰다 보니 항상 손 전체가 자신이 쓰는 글을 가리는 듯한 모양새였다. 그가 대강 흘려 쓴 쪽지들이 생각났다. 그의 따뜻하면서도 호기심에 가득 찬 두 눈동자는 매혹과 경이로움으로 가득 찬 그의 마음으로 통하는 창문이었다. 나는 이제 결코 완벽하게 혼자가 될 수 없다는 사실을 깨달았다.

엘리 위젤의 학생이 된다는 것은 어떤 의미일까? 압제에 용기 있게 맞설 수 있는 사람이 된다는 뜻일까? 혹은 고통의 현장을 목격하기 위해 전 세계를 돌아다니는 사람이 된다는 것일까? 아니면 열정적이고 전사 같은 활동가가 되어 자기 배만 불리는 정치가들을 응징하고 이 세상을 더 나은 곳으로 만드는 일을 의미하는 것일까?

어쩌면 그 모든 일이 다 해당될 수도 있겠지만, 나는 사실 그렇게 거창하게 시작되지 않아도 된다고 믿는다. 위젤 교수는 우리 모두가 국제 무대에서 활동하기를 기대하지도 않았을 것이고, 모든 학생이 자신을 흉내 내기를 바라지도 않았을 것이다. 그의 학생이었다고 해서 성자가 될 필요도 없고, 반드시 어떤 이상을 실천하는 사람이 될 필요도 없다. 자신의 명함에 '인도주의자' 혹은 '박애주의자' 같은 호칭을 박아서 다닐 필요가 없으며, 거창한 명성이나 큰 영향력을 추구할 필요도 없다.

엘리 위젤의 학생이라면 그저 자신의 모습을 지키며 자신이 지닌 인간성을 개발하면 족하지 않을까? 어느 순간에나 다른 사람을 배려하는 모습을 잃지 않으면서 말이다.

다시 말해 우리는 힘도 영향력도 없이 다른 사람들에게 외면당할 위기에 놓인, 그렇지만 역시 똑같이 누군가에게 들려줄 자신만의 이야기를 가진 사람들을 주시하고 신경 쓸 필요가 있다.

그리고 언제나 배우는 일을 쉬지 말아야 한다. 더 많이 생각하고 더 깊이 느끼며 지혜를 얻기 위해 위대한 문헌과 이야기, 사상을 두려워하지 않고 접할 수 있도록 자신을 채찍질해야 한다.

항상 질문을 해야 하지만, 모든 질문에 대한 해답을 얻을 수 없다고 해서 자책할 필요는 없다. 복잡한 문제에 대한 완전한 해결책을 찾으려고 지나치게 의식할 필요는 없다는 뜻이다. 불가사의하고 이해할 수 없는 일들을 그대로 받아들이고, 항상 모든 일을 완전하게 매듭지으려고 할 필요가 없다는 사실을 명심하자.

우리는 자신만의 지켜야 할 위치와 모든 사람에 대한 염려 사이에서 반드시 한쪽만을 선택할 필요가 없다. 그저 우선은 주변 사람들을, 그다음은 또 다른 사람들을 위해 자신이 뭔가 할 수 있다는 사실만 알고 있어도 족하다. 나의 위치를 중심으로 주변 사람들을 챙기는 일도, 또 모든 사람을 다 위하는 일도 서로에게 영향을 주며 긍정적 결과를 이끌어낼 수 있는 것이다.

우정을 중요하게 생각하자. 나와 비슷하게 뭔가 찾고 있는 사람들을 만나 서로 친구가 되도록 노력하자.

무엇보다도 과거를 기억하고 과거와 미래를 연결하는 부분들

나의 기억을 보라

을 이해하도록 하자. 그러면 다른 사람들의 삶과 그들이 겪은 고통이나 즐거움을 조금 다른 눈으로 바라볼 수 있다. 다시 말해 우리는 목격자가 될 수 있다.

위젤 교수가 세상을 떠난 지 1년쯤 지나, 나는 소규모의 신학생들을 대상으로 하는 모임에 강사로 초청되었다. 주제는 신학적 믿음과 사회적 활동의 관계였다. 나는 평범한 형식의 강연을 하는 대신, 공개 토론회 형식으로 성경의 문구들을 인용해가며 현대 사회에서 믿음과 신앙의 역할에 대해 서로 이야기를 나눠보기로 했다. 학생들은 미국인이면서도 고향이 다 제각각이었지만, 기본적으로 진보적인 성향을 갖고 있었다. 우리는 에덴동산이며 하느님의 앞을 가로막았던 아브라함, 욥의 시련 등에 대해 이야기를 나누었다. 학생들은 고난을 받는 상황에서도 믿음이나 신앙이 일종의 저항이나 예술의 주제, 그리고 확인이나 증언의 행위가 될 수 있다는 사실에 크게 매료되었다. 학생들은 어떻게 하면 믿음과 신앙의 공동체들을 불의에 저항할 수 있는 길로 이끌 수 있을지 물어왔다. 예컨대 과격한 극우파에 맞서 항의하는 운동을 어떻게 조직할 수 있는가 하는 것이었다. 이 강연회 겸 토론회는 원래 한 시간가량으로 계획되어 있었지만, 열띤 논의가 오가다 보니 어느새 두 시간이 훌쩍 지나가버렸다. 다행히 나는 학교로 아이들을 데리러 가기까지 아직 시간적 여유가 조금 남아 있었다.

마침내 시간이 되어 순서를 마치고 내가 떠나려고 할 때, 한 학생이 내게 다가와 아주 심각한 표정으로 말했다. "꼭 묻고 싶은 것이 있습니다. 도저히 그럴 상황이 아닐 때 어떻게 믿음과 신앙을 키워갈 수 있을까요?" 나는 학생의 어깨에 부드럽게 손을 올리고 대답했다. "나 역시 그 문제로 아주 오랫동안 고민을 해왔습니다. 그러면 잠시 자리에 앉아 함께 이야기를 해볼까요?"

감사의 글

이 책이 세상에 나오기까지 정말 많은 사람들이 애써주었다.

먼저 엘리 위젤 교수와의 마지막 만남을 주선해준 그의 아들 일라이샤에게 감사의 마음을 전한다. 그와의 마지막 만남은 내 인생을 바꾸어놓았고, 나는 그 일을 평생 잊지 못할 것이다. 일라이샤와 린의 우정에 깊이 감사한다.

사실 이 책은 위젤 교수의 부인이자 역시 홀로코스트 생존자이며 사회 활동가인 메리언 위젤에 의해 발표되었다면 더 좋지 않았을까 하는 생각도 든다. 메리언 위젤은 기꺼이 자신의 시간을 내어 남편에 대한 추억들을 함께 나누었다.

또한 위젤 교수와 다 함께 같은 자리에서 시간을 보내지는 않았지만 각기 다른 기억들을 공유해준 수많은 학생들과 동료들에게 감사의 마음을 전하고 싶다. 특히 잉그리드 앤더슨, 테레즈 바바토, 라인홀트 보쉬키, 얀 다르사, 댄 에렌크란츠, 캐롤린 존스턴, 마릴린 하렌, 모니카 칼리나, 조 카노프스키, 데비 카치코-그레이, 로즈 스파이어 코자크, 리키 리피츠, 아비브 루벤, 제이미 무어, 네

헤미아 폴렌, 티나 레스본, 베티나 라이히만, 팸 타웁과 존 타웁, 그리고 요세프 우스크에게 깊이 감사한다. 그들과 함께 위젤의 가르침을 받을 수 있었던 것은 내게 크나큰 영광이었다.

마사 하우프트먼은 위젤 교수의 비서로 20년 이상 나와 얼굴을 마주해왔고, 그동안 내 인생의 진로를 설정하는 데 많은 도움을 주었다. 또한 나보다 앞서 위젤 교수의 조교로 일했던 앨런 로젠은 늘 용기와 격려를 아끼지 않은 지혜로운 교사이자 경건파의 길을 함께 걷는 동료이기도 하다. 스테판 에스포시토는 위젤 교수의 소개로 알게 된 교사다. 그는 그리스 비극과 관련한 초청 강사로 우리와 인연을 맺었다.

탁월한 출판 대리인 조엘 델부르고는 나와 처음 만난 자리에서 이렇게 호언장담을 했다. "더 이상 좌고우면左顧右眄할 필요 없어요. 내가 바로 이 책에 딱 맞는 사람이니까." 그녀의 말은 100퍼센트 들어맞았다. 평생에 걸쳐 스스로를 갈고닦는 통찰력 있는 독서가인 동시에 이거다 싶으면 행동에 옮기기를 주저하지 않는 조엘은 그야말로 나에게 딱 맞는 출판업자이자 편집자였다.

로렌 웨인과 이 책의 관계는 좀 더 사적이면서도 어떤 인연 같은 것이 아니었나 싶다. 이 책에 대한 그녀의 믿음은 나의 그것과 항상 궤를 같이했으며, 예술에 가까운 그녀의 편집 능력이 아니었다면 이 책은 제대로 빛을 보지 못했으리라. 로렌은 그야말로 나무랄 데 없이 완벽하게 이 책의 시작과 끝을 진두지휘했으며, 말 그대로 이 책의 산파나 다름없다. 또한 언제 어디서든 굳이 말하지

나의 기억을 보라

않아도 먼저 나타나 내게 큰 도움을 주었다.

필라 그라시아 브라운, 트레이스 로, 리사 글로버, 타이린 로더, 리즈 앤더슨, 한나 할로우가 함께하는 휴튼 미플린 하코트 출판사는 그 뜨거운 열정과 세심한 마음 씀씀이에서 타의 추종을 불허하지만, 또 그에 못지않게 웃음과 여유가 끊이지 않는 곳이기도 하다.

탁월한 편집자이자 친절한 비평가, 동시에 나의 친구이기도 한 새라 쉬어빌은 나를 격려해 항상 새로운 길을 찾아 나설 수 있도록 도와주었다. 이 책을 완성해가는 과정에서 그녀는 언제나 든든한 버팀목이 되어주었다. 새라의 기술과 정확성, 영민함, 그리고 뛰어난 통찰력은 정말이지 큰 도움이 되어주었다.

나와 같은 길을 가는 영혼의 동행자이자 뛰어난 작가이기도 한 찰리 버크홀츠는 10대 시절 처음 만나 지금까지 우정을 이어온 사이로, 내 인생의 가장 어려운 순간마다 길잡이가 되어주었다. 또한 이 책을 완성해가는 과정에서 그 재치와 순발력, 탁월한 직관력으로 내게 충고를 아끼지 않았다.

데이비드 제프는 그야말로 든든한 지원군 그 자체로, 토라와 관련된 그의 분명하고 흠 없는 가르침은 나에게 깊은 영감을 주었다. 조셉 메츨러의 따뜻한 공감 능력과 우정은 여러 친구들 중에서도 특히 내 인생을 더 가치 있는 것으로 만들어주었다. 2016년 7월 2일, 마침 안식일이라 모든 연락을 끊고 있던 내게 위젤 교수의 부고를 알려주기 위해 수고를 마다하지 않았던 그의 마음 씀씀이를 나는 평생 잊을 수 없을 것이다. 데이비드와 조셉은 또 함께 이 책의 초고를 읽고 많은 조언을 해주기도 했다.

보스턴 대학교의 하워드 고틀리브 아카이브에는 엘리 위젤과 관련된 여러 문서 자료가 보관되어 있는데, 그곳 직원들의 헌신적인 도움으로 나는 여러 편지와 문서를 참고할 수 있었다.

뉴욕에 있는 라이더 농장의 에밀리 시모네스와 윌버튼 인의 리바이스 가족은 내게 글을 쓰기 적당한 장소를 제공해주었다. 2008년 처음 이 책을 쓰기 시작했을 때, 그리고 6장을 마무리 지을 때 나는 정말 큰 도움을 받았다. 든든한 후원자인 해럴드 그린스푼, 타르굼 쉴리시 재단의 아레 루빈, 길 배쉬와 엘리노어 배쉬, 할렌 애플맨과 조니 블린더맨이 이끄는 커버넌트 재단 등은 작가이자 화가로서의 내 작업을 언제나 진심으로 후원해주었다.

아버지 데이비드 버거와 어머니 비비안 라자르는 내가 선택한 길을 언제나 응원해주었으며, 헤어진 후에도 여동생과 내 문제에 대해서만은 늘 헌신적으로 함께해주었다. 두 분의 우정은 내가 인생을 살아갈 수 있는 큰 버팀목이었다. 나는 창의성이 남달랐던 부모님에게서 친절한 마음과 호기심, 음악적 재능, 그리고 교사로서의 열망을 물려받았다. 훗날 어머니와 재혼한 마티 라자르는 어머니와 정식으로 결혼하기 전부터 나의 정신적 지주 역할을 하며, 특히 위젤 교수를 내게 소개해주었다. 동시에 그는 내게 유대인 동포에 대한 완전한 헌신의 삶이 언제든 가능하다는 가르침을 주었다. 내 여동생 예일리의 긍정적 태도와 의지는 언제나 나를 새롭게 일깨워주었다. 아버지와 재혼한 사샤와 이복 여동생 실키가 없었다면 내 인생이 조금 단조로웠을 것이다.

아내 사브리나를 비롯해 수많은 사람들의 사랑과 격려, 그리고 지지로 나는 이 자리까지 올 수 있었다. 그런 마음만 있다면 이 세상에 불가능은 없다.

나는 이 책을 통해 엘리 위젤의 가르침과 사랑, 그리고 후원에 대해 내가 느낀 말로 할 수 없는 깊은 감사의 마음을 전하려고 애썼다. 내 아이들도 이 책을 읽고 많은 것을 배우고, 또 더 많은 것을 알고 싶어 하기를 바랄 뿐이다.

옮긴이 우진하

삼육대학교 영어영문학과를 졸업한 뒤 성균관대학교 번역·테솔 대학원에서 번역학 석사학위를 취득했다. 한성 디지털대학교 실용외국어학과 외래 교수로 있었고, 현재는 출판 번역 에이전시 베네트랜스에서 전속 번역가로 활동 중이다. 옮긴 책으로 《붕괴》,《노동, 성, 권력》,《와일드》,《고대 그리스의 영웅들》,《유대인을 만든 책들》등이 있다.

나의 기억을 보라

2020년 4월 3일 초판 1쇄 발행
지은이·아리엘 버거 | 옮긴이·우진하
펴낸이·김상현, 최세현 | 경영고문·박시형

책임편집·정상태 | 교정교열·김좌근 | 디자인·디자인비따
마케팅·양근모, 권금숙, 양봉호, 임지윤, 유미정
경영지원·김현우, 문경국 | 해외기획·우정민, 배혜림 | 디지털콘텐츠·김명래

펴낸곳·㈜쌤앤파커스 | 출판신고·2006년 9월 25일 제406-2006-000210호
주소·서울시 마포구 월드컵북로 396 누리꿈스퀘어 비즈니스타워 18층
전화·02-6712-9800 | 팩스·02-6712-9810 | 이메일·info@smpk.kr

ⓒ 아리엘 버거 (저작권자와 맺은 특약에 따라 검인을 생략합니다)
ISBN 979-11-6534-087-2 (03840)

쌤앤파커스(Sam&Parkers)는 독자 여러분의 책에 관한 아이디어와 원고 투고를 설레는 마음으로 기다리고 있습니다. 책으로 엮기를 원하는 아이디어가 있으신 분은 이메일 book@smpk.kr로 간단한 개요와 취지, 연락처 등을 보내주세요. 머뭇거리지 말고 문을 두드리세요. 길이 열립니다.